U0662391

大河之舞

古代巴人最后一个遍布隐喻的传奇故事

罗伟章 著

GUANGXI NORMAL UNIVERSITY PRESS
广西师范大学出版社
·桂林·

大河之舞
DAHE ZHI WU

图书在版编目（CIP）数据

大河之舞 ：古代巴人最后一个遍布隐喻的传奇故事 / 罗伟章著. --桂林 ：广西师范大学出版社，2022.8
ISBN 978-7-5598-5129-1

Ⅰ. ①大… Ⅱ. ①罗… Ⅲ. ①长篇小说－中国－当代 Ⅳ. ①I247.5

中国版本图书馆 CIP 数据核字（2022）第 102985 号

广西师范大学出版社出版发行
（广西桂林市五里店路 9 号　邮政编码：541004
网址：http://www.bbtpress.com）
出版人：黄轩庄
全国新华书店经销
广西广大印务有限责任公司印刷
（桂林市临桂区秧塘工业园西城大道北侧广西师范大学出版社集团有限公司创意产业园内　邮政编码：541199）
开本：880 mm × 1 240 mm　1/32
印张：15.5　　　字数：320 千
2022 年 8 月第 1 版　　　2022 年 8 月第 1 次印刷
印数：0 001~6 000 册　　　定价：66.00 元

引言一

阳光很薄，薄得像是没有。在这样的天气里，罗家坝半岛显得有些困倦了，真心实意地沉默着。到处都没有声音，而你总觉得应该是有声音的：不远处就是河，近旁有考古队队员在探沟和墓坑里忙碌。河水的奔流和考古队队员的忙碌，都应该弄出一点声音。

但的确没有。你感觉到的声音，不是耳朵听见的，是想象出来的。

不过别急，灌进耳朵里的声音终究会响起。

那声音走了很远的路，如果你相信，它就从数千年前走来，或许比这更遥远。遥远到地老天荒。它一直在时间的深处默默行走，终于在这一天见到了光。尽管是很稀薄的天光。

于是，它就在天光底下炸开了：厮杀声，哭嚎声，呼儿唤女声……在半岛上凌乱地奔跑。

——考古队发掘出了一个“惊世骇俗”的墓葬！

墓长三米有余，宽五米，墓内撒满朱砂，摆放着一套完整的礼器，躺着三具近乎完整的骨骸。墓主是一男性，居中，两具女骸分列两侧。别的墓主都是仰身直肢葬，唯该墓墓主是俯身葬，头厢至腹部，放置斜肩圆弧钺、回首弧刃刀等大量兵器，脚下堆满玉、骨饰件及圆底罐、绳纹釜等生活器具。两个女子仰身平卧，双腿微曲，手臂强扭，很显然，她们是殉葬品，死去之前，有过不越礼制的挣扎。诸多迹象表明，墓主是一个有身份的贵族，甚至是一个首领。巴人的首领。

巴人，这个被公认神秘消失的民族，到底找到自己的首领了。他们的首领左肢残断，右手屈举，腰插青铜柳叶剑和残削刀，背部骨骼箭镞密布，刀伤若干。箭镞和刀痕，都来自不同方向。

由此可以推断，宣汉县回龙镇的罗家坝半岛，曾经发生过惨烈的、有关部落生死存亡的战争。

墓主是在战死之后，保持其战斗至死的姿势安葬的。

考古队将该墓编号为M22。

然而，这个故事开始的时候，发掘M22号墓的时间还没有到来。

发掘它是许多年之后的事情了。

这真让人遗憾。要不然，我少年时代认识的那群人，就不会错过若干时日才知道他们是巴人。

我十二岁那年的初秋，进入罗家坝半岛的回龙中学念书。回龙中学青苔龙茸，不是长在墙上的那种青苔，而是时光的青苔，因为它已经一步一踉跄地蹚过了百余年风雨。学校坐落在半岛的正中央，被广袤无垠的庄稼地包围，也被巴人包围。可我的老师和同学，从没有人说起过巴人。

就连半岛人自己，也绝口不提。

看来，那个远古时期的悲情部落，真的被时间的胃酸消化掉了。

应该说早就如此。后来我读大三的时候，有个研究人类学的教授，专门开了门选修课，课题就叫“巴人消失学”（这课程他已开设了很多年），我去听过，不过只听了十来堂，我就提不起兴致了。那老师翻来覆去讲述的，都是战国末年秦军驱巴的那场战争，秦军将巴国残部驱赶到重庆丰都，铁桶似的围困起来，比黄昏围困大地还要严密。可一夜之间，丰都城内的军民共计十余万众，奇迹般地丢了，丢得人毛不存，连声叹息也没留下。丰都成为闻名天下的“鬼城”，就是这么来的。巴人去了哪里？最简便的说法，是他们真的变成了鬼。但这说法太唯心主义，被不语怪力乱神的孔夫子教导出的民族，并不打心眼里信服那一套；作为人类学家，更不能打胡乱说，为巴人指一个去处，是他们义不容辞的责任。巴人本是穷途末路，可善良的人类学家，却给他们指出了千万条路：东渡湖南湖北，北上陕南汉水，远赴新疆、内蒙古……还有人说，他们就在长江三峡流浪，应和着纤夫的号子，日日夜夜地唱着哀歌。

教我的那老师，最终也没给出一个结论。

谁也不能奢望谁给出结论。我不想听他的课，不是这个原因，而是他不敢说“我认为”。

就在我打定主意下堂课再也不来的时候，他终于说出“我认为”这句话了。

他是这样讲的——

浪漫疏阔又朴实劲勇的巴人，只用战争书写自己民族的历史；也就是说，巴人不要史官，不要说唱艺人，因为他们的历史既非笔录，也非口传，他们的历史就是一场接一场的战争。这在世界史上独一无二。可到战国晚期，巴人对战争厌倦了，深深地厌倦，从丰都撤退后，从此不愿做人，蜕变成了猴子。李太白诗“两岸猿声啼不住，轻舟已过万重山”，其中说到的“猿”，指的就是沦落的巴人。他们（它们？）啼鸣，并非找不到食吃，找不到水喝，也不是吃饱喝足后没事干，而是悲叹自己的命运，也悲叹人类的命运。

我记得当时我还提了两个问题。

那老师姓邓，我说：“邓老师，巴人是怎样从铁桶似的围困中逃走的？”

邓老师抬起头，望着天花板。

天花板上一架银灰色的蛛网里，正困住一只苍蝇。

苍蝇在挣扎，蛛网轻轻抖动。但很快，它被五花大绑，静静等死。

窗外阳光灿烂。在这个世界上，仿佛什么事情也没有发生。

“我怎么知道呢？”邓老师把头垂下来，语调苍凉地重复，“我怎么知道呢？”

教室里有了片刻的宁静。

之后我又问：“那群猴子想还原为人，可以吗？”

“当然可以的呀，”邓老师说，“我们不都是从猴子变来的吗？”

他不知道我向来就不相信达尔文的进化论。

“暑假我才去过峨眉山，在洗象池见到了数不清的猴子，怎么就没见一只朝‘人’靠近？”

邓老师听出我对他含讥带讽，他不仅没生气，还笑了，笑得胸有成竹。

“你不懂，”他说，“猴子想变成人，必须有个先决条件。”

几十张嘴张开了，像等待进水的鱼。每个人的心里，都蹦出一群想象中的猴子，并希望用立即就能掌握的知识，去帮助它们脱掉身上的毛发，跟自己一样读书、恋爱和工作。

可邓老师足足卖了一分钟关子，才把嘴噘向我们，吹口哨一样发出圆溜溜的声音：

“吃盐巴，懂吗？不吃盐巴的猴子，永远也别想变成人！”

接着他告诉我们，在英文中，盐写作 salt，薪水写作 salary，盐和薪水的词根，就像同一棵树上长出的枝杈。公元前一世纪，罗马帝国的军队已是横跨欧亚大陆的强劲之师，戴着漂亮头盔的罗马士兵，刀光一指，所向披靡，他们迈着长腿，踏遍了世界的许多地方，随身携带的，除了兵器，还有一个皮革怀袋，袋子里装着罗马帝国发给他们的特殊军饷：食盐。在没有火器的时代，食盐使他们有足够的体力掷投枪、挥短剑、举盾牌，放掉敌人的鲜血，也克服自身对死亡的恐惧。然而，早于罗马军团很长时间，中国就已出现发达的盐业了，在远古漫长的岁月里，盐成为人们生活的准则，凋敝与繁荣，和平与战争，因为盐而交替呈现。中国最先懂得盐的神圣，且学会制盐方法的人群，就是巴人！我们说的盐巴，本叫巴盐，听这名字，就知道它与巴人密切相关，也是上古巴国留给中原大地最直观最深刻的印象。巴人无耕无织，却衣食无忧，唯一的原因，就是他们逐盐而居，并用盐去邻国换取必要的物资。在邻国看来，巴就是盐，盐就是巴，于是干脆将盐称作巴盐，后人出于平仄的考虑，才改叫盐巴，一直叫到今天……

在别的同学听来，这很可能只是一段趣闻，而我就不一样了。

我想起了我读中学的那个半岛，以及发生在半岛上，我听说过或经历过的奇奇怪怪的事情。

引言二

川东北的宣汉县境内，主要有三条河，分别是前河、中河、后河。此处被地方志专家称作“三河文明”。按他们的说法，这里的前、中、后，都有其特定的文化内涵，并不是方位上的概念。按文化叠层排序，应该是：后河、中河、前河。后河是后照河的简称，源出毗邻陕南的万源大山白龙洞，流经回龙等六个乡镇，其重要支流后巴河（后照巴河的简称），在百余公里的范围内集水成川，强行切开山体，到半岛对面悬空而落，注入后河，形成数十米高的瀑布。中河又称中江，本该叫中原河或中原江，二源并出。后河与中河从罗家坝南北两面流过，在坝西的鸭嘴交汇，形成清溪河；中河浊，后河清，一清一浊，如野马分鬃。前河则在数十公里之外，同样是按地方志专家的说法，前河的前字，是前进的意思。清溪河在县城以东纳入前河后，称作州河。

半岛人在三河流域相当有名。

他们有名，是因为尚武好斗。

你想象不出半岛人有多么好斗。他们的脾气是微波炉，插上电就热，火力键一拧，就成高温。他们的交谈方式，不用嘴而用拳头，两句话不对路，眼睛就鼓出来了，身体也上紧了发条。用拳头打架尚属小可，一旦摆开架势，身边的一切，铁锹、斧头、弯刀、打杵、柴棒，凡能给对手致命一击的工具，都被他们随心所欲地支配。那些工具在别人那里是工具，在他们那里是身上的器官。经年累月的训练，使半岛男人个个都有飞檐走壁的功夫，能把一场架从地上打到树梢，打到房顶，打得暗无天日。

鸭嘴那边的镇上人说："罗家坝那些龟儿子，三天不打架，搞婆娘都没劲！"

又说："算什么能干？一缸子窝里斗的货色！到时候，他们总要自己把自己杀绝种。"

可半岛人并没有绝种，他们繁衍生息，代代相传。

原因是他们不只会窝里斗。

跟尚武同样有名的，是排外。

半岛人排外不是表面上跟你很亲热，骨子里却瞧不起你的那种。他们的脸就是他们的心，形之于外，快意恩仇。

多少年来，罗家坝没添过一个外来户。二十世纪三十年代初，刘湘调集川内诸路军阀，和张国焘、徐向前的部队在万源大山恶战，后河上游民众，纷纷弃家逃亡，上千人到了回龙镇。回龙镇想法安置，把二百人带到半岛，半岛的男女老少，手持凶器，站在鸭嘴，不许下船。他们就像一个国家，闲时为民，战时为兵，誓死守卫自己的领土。当时镇守回龙的张团练坐在船上，鸣枪示警，岸上人毫无惧色，集体跺脚，边跺脚边发出怒吼声："嗬！嗬！嗬嗬！"那些饥寒交迫的难民，早吓得魂不附体，一个接一个栽倒进激流之中。张团练这时候才发现自己鸣枪示警是多么愚蠢。他开始并没打算鸣枪，可既然带着枪，就总得让它响一下，在他看来，枪不响，就等于没有枪，没有枪，也就不是张团练了；只是，要把打响的枪声收回来，比把枪打响要困难得多了。那枪声没把半岛人吓住，却把他自己吓得跟难民一样浑身打抖，只得下令掉转船头。

值得一说的是，半岛人把张团练和难民吓回去的当天，各家各户却渡过河去，把难民请来，再穷的人家也安置了一两个，收容难民的人数，远远超过二百。半岛人供他们吃，供他们住，贵客一样招待，直到万源大山平静下来，难民放心大胆地返乡为止。

对此，张团练并不感谢半岛人，因为半岛人扫了他的威风。事情过去许久，张团练还耿耿于怀，“那些龟儿子，”他往往在心满意足地吃过一顿饭之后，边剔牙边诅咒，“早知道是这样，当年那和尚就该把汤圆扔进粪坑！”

他指的是关于罗家坝半岛的传说。

那是许许多多年以前的事了。那时候三河流域荒凉逼人，只在现今镇子上街靠近码头的地方，有座庙子，庙子很小，只有一个和尚孤独地守着，却以“大庙”命名。和尚把庙守老了，把河也守老了，以为这辈子再也见不到一个人，可有天黄昏，他打开庙门准备去后园为菜地浇水，却看见一个中年汉子！这汉子明显远道而来，靠墙坐着，像腾空的口袋。

和尚问：“你从哪里来？”

汉子说：“从家里来。”

他操着中原口音。

和尚问：“这荒山野河的，你要到哪里去？”

汉子说：“到家里去。”

和尚很欣赏汉子的回答，把他迎进去，给他斋饭，留他住宿。

次日清早，和尚起来做功课，点上桐油灯，却发现汉子不见了。和尚举着灯盏在庙里察看，东西一件不少，可菩萨全都变了脸色！这是一座文庙，供着观世音娘娘，观音双目圆睁，眼里射出火球。和尚跪下磕头，额头在菩萨的脚下，撞出比他本人还要苍老的声音。

撞了十来下，只见两个蜡黄色的汤圆从基座内侧滚了出来。

在菩萨眼里，这分明是不祥之物，不然为什么变脸？和尚拾起汤圆，走出庙门，奋力一扔。

青色的薄光里，两团东西越河而去，把空气洞穿得呜呜叫唤。

紧接着，奇迹出现了：在河的对面，隆起两个坟冢似的土洲（土洲被河汊分割，远处看去，形如鸭嘴，便取了这名字），而那地方，本是被河水淹没的。

据说，两个汤圆是那汉子用父母的骨灰捏成，借得道高僧之手，扔过河去，占据了半岛的绝佳风水。那个汉子，已在夜半时分骑着一根竹竿过河，他的怀里，搂着一个衣袂飘飘的女人。女人是从半岛正东方的灯笼坪下来的花娘。花娘和汉子，在半岛上茹毛饮血，刀耕火种，繁衍子孙。

这传说在三河流域尽人皆知。

半岛人喜欢这传说，因为他们可以从中获得骄傲，但内心里并不十分相信。

有关半岛的种种说法，他们都不十分相信。

他们自己都不知道是从哪里来的。

他们唯一相信的，是脚下的这片土地。这片土地比任何一种传说都更可靠，它藏污纳垢又衍生万物，出庄稼，埋死人，并赐给他们强盛的性欲，性欲又刺激土地，让土地长出更多的庄稼，养活更多的人。一茬接一茬的半岛人，都是从同一条根上长出的枝杈，只要遇上“外敌”，就被同一个大脑所支配，哪怕彼此刚打过架，此时也将手一握，共同御敌。他们的战斗素养是天生的，两人一组，背靠着背，要旋转大家旋转，要跺脚大家跺脚，没有指挥，却步调一致，绝无差池。那时候，他们不再是个体的人，他们的血，也不只在自己体内流动，而是在彼此间循环流动。历朝历代的衙役，想从半岛抓走一个犯人，都是相当冒险的事，不发生新的血案，犯人就抓不走。二十世纪六十年代的某个夏天，镇政府想去半岛捉拿一个老地主来镇上批斗，结果三个公人被乱刀砍成重伤。

半岛是有规矩的，这规矩独立于世。

这么说就明白了，张团练不经允许就带难民来半岛，之所以惹他们发怒，是张团练坏了他们的规矩。——一开始让难民来半岛，不是半岛人自己的想法，而是别人的想法！

在当时，如果有人告诉半岛人：你们那么痛恨别人的想法，是因为一直被别人的想法深深伤害，别人的想法长在每个半岛人的脑子里，你们把张团练和难民吓回去，然后“自己做主”去把难民请来，只是一种无效的挣扎，也可能是最后的挣扎。

如果有人这样告诉他们，他们一定会朝那人吐口水的。

吐口水是他们自己的想法。

那人活该倒霉。每一种事物都有各自的命运，在不该出现的时候出现了，倒霉就在所难免。

幸好，那个假想中的倒霉蛋并没有出现。所有人都聪明地活在“现在”里。

——现在，以及往后的若干日月，半岛人心里都没有时间。心里没有时间的人是有福的，可以不去想过去，也不去想将来，只松松散散地躺在大树底下，享受着正午的阴凉和从大河吹来的湿润空气。他们山高水长地享受着这些，不知道自己就是穷途末路的巴人的后裔。外界同样不知道。否则，那位在大学校园里开设“巴人消失学”课程的邓教授，就不会带着深不可测的怜惜，给学生讲述巴人的旷古悲情。当然，不知道的事情还非常多，比如：后河为什么叫后照河？中河为什么叫中原河？

浩如烟海的典籍，把许许多多人们想知道的事情都埋起来了。典籍埋葬历史，有时比黄土埋葬尸骨还深。

等半岛人知道这些的时候，已经相当晚了。

不过还是提前把它说出来吧。

史书上是这样讲的：“西南有巴国，太皞生咸鸟，咸鸟生乘厘，乘厘生后照，后照是始为巴人。”也就是说，太皞伏羲是华夏民族共同的祖先，伏羲的第四代孙后照，是巴人的祖先，后照河之得名，是巴人为纪念他们的始祖；中原河之得名，则是巴人为纪念他们的根脉：伏羲氏。

这两条河流得以命名的时候，世界还相当寒冷。冷冰冰的世界，却孕育出了一个特异而滚烫的民族——巴人。巴人在中原大舞台第一次亮相，就让其他民族讶然失色。那一次，武王伐纣，巴人被征召，并作为前锋参战。那战阵是亘古未有的：集体唱起雷霆般的歌声，震荡沙场，在歌声的卷动下，士兵手握短剑，如飓风狂潮，凌厉之气让人胆寒；歌者后面是舞者，舞步齐整，边行进，边捶击战鼓。歌者和舞者，在刀光剑影之中，目不斜视。

敌人的热血波翻浪涌地横流过来，敌人的热血长着利齿，咬他们的脚背，还像毒蛇那样翻卷身体，扫他们的腿，他们跺脚呐喊，将牙齿踢碎，将蛇身踩僵。

战争的结果，是武王大胜归朝。作为前锋的巴人，自然功不可没，他们奇特的战阵，更让民间流传着巴国男儿“歌舞以凌殷人”的动人故事。

后来，每到战争的紧要关头，巴人便被众多君王或将军征召入伍，拼杀疆场。

勇于战，成为他们留给别国朝野的鲜明印象，也成为他们证明自己的自觉追求。

可是要证明什么呢？在漫长的历史长河中，巴人为扩张和防御而进行的生存之战，少之又少。

绝大多数时候，他们都作为他国部队的前驱出现。

用战争书写历史，不是巴人自己的想法。

那是别人的想法！

他们可以用血肉之躯战胜强大的敌人，却无法抵御别人的想法。

因为“别人的想法”，巴国的男人战死，女人成为寡妇。

也因此，巴国最终国破家亡。

这是一段令人悲伤的真实历史。只是没有人去揭示。人们宁愿选择传说。

历史是硬的，带着尸体的气息；传说是软的，带着鲜花的香味。二者之间，傻子也知道取舍。

从这个意义上说，外面的人——半岛之外的人，是在有意无意地讨好和纵容半岛人，纵容他们的骄傲，最终把他们的骄傲培植得枝繁叶茂，铺天盖地。这究竟是善意还是阴谋？可能是前者。但谁也不能说它就不是后者。铺天盖地的大树底下，有了阴凉，却没有阳光了。

巴人就是弄丢了阳光，才走向穷途末路。大家都看见了，那阳光就是自己的想法。作为巴人的后裔，之所以可以抵挡强敌，却抵挡不住外面的想法，不是从某一个人开始的，而是来自骨髓，来自遥远的基因，来自播撒在川流峡谷间那粒悲剧的种子。

目录

上篇　源头

中篇　中流

下篇　逝川

开篇　起点

| 上　篇 |

源　头

第一章

1. 衙门

如果罗秀不是疯子，她这时候就该回家去，因为天早就黑下来了。

她没有回家的想法，固执地坐在后河岸边，脱掉鞋袜，用脚板拍河水的脸，拍得啪啪直响。

响声冰凉。

这是冬天，整个白天都在下雪。雪光着身子，从很浅的天空里落下来，横七竖八地往地上躺，躺了一层又躺一层，把半岛捂住。风吹着，满眼都是动荡的银色。

罗秀的弟弟罗杰坐在她身边。罗杰两个钟头前找到姐姐，一直无可奈何地看她胡闹，这时候说："姐姐，爸妈在等我们回去。"

“回去干吗？天黑了，地又没黑。”

她的意思是，既然地没黑，就不该回家去。这时候回家的才是疯子，不回家的不是。

罗杰也认为姐姐不是疯子。整个半岛，只有他才这么认为，因而也只有他才这么傻。

是不是疯子，不是罗秀说了算，也不是弟弟罗杰说了算，是由别人说了算。

这个别人，是一堵无形的墙，看不见也摸不着，可你就是穿越不了。罗杰有些害怕。他感觉到自己被墙挡住了，墙的那边是“别人”，这边是他和姐姐，现在，他还有机会翻到墙的那边去，时间再长一些，事情就相当难说了，他就会和姐姐一起，成为“别人”的对手。

尽管罗杰年纪很小，但年纪再小，也懂得不能随便成为“别人”的对手。

他把姐姐的脚拿起来，放在胸口上焐。他的胸口在吱拉拉叫唤，像是姐姐的脚在唱歌。

把自己焐冷了，姐姐焐热了，他又为她穿鞋袜。本以为穿上鞋袜姐姐就会起身，可他的手刚松开，罗秀又把脚伸进了水里。河水正冷得心慌，急吼吼地往她鞋子里躲，先躲进去的占据了地盘，后来者心有不甘，就在沿口上咕咕噜噜地报怨，骂抢在前面的家伙太自私。

罗秀把脚越插越深，“淹死你！淹死你！”她说。

她是要把钻进鞋里的水都淹死。

果然，没声音了，看来那些水都被淹死了，她便笑起来。

笑声子弹一样贴着水皮射出去，击中了一只歇在对岸草窝里的野鸭。野鸭默默地起飞，去下游找它的第二个家，翅膀厉害地倾斜着，好像它要穿透寒冷的夜色，必须用这种斜翅飞翔的姿势。

罗杰正准备哭，母亲来了。

这个脸颊狭长的女人，张云梅，见女儿把脚插进水里，打了个寒噤，却并不怎么惊慌。对女儿，她是有一番心思的，这心思不能说，哪怕对她自己，也不能说；它就像庄稼地里的杂草，生起来又拔掉，拔掉了再长，总是拔不断根。庄稼总是轻易就断了根，杂草却那么顽强，不知道怎么回事。

此刻，那杂草就在疯长，因此张云梅没有立即把女儿拉起来，更没有像罗杰那样，把那双冻成冰坨子的脚放在胸口上焐，而是蹲下身，给了儿子一记耳光："她是疯子，未必你也是疯子？"

罗杰的头划了条弧线，身子一偏，手压住了河岸的枯草。枯草上的雪尘被惊醒，在他掌心里扭扭捏捏的。

三个人都不说话。天地静下来，静得轰隆一声。

但还有一种难以辨识的声音。那是张云梅心里的杂草生长的声音。杂草已经长得扎眼了，她不得不拔掉它。一拔掉，她心里就很痛，就觉得自己不像个当母亲的。

她人高马大，身强力壮，一把将女儿抓起来，捞到背上，往家里走去。

空气干冷，雪野苍茫，走在回家路上的三个人，呈两团灰色的影子，幽灵似的飘浮着。但他们不像幽灵那般轻松，张云梅牲口一样喘息，脚下的雪也在喘息。每一脚下去，都有坠落的感觉。女儿很沉。疯疯傻傻的人都这样，总是很沉的，因为他们没有正常人那么多想法。每一个想法都是一片羽毛，没有想法就跟石头差不多了。张云梅搬着这块石头，从三岁搬到十九岁，搬了十六年。

家在衙门。衙门这称呼，听上去像个官府。事实上也是。晚清时期，宣汉县政府为避农民暴动，曾把县衙设在那里。县衙早就搬走了，衙门这名字却留了下来。现在的衙门显得相当破败，可里三层外三层，照旧给人庭院深深的森严感。后河离衙门，是很有一段距离的。半岛方圆十里，回龙中学位于正中，过了学校，向北再走十多道田埂，才是衙门的最外层，也就是下院；依照地势高低，衙门从称谓上被切割成三个部分：上院、中院、下院。张云梅家就在下院：一间新修的偏厦，一栋老旧的正屋，正屋前面的小小院坝，紧接田原。

屋子里亮着灯光，鼾声却锯齿一样割着板壁。

“只晓得挺瘟！”张云梅骂了一声。

她骂的是丈夫罗疤子。她只敢这样悄悄骂。嫁到半岛之后，她有过短暂的幸福时光，之后就在男人的拳头底下过日子，作为男人的影子而活着。有好多次，她真的变成了影子——鸡不叫狗不咬的夜半时分，往坟林跑的鬼影子。罗疤子把她打得太狠了，狠得她伤了心，她想回娘家，但路途遥远，一时半会儿回不去，再说跟丈夫赌气跑回娘家的女人，有哪一个不是气没喘匀就想回转的？儿女，田地，都等着女人经管，她丢不下；再说女人天生就是要被移栽的，娘家已不属于自己的家了。不能回娘家，张云梅就跑进坟林，把自己遭受的委屈，一五一十地说给丈夫的先人们听，让他们评评理，看究竟是自己这个媳妇没当好，还是罗疤子太过分……

其实罗疤子没睡着，他从窗口望见女儿被找回来，就装着睡过去了。

张云梅应该先用积雪把女儿的脚搓热，才能让她躺到床上去。张云梅开始也是这样想的，但那个打鼾的人坏了她的心情。她只帮女儿脱了衣服，就将她塞进被窝。

次日清晨，张云梅翻身下床，外衣也没披，就冲进女儿的房间。昨夜里，她是想气消了，心静了，再去为女儿暖脚，可没想到眼睛一闭就睡死了。床上空空的。张云梅跑出屋外，见女儿正往后河走去，都到校门外的那条渠堰上了。深青色的晨光里，女儿的红棉衣，像一汪移动的血。

这个疯子，对后河为什么那样着迷？她不停地往河边跑，到底想干啥？

迎着摔打的寒风，张云梅去追女儿。

雪已烂掉，女儿的脚印里积着水洼，女儿僵硬的面容落在水洼里，一个连着一个。

“你！”张云梅说。

罗秀回过头来，朝母亲笑。她一笑脸上就不僵硬了。可对她本人而言，这未必是件好事。脸部僵硬的时候，不好判断她的美丑，一旦松弛下来，就丑相毕露。她的那张嘴，随着年龄在扩展，脸上别的部位，似乎早在十年前就定了型。

她刚满十六岁的时候，第一次有人提亲，男方住在后河对岸的杨侯山，已三十大几，急需一个女人把他变成男人，为他传宗接代，疯子不疯子，就管不着了。那天罗秀在母亲的陪同下上了山，坐在鸡粪满地的阶沿上，供别人观赏。那时候她的脸真就像一块石头。村民叽叽喳喳地议论一阵，又叽叽喳喳地劝慰那个穿着新衣的男人，说看上去她并不疯，只是有点傻；即使疯，也是文疯子。其实男人不需要劝，他早就打算认命，结下这块石头。谁知道罗秀并非石头，不知听到一句什么话，她忽然笑起来，哈哈大笑。这一笑，她的脸活泛而生动了。越生动越不忍目睹。开饭之前，张云梅再一次问男方："看不看得上啊？"这是规矩，要男方确认"看得上"，这顿饭才能吃，否则是不能吃的，天远地远，相亲的女子及其陪客，也要饿着肚子赶回去。那天，张云梅进门时问了声，男方憨憨地点了头，开饭前问他，他却既不点头，也不开口，因此饭没吃成，婚也没订成。

回家的路说不上远，可张云梅心里的寒酸把路拉得没有尽头。人家的女儿订婚，都是七姑八姨的跟来一大群，这群婆娘降临哪个村落，哪个村落就光彩照人，仿佛别的都不重要，重要的是她们曾经来过，曾经以她们锐利的目光，察看男方的长相和家产，并以训练有素的刀子嘴，把男方的婆娘驳得哑口无言。这是乡间女人一生中的辉煌时光，辉煌得她们只顾展示自己，反倒把相亲的女子冷落了。不过，那是很甜蜜也很安全的冷落。

而张云梅的女儿，却享受不到这种甜蜜和安全。罗秀没有姑也没有姨，只有外婆和一个舅妈，外婆上了年岁，舅妈呢，别提她张云梅心里倒好受些。当然，她可以在半岛约上几个关系亲近又会说话的女人，比如中院罗建放的老婆桂秀英，还有上院的话匣子马呱呱，去充当女儿的血亲，可张云梅没脸。半岛女子外嫁，即使不能嫁到隔河的镇上去，至少也该走一个河谷地带的殷实人家，谁见过半岛女子往山上嫁的？没有一大帮女人陪着，女方首先就输了志气，单枪匹马的张云梅，别说察看男方的长相和家产，连正眼跟人对视的勇气也没有。她只希望时光走得快些，在女儿出丑之前，把事情定下来。可时光也是一个女人，一个坏了心眼的小女人，你希望它快些离开，它却偏偏站在女儿跟前逗她，让她在节骨眼上笑得周身乱颤，笑得要多难看有多难看。

以后的好儿次订婚，都是这种情形……

女儿在别人面前笑，张云梅的眉毛拧成疙瘩，深感羞愧，可要是单独对她笑，情况就变了，那笑就成了一束动人的火苗。

这时候，张云梅的心被那束火苗烤暖了，她拉住女儿的手说："这么冷的天，你去哪？秀儿乖啊，秀儿跟我回去啊。"她嘴里喷出的白雾，在风里笑嘻嘻地扭动着身子。

罗秀不愿意回去。罗秀说："我要去看我的河。"

一条大河，遥遥地来，远远地去，怎么就成了你的河？

张云梅的肩膀抖动了一下。或许，在每一个女人的身体里，都淌着一条河。但这条河不是她们的。这条河虽然从她们体内流过，却不属于她们。女儿却有一条自己的河。

说不准，这疯子将来比我有福，张云梅想。

"妈你说啥？"

张云梅不知道自己把心里的话说出了声，还以为女儿具有据说疯子才有的特异功能。

"我是说，"她这样回答女儿，"你呀，要是将来好歹嫁个男人，生下个一男半女，当妈的也就丢心落肠了。"

罗秀似乎不知道什么叫男人，却对"一男半女"很感兴趣，好像那是一只香瓜，闻一闻就感到舒服。此时，她把母亲的手臂当成了“一男半女”，或者说当成了那只香瓜，脸偎在上面，蹭着。被寒风割得相当粗糙的脸，把母亲粗糙的衣袖蹭得嚓嚓作响。

母亲牵着她往家里走，她顺从地跟上了母亲的脚步。

“这才像我的女儿。”张云梅说，心里酸酸的。

她心里酸，是因为她觉得，自己牵女儿的这副样子，很像伴娘把新娘往洞房里牵。

罗杰还在睡，罗疤子已起床。罗疤子拿着弯刀，出门砍柴。柴还有的是烧，可他不愿意待在家里。化雪天不能下地，只有去砍柴。半岛从整体上说是一块平坝，却不是摊开了的那种平整，回龙中学背后，有座名叫雀儿山的土丘，土丘腰部以下，属于学校，腰部以上属于半岛农人，农人们在丘上种些胡豆、豌豆，偶尔也点两片麦苗。柴山主要在中河地界附近，那里浅丘起伏，砂土较重，不大出庄稼，但马桑树、青冈树，见土就长；半岛人的坟林也在那边，反正死人又不需要种庄稼。

罗疤子出门后，张云梅撩起女儿的裤腿。她没穿袜子，就是一双光脚塞在解放鞋里。

那双脚不仅没冻坏，还白白嫩嫩的。罗秀也丝毫没有感冒的迹象。

张云梅长长地叹息一声。

罗秀分辨不出母亲叹息的内容，只说：“儿子，我儿子帮我。”

母亲听懂了她的意思，她是说，昨天夜里，罗杰用积雪为她暖脚了。

傍墙角的瓷盆里，还有残存的融雪。

“儿子儿子，他是你弟弟，可不兴叫儿子，让别人听见了笑话！”

把弟弟叫儿子，是最近这段时间的事情。

张云梅生上火，找双厚袜子出来，先在火上烤热了，再给女儿穿上。随后，她把女儿带进里屋，问："来了没有？"罗秀把嘴唇咬住，不回答。那排整齐的牙齿，就像长在嘴唇上的。

张云梅从枕头底下取出一条厚实的布带，说："来了就戴上。"

罗秀把东西接过来，奋力朝窗外扔去。

窗子是闭着的，那柔软的东西被碰得发出扑哧一声，蔫搭搭地掉在地上，像个废弃的干粮袋。那真是干粮袋的样子，花布里面填着柴灰，吸收女人的血水。张云梅把它拾起来，嘴贴近了，吹掉沾在上面的灰土，吹干净了又往女儿手里递。

罗秀转过身，从立柜上取过一把剪刀，朝着母亲比画。

张云梅无可奈何地嗔怪道："没来就没来，凶巴巴的做啥？你剪吧，剪坏了我懒得给你缝！"

言毕把东西塞回枕头底下，进伙房做早饭去了。

2. 罗疤子

早饭好了半个时辰，罗疤子也没回来。

要是可以的话，他永远也不想回去。

时过境迁，罗疤子的真名已经被人淡忘，半岛上，长辈和平辈直呼他疤子，晚辈叫他疤子叔或疤子爷；他左脸靠近太阳穴的地方，有枚铜钱大小的伤疤，亮光光的；这点不该有的亮光代替了他的名字，甚至也代替了他的身份。那亮光是一颗钢针，把他钉在人们的日常用语里，让他一辈子也别想挣脱开。如果有外地人问："你那块疤是咋回事？"他会说，那是小时候睡在院坝里，被可恶的饿狗啃掉了一张皮；如果有本地人这样问，那伤疤的颜色就会变深，由灰而红，由红而紫，对你怒目而视。不过话说回来，除了那些球毛不长的毛丫丫，本地没有谁这样去问他。

林子以外，半岛的远处，似烟似雾的气体升上来，离天越来越近，在大地上弥漫开来。但这时候的罗疤子还能望见衙门的轮廓，几层院落，沿倾斜的坡面，由南而北，缓缓攀爬，青黑色的屋脊上，画出距离不等的银灰色细线。那是藏在瓦沟里的积雪。那些雪不愿偷偷摸摸地化掉，它们要等太阳出来，再变成悬空奔腾的溪流。水可以像孙猴子那样变化万千，云朵和雪尘，只是最基本的形态，云有多少种，数也数不清，雪也是，山顶上的雪和平坝里的雪就不一样，前者主子似的傲慢，后者明白自己下错了地方，还没沾地就张皇失措。而此时的罗疤子，就是下错了地方的雪——他化成灰，人家也能指出哪一撮灰是那块伤疤，也要议论那块伤疤的来历。

他封不了人家的嘴，他知道。

雾气越来越浓，在衙门前的田野上，几团雾停泊在半空，树冠一样，黑洇洇的。罗疤子数了数，三团，左数是三，右数还是三。他捂了捂胸口。那里曾经有三棵巨大的桂花树，八月里，半岛上香气复杂，可即便是与农人最为亲近的稻谷香，也要自觉地留出一条通道，让桂花香顺畅地跑过，叫人们知道，这正是桂树开花的时节，要吃桂花糕的，赶紧拿竹竿去把花朵儿捣下来。三棵树活了多少年？不知道，最老的老人说，他们的高祖是小孩的时候，桂花树就有这么大，他们高祖的高祖是小孩的时候，桂花树也有这么大。时间让三棵树成精，让它们成为半岛人心目中的神，谁生了医治不了的病，就来给桂花树烧纸；谁家小儿夜啼，就搭一把楼梯，爬上树去，在枝丫上系根红绳。几乎家家户户的孩子，包括罗疤子的女儿罗秀，都拜了三棵桂花树做干爹；半岛人把干爹叫保爹，意思是保佑孩子健康成长。如果在它们被伐倒之前生了罗杰，罗杰照样会拜它们做保爹。孩子们放学回来，路经三棵树，会齐声高叫："保爹！保爹！"枝叶摇动，雀鸟乱鸣，似在回答。

所有的半岛人，都是桂花树的儿女。

可它们还是被伐倒了。

伐倒它们的共有七个人，其中就有罗疤子。

七个人用斧子劈，用锯子拉，泼上煤油点火焚烧，足足忙乎了十三个昼夜，三棵树才轰然倒地。

那正是雀鸟生蛋的时节，碎掉的鸟蛋，把半亩那么大一块田都汪成了黏黏稠稠的黄色。

第一斧劈下去时，七个人不是没有畏惧，他们都从回龙镇的说书人口中，知道了曹操的故事，曹操剑劈神树的时候，一缕鲜血飞迸而出，呛了曹操一脸。桂花树是不是也有鲜血？结果没有。它们就是三棵老树，别的啥也不是。几个人这才放了胆。没有人敢阻拦他们，因为他们是在"破四旧"，既然沾了"神"字，就属于"四旧"的范畴，就属于被破之列。

只在神树倒下后，半岛上才响起浪头似的哭声。

人们跪倒在树的尸身前，呼天抢地："保爹呀，我的保爹呀……"

罗秀就是那时候疯掉的。她没有哭，没有叫，只抓起肉红色的锯木灰，大把大把地往嘴里塞。她脖子僵直，嘴里已塞得满满当当，但她鼓着眼睛，两只手还在疯狂地往嘴巴上拍。那样子，不像一个三岁的娃娃，而像铁了心要干成一桩大事的烈女。

张云梅当时也跟众人一起，跪在地上哭叫“保爹”；她是帮女儿叫的。没想到在她声嘶力竭地表达忠诚的时候，女儿先被阴魂给治住了。她几步抢到女儿跟前，把她嘴里的东西用指拇儿剜出来，然后把指拇儿插得很深，让女儿呕，呕得只剩下黄水，再左右开弓，打女儿的脸。她打的不是女儿，是附着在女儿身上、指使她以这样的方式了结自己的怨鬼。

罗秀被打哭了。哭了是好事，证明怨鬼跑掉了。

可那毛病没改。一有机会，罗秀就去找桂花树的锯木灰，找到了就往嘴里塞。

张云梅把锯木灰打扫得一粒不留，用火烧，罗秀没什么可塞的，就把桂花树断桩旁边的泥土抓起来，做出往嘴里塞的架势。

半岛人看见她，要是旁边没有大人，就朝她啐一口，说吃呀，你吃呀！

她不吃。她知道这不能吃。她把泥土扔了，有时候扔在自己脚下，有时候扔在怂恿者的身上。

被扔的人怒气冲冲，骂一声：“疯子！”

这个说：“疯子！”

那个说：“疯子！”

今天说：“疯子！”

明天说：“疯子！”

她自己也弄不醒豁了。我是疯子吗？别人都这么说，怎么可能不是？可她又觉得自己真不是疯子，该吃饭吃饭，该拉屎拉屎，把饭吃进嘴里，把屎拉进茅坑，所有人都是这么做的，为什么偏偏她就是疯子？她对爸妈说："我不是疯子。"当妈的说："是的是的。"这含糊的应答更让她迷惑。可好歹有一个应答，当爸的却没有精力理会她。那时候的罗疤子，还有好多事情等着他去干，那些事无论大小，都镀上了一层炫目的金辉，女儿的纠缠却是那么没有意义，因此让他发烦。通常情况下，他不作声，要是女儿抓住他的裤腿，非要他表态不可，他会大喝一声："疯子！"

爸爸也说她是疯子。

有一天，妈妈被她一连问了四五遍，问恼了，说："我不是告诉你了吗，还问，硬是他妈个疯子！"

这句话画成了一个圆。她是一粒玻璃珠，不管怎样滚动，都在圆圈里。陷入沼泽的人，挣扎不仅无效，还越陷越深。罗秀的错误就在于她不停地挣扎，结果把自己弄成了一个货真价实的疯子。

想当初，她把锯木灰往嘴里塞，或许只是喜欢它的香味。

并不是怨鬼把她逼疯的，她是被人们叫疯的。

每当半岛人看到罗秀的疯态，都会摇头叹息：报应，这是报应……

罗疤子坐在雾气弥漫的林子里抽烟，就在想报应的事情。

当年他们那七个人，伐倒了桂花树，紧接着又劈了神龛。神龛高两米，放置在衙门中院，劈碎之后，拿到食堂去烧，烧了三天也没烧完。许多人都听到了神龛的哭泣。那是祖先们在哭。

但罗疤子跟他的伙伴没有听到。那时候他们想的是，桂花树是敬天地的，神龛是敬先人的，现在这两样东西都毁了，七个人可以一身轻松，无挂无碍地去跟活人斗了。

他们揪斗的活人，一是罗建放的父亲——半岛上最大的地主，二是回龙中学校长罗传明。

那七个人，至今死了三个，其中最年长的还不上六十。其余几个，除罗疤子路走得稳，气也喘得匀，别的都得了这样那样的怪病，要么喉咙哑了，要么骨头软了，软得瘫在床上。镇上懂药道的人说，敢跟光阴拼脚力的老树，会分泌出一种油脂，让靠近它的人得病。半岛人却不这么想，他们说这是报应。罗疤子是半岛人，他相信半岛人的话。报应没让他自己领受，却让女儿成了疯子，从小疯子变成大疯子，变成注定嫁不出去的姑娘。

如果疯子也可以称作姑娘的话。

罗疤子不愿意看到女儿，每次跟女儿四目相对，他都觉得，女儿的眼睛里藏着三棵树，藏着那具神龛，也藏着那个秋天的夜晚。——那天晚上，天空冰面一样澄澈润滑，星星多得让人打抖，罗疤子手执钢钎，踏着虫子似的星光，朝学校走去。学校早就空了，操场上野艾过膝，野兔在里面自由穿梭，围墙内侧用红漆书写的毛体字“发展体育运动，增强人民体质”，因日晒雨淋，黯淡得都快认不出来了；只有把校舍搂住的高大槐树，在秋风中悠然摆动树梢，好像要以此表明，一棵树要长到它们这么高，并不是一件特别费力的事情。罗疤子——那时候他的真名还活着，因为他的脸上还没有疤子——相信，看上去已成破庙的校园，其实并没有空，只要校长罗传明在，它的心脏就在跳动，就随时可能剪除操场上清白的艾蒿，向归来的学生播撒毒草的种子。

白天，他们已经斗过罗传明。不是戴纸糊的高帽那种斗法。给“反动学术权威”戴高帽这种把戏，开始玩着新鲜，见得多了，就不新鲜了。河那边的镇子上，每逢赶场天，都有几个戴高帽的家伙游街，颈上挂块铁牌，铁牌上写着“反动学术权威 ×××”，用红笔画两把大叉，且用变形汉字细列罪名；背上还刷了糨糊，一张大白纸贴上去，供看客们发表书面感言。所谓感言，也就是骂，想怎么骂怎么骂。罗疤子他们也在罗传明身上也这样干过，干了几回，自己都觉得恶心了。再次把罗传明抓起来，罗疤子便想了个绝妙的主意：用钳子弯出许多个铁环，往罗传明的脖子上箍，叫“戴铁套子”。铁环的大小，与脖子的粗细相当，甚至还稍稍紧一点，箍上半个时辰，把铁环取下后，那被拉长的脖子便软软地垂着，人也一头仆倒在地，像死过去了。经过再而三的重复，他的脖子长是长了，却向前勾着，无须箍半个时辰，只要十来分钟，他就会栽下去。

这天比晌午稍晚的时候，罗传明又戴了铁套子，趴下之后，把脸埋进尘土里，一动不动。“别装啊，”罗疤子轻描淡写地这样说，然后拍拍手上的泥，告诉罗传明，“我们要休息了，晚上再来啊。”

罗疤子说的晚上，不是指天刚黑那阵，是等他把觉睡得差不多了，后半夜才开始行动。

这时节，天空总是蓝得像要往下滴，白色的星星使蓝天意趣盎然，让人感觉到在九天之外，一定还是这样的蓝色。罗疤子几人，在这个碧落澄澈促织声声的夜晚，去了罗传明的家。罗传明的家没在衙门，在半岛西南的一块光石坝上。那块足有两亩大的天然石坝，承载着五户人家，罗传明住在中间。家里没人。

他们分头去找。罗疤子去的是学校。他觉得罗传明最可能藏身的地方，就是学校。罗传明曾经说过，他死也要死在学校里。是自己而非别人将罗传明从“鼠洞”里挖出来，让罗疤子从里到外都很昂扬。

可为什么要拿着钢钎？难道他要一钢钎把罗传明捅死？

他拿着钢钎出门之前，张云梅突然从床上翻起来，跪下求他，还把他的腿死死地抱住。这婆娘，自从罗疤子成了半岛上的英雄，就老爱挡他的事。以前再怎样挡，也是嘴上说说，不敢抱他的腿，今天是怎么了？天黑之前，她才为几句话挨过罗疤子的拳头，打得她不敢回屋，去黑咕隆咚的野地待了很长时间，半个钟头前才回来呢，伤疤没好就忘了痛？罗疤子说：“放开！”张云梅没有放开。他抓住她的头发，使劲捋，捋下小半把发丝，张云梅还是不松手。她就像长在他的腿上。他举起钢钎，说老子捅死你！张云梅一惊，手松开了。罗疤子朝她踢了一脚，大步出门。

走在田埂上，罗疤子心里有些怪异。未必那婆娘当真以为我要一钢钎把罗传明捅死？罗疤子可从没这么想过！他跟罗传明无冤无仇，捅死他干吗？至于批斗他，羞辱他，是因为他是反动学术权威。反动学术权威的全部使命，就是接受批斗和羞辱。那是他们罪有应得。

既然这样，我拿着钢钎干啥呢？罗疤子自己也说不清。

实际的情形，不是罗疤子拿着钢钎，而是钢钎叫罗疤子拿着。

钢钎成了罗疤子的主人，在他手里嗡嗡鸣叫。

走完田埂，跨过渠堰，还没进校门，罗疤子就挨了闷棒！

那一棒打在肩部，第一反应却是在眼睛里。他看见星星纷纷坠落，长长的光翼划过乱糟糟的天空。接着耳朵有了反应，他听见星星坠落的声响，轰隆隆，轰隆隆，插进田土，栽进河中。

他应该有第三反应的，可第三反应还没到来，手里的钢钎就被接管了。或者说钢钎自己从他手里蹦出去了——那可恶的东西叛了变，扎在他的太阳穴上。

直到今天，罗疤子也不知道那是谁干的。罗传明肯定干不了，他已被折磨得像一条老狗了；那时候的罗传明正当壮年，可那副勾腰驼背的憔悴样，比老狗还不如。罗传明的家人也干不了，他没有兄弟，父亲多年前就死了，是被日本人炸死的，他的三个儿子，最大的才七岁，别说夺过钢钎扎人，就是双手递给他们，三个家伙抬也抬不动；至于罗传明的老娘和老婆，都像营养不良的秧苗，黄不拉叽，瘦骨嶙峋，牛羊不吃。那么是谁干的？这是一个谜，藏在黑暗深处。

罗疤子死蛇一样横搭在渠堰上。

昏迷了大约煮熟一顿饭的工夫，晓色初露，他也醒了过来。他脸上血糊糊的，钢钎在他左脸上扎了个眼子，好在扎得不深。当然不深，否则他就没命了。

他爬起来，依旧把扔在身旁的钢钎握住，向家里走去。

往后的若干年，罗疤子常常想，要不是那天让女儿受了惊吓，说不定她不会真疯。他跌跌撞撞地走进家门，见老婆和女儿都起了床。女儿自从死了“保爹”，总是老早就醒，比大人醒得还早。张云梅正在给女儿洗脚。这是她从娘家带来的养身法，说早上洗脚，胜吃补药。张云梅屁股朝门，女儿脸朝门，女儿听到响动，

造了那些孔，每一个孔都必然是有所进，也有所出。女人为那个客人忙乎大半辈子，烦死了它，可当真它该来不来的时候，又心焦气躁。

张云梅带着罗秀去镇卫生所检查。当然是冷场天。赶场天不行，人太多了，街上人多，卫生所人也多，进进出出的都是脸，各色各样的脸，从日出到黄昏，没有消停过。好像乡里人的病，都生在赶场天一样。即便是冷场天，张云梅也给女儿包了块头巾，脖子以上的部分都裹起来，只露出一双眼睛。御寒是其次，主要是遮羞。在乡里人看来，得妇科病是羞耻的。没嫁人的女子得了妇科病，简直就等同于败坏了，人们会从病象出发，生出五光十色的联想，联想得有多败坏，那女子就有多败坏。

裹上头巾的罗秀，比光脸子好看得多，她的那双眼睛，既没有疯子的狂躁，也没有傻子的呆板，只要她高兴，甚至可以左顾右盼。接待母女俩的是个上了年纪的女医生，手下带了个实习生，一个把头发梳得油光可鉴的小伙子。女医生身上的白大褂，干净得可以吃。她把母女俩带进过道那边的一个小房间，将门闭了，没让实习生进来。之后，她开始问话："多少岁？"

张云梅说十九。

"结婚了吗？"

张云梅说没有。

这就是说，这女子还是个姑娘。

医生便用对待姑娘的方法去处理。

其实，她从罗秀包裹得那么严实，就已经判断出来了。

"最近生过病没有？"

张云梅本想说，她一直都在生病，但医生问的是最近，因此张云梅说，没有，没有生病。

什么话都是张云梅在回答，让人觉得她女儿是个哑巴。哑巴大多是聋子，但她女儿的眼神，分明听清了医生的问题，她不是聋子。医生宽容地笑了笑，说："大姑娘了。"不知是批评罗秀这么大了，答个话也要母亲代劳，还是说姑娘大了不好意思。

"受过什么刺激没有？"医生接着问。

张云梅将女儿在下雪天把脚伸进河里的事说了。

当然不是说伸进河里耍水，而是说淘猪草。

医生沉吟片刻，没下结论，让罗秀躺到窄如条凳的床上去，用手压她的肚子。一起一伏之间，罗秀的肚子咕咕叫唤，像里面歇着一群老母鸡。随后，医生打算用听诊器听一听，可听诊器没拿过来，她便回自己办公室去取。

女医生刚离开，实习医生进来了。他掀开罗秀的被子，迅速扫了一眼，就出去了。

过一会儿女医生回来，见被子一角翘着，眼神暗了，问："有人进来过没有？"

张云梅说："刚才那个医生来过。"

女医生相当冒火，忿忿地说："没出息的货色，眼睛只晓得馋女人的那东西！"

看来她不喜欢那个实习生。

如果她说的是真的，实习生又哪里知道自己想看的是一个疯子呢？

当然，他什么也没有看见。

女医生把听诊器在罗秀的乳房周围移来移去地摆弄了老半天，才叫罗秀起来。

“肺里一点也听不出轰鸣声。没事，看来她就是气虚，开点药吃，就好了。”

女医生心肠太善良了，善良得不相信一个姑娘不来月经，还会有另外一种解释。

她连罗秀的尿液也没检查。

张云梅高高兴兴地陪着女儿回家，手里拎着一大包药，有西药，也有中药。走在晴朗了若干个日子、被风吹白了的半岛上，罗秀的嘴里时不时发出这样的声音：“哼哼，哼哼。”

张云梅说：“你到底还是感冒了吧，想咳就咳出来。”

罗秀说我没有想咳。

“那你哼哼干啥？”

罗秀说不是我要哼哼，是它自己要哼哼。

疯子的逻辑。

走几步，罗秀又说：“有个东西在我肚子里笑。”

张云梅没言声。某些时候，她会忘记女儿是疯子，比如今天，从出门到回到半岛上，女儿几乎没怎么说话，也没有任何异常之举，张云梅就会产生短暂的错觉，觉得女儿从来就没疯过。她的心绪，会在一条狭长的巷道里行走，肩膀缩起来，脚步尽量放轻，生怕把身边的墙壁碰着了，把睡着的东西唤醒了。她相信这样一直走下去，就能把女儿领到阳光底下，给她一个说得过去的前程。

可女儿刚才说的那几句话，让张云梅明白，那条巷道根本就是不存在的。女儿的所谓前程——农家女人的前程，差不多也就等于嫁一个诚实肯干的好男人了——同样是不存在的。

没有男人要她，好男人更谈不上。

吃药。先吃西药，再吃中药。中药比西药多，据医生说也更有效。药香沸腾着在半岛上奔跑，像是要通知所有人：罗疤子的疯女儿得病啦！邻居们前来打探，问是怎么了，张云梅说，没怎么，就是病了，她从小就是个病人嘛。问的人不好再深问下去，哪怕是出于彻底的善意。因为应答者的口气里竖了一面墙，分明是叫你知趣地站在墙外，不要多管墙里的闲事。

再说张云梅的话也有道理，罗秀从小就是个病人。

那些日子，每天夜里，张云梅都从枕头底下摸出那个女用之物，朝女儿的手里递。罗秀的回答，都是拿一把剪刀，朝那怪模怪样的家伙比画。母亲把剪刀藏起来，她就拿菜刀，拿火柴。不能剪，还不能剁不能烧吗？张云梅把物件窝进腰间的围裙里，可怜巴巴地说："我又没叫你现在戴上，我是让你拿着，来了再戴。"罗秀哼一声，出去了。

清早起来，女儿还没醒的时候，张云梅偷偷摸摸地去掀开她的被子，瞧一瞧，再摸一摸。

她希望见红。

可没有见红。

于是又弄药。弄了一大堆药。那个女医生不行，就换个医生。镇卫生所不行，就换成小诊所。

不过管你怎么换，罗秀是坚决不愿去见医生的了。

医生不能检查病人，就只能听当母亲的转述，弄回的药自然也往往是风马牛不相及的。

大碗大碗的药水，在别人眼里是静止的，浑浊的，在罗秀眼里不是。罗秀看到的是一条清澈的大河。每当她把一碗药喝下去，她就说："我把一条河喝下去了。"

她用袖口擦嘴，双唇紧紧地闭着，眼睛眯缝着，鼻梁上布满皱纹。

她说得那么高兴，样子却像在哭。

罗杰那时候也像在哭。他的眼睛能看穿姐姐的皮肉。姐姐的皮肉底下全是药水，没有血。血早就被药水洗过了。姐姐的五脏六腑，都被药物坚硬的气味揉搓成了深黑色。

只要父母不在面前，罗杰就说："姐姐，我帮你喝。"

罗秀说："要得儿子，你帮我喝。"

她的脸上，沐浴着母亲般慈爱的光辉。

罗杰接过碗，一饮而尽。他还把碗底上的药渣用黑黢黢的指头赶进嘴里，大开大合地咀嚼几下，脖子一伸一缩地往肚里咽。他觉得自己这样做，可以减轻姐姐的痛苦。

但他能帮姐姐喝药的时候毕竟不多。大多数时候，母亲都是守在身边的。

罗秀瘦下去了，十根指拇儿，差不多就是十根惨白的骨头，看上去同样粗细；脸上自不必说，眼睛陷下去了，颧骨露出来了。别人问她："罗秀你咋瘦成这样了？"她说，是小偷把肉给我偷走了。"噢，偷到市场上去卖了？卖多少钱一斤？"她听出问话的人是在奚落她，立即横眉竖目："小偷又被我抓住了，把肉还给了我！"有一天，她也这样对母亲说。母亲笑起来，说我的疯女儿呢，肉长在你身上，又不是割下来的猪肉，别人咋能偷走，偷走了又咋能还给你。她扑在母亲怀里撒娇。这种时候是难得一见的。她把头枕在母亲下垂的乳房上，挑起短促的眉毛，得意地说：“妈，我不骗你，小偷真的被我抓住了，真的把肉还给了我，全部还到了我的肚子里。”

她双手抓住腰间，把衣服往上一撩，亮出雪茸茸的肚皮，让母亲看。

张云梅目光发直，直了许久，才伸手去摸。

一摸，她觉得自己全身都被烧煳了。

那是被雷劈了。

张云梅怀过三个孩子，养下两个，她知道女儿肚皮上骄傲的弧形意味着什么。

女儿的客人迟迟不来的三种情况，恰恰是她最没有想到的那一种。

“我的老天爷呀……”张云梅在牙缝里说。

她没说更多的话，直到丈夫从田间回来。

第二章

4．公道

"不公啊！"

这是罗疤子听到妻子告诉他关于女儿怀孕的消息后，说出的第一句话。

说这话之前，他像吐痰那样吐出了一口血。

受这样大的刺激，是因为他觉得，那年月所有人都在狂欢，最后却把账目清算到几个人头上。

他有一种心思，这心思没说出来，却比那些说出来的心思还要像真正的心思。

这就是：砍神树，劈神龛，斗人，他们不干，别的人也要干；神树倒下之后，人们一起跪哭，谁也说不清这是不是另一种形式的狂欢。区别只在于，那粒从远古传下来的种子，首先是在罗疤子的身体里发芽，并由他和同伙们点燃了狂欢的焰火。

由此是否可以证明，罗疤子是半岛上最先觉悟的人。然而，一个连名字都丢掉了的人，实在没有资格谈什么觉悟；他所谓的觉悟，其实就是迷茫。

时隔多年，他还清晰地记得那粒种子发芽时的情景。

头一天，他去镇上赶场。那天去赶场的半岛人特别少，一路上，都是罗疤子独行。半岛在这时候呈现出了它的阔大。方圆十里，或许也算不上阔大，但与陕、渝、鄂交界的川东北，是被山峦主宰的，大巴山脉如一支重任在身的军队，匆匆忙忙从额际擦过，直指东南，摩天岭、米仓山、神农架、武当山等名山大川，成为它的生力军，而一些老弱病残，则在行军途中被随手丢弃。当然也有主动溜号的逃兵。这些老弱病残和逃兵，就是密布川东北的荒坡土丘和高崖峻岭。高崖峻岭把居民逼向河谷，把农民逼进深山。经过亿万年在地壳内部进行的、人类看不见的战争，群山形成了秩序井然的社会，尊卑贵贱各得其所，雄飞雌从相互依傍，美美丑丑互为衬托；既是社会，千百种角色便争夺着各自表演的舞台，刀兵相向的，含沙射影的，趾高气扬的，低眉顺目的，色厉内荏的……也有帝王，也有奴仆，也有乞丐，也有掮客，也有谦谦君子、窈窕淑女和色中饿鬼。于是，翠冠华盖而行者，挥鞭呼喝而动者，伏腰撅股而语者，母子抱头而哭者，强搂香体而艳者，促促行行，排列而去。它们也有艺术，手段单一，只顾夸张：有的整个形体就是一片巨大的舌头或一根圆形的腿柱；不知廉耻者，则隐身其后，只把壮如老松的生殖器举出来炫耀。

在如此地界上，罗家坝半岛简直称得上横空出世。

就是三河流域的重要码头回龙镇，也只是在狭长河谷上局促地摆开，伸个懒腰，打个呵欠，也有被困住的感觉，女人怀个孩子，肚皮也不敢绷得十分圆。望着河对面广袤的半岛，镇上人很有些想不通：那么好的地方啊，怎么就被一群妖精古怪的蛮子占据了？

罗家坝的确好。后来有人写文章，称它像一朵天造地设的宝莲花。

不过这是扯淡，它不像莲花，它就像一片树叶，漂浮在河流之上的树叶。

那天罗疤子就在这片树叶上行走。正是甘蔗临近收获的季节，罗疤子被一大片翠绿淹没了，他只能看见几米开外的田间小路，抬起头，也只能望见长条形的一线天空，银子般雪白的几朵云彩，在天空里闲散地游荡。一切都是甜的。罗疤子感受到的甜，不仅来自鼻孔和舌头，还来自眼睛和皮肤。涌入他眼睛里的颜色，还有从脸上吹过去的风，都带着令他沉醉的甜香。

可是从鸭嘴过了河，那甜香就溜了。甜香只属于半岛。

回龙镇只有一条独街，在称谓上，跟半岛的衙门一样，被习惯性地截成三段：上街、中街、下街。鸭嘴对面是上街，处于地理方位上的东方，也处于河流的上游。大河向东流，这几乎成为常识，人类上古时期的祖先，为争帝而斗，怒触不周之山，使天柱折，地维绝，天倾西北，日月星辰也便自东向西地游走，地不满东南，水潦尘埃只好自西向东地汇聚。但在川东北，天像不是那个天，地也不是那个地：这里的河川，都是向西流的。

上街是猪牛市场，既交易活猪活牛，也做杀剥生意，平淡无奇，又污秽遍地，只要不为生意而来，就没有什么值得逗留。罗疤子加快脚步，向中街走去。

还在鸭嘴上，他就听到了中街的喧闹声。

那里有个贞节牌坊，牌坊旁边是所学校：回龙镇中心校。一大群人围在学校门口，两把长长的楼梯，将两个比他更年轻的人送上校门的横匾。横匾上，是在梨木上雕刻的校名，校名四周，群鸟翔集，也都是雕刻出来的。两个年轻人拿着凿子和铁锤，先凿掉校名，再凿鸟，怕鸟飞走，首先把翅膀给干掉了，然后是爪子，然后是肠肝肚肺，最后是脑袋。在那两个人看来，脑袋似乎是不重要的。

现在什么都干净了，只剩下青天白日。

两个年轻人刚从楼梯上下来，校园里某个隐秘的角落，立时鼓锣齐鸣。锣鼓声像一头奔跑过来的牛。远远地，你看不出它是牛，还以为是一只羊，随着距离拉近，你识别出了它的本来面目：

一个牛鬼蛇神！

那牛鬼蛇神被押解着，融入人群的洪流。

清浊混杂的锣鼓声与乱纷纷的人语化合，形成一种气氛，像节日，又比节日多了庄严。地面上的尘土，不知是被密密麻麻的脚踩痛了，还是也想看看牛鬼蛇神的样子，见缝插针地升上来，在跟人头差不多高度的天空里，黄澄澄地悬浮着；这是回龙镇特有的颜色，别处是红色，回龙镇是黄色。尘土呛得人直想咳嗽，可只是为了清理嗓子，就在庄严的气氛里咳嗽，显然是很不明智的，于是人们都忍住不咳，最多将颈子收缩几下，暗暗用力，让痒的地方不那么痒。

那时候，罗疤子站在人群之外，有些孤寂。

他觉得，有一个玻璃罩将他与人群分隔开来。

但这种感觉停驻的时间并不太长，因为他听到了自己身体里的声音。

那粒沉睡的种子醒了，破土发芽了。

养料丰富，嫩芽迅速成长，顶到了他的颅骨，也顶穿了那个玻璃罩。

他的头颅里枝叶密布。

隔着一条大河，不方便参与镇上的狂欢，在半岛上就不能闹腾出波澜壮阔的动静吗？要知道，那里曾经做过县衙，规格比镇子高得多，而今破败的衙门，门窗上的雕花镂刻比比皆是。那里有神树，有神龛，还有一所回龙中学。回龙中学的规格同样比镇中心校高，它的建校历史，大约跟半岛做县衙的历史同步，也正因为半岛曾是县衙所在地，回龙中学一直都是县重点，招生范围不限于回龙镇，中河上游的黄金镇，清溪河下游的清花镇、清坪镇、清溪镇，后巴河中游、杨侯山南麓的兵工厂，都愿意把孩子送到回龙中学读书；那家兵工厂可是直属部委的，里面的工人，都说普通话，他们有自己的子弟校，却宁愿让孩子来半岛上中学，足见这所学校的地位了。

“嗯……好哇！”罗疤子叫了一声。

他这一叫，就叫出几个同伙来了。

砍神树之前，他们已把学校腾空。家什没腾空，人被腾空了。对此，半岛人是兴奋的。早该如此。晚清宣汉知县看中罗家坝，是因为这里三面环水，与陆地相接处，又是猿猴也难以攀越的灯笼坪——灯笼坪就是大巴山脉的逃兵，陡得不近情理，却以“坪”来命名——四面天堑，农民军的锄头铁耙，无法触及他们的肉身。为把县衙设在罗家坝，政府军与半岛人展开了殊死搏杀，最后，虽然政府如愿以偿，但并不能就此认定他们取胜。当时的半岛人，一直等待农民军前来邀请他们，就像他们的祖先被君王将相邀请一样，可等得黄瓜老了蒂蒂，也不见农民军来，半岛人心生怨怒，才跟政府军达成妥协。要是农民军知道半岛人是巴人的后裔，也像那些奴隶制君王知道巴人的厉害，那么他们的这次暴动，很可能就不只是进入四川历史。县衙搬进罗家坝之后，给了半岛人许多优惠，包括免除三十年赋税和徭役，而且许诺，暴动一旦平息，衙门立即迁走。十多年过去，政府践约而行，可奇怪的是，跟县衙相伴而生的回龙中学，却一直留存在半岛上；最不可思议的，是半岛人居然容忍了它的存在。这几乎成为一种神话。

罗疤子他们，就是要消灭这个神话。

半岛人也支持他们消灭这个神话，半岛人说：“早就该这样了。”

后来，罗疤子他们砍神树，劈神龛，忙活了那么长时间，半岛人也没有阻拦。

可最终遭到清算的，却只有点燃焰火的几个人。

正是在这个意义上，罗疤子才深感委屈。

不过，听说女儿怀孕后的罗疤子，就不跟别人比较，只跟他的同伙比较。是的，他的那些同伙，每个人都有觉得委屈的理由，死了的委屈，是因为他们还想活；瘫了的委屈，是因为他们不想瘫；罗疤子委屈，是因为他的女儿不仅疯疯癫癫，还在肚子里装了个来路不明的娃娃!

这比死了和瘫了，更加不同寻常。

未婚先孕，罗秀不是第一个，想来也不会是最后一个。

天底下如此，半岛上同样如此。

在半岛，除娶进来的媳妇，大家都姓罗，类似一个家族。但这种家族体系早就被打乱了。到民国初年，半岛还有严整的罗氏家谱，誊抄五本，祠堂里放一本，另外四本由族长和几个德高望重的长者保管，可后来集体丢失了。丢失的原因有多种说法，流传开来的说法是：抗战时期，日本海军航空队从武汉的 W 基地起飞，对中国战时首都重庆实施了长达五年的“疲劳轰炸”，一些机群经涪陵（鬼城丰都就在涪陵境内）进入重庆上空，另一些机群越过川东北，直插长江和嘉陵江交汇处的“两江半岛”，那里是重庆的主城区。途中，丽日蓝天之下，机上的投弹手看见了群山夹峙大河环拥的这块平坝，兴之所至地推下炸弹和燃烧弹，人死畜亡，房屋毁损，族谱自然也不能幸免于难。

日机轰炸是事实，但另一个事实在于，祠堂在衙门，保存族谱的人也都住在衙门，而衙门并没有中弹。族谱究竟是什么原因弄丢掉的，现在无法说清，也没必要说清，总之它是丢了，半岛人乱了辈分。丢族谱本身并不能造成辈分的混乱，主要是后来人给孩子取名，自觉不自觉地都把代表辈分的那个字去掉了，问为什么，他们说，加上那个字不好听。好不好听是次要的，挣脱某种束缚，才是骨子里的。乱了辈分，谁是姑谁是姨，谁是叔谁是舅，两三辈人分得清，再过几辈，就懒得梳理，男女间必然要发生的事，也就听之任之地发生了。两人对上了眼神，再说几句只有他们自己能听懂的话——这些话与他们渴望的那件事毫无关系，却字字句句都是关系——就钻进玉米林、甘蔗林，或四面背人的野草丛中。那时候，女人眼里的天空总是那么高远，男人的目光却是短浅的，他们眼里没有天空，只有女人和土地：这两样东西，必将让他们劳碌一生。

但就半岛的姑娘们而言，未婚先孕，大多是跟自己的未婚夫，即便还没有未婚夫，也有躲在阴影里的相好。这很好办，发现苗头，立即置办嫁妆，三下五除二地嫁过去了事；至于那些躲在阴影里的家伙，将他拉到太阳底下来，象征性地找个媒人一说，也就是正经未婚夫了。有的人，嫁到夫家，屁股还没坐热，两腿间就出了羊水；还有的人，在娶亲路上就夹不住，往路旁的庄稼地里一跨，“哎哟哎哟”地叫那么几声，就把孩子“屙”了出来，女人睡在产床上，度过她的蜜月，孩子满月的那天，也就是母亲蜜月的结束。对这种事，人们谈论几天是免不了的，耻笑却说不上。

反正，她都是某人的婆娘了。

可是罗秀呢？罗秀算是谁的婆娘？

那天张云梅给罗疤子说这件事情的时候，其实已经充分考虑了他的承受能力。但他还是吐了血。这个曾经不怕天也不怕地的人，现在已变得相当脆弱了，老鼠在屋子里跑动，他也要惊悚，而且会花去许多功夫，弄清楚那究竟是不是老鼠，是多大的一只老鼠。

那天张云梅是这样说的：“我们秀儿瘦成那样，是不是有啥毛病没查出来？”

罗疤子说：“我看她不瘦。”

又说:“你要把她养成肥猪?”

很显然，他说女儿不瘦，指的是女儿的腰。

张云梅顺势引导:“秀儿的身上也不来了。”

罗疤子没言声。他平时不关心女人的事情。张云梅刚上四十，每月都有客人登门，但你要让罗疤子说出老婆的经期，连个大致的时间他也是说不出来的。

张云梅说:“秀儿身上已快有五个月没来了。”

罗疤子愣了一下，望着女人的眼睛。那双眼睛很湿，含着对生活丧失全部抵抗力的乞求。

罗疤子说:“放你妈的屁!”

“但愿我是放我妈的屁……可那不是屁呀，那是看得见也摸得着的呀!”

罗疤子紧紧地咬着牙齿，沉默了片刻，然后扑哧一声，一口血从他嘴里飞了出来。

血黏稠如膏，因此飞翔得并不痛快，经过罗疤子的牙齿时，被坚固的长牙撕裂了，一半留在嘴唇上，一半掉进脚前的灰土里。掉进灰土的那一半，好奇地弹动着。那时候，两人坐在没盖屋顶的偏厦里，月光遍地，这口血，平生第一次看见月光。

多么美好的月光，晃眼一看是白的，仔细再看，就是绿的了。绿的细丝，把天和地缝起来。

只是有些寒意。

地上的血不再弹动，把身体蜷起来，想把寒意逼走。

但寒意太盛，那口血终于被冷死了。

就在这个时候，罗疤子说了那句话:“不公啊!”

然后他用手掌揩了嘴上的血。他的嘴在月光下像一枝红艳艳的花朵。

“不公啊……”那朵花说。

好像是为了对那朵花的意见表示赞同，罗疤子一脚踏向地上的血。

血粒飞溅。有几粒溅到了女人的脸上。血早已冻死，但还有丝丝缕缕的魂没有散去，那魂灵抽打着女人的脸，通知她：姓张的，你最好避一避，罗疤子要打你了。

避是避不及的，而且也没地方可避。

女人申辩说：“我开始没注意。我想也没往那一处想。”

“你这个当妈的，当得好！”罗疤子竖起了大拇指，脸上的疤痕把月光烫得只管躲。

女人早就知道自己躲不了，索性豁出去说：“我晓得我当妈当得不好，可是你叫我咋办？我哪里晓得一个没人要的疯子也要怀娃儿的？”

这婆娘明摆着是在向自己挑战，从她口里出来的“疯子”，是一把尖刀，砉然有声地挑开时光的尸衣，想把罗疤子裹进去。其实女人并没这么想，她的所谓“豁出去”，只是恐惧的变相反应。从后河刮过来的风，是直的，到了女人的耳边，却显得那么凌乱。罗疤子的手比风还凌乱。

风声停歇，女人倒在地上。被打断的半截牙齿，和她相依为命地躺在一起。

过去了。又一次过去了。过去了就好。女人四肢着地，像折尺那样撑起来。这过程相当漫长，因为她用尖刀挑开的时光的尸衣，没裹住罗疤子，却裹住了她自己。刚嫁过来的时候，罗疤子对她是多么疼惜啊，半岛上的男人，谁也比不上罗疤子对自家婆娘的疼惜。集体出工那阵，他不惜跟队长动手，也要给婆娘争取一份轻活；那年大旱，有大半年时间，喝水都需要去后河挑，哪家不是男女老少一起出动？只有罗疤子家不是，罗疤子白天挑了晚上挑，反正就是不让婆娘的肩膀沾扁担；家里有了剩饭，都是罗疤子包下的。他曾经就是那样一个人。那时候，罗疤子经常咂嘴巴，因为他的日子很甜，对生活充满信心，可自从他成了半岛上无所不能的英雄，就觉得没有什么值得怜惜了；后来，女儿长丑了——疯掉之前，女儿不丑，女儿很漂亮！他脸上留下了永久性的记号，被揪斗的人也翻了身，他就没信心了，只剩下惊悚了。对外界越是惊悚，对家里人越狠，对婆娘狠，对儿女也狠。他而今就是这样一样人。

女人怕他发狠，但他发狠的前后，她都不会流泪。断半截牙齿不流泪，把眼珠打得如两粒血球，照样不流泪。可是，想到丈夫曾经对她的好，她却总是忍不住哭。

听到女人的哭声，不远处的车轴草丛中，有只虫子幸灾乐祸地叫起来："姐姐痛——姐姐痛——"

罗疤子朝草丛射出一泡带着腥味的口痰，虫子不叫了。

5. 少年心

就是从那天夜里，罗杰懂得了什么叫心碎。

天黑下来后，他提着半桶水进了牛棚。那头几乎还是个孩子的花牛，走在男主人前面拖了一整天旱犁，早就渴得喉咙冒烟，闻到水的气息，长声鸣叫。鸣叫声也蹿着火星。罗杰把水桶从低矮的圈栏顺进去，手还没收回，桶就见底了。牛吭吭喘气，趵着蹄子，显然是还要喝。

罗杰很焦急，他从坡地里回来，发现姐姐不在家，知道她肯定又去了后河，只想快些跑去接她。姐姐以前往河边跑，父母都担心她疯病发作，一头栽了进去，她前脚走，后脚就有人跟，但渐渐发现，独坐河畔的罗秀，比在别处清醒，清醒到竟知道捞一些枯叶垫在屁股底下，从此就没人跟她了。后河与庄稼地之间，有一条约五米宽的水麻柳林带，庄稼地西通鸭嘴，东接灯笼坪，水麻柳也是，一根傍着一根，枝叶交错，哨兵一样探视着对河。对河上游几百米处，是后巴河注入后河形成的瀑布，瀑布上方，有个金字塔形的山寨，名叫“铜坎寨金字塔”，全由天然石棚构成；瀑布底下的石壁之内，是可容百人的铜坎洞。洞旁怯生生地站着一个小型水电站，电站上面是公路；公路从铜坎寨金字塔的眉骨下穿过，可通往兵工厂、宣汉县城和新州市区。罗秀对公路上来来往往的车辆没有丝毫兴趣，她的目光，在铜坎寨上下游走，像那里隐藏着什么秘密。之后，她垂下眼帘，长时间盯着河水。河水平平坦坦地流向远方。一条平坦的河，有什么好看的？但罗秀可以从亮看到黑，从黑看到亮。偶尔，她会捧一口水喝下去，鼻孔里发出呜呜的声音，像河水是乐师，能把她吹响。响也罢，哑也罢，只要她不栽下河就没事，父母也就不必担心，到时候，去一个人把她弄回家来就行了。

父母不担心，罗杰担心。

罗杰既担心姐姐栽下河，也担心姐姐爱河水甚于爱他。

或者只爱河水不爱他。

这后一种忧虑，更加强烈。

他多次发现，坐在河水旁的姐姐，神情丰富无比，而她在任何一个人面前，包括在罗杰面前，都是一块石头，最多只是短暂地笑一笑，然后又变成石头。她似乎能在河水里看到别人看不到的东西，也能听见别人听不见的声音，她用她的眼睛，用她的心，跟这些声音交谈……

那天罗杰想尽早脱身，可是牛缠住他。牛说，兄弟，我求求你了，再给我提一桶来吧，只一桶，绝不要多！牛说，在回家的路上，我本来可以到渠堰旁边喝水的，渠堰离我下力的那块田，只有十头牛那么长的路，可是你爸爸不让我喝，他下死力拉我鼻绳，还骂我，说要是我再敢犟，就把我送到街上去宰掉。牛说，兄弟我不骗你，我实在是渴得不行了，不信你摸摸我身上。

罗杰果然伸出手，摸牛的头。

他有摸到木炭一样的感觉。

他提着水桶，出了牛棚。

这次，牛没立即把头伸进桶里。它望着圈栏外的罗杰，前蹄后腿交替起跳，身子一纵一纵的，像在笨拙地跳舞。它用这种方式表达对小主人的感激。跳了几下，才喝水。“滋——”桶又空了。

但牛是讲信用的，它把一口热气痒酥酥地喷到罗杰脸上，躺下了。

罗杰把桶取出，放到伙房外的阶沿下，去河边接姐姐。

走到偏厦外面，他刚好听到母亲说：“我哪里晓得一个没人要的疯子也要怀娃儿的?”

他身上发麻，退后两步，继续听。他长长的影子落在车轴草旁边。后来父亲射出的那一泡口痰，并没射中虫子，而是射中了他的影子。他的影子被血腥气熏得动了一下。但父母亲都认不出他的影子。偏厦里响起持续不断的声音。罗杰知道父亲在干什么。这是父亲生活的一部分，也是母亲生活的一部分，当然，同样是罗杰生活的一部分。只有姐姐例外。父亲不打姐姐。但父亲不愿意看见姐姐，一家人坐下吃饭，父亲给姐姐递筷子，也要把脸掉过去，跟姐姐说话，他的眼睛看着别处，像是在跟别人说话。不愿意看见她，比毒打她更血腥，也更残忍，罗杰从小就是这么认为的。

偏厦里的声音响了很长时间。

偏厦里的两个人，都没有言语，配合得相当默契。

父亲打母亲的时候，母亲总是配合得那么默契。

论块头，母亲比父亲高壮。她是山上来的女人。她娘家在回龙镇背后的北斗寨。北斗寨是梯形山体，山尖比对面的杨侯山高得多，高到了云端里，母亲就是从云端里来的女人，因此名字里才带着个云字。那村里，好多人取名，都忘不了这个云字。罗杰跟母亲一道去看外公外婆，站在外公外婆的家门前，能望见山下的河谷，也能望见褐色的半岛。那时候的半岛，是可以握在掌心里的，回龙镇更不必说；那时候望不见后河，也望不见中河，只能望见两河交汇后的清溪河，清溪河宽阔浩荡，开得大船，也跑得汽艇，可从外婆家看见的清溪河，不过是一只弯曲的银钩，僵死的，没有温度的。母亲一回了娘家，就风风火火地帮外公外婆干活，然而，她的脚步再勤，跑得再快，提上尿壶去最近的菜园淋一窝南瓜，去来也要将近一个时辰。母亲的骨骼在这山道上走得又长又直又硬。父亲却那么矮小，腰又那么细，细得像镇上那些时髦女郎的腰。半岛上的男人大都这样，五短身材，有着鱼刺般的胸脯，加上纤腰一握，再就是长着浓眉大眼，眼里射出的光芒，刀子般割人。可父亲眼里的刀子已经钝了，对此罗杰已经感觉到了，那次他跟父亲从田间回来，在学校的围墙外碰见罗传明，罗传明向父亲问好，父亲未及答话，眼里就嚓嚓嚓响，那是他的目光在卷刃。

父亲把家里人当成了磨刀石，特别是母亲。

母亲真不该做他的磨刀石。母亲挨打的时候，真不该跟父亲配合得那么默契。

当母亲哭起来后，罗杰就想走，但父亲又说话了：

“你问过她没有？”

母亲显然不明白父亲的意思，但她说：“问过。”

缺那半颗牙齿，她想用舌头顶住，因而说话的声音有些夹生。

“是谁干的？”

母亲愣了片刻，说：“不晓得。”

“她自己也不晓得？！”

“她能晓得啥呢？”

母亲的声音在往后缩。但父亲并没有出手打她，只咯吱咯吱地咬牙。

偏厦里，像有老鼠在啃木箱。

等父亲不再咬牙的时候，母亲又说：“她能晓得啥呢……”

父亲说:“管她晓不晓得，必须给我问出来!”

“问出来又能怎样呢?”

“嫁出去!是牛是马，都给我嫁出去!”

听到这句话，罗杰的心就碎了。

这种感觉，超越他的年龄，因而特别有一种分崩离析的滋味。

第三章

6．他是谁

对姐姐怀孕，罗杰跟父母的想法完全不同。

他说不出理由，但那想法真实得就像白天过去是夜晚。

——姐姐怀孕，让他高兴！

其实理由是存在的，他偶尔也会意识到。人们都说，姐姐是疯子，没有人喜欢她。连父母也这样说。姐姐怀孕的事实证明人们错了。在某个角落里，有个男人在喜欢着姐姐。姐姐虽然不爱待在家里，但她从没有单独走出过半岛，因此喜欢姐姐的那个男人，肯定就在半岛上。自从知道了姐姐的事，罗杰就猜想那个男人的样子。他所认识的，全都在心里排队，一个一个地拉出来，又一个一个地否定。“你不配！”他说。“你也不配！”他又说。闹到最后，所有人都被他“抹”掉了。

会不会不是半岛土著？

不是半岛土著，就只能是中学里的。

罗杰醒事的时候，回龙中学早就恢复开课，中学里的教职工他并不陌生，虽然他没有进去念过一天书。他小学毕业就不再念书了。罗家坝的孩子都这样，所以这么多年过去，只读过高中的罗传明，依然拥有半岛人中的最高学历。坝上土肥水美，过两辈子也嫌过不够，念书干什么？如何耕田，如何织背篼，如何使用喷雾器，并不需要念书才能懂得。小学是要读的，总得认几个字。半岛自成一村，叫进化村，村小便也叫进化小学，建在西南角，也就是罗传明的住家附近。罗杰从进化小学出来，就跟父母一起播种和收获了。但回龙中学他是常去的，围墙之间的校门，从来不关，因为根本就没有门，只不过有一个圆门的框架。这是为了给半岛人提供方便。半岛人去雀儿山种地，从学校穿过是条捷径；学生宿舍门前，他们密密麻麻地排放着木桶，让学生把残汤剩水倒进去，用来喂猪，早上把空桶送过去，黄昏时分泼泼洒洒地收回来；学校放电影，半岛人也总是端着凳子，影片还没开映，就扶老携幼、吆三喝六地赶到操场上，跟学生抢位置。总之半岛人经常在校园里出入。与别人相比，罗杰进出校园的时候更多些，他喜欢看傍墙栽种的槐树，那是另一堵围墙——活着的木质围墙，比土质的围墙更高大，也更能从它们身上看到时间，槐花开，槐荚长，槐叶落，季节交替，时光流走。时间的颜色、气味和形状，是由槐树的各个部分构成的。他尤其喜欢听校园里的风琴声。风琴放在礼堂的舞台上，一架脚踏风琴，弹琴的是个女教师，那女教师把琴谱斜竖在左前方，偶尔抬眼一瞥的姿态，动人极了。罗杰站在一天二十四小时都敞开着的礼堂西门，只能看到女教师的侧影，他听到的琴声，也像是从侧面过来的，带着半遮半掩的俏丽。

去学校的时候多了，他熟悉大多数教职工的面孔。校长罗传明不必说了，罗传明的那些手下，谁说话鼻音重，像盐吃得过多，谁打篮球的时候老是把三大步跨成四大步，谁走路时把手反剪到背后而且一定要插进袖筒里，他都清楚得很。他又一个一个地拉出来排队。

这一排他才看清，回龙中学的男性教职工，都太老了，大多在三十岁以上。

三十岁以上的男人，怎么可能跟十九岁的姐姐好呢？

只有仓库保管员是个二十多岁的小伙子。

那时候的回龙中学，学生都是交大米，交一斤大米，再交一毛三分八的加工费，就买到一斤熟饭。所以有个仓库，有个仓库保管员。那保管员好像来到世上就是为了干这行的，他就姓管，人们叫他管师傅。管师傅长得很好看，但罗杰一点也不喜欢他。他太“妹”了。长得好看的男人，稍不留心就容易“妹”，何况管师傅故意把自己往“妹”的那条道上赶，刚从仓库里出来，浑身上下被白灰裹住（学校经常拿学生交的大米去镇上换面粉，面粉比大米便宜），他也要伸出两根指头，把鬓发勾一勾。他觉得这样勾一勾，自己的魅力就增长了几分。他完全想错了。

要是这个人跟姐姐好，罗杰还不答应呢！

那么，他就找不出一个人来了。

这让罗杰忧伤起来。

分明有那么一个人，而且这个人肯定就在半岛上，你却跟他遥不可及。

难怪父母要着急了。

罗疤子说过，掘地三尺，也要把那个人挖出来。可到哪里去挖呢？

只能从罗秀的嘴里去挖。这事情只有罗秀清楚。

罗疤子本来不敢看女儿的眼睛，现在却把女儿搂进怀里，盯住她的眼睛问：

“秀儿，听你妈说，你怀了？”

罗秀嘻嘻笑。

“爸爸欢喜呢，”罗疤子说，“爸爸想知道孩子的爸爸是谁。”

罗秀却在他怀里睡着了。

前后不过几分钟时间，她就睡着了！

爸爸的怀抱，散发出男人温暖的汗味儿。这气味把罗秀带走，走得很吃力，一路上磕磕绊绊，上陡坡，攀高岩，穿荆棘……罗秀脸破了，腿软了，但她没有停步。月亮下去，太阳上来，她一直没有停步。她心里只有一个念头：走出去，走出去，走出去……

然而，当她醒过来，才发现自己一步也没迈开。

是父亲罗疤子把她叫醒的。罗疤子朝女儿笑，说你就知道睡，你要是往河边少跑几趟，几辈子的瞌睡也够你睡的。罗秀有些怅然若失，但瞬息之间，那感觉就跑了。她是疯子，她哪里能够怅然若失呢？她也朝父亲笑。罗疤子抚摸着女儿的脸，说秀儿听话，秀儿告诉爸爸，孩子的爸爸是谁？

罗秀似乎有些羞怯，但笑得更开心了，笑得简直可以称为灿烂了。

她的两片嘴唇，像受了伤的蝴蝶翅膀，扇一下，合拢来，又扇一下。

这是马上就要说出来的样子。

这时候，立在一旁的罗杰，鼻尖上冒出铜锈色的汗珠。那是紧张的。他希望姐姐说出那个人，又怕她说出来。万一，姐姐说出来的是一个丑男人，坏男人，或者像管师傅那样的“妹”男人……他不敢往下想。他是听从母亲之命，给姐姐端药来的，由于紧张过度，药碗从麻木的指尖滑脱，碗破了，像黑夜那么黑的药水，砰的一声炸开，把父亲炸得飞起来。

罗疤子的眼里，摇动着恐惧的狂影。人一恐惧起来，是可以用狰狞来形容的。

只不过是一碗药水啊，就算没有看见罗杰进来，也犯不着害怕成这样。当罗疤子弄清了是怎么回事，恐惧迅速转换成暴怒，真正变得狰狞起来了。他甩开女儿，过来朝罗杰猛踢。

罗杰的腓骨呜呜咽咽地变了颜色。罗杰的身体弯下去。

罗秀扑到弟弟身边，一把将弟弟抱住，连声叫：“儿子儿子儿子儿子……”

一切都乱了套。

罗疤子的身体正对着姐弟俩，脸却扭向屋子，对屋里的“臭婆娘”骂声不绝。他骂张云梅脑壳里进了水，女儿身上不来，原因已经再清楚不过，为啥还要花冤枉钱弄那些该死的药？

他不知道张云梅现在弄的不是治病药。

张云梅弄的是堕胎药。

那天她带了几件衣服，去镇卫生所，打着觳觫进了妇产科。此前，她先去厕所将那几件衣服捆在腰间，做出自己怀了的样子。她没想到又碰见了那个给女儿看过病的女医生。那医生既能治妇科病，又能把孩子送进天堂或带到人间。张云梅看到这个医生，对她一点也不怨，一点也不，如果当初医生说她女儿怀了，她才会怨呢，女儿还是黄花女，怎么可能怀呢！她眼神有些怯，生怕医生问起她女儿的近况，其实医生早把她和她女儿忘记了。“干啥？”医生问她。张云梅说想引产。医生看了看她的肚皮，问几个月了，张云梅说五个月。医生说：“五个月还引产？脚脚爪爪都长齐了，这时候你不要他，他出来的时候，咬不死你也要抓死你！”张云梅说：“那就没办法了？”医生说怎么没办法，再怀几个月，生下来呀。张云梅想把一口唾沫咽下去，但那口唾沫像没煮熟的土豆。过一阵，她说，不能生了，我已经有两个，再生要罚款。“既然这样，何必当初！”医生说，接着她忿忿地骂起男人来，说男人都不是好东西，想安逸了，就死皮赖脸往女人身上爬，爬之前甜言蜜语，爬过了，鼻子里嗡都不嗡一声，就死猪一样挺瘟，不知道女人过后要经受多大的苦。张云梅苦恼地站着不动，然后说：“真不能引产了？”医生看着她，怜悯地说：“引产是可以的，但很危险，别说我们这种小庙，就是去大庙，同样危险。上个月县医院做引产手术才死过人，大出血，拿两个盆子接血都接不过来。”接着医生又说：“你早些时候在干吗呢？要是在三个月内，我伸手进去给你一刮，你就像遭蚂蚁叮了几下，事情就办了。你那时候干啥去了?”

直到这时候，张云梅才有些怨这个满脸慈祥的医生了。

她走出来，心想是不是把女儿带来试试。

念头一起，她摇了摇头。

哗哗哗……哗哗哗……两个盆子接血都接不过来……这是县医院那个不知名姓的女人大出血的情景。这时候张云梅满脑子都浮荡着那种情景。她不能让女儿来冒这个险。

曾经，她心里有一株杂草，想女儿与其这样不明不白地活着，不如死掉算了，可一旦料到女儿真的会死，她就迷乱、惊慌，就觉得老天爷不公，像那株杂草从来就没在她心里生长过一样。

恍恍惚惚地走到中街，她进了“李老三中药铺”。前一阵给女儿治病，只有这家铺子的药没吃过。李老三不愿意给她开药。李老三已经很老了，手上和脸上的皮，跟骨肉分离，皮上长满黑斑。李老三不开药，是因为他没看到病人，他说药是从病人身上长出来的，病人不在，药自然也就没有。可张云梅今天下死心也要在他这里讨一服药。她把情况给李老三说了，李老三也认真听了，但他告诉张云梅的，跟那个女医生的意思差不多。张云梅急了，一急，泪水就蓄在眼眶里，声音也哽咽起来，她说李医生，你一定要救救我，实话告诉你，不是我怀了，是我女儿怀了，我女儿还是个黄花女，她啥都可以怀，就是不能怀娃娃。她急，医生不急，李老三说，我知道不是你怀了，你别以为往肚子上塞几片破布，就想骗过我。这几句话，更让张云梅把李老三视作神仙，讨一服药的决心也更坚定，差一点就给李老三跪下了。李老三被纠缠不过，答应给她抓一服药，但绝不取费，分文不取。张云梅以为李老三同情她呢，说李医生，吃药给钱，这是天理，我再穷，一服药钱还给得起。李老三淡然地说：“我不是那意思。分明知道自己开的药没用处，我还收钱，那是昧良心。”张云梅傻了片刻，带着药走了。

管它有用没用，试一试总是没错的。有枣无枣打三竿，说不定真就把一颗枣子打下来了。

而且她内心相信一定有用。李老三开的药，怎么会没有用呢？

于是她给女儿熬上了。

她想的，跟丈夫罗疤子想的不一样。罗疤子一心一意要挖出那个人，然后把女儿嫁出去，但张云梅只希望将女儿的肚子腾空，一辈子把女儿守住。

以前，她也巴望女儿有自己的家，不要老在娘亲面前晃，既免除了眼见心烦，女儿一旦结婚生子，也就有了一个女人应该有的日子。现在的张云梅不这样想了，别说像丈夫宣言的那样是牛是马都嫁，就是再好的男人，她也舍不得嫁女儿了！

她知道女儿这个样子，嫁出去是要吃亏的。

当她听见外面药碗破碎，就像听到不祥的鸦鸣。

丈夫骂她骂得那么厉害，她一个字也没听进去。

7. 斗

罗疤子暂时在罗秀嘴里挖不出什么，转过来警告罗杰：

“你姐姐的事情，要是你敢到外面去放一声屁，老子就把屁眼给你缝起来！”

罗杰说我知道。

其实他是很想把这个屁放出去的。有好几次他几乎就忍不住。特别是前天，罗建放的儿子东娃把外甥女抱到他面前来，他就差一点管不住自己的嘴。东娃跟他年龄差不多，但东娃的姐姐比罗秀还小两岁，今年刚满十七，就生女儿了。小家伙才四个月，胖得像个白冬瓜。你说才四个月大的毛丫丫，会叫什么舅舅呢？可东娃偏偏将她抛起来，又抛起来，每抛一下，就喊一声："叫舅舅！"每喊一声，都瞟罗杰一眼。那时候罗杰的嘴紧紧地闭着，可他喉咙里长出了好几张嘴，那几张嘴都争先恐后地想告诉东娃："你别得意，我姐姐也怀了，我很快也要当舅舅了！"

之所以最终没说出来，是因为东娃的姐夫哥来了。

东娃有姐夫哥，而罗杰没有。

幸好没说，不然就要被缝起来了。

罗疤子像一只耐心的啄木鸟，警告了儿子，又继续在女儿身上啄，死心塌地要掏出他需要的那根虫子。虫子掏出来，他是不是要吃掉，这可是说不准的。如果那是一根正派的虫子，一切好商量，如果是一个坏种呢？

事情已经明摆着，那定然是个坏种！否则，跟你睡觉的女人，肚子都翘成这样了，你还躲在黑暗深处，不开腔，不出气，更不现身，这样的男人，× 他妈的，这样的男人！

看来只能吃掉。

要是在罗疤子手握板斧和钢钎的年代，想到这个"吃"字，他就会兴奋，因为那时候他看到的只是肉。

可而今，他看到的只有骨头。很硬很硬的骨头。

半岛上没有哪一根骨头是软的。

除了现在的罗疤子。

但为了女儿的脸，他打算拼出去。大不了就是一死。当年的那七个同伙，已经死了三个，没死的，也是残的残瘫的瘫，他能健健康康地活到今天，已经赚了。

他就是这样想的。

想的是很简单，甚至还带着几分壮志。

可人们经受的恐惧，许多时候不是因死亡本身而起。

罗疤子的壮志是一个陷阱，轻轻一踩，下面就空了，野兽也好，人也好，就掉进去了。

他的那个陷阱是为他自己设的。

奇怪的是，他醉心于这种自我折磨，继续笼络女儿，要把那根虫子掏出来。

罗秀有了机会在父亲的怀里多躺几回。父亲身上的气味已经不能把她带走。那气味知道反正不能把她带出白色的梦境，便懒得再费力气。这让罗秀躺在父亲怀里睡觉时，多了几分安详。被父亲叫醒后，她依然微笑，依然嗫嚅着双唇，像马上就要说出来的样子。可每到节骨眼上，她的脸色变了，疯态毕露，扔东西，骂人，把母亲和熟的灰面，往脸上抓，将自己涂成白面森森的鬼。

对此，罗疤子反倒松了一口气。但这口气松得很不彻底。

说不定，疯子并不疯，她是看穿了自己父亲骨子里的软弱，知道真的说出来，父亲一点办法也没有，于是干脆不说。

“她是在可怜我，”罗疤子想，“这个疯子，她是在可怜我！”

他再一次不敢面对女儿。耐心早已失去，女儿对他的“可怜”，又把陷阱表皮的那层土揭掉了。

只剩一个空洞，别的啥也没有。

不能让女儿把孩子生下来，这是底线。那些天，罗疤子的脾气比以前更加暴烈，他的心被切成了齐岸的陡坡，从上到下，没有缓冲，没有过渡。他把脾气大多发在女儿身上。他改掉了不打女儿的规矩，动不动，就给她一下子。他私下承认，自己这个父亲当得太失败，女儿啦，是父亲的最后一个情人，而今，这个“情人”被人霸占了，霸占她的还不知是谁；而且，她还以一个疯子的理性看穿了自己。罗疤子不仅做父亲失败，做男人也失败。他要从女儿身上找到补偿。大多数时候，他打女儿的手下得并不重，可在某个难以言说的时刻，他会把坚硬的拳头暗暗擂向女儿的腹部。

张云梅看在眼里。张云梅知道他心里的那条毒蛇到底想干什么。

在县医院医生的守护下，那引产的女人流出的血，拿两个盆子还接不过来，要是罗疤子一拳打掉了女儿肚里的那团肉，女儿流出的血，不是要用黄桶装吗！

有一天，当罗疤子又是一拳擂向女儿隆起的部位后，张云梅猛烈地咳嗽了一声。

罗疤子有些虚火，惊慌地看了张云梅一眼。但他很快正了脸色。

张云梅淡然地说：“你过来，我给你说个话。”

罗疤子很不情愿地站起身，跟张云梅进了另一间屋。

这时候的张云梅变了个样子，她袖口一抖，抖出一把剪刀，刀尖朝下，比画在罗疤子的脑门上。

“你要是坏了我女儿，”她龇着牙，把声音压低，一个字一个字地说，“我跟你拼命！”

罗疤子仰望着自家婆娘，眉头上刻满蜡黄色的皱纹。

这是张云梅第一次以这种口气跟罗疤子说话。

也是罗疤子第一次发现，自己在这个共同生活了二十一年的女人面前，显得多么矮小。

如果说人的一生中有最值得纪念的，那就是“第一次”。第一次啼哭。第一次吃奶。第一次生病。第一次笑。第一次以水一样的目光看异性。第一次忧愁。第一次做爱。直到，第一次死。除了死，别的第一次，都会引出第二次、第三次……并因此构成人类长长远远的历史。然而，张云梅却希望自己是第一次，也是最后一次这样对丈夫说话。再好胜的女人，不经意间让本是强蛮的丈夫在自己面前变小了，心里也痛。一个女人对男人的痛。何况张云梅算不上好胜的女人。

她把剪刀放到柜子上。她期待罗疤子给自己一拳。

但罗疤子没有，他走出屋子，去院坝里扛上锄头，一声不响地下地去了。

张云梅看着丈夫走远，才来到女儿身边。

罗秀看见母亲，说：“妈，你哭了。”

张云梅说：“我没哭。”

罗秀拍脚打掌地笑起来：“妈跟我一样，变成疯子了，你分明哭了，却说没哭。”

她伸出一根指头，去母亲的眼窝里一剜，剜出一粒淡黄色的泪水，又把指头凑近嘴边，用舌头舔了舔，“咸的！”她得意扬扬地笑着说。

“妈还不是为了你……”话没说完，张云梅的泪水就婆婆娑娑地湿了一脸。

罗秀不笑了。她不明白一个人为什么会有那么多泪水。她抓住母亲的一只手，放到自己的肚皮上，好像她的肚皮能为母亲疗伤。张云梅把另一只手也放上去，在女儿肚皮上轻轻地摸。她摸到了那个在黑暗深处的生命，痛痛快快地哭了一场。

不让女儿把孩子生下来，是罗疤子的底线，也是张云梅的底线。张云梅的方法是不断给女儿灌药。李老三不愿开药，别的铺子愿意。那些铺子的掌柜给她拍胸脯，说把他的药吃上几个疗程，肚子里的东西纵然是焊接上去的，也会乖乖地被切掉；掌柜说我的药不是药，是铁钩子，是切割刀。掌柜说出的每个词都带着凶相，张云梅打了几个冷战，但信心到底增强了。

疗程一满，毫无动静，张云梅的信心也没被打下去。

于是，人们就常常看到这样的情景：

罗秀坐在院坝，把药碗端在手里，低头看见了浑浊的天空。她想在天空底下找到自己的河，然后一口把那条河饮下去，但河流不见踪影，只有天空。随着药渣的沉淀，天空变得越来越清晰，有云在飘，有鸟迅捷地跃过。偶尔，鸟影落进碗里，噔的一声，药水盛开。碗里又多了一味药——落下的不是鸟影，而是鸟屎。罗秀毫无表情。屋子里，有两双眼睛在注视着她，母亲的，弟弟的，他们站在不同的房间，不同的方位，但都在注视着她。这两双眼睛比天空还要沉重。

一旦有鸟屎落进碗里，罗杰便走出来。罗杰身体板硬，头不动肩不动手不动，只有脚在动，像还没活动开的牵线木偶。罗杰还没走到姐姐的身边，母亲也出来了，母亲迈着大步，拦在儿子面前。她看穿了儿子的意图。儿子是想把药水泼掉。院坝外的田地里，有簸箕那么大一块紫斑，阳光一照，闪着金属一样的细碎光芒。那都是这不懂事的东西偷偷把姐姐的药水泼掉的。母亲对女儿说："趁热的，喝下去。"罗杰说："妈，有鸟屎。"他的身体完全被母亲挡住，声音仿佛是母亲的脊背发出来的。母亲说："鸟屎怕啥，鸟屎又没毒。"母亲话音刚落，罗秀两手高举，像古代那些豪饮的侠客，让掺和着鸟屎的药水，从高处潺潺地流进嘴里。

张云梅有理由再一次满怀期待。

这个女人，自从女儿疯掉，丈夫的同伙也接二连三倒下之后，就变得相当迷信了。女儿说不出理由的怀孕，更让她迷信到了无以复加的地步，咳声嗽，认为是神的意志；打个嗝，认为是鬼在作怪；走路崴了脚，认为是自己根本就不该到那地方去，或者到那地方去的时辰还没到来。总之都要给出一个说法。大地跟天空一样辽阔，鸟去哪里不能拉屎，却偏偏把屎拉到女儿的药碗里？很可能，那只鸟是受了神的旨意，携带着灵丹妙药，来把女儿身上那团多余的肉清除掉，帮助她摆脱困境。

神并没打算帮助她。但张云梅的信仰是坚定的，依然不断地给女儿灌药。回龙镇上的铺子，她从上到下地光顾遍了，就去十几里地外的兵工厂。兵工厂是开在山洞里的，但商店，学校，医院，都在山洞之外。从兵工厂抓来的药同样不见效，张云梅就利用赶场天，跟那些不认识的人搭话，从他们口里打听偏方，然后把自己变成医生，去坟林、北斗寨、灯笼坪采草根，像炖烂菜一样炖给女儿，让她连根带叶一同嚼下去。

"是甜的不是？"她以这样的话来哄女儿。

罗秀说:“哼哼。”

她很听母亲的话，母亲给她的药，她总会喝下去的，只是“哼哼”的次数越来越频繁。

张云梅说:“你别跟妈哼哼，妈听不得你哼哼。这都是为了你。”

罗秀又“哼哼”两声。

张云梅再也扛不住了，她说你再哼哼，我就不管你了。

说不管是假，女儿肚子大了，且不知道是谁把她肚子弄大的，当母亲的怎么能不管呢?

在张云梅很小的时候，听山里人说过一些关于女人怀孕的故事：男人不错眼珠地把女人看上一阵，女人怀了；男人站在上风口，朝下风口的女人吹声口哨，女人怀了；女人做梦跟男人交，只要湿了下身，也受孕了；还有的女人，热天抱着一只大冬瓜睡觉，也就怀上小冬瓜了。那时候，张云梅最怕有男人看她，最怕站在男人的下风口，当然更不会抱着冬瓜睡觉，至于做梦跟男人交，嫁给罗疤子之前，她从没做过那样的梦，嫁过来后倒是做过两次，已经无关紧要了。现在的张云梅，再迷信，也知道做以上那些事情女人是不会怀孕的，女人跟土地一样，需要经营，没那么容易就怀上。女儿更不会，她是疯子，跟别人相处的时候是那样少，长得又不好看，没有男人愿意多看她几眼；女儿做没做过那样的梦，张云梅倒是拿不准，想来也不会，一个疯子，哪里知道那些事，知道那些事的人，还是疯子吗?至于睡觉，她肯定没抱过冬瓜……想到这里，张云梅突然心里一动:

女儿长天白日往后河跑，未必她怀的是一条河?

这奇怪的想法让正伤心的张云梅笑了。要是那样就好了！怀一条河，像屙尿那样屙出来就了事。

可那不是一条河。张云梅摸过她的肚皮，那分明就是一团肉，那团肉在动，骨肉相连！

吃药。

吃药。

还是吃药。

在张云梅看来，天底下的药之所以存在，就是给她女儿堕胎用的。

可她的儿子罗杰不这么想。

罗杰并不十分清楚那些药的用途，他只是觉得，姐姐再不能吃药了，再这么吃下去，姐姐就要吃死了。

这天晌午，他把姐姐从后河边找回来，让姐姐坐在院坝边的碌碡上歇气，他进屋添饭，想把饭添上再请姐姐进去吃。他刚把饭瓢从竹架上取下来，母亲端着药碗出去了。那碗药刚刚从药罐里滗出来，袅袅的棕色热烟，篷住了母亲的脸。母亲跨出门槛，慢慢向姐姐靠近，因为她一边走一边在吹，想把药吹凉，在吃饭之前让女儿喝下去。罗杰木呆呆地望着母亲，当母亲走到姐姐身边，姐姐也伸手来接时，罗杰将饭瓢往灶台上一扔，冲出来，身体一扑，抱住了母亲的腿，高声叫喊：

“妈呀，别让姐姐喝药了呀，你怕浪费了钱，就让我喝了吧！”

药碗还在母亲手里，滚烫的药液晃荡出来，泼在罗杰的头上。

罗杰黄焦焦的头发在燃烧。

张云梅将药碗朝田野上一扔，碗没有碎，土块却跟罗杰的头发一样，燃烧起来。

“我不管了，”她咻咻地说，“我当真不管了！”

罗秀咯咯咯笑。罗杰还抱住母亲的腿。

“反了你狗日的！”

听到这声暴喝，罗杰把手松开了。

张云梅捂住脸，进了屋。

又是一阵笑声。

这次不是罗秀在笑，是站在田埂上的东娃在笑。

东娃大概刚从学校回来。他跟罗杰一样，也喜欢去学校，但他去学校是为了用弹枪打鸟。槐树枝上的鸟，春夏秋冬像果子那样挂成串。那些会鸣叫的果子，东娃常常用他的弹枪去摘下来。

他右手拿着弹枪，左肩上挎着用尼龙绳编成的猎物袋，袋子里暗沉沉的，从网眼戳出带血的鸟喙和翅膀尖。他笑罗杰，是因为罗疤子骂他“狗日的”，而罗杰四肢伏地，纽扣那么小的两瓣屁股，撅在天上，屁股上布满浅白色的、蹦来蹦去的阳光，看上去真像一条狗，一条挨了骂的狗。

同时东娃还希望引起罗杰的注意，让罗杰看到他的猎物袋，以炫耀自己在半岛上除他父亲罗建放之外无人能及的枪法，现在父亲不玩弹枪了，他就是第一了。

罗杰果然注意到他了。一条狗直立起来，变成了人。

这个人朝东娃走过去。东娃赤着脚，一只脚踏住一朵猪鼻孔草，一只脚踩住一条小指那么粗的蚯蚓，蚯蚓想挣脱出来，紫色的身体卷过来，卷过去，抽打着东娃的脚背，东娃让它抽打，对逼近的罗杰说：“杰娃，我们烧鸟吃。”

话虽如此，其实他早已做好了战斗的准备，他将踩住蚯蚓的大脚趾往里抠，塞满黑泥的长趾甲，朝下狠狠地切割。蚯蚓陷进土里，当它从土里蹦跶起来，已被割为两段。它由一条蚯蚓，变成了两条。现在，它们还彼此认识，再过些时候，就不认识了，就会为食物和地盘争斗和厮杀。

罗杰和东娃的距离终于到了最恰当的时候，罗杰还没出手，东娃就出手了，他倒拿弹枪，将铁叉做成的柄，打在了罗杰的脖子上。紧接着，猎物袋飞舞过来，刚好击中罗杰的耳门。罗杰听见袋里的死鸟喳喳叫唤，每声叫唤里都洇出一缕血。阳光里飘扬着绸缎似的血丝，带着热烘烘的腥臭。

半岛在腥臭里旋转。

罗杰滚下了田埂。那一瞬间，他伸手搂住了东娃的腿弯。

东娃也滚下了田埂。

临近收割的油菜田里，翻动着绿色的波浪。

几分钟过去，东娃爬上来了。罗杰没有上来。

东娃的右脸，从嘴角到耳门，凸起一条绳索似的紫疙瘩，像被他割断的蚯蚓长到了他的脸上。

他找到散失的弹枪和猎物袋，准备离开。

就在这时候，阳光里荡起毕毕剥剥的声响。东娃还没明白怎么回事，就被罗秀举到半空，然后他的耳边擦过猎猎风声，眼前闪动着破碎的光影；再然后，风声止息，光影收敛。

数米开外的田野上，东娃横陈的身体把油菜地压出一个长方形。

8. 仇家

都说疯子力大，罗疤子今天才算见识了。

疯子力大，是因为他们专注。

而罗疤子缺的就是专注。他从眼前的情景，看到了当年的自己。那年夏季的某一天傍晚，他割牛草回来，走到校园外的渠堰上，便坐下休息。这条渠的两岸，一年四季，都有萋萋芳草将流水掩住，水从草底下淌过，如鸣佩环。他脱掉鞋子，将一大丛铁线草分开，把脚伸到水里去，搅来搅去地凉快，结果被他搅起来一轮辉煌的落日。他正在惊奇，前方的院坝里突然山呼海啸起来：两个男人提着板斧上了房，其中一个是他父亲。接着第三个、第四个，眨眼间，一群男人便在房顶上周旋。事件的起因，是罗疤子家的鸡，飞上院坝边界的杏树颠屙了泡屎，那泡屎刚好掉进邻居的碗里，邻居将碗一扣，鸡被当场砸死，罗疤子的父亲不依，双方动了拳脚，然后提着板斧上房。两家人各自都有关系亲密的，吆三喝六，前往助阵。听着房上的瓦片碎裂声，房下的喝喊助威声，夕阳不知是伤心还是害怕，简省了对天空和大地的留恋，相当潦草地走完最后的旅程，横躺到后河对岸杨侯山的松垛里。当助威声停下来，房上的男人开始节奏齐整地跺脚，朝敌方叫喊：嗬！嗬！嗬嗬！不像打架，倒像在共同承担某种苦痛。叫喊数十声，一方退却（不是认输，只是以退为进），一方紧追不舍，不给对方留出空间。退却和追逐，都是在房顶上。罗疤子提着镰刀，从刚才罗杰和东娃对峙的田埂上跑过，脚尖一垫，双手一搭，三头两下就翻上了房顶。这是他第一次知道自己的本领，也因此确认了自己是半岛人的子孙。他毫无怯意地冲到了阵地的前沿。

然而，他锋利的镰刀并没能饮血，短兵相接的瞬间，他走神了，想到别处去了。

这个“别处”，没有固定的方向，只是一个虚空，与现实脱节。神魂一散，镰刀在他手里也显得沉重。他成了只有躯壳的旁观者，站在阵地中央，看着别人械斗。

械斗持续了整整一个钟头，削下了三只耳朵，剁掉了半只脚掌。三只耳朵是对方的，半只脚掌属于罗疤子的父亲。罗疤子没有负伤，这是因为，半岛人从来就不砍杀不参加战斗的人……

罗杰和东娃缠斗的时候，罗疤子的眼前就晃动着那场械斗，晃动着父亲的那半只脚掌。父亲在那半只脚掌的脚趾上，拿柳叶刀剜了个洞，用棕绳穿起来，挂在阶檐的房梁上，像挂一片腊肉。跟腊肉不同的是，腊肉保持沉默，而这半只脚掌却不愿意沉默，它的神经跟父亲的神经相连，当父亲的脚疼痛起来，它也疼痛，它已被风干，皱皱巴巴的，五根趾头上吊着黑森森的阳尘，很难看得出是人的脚掌，可是它会借风之口跟父亲一起叫：“痛哟……痛哟……”那叫声跟父亲的叫声一模一样。父亲在屋里叫，它在外面叫，两种叫声来自同一个源头，但这辈子永远也不可能汇合了。父亲去世以后，虽然把半只脚掌放进了他的棺材，但它跟父亲已属于不同的个体了。

而今要挂到房梁上去的，是不是该轮到他罗疤子的脚掌？

这时候，罗疤子并不恐惧，只是觉得伤感。

对半岛男人而言，伤感是一种新鲜的体验。

他站在晌午的阳光里，被这种体验诱惑住了。

女儿是怎么射出去的，他没有看清。直到东娃前额朝下被扔进油菜田，他才在脑子里慢慢复原事情发生的全过程。复原完毕，女儿还站在田埂上，双手保持着举重的姿势，宽大的衣衫被风撩开，翘起来的白肚皮，镜子一样闪光。

一度，罗疤子有一种猜想。

这猜想他没说给任何人听过，正因此，才不分白天黑夜地咬他，啃他。

他怀疑女儿是被人强奸的。

女儿没有未婚夫，也不可能有相好，且根本不懂得男女之爱，却大了肚子，只能用被强奸去解释。

几个月前，罗秀曾独自去广场参加舞会。广场在坝东，位于后河左岸的高台，大集体时是半岛农人的打谷场，嵌了水泥，现在正好跳舞——摆手舞。摆手舞是半岛特有的舞蹈，整个三河流域只有他们才跳，男女老少一大群人，脚踏木屐（领舞者甚至钉上铁掌），执仗而行，前进几步，后退几步，踩着整齐的步伐，手臂一起挥动，之后变换队形，仰天俯地，同时高声呼喊：噢嗬嗬！噢嗬嗬！这喊声把人、山川、鸟兽以及大地上的一切，全都融化了，就如同一位著名的赋家曾描写的壮观场面："千人唱，万人和，山陵为之震动，川谷为之荡波。"跳舞都是在晚上，场中央燃起篝火，以鼓声和唢呐相伴。鼓为长柄双面兽皮鼓，鼓面绘有八仙或图腾图案；唢呐以黄铜为身，麦管为舌，调色悲伤，苍凉。以前罗秀也去过，但都是父母兄弟陪着，那天家里来了客人，父母走不开，罗杰恰好又得了重感冒，罗秀便独自去了。她并不跳，也不会跳，就坐在场边，喜笑颜开地看着别人跳。在广大的天幕底下，场中央的篝火把四周衬托得越发黑暗，罗秀坐在黑暗和光明的边缘，背后是一根挨一根的草树，草树后面是田野。每次舞会之后，草树都被揪掉许多，周围凡没长庄稼的地方，都有人铺上干爽的稻草坐过，或者躺过。

在那里，什么事情都可能发生。

罗疤子这样怀疑，却并不相信。强奸女人？干这种下作的事，半岛人不齿。族谱丢了，辈分乱了，半岛男人会趁这狂欢之夜，揪下稻草，把某个女人横放到稻草上去；然而，半岛男人绝不会仅仅因为身体的欲望去把女人的腿分开。要是女人不肯，他们会用舞蹈、歌声或驾船的高超技艺去撩乱女人的心房，直到她们跟男人一样疯狂，至少也要半推半就。而罗秀是疯子，罗秀不懂这些，也没有一个明明知道她是疯子的半岛男人，愿意教会她这些。

至于田土那边的学校——罗疤子也跟罗杰一样，目光对准了学校，教职工想来不会，那么只有学生。回龙中学有近两千名学生，初中生和高中生几乎对等，高中生啥都懂，啥事都干得出来。罗疤子在雀儿山上有三分地，他不止一次碰见那些长了小胡子的家伙，搂着女学生坐在地边的石坝上或草丛中，有一回，他发现自己刚生起来的胡豆苗，被压出淋淋漓漓的翠绿的汁水。女儿成天疯跑，难免不碰上发了情的坏种。有几天，罗疤子做梦都想去学校调查个水落石出，可一想到罗传明，他泄了气。其实罗传明对他相当客气，从来没表现出要报复他的迹象，但他就是对那根勾着的脖子和那张干瘦的脸心存畏惧。“你能调查出什么来呢？”他这样说服自己，“近千名高中生哪，刨掉五百女生，男生也还有五百，未必你一个一个地拉出来审问？五百个审下来，娃娃早就生出来了，都会叫妈了！更何况你又能审出个什么结果来呢？”

他只能独自把那枚苦果含在嘴里，时时咀嚼。

——可从今天的情形看来，罗秀根本不可能被强奸。

东娃虽然跟罗杰年龄相仿，个子也差不多高，却比罗杰至少重三十斤。那是一头肥猪。他一家人都长得肥，半岛人的细腰，在他们家发生了变异。罗秀能把东娃举起来，再扔那么远，说明只要她不愿意，谁也把她奈何不了。

这让罗疤子的心里好受了一些……

东娃没被摔死，罗杰也没被打死。两人几乎同时爬起来。罗杰爬得稍微利索些，东娃则滞重一点。罗杰的脖子靠近肩部的地方，盘着一条菜花蛇，那是被弹枪柄击打后隆起的肉绳，耳门处有一些血点子，那是死鸟啄了他，用翅膀尖扎了他。东娃除了右脸上的伤形，别处看不出来，但两条手臂鞭子一样垂着，走路踉踉跄跄的，头往前冲，脚步时快时慢，像不是他要走路，而是他的头要回家，头便拽住他的腿往前奔。两个少年回了各自的家，同时也把引燃的导火索嗞啦嗞啦地顺到了各自的家里。半岛上，每个家里都藏着炸药。炸药存放在他们的心里。

用武力解决问题，是他们从基因里带来的思维，祖祖辈辈都是这么做的，似乎也都行之有效。

为一泡鸡屎，可以跳上房梁群殴。现在，两个少年受了这么重的伤，那还用说！

罗杰是被姐姐送回来的，姐姐扶着他的胳膊，还往他脖子上吐口水，吐一泡抹一下，吐一泡再抹一下。罗秀的口水也像她喝下的药水，深棕色。罗杰的脖子如涂了橄榄油，在阳光下显得特别亮，也特别细瘦。姐弟俩进屋，迎来母亲张云梅的惊叫。这时候，罗疤子还站在院坝的光影里，太阳当顶，他把自己的影子踩在脚下。他想进屋，像半岛上一个父亲应该做的那样，去安慰儿子，并且告诉他，他会为他讨还血债；他还应该听到各种家伙奏出的交响曲，这些家伙包括锄头、铁耙、斧子、木棒、弯刀、打杵……它们跃跃欲试，摩拳擦掌，请求他把它们带上战场。

但罗疤子的耳朵里只有阳光倾泼的声音。

他没有进屋，带着自己比小狗还要忠诚的影子，走向田野。

在田埂两侧的油菜地里，他分别找到了东娃的弹枪和猎物袋，他把两样东西都抱在怀里，从自家屋后朝衙门中院罗建放家走去。

他很清楚，一旦发生斗殴，几乎就意味着他的灭亡。

先前，他也敢说自己有三五好友，打起架来，必定有人帮忙，现在半岛上已经没有人同情他了。就算能理解他，也不会同情他。他明显感觉到，半岛上个个认为自己是他和他同伙的受害者，即使他们干的事，与那些人屁不相干，那些人也认为自己是受害者。最让罗疤子伤心的，是他以前的那几个同伙，风向一变，就互相仇视，这个说是你撺掇他，那个说是他撺掇我，推来推去，就推到了罗疤子身上，因为是罗疤子最先看到镇中心校怎样斗牛鬼蛇神的，更重要的是，只有罗疤子还健康地活着；是的，你的女儿成了疯子，但女儿是女儿，你是你，账没算在你本人头上，那么你依然是捡便宜的。罗疤子成了孤家寡人，真要打架，动手前的跺脚和呐喊，不仅不能威慑敌方，还会显得那么寒酸和可笑。

何况，他的这个“敌方”，罗建放，是他的仇家。

表面上看，是东娃和罗杰的这场斗殴让他们结怨，其实他们早就是仇家了。

本来，半岛人之间，不会有仇家，他们觉得该吵就吵，该打就打，吵过了打过了，互相递支烟，事情也就了结，对方有了难处，当帮忙时还是去帮忙。但这前提是，必须遵从半岛的规矩，而罗疤子当年的行事，是借了别人的想法，处在规矩之外，因此就另当别论了。罗疤子当年结下了两个仇家，一个是罗传明，一个是罗建放。比较而言，把罗传明斗得更狠，罗建放的父亲虽是大地主，可也跟当时的多数半岛人一样，目不识丁，斗他远没有斗知识分子罗传明那么有意思；再说，罗传明小时候外出谋生，求学，是靠了建放爷爷的资助，斗罗传明本身，就是给大地主一记耳光。

这两个仇家，罗传明没有报复的迹象，罗建放却很难说。建放是半岛上最好的舞者，摆手舞跳得出神入化，跳得让人胆寒，他可以不要鼓乐，不要伴舞，一个人穿着钉着铁掌的木屐，就能跳出一支军队。摆手舞虽然被地方志专家称作“武舞”，可那仰天俯地的姿态，该是对大地和天神的颂歌，罗建放却跳出了一支军队！每当看到他跳舞，罗疤子就感觉到，太阳被天狗吃掉了，前方的天空正暗下来……此外，建放还天赋异禀，眼睛准，枪法好（弹枪，半岛人从不用猎枪），有神力。要说天生神力，他比不上罗疤子的父亲，罗疤子的父亲可以身负千斤；也比不上罗疤子，罗疤子不能身负千斤，可要搬动三四百斤重的东西，是不在话下的。——力气也能遗传，罗疤子的父亲把劲头遗传给了儿子，儿子又遗传给了女儿，罗秀能把东娃扔那么远，可不仅仅是“疯子力大”的缘故。可惜这力气没有遗传到罗杰身上，罗杰把扎进土里的犁铧提起来，脖子上也会蹦起绳索一样的青筋——建放没有罗疤子的劲头，但他懂得将全身力量聚于一点的方法，有年他下田薅秧，从泥里翻起来一根粗大的黄鳝，他两根脚趾将黄鳝夹住，像跳摆手舞那样噢嗬嗬喊了几声，黄鳝就断成了两截！

真不敢去想。

幸好建放的老婆桂秀英跟张云梅关系不错，两个女人在田间相遇，身上背着重物，也要站下来唠上一阵。那年罗秀去杨侯山相亲，张云梅还准备叫上桂秀英和马呱呱。可下细一想，这真的叫关系不错吗？桂秀英是个响快人，一说一笑，不说也笑，她跟自己那一家大小阴沉的性格不同，对谁都很亲热。既然对谁都亲热，就不存在跟张云梅有特别的关系。在而今的半岛上，罗疤子一家根本就找不到关系不错的人了。说到上院的马呱呱，她姓马，额头宽得可以跑马，嘴上敞门敞户，更是可以跑马，说白了，她就是个被话胀得喘不上气来的寡妇，所以才得了个马呱呱的绰号，就跟桂秀英见谁都热络一样，她见谁都想把话吐出来，她只是把别人当成了她的话缸子。

如此而已。

罗疤子只有仇家，没有朋友。

所以，此时此刻，他只能带着不祥的预感，忍辱负重地独自向仇家走去。

站在远处看衙门，真叫漂亮，一色的青瓦房，依山就势，轻盈活泼，树荫一样，云朵一样。若干年后，新州市一个房地产商兼摄影师到此拍照，拍下的衙门美得让人发呆；这人去过南极，并两赴中美和西非，见过不少天造地设的好风光，而在他家里，却是把衙门的照片跟尼加拉瓜湖和西非海浪似的金色沙漠放在一起的。不过，走近了看，衙门的凌乱和肮脏同样令人发呆，它真正行使衙门的功能时，有着统一的规划，后来归还农人，便东砌一个偏厦，西搭一间畜棚，有些人家，根据地势修起被建筑学家称作“板凳挑”的吊脚楼，几根伶仃的木棒支撑着，累屋叠居，楼上住人，楼下养鸡养鸭养鹅养兔也养猪牛，人用的茅坑也挖在下面，粪臭肆无忌惮地去各家各户串门。每家外墙的材质和色彩也有区别，当年县衙使用的土砖（土砖方方正正，块头巨大，体现的是一种威仪），拆的拆，毁的毁，没拆没毁的，多多少少都做了改造；而今，历史的陈迹只留下一面短墙，墙上长满了蕨类植物。这面墙现今就是罗建放家的。绕过墙头，是一个天井，天井里蹲着一口石打的水缸；这口缸据说比土砖墙还要老许多年，缸面上卧着一只威风凛凛的白虎。

罗疤子进去的时候，东娃的高祖母正在缸里舀水。积存了多日的雨水，发绿发馊。

老婆婆已经一百零三岁了，一百零三岁的人，在别人眼里已成古董，可她的腿脚还很硬朗，腰板还像箭杆一样。这个老地主惠及孙子辈，也害了孙子辈。东娃的爷爷因勤劳能干，继承的田产最多，现在的住家，只是祖上留下的“母宅”，当年他家的房子虽不成片，但东一栋，西一栋，行宫一样，包括回龙中学的食堂，也是没收他家私宅后改建的。因房多田多，后来挨斗的时候自然也多，但都是坝上人斗他，别处想斗也斗不成，那次镇上三个公人被砍伤的事件，就是因他而起的。正由于有了这段公案，坝上所有的地主都摘了帽，唯独东娃的爷爷还悬着。虽然那人已于十年前死去，但帽子没摘，就还是地主，他儿子罗建放，也就还是地主崽子，尽管现在大家已经不这么称呼他了。

罗疤子看见老婆婆，说："婆婆好哇。"

说了这句，他才想起她是个聋子。

聋子往往话多，因为他们有不听别人说话的权利。婆婆就拉着罗疤子说话。她说她的孙子建放去中河砍柴，现在都没回来，她做好的饭都凉了。建放没在家，这让罗疤子略感心安，他对着婆婆的耳孔，大声问："东娃呢？"婆婆说："昨天我做好饭，也是等他们等老半天不回来，我就先吃了，结果他回来朝我发火，铁瓢在锅里使劲儿刮，把锅皮子都刮穿了。"她依然在说她的孙子罗建放。说了孙子，又说孙儿媳妇："幸亏秀英对我好，她骂了建放，建放才收了火。我秀英……"罗疤子打断她，以更大的声音朝她吼："我问你东娃在哪里？"她感觉到自己说的跟罗疤子问的不对路，有些迷茫，停顿了片刻，又说："这坝上就数他力气大，那年他在铜坎洞打了个磨盆，放上船的时候，把船都差点压沉了，下了船，他只歇一肩就背回来了，可惜断了半只脚掌。现在他身体还好吗？"这说的是罗疤子的父亲了，她以为罗疤子的父亲还活着呢。不知有多少年，她没走出过自家的天井了。罗疤子没了脾气，着急地将怀里的弹枪和猎物袋在她面前晃。她比罗疤子更着急，但她并不知道这两样物件是她曾孙的，很不满意地看了罗疤子两眼，不再言语，继续舀水。

水缸放在这里，是防火用的，不知她把脏水舀去干什么用。

罗疤子自己进了她家的屋。

站在伙房里，就能看见东娃扑在里屋的床上。

罗疤子走进去，拍他屁股。

东娃被扔到油菜田里，就像被扔到厚厚的绒毯上，身上被油菜荚扎了些红点子，并没受多大伤，只有轻微的脑震荡，回家的路上呕吐了几下，现在已经缓过劲儿来了。他听见罗疤子在外面跟高祖母说话，但他不想理。罗疤子拍他屁股，他也不想理。他的屁股上有一大片死去的青色。

时间一分一秒过去，那个砍柴的人，很快就要回来了。

他手里那把雪亮的弯刀，也走在回家的路上。

罗疤子听到了弯刀的鸣叫，就像当年他手里那根钢钎的鸣叫。

不同的是，这次鸣叫的凶器，一开始就掌握在别人的手里。

第四章

9. 你劈了我

又过去半个多时辰，罗建放才回来。这期间，罗疤子的家人都不知他到哪里去了，张云梅站在院坝里扯着嗓子喊，他听见了，但没答应。他就站在东娃的房间里，弹枪和猎物袋，也一直搂在他的怀里。那老婆婆对他视而不见，在伙房里忙碌，扫扫地，擦擦灶台，东摸西摸地混着光阴。她已经送走了百多年光阴，光阴似乎拿她没办法，她有磨蹭的资本；只是明显饿了，她会时不时用手按按肚子，叽叽咕咕地说出一串谁也听不明白的话，有好几次，她都揭开饭罐，想吃，又不敢吃，只好又盖上，因为能帮她撑腰的孙儿媳妇，今天没在家。桂秀英到镇上卖菜去了，百多斤菜，压得她撇开了胯走路，这么多菜，不到黄昏时分是卖不完的。

每次把罐子盖上，老婆婆都自言自语地感叹：“这人啊，岁数活大了，没祥！”她感叹的声音像落叶的声音。她老伴四十年前就死了，儿女辈也全都不在人世了，只好跟小孙子住在一起。小孙子罗建放，也已四十五六。

当她看见小孙子走进天井，马上又去把罐盖揭开。

饭煨在灶台上，底下是一明一暗的炭火，盖子一揭，满屋奔跑着热蓬蓬的香气。

罗建放走到堆放柴草的角落，腰一弯，屁股一耸，柴垛就越过他的脑袋，翻滚下来。这之后，他才解下背夹，把打杵扣在背夹的横梁上，弯刀往柴堆上一扔，扯了衣襟揩汗水。汗水从他厚厚的皮肤里吐出来，吐得他满脸都是，在脸上汪着。汗水揩掉，那张脸才清晰地显现出它的轮廓。那是一张多骨的脸。给人的感觉，罗建放的脸比别人脸上多出了好几块骨头，亮嘟嘟的肉腮，也不能掩盖那些骨头；他左边的嘴角，天生地往上翘，不说不笑，也会露出几颗牙齿。

老婆婆把罐盖揭开，并没急着添饭，她取过洗脸盆，从暖水瓶里倒了半盆热水，把一张油污污的帕子放在里面，给孙子送出去。罗建放接过盆，蹲在天井里没被太阳照着的地方，捧起热水往脸上泼，嘴里“嗬嗬”有声。然后他又脱掉上衣，把热水往肥厚的胸脯和圆滚滚的肚皮上泼，全不顾及水湿了裤子。其实也没必要顾及，衣裤早就湿透了。

被热水一淋，坚硬的汗味儿化开来，像被捣了巢穴的马蜂，无头无脑地乱飞。

“东娃，东娃！”他扬声喊。

他没看见儿子，以为儿子在外面玩耍还没回。这东西，成天就知道玩，哪像下院的罗杰，使牛犁地，栽秧挞谷，下河捞鱼，上树剔丫，啥活都能干，啥活都干得花是花朵是朵。

罗建放的喊声里含着怒气。

他这一喊，东娃就哭起来了。

是东娃的哭声把罗疤子唤醒的。他一直愣在那里。其实他早就应该迎出去。站在他这个角度，看不见罗建放走进天井，但他听到了罗建放的声音，脚步声，喘息声，还有柴枝拨动低矮屋瓦的声音。他早就应该迎出去。

现在他迎出去了。事前，他把弹枪和猎物袋放在了东娃的床上。

他走到天井里，脸上挂着笑说："建放回来啦？"

罗疤子从自己家里出来，罗建放相当诧异。

那一瞬间，他嘴里又"嗬"了一声。但"嗬"得并不像开始那样舒服。换句话说，那一声不像是从人体现成的管道出来的，它是临时性地在不该有管道的地方，强行打通了一条管道。

罗疤子蹲到他身边去，说："我等你好些时候了，我有点事找你。"

建放又用黢黑的帕子用力地抹了几把脸，接着扬起手臂，抹腋下。腋毛根根前伸，浓黑而刚硬，像用手指轻轻一拨，就能拨出铮铮音响。

东娃的哭声以更加嘹亮的态势传出来。

看来，罗疤子的"事"，跟东娃的哭声有关？

"什么事你说吧。"

罗疤子还没开口，罗建放又说："这么热的天，我早就渴了。我的弯刀也渴了。"

罗疤子的嘴皮扯动了一下。建放的话算不上挑衅，自从有了半岛人，遇上纠纷，谁都会以这样的腔调说话。但罗疤子今天之所以来，既不想挑衅，也不想接受挑衅。

他说建放，我不想打架。

罗建放大惑不解地望了他一眼，用油黑的帕子继续搓身体。别看帕子那么脏，它真能把身上搓洗干净的，只是有些糙，它每游走一处，血液便呼啸而去，像被虎舌舔过一般。

“你听我说说事情的经过。”罗疤子态度诚恳。

经过？这几乎是一个奇怪的概念。半岛人是从不在打架之前说什么经过的，来龙去脉，会在打架之后自然呈现，而谁有理，谁没理，并不是那“经过”说了算，而是由胜负论定的。

但罗建放明显被那个奇怪的概念迷惑住了，因此他没有动，听罗疤子说。

于是罗疤子就说了。罗疤子宽阔的嘴，在罗建放面前碰来碰去。

“既然是我家里的人先动手，你为什么不打架呢？”

罗疤子说我不想打了。

一个不想打架的半岛人？

罗建放匪夷所思。

“这都是为啥？”

罗疤子想了想，这样解释：“我家里的人也有错。他们两个小家伙斗，罗秀不该去帮忙。再说，东娃当时站在田埂上，只是笑话杰娃，杰娃不该向他逼过去。”

屋里的婆婆不知道两人在说什么，很不耐烦地把添上的饭又倒进罐里。罗建放在湿淋淋的裤袋里摸烟，烟已经被湿透了，他摸出来晾在缸沿上，进屋去拿新的，见奶奶一直站在灶台边，他没好气地说："饿了就先吃嘛，做出那副可怜相，是要给谁看呢？"婆婆再一次把饭添上。建放又说："说一万句你都听不见，叫你吃饭你就听见了。"其实婆婆并没听见，她以为孙儿进屋就是吃饭的。建放在傍墙的八仙桌上，拿了一匹旱烟，又进屋叫东娃起来吃。他知道，如果东娃不陪着他高祖母吃饭，他高祖母是不敢动筷子的。对奶奶，建放相当孝顺，衙门里谁都这样看，只有他奶奶本人不这样看。把年岁活得天荒地老的人，自知只能在晚辈的脸色里讨日子，胆子越变越小，安全感越来越丧失，因而总是把晚辈所有的不愉快，都往自己身上扯。有时晚辈并没有不愉快，不过说话声音大了些，动作夸张了些，他们也认为是针对自己来的。那天建放使劲刮锅皮子，只是想把那块顽固而喷香的锅巴刮下来，并不是因为奶奶先吃了饭。

东娃已经不哭了。罗疤子和他父亲说话的时候，他就没再哭。父亲叫他，他便翻身起来。

罗建放看见了儿子右脸上那根紫黑色的"蚯蚓"。

跨出门槛，他用指甲把烟叶掐成两截儿，递一半给罗疤子。两个男人低头裹烟。罗疤子先裹好，划火柴点上，正准备把火柴扔掉，见罗建放也裹好了，便伸过去给他点。火柴梗已燃到尽头，罗疤子的拇指肚烧煳了，煳得发臭。

两人默默地吸烟，吸了几口，建放突然问："疤子，你不想打架，是不是怕了？"

罗疤子把吸出的烟雾全包在嘴里。嘴里很辣，辣得舌头麻木的时候，他才把嘴唇掀开。蜡黄色的烟雾蜜蜂一样倾巢而出，短暂的犹疑之后，抱成团向上飞升。

天空狭窄。天空只有天井那么大。

“随你怎么想。”罗疤子说。狠狠地吸了两口烟，接着说：“我做过的那些事，建放你都知道。我砍过神树，劈过神龛，拿钢钎捅过人。”

“结果是你被人捅了。”

“那是另一回事。”

建放冷笑一声：“没啥不一样！不过，在你的功劳簿上，应该再添上一宗，你用斧柄槌过我爹的腿，还扇过我爹的耳光，你大概是忘了，刚才没说。”

“我没忘。但建放你也知道……”

“我可以原谅你用斧柄槌他——这像一个半岛人干的事，但我不能原谅你扇他耳光。他好歹也是个人，人的脸是祖宗画下来的图纸，你打他脸，就是骚我家祖宗。”

罗疤子理解建放的意思。半岛人从不以侮辱的方式对待对手。可罗疤子只想说：别忘了你那死鬼父亲现在还没摘帽呢，现在还是地主呢，地主挨几个耳光，算什么屌事？半岛之外的地主，你称二两棉花去访一访，他们当年只挨耳光吗？

但这话说不得，说出来是火上浇油。再说全国的地主差不多都摘帽了，连地主这个概念也快消失了，说出来还有什么意思？

他只是说：“我并没骚你家祖宗。你说我打你爹的脸，那个年代……镇上都是那么干的。”

“我也正这么想呢，”罗建放说，“你刚才数落的那些事，砍神树也好，劈神龛也好，其实都不是你干的。”

“你的眼睛比我的好使，树林子里的一只知了，你也能用眼睛抠出来，还能轻轻松松用弹枪打下来。我当年做那些事的时候，你是亲眼看到的，你不能睁着眼睛说瞎话。”

要一个人忘记自己的英雄时代有多么困难。自从镇子那边平静下来，半岛上也平静下来，罗疤子就成了断了螯的螃蟹，不再夹人了，连话也少说，还以为他忘记自己有螯的时候了呢，结果他没有忘记。那被去掉的螯，是他永远的供品，就像他爹的半只脚掌是他爹的供品一样。

“我倒是没说瞎话。”罗建放又是一声冷笑。这一声冷笑曲里拐弯。在他看来，半只脚掌成为那个死者的供品，理所应当，而断掉的螯成为罗疤子的供品，却是耻辱。他说：“疤子你想想，要不是当年镇上在做那种事，其他地方都在做那种事，你敢不敢做？”

罗疤子的喉头咕嘟一声，吞下一口混合着烟油的唾液。

建放点了他的穴道。这些年来，罗疤子其实一直都在想一个问题：在半岛，我已明明白白地结下了两个仇家，然而，这仇家是为了谁结下的？为了我自己吗？显然不是。因为他没有从结仇家这件事情上得到任何好处。那么是为了谁呢？

另一个更严重的问题在于，他结下了仇家，却没有把仇家打倒；当时他真以为可以把地主老财和反动学术权威打翻在地，再踏上一只脚，叫他们永世不得翻身的，可是，那些家伙刚啃了几嘴泥，罗疤子就发现，踏住他们脊背的，只剩他一个人了，别的人，都像空气一样逃遁得无影无踪。

地上的人站了起来。

不是凭自身的力量，而是靠了另一股力量。

这股力量，曾经正是罗疤子所依赖的。

让他稍感安慰的，是两个仇家没有联合起来。建放的爷爷有恩于罗传明，但事实上，到建放的父亲一辈，就跟罗传明疏远了，到了罗建放这里，更不与罗传明往来。罗建放看不起罗传明，他觉得，罗传明不该读那么多书，不该有那么多知识，整个半岛上的人都不大读书，而你罗传明不仅读了书，还脱离土地，当了校长，就算不上半岛人了（巴人不要史官，也不要说唱艺人，对文化有一种天然的蔑视）。罗建放甚至认为罗传明是半岛的叛徒。平时，罗传明不跟半岛人打交道，也从不跳摆手舞；摆手舞差不多是半岛的标志，罗传明既不跳，也不看。连疯子罗秀都知道去看别人跳，罗传明却从来不去……

罗疤子想把罗建放的问题回避过去，可是罗建放说：

“疤子我问你呢，要是别人都没有做，你敢不敢做？”

见罗疤子依然不回答，罗建放以心平气和的口吻说：

“疤子，你承认也好，不承认也好，反正在我眼里，你不配做半岛人。”

罗疤子望了望天：“你叫我咋办？”

“要是我，拿起家伙就开干！我的弯刀放在那里，你可以拿过来，把我劈了。你劈我，我脖子都不缩一下。缩一下的是龟儿子。我开始说我的弯刀渴了，意思不是叫它喝你的血，是叫它喝我的血。——你敢不敢？”

罗疤子伸出舌头，舔了舔干裂的嘴唇。

“我不是不敢，”他说，“我是厌烦了。真的，厌烦了。”

厌烦？罗建放差一点就笑出了声。

有资格说厌烦的人，至少曾经拥有，而你罗疤子，冒充英雄，其实从来就没有英雄过。

“你还记得你爹那半只脚掌是怎样被剁掉的吧?”

天井阴下来了。天井一阴，天也阴了。头顶翻滚着一团乌云。

罗疤子揉着肚子。好像头顶的那团乌云之所以翻滚，是因为肚子痛，他在帮它揉肚子。

再过两辈子，罗疤子也不会忘记那场械斗的情景。对方的三只耳朵被削掉之后，已灭了志气，可以说胜负已定，械斗也接近尾声，但就在双方都准备收拾家伙下房的时候，一个掉了耳朵的家伙在瓦沟里把自己的耳朵捡起来，突然浑身战栗。他长着福耳，耳轮白嫩厚实，耳垂宽大柔软，一眼就能认出来。从小到大，别人都喜欢伸手摸一摸他的耳朵，那耳朵长得好看，摸起来也舒服；他从不蓄长发，为的就是把自己身上最骄傲的部分亮出来，让人赞美。然而，被砍下的耳朵怎么这样丑陋啊，色泽黯淡，沾满血污，加上被瓦沟里的黑烟与灰尘一裹，看上去不再是一只耳朵了。他被这种丑陋深深震撼，并因此发狂，提着本已横放在屋脊上的砍刀，翻过身来，一刀下去，不仅让半只脚掌惊惶失措地飞向田野，还让脚掌下的青瓦碎成了渣。当时，罗疤子站在父亲和那人之间，清清楚楚地看见了那人提刀、跨步和挥臂的全过程，他只要轻轻地把那人一推，那人就会站不住身子，滚下房去。但他没有，他的心绪在一片白色中漂浮，白色的云朵，白色的湖水，白色的家……

“你知道吗建放，”罗疤子忧郁地说，“那时候我就厌烦了。”

“说得多好听！”罗建放根本不相信，“既然你那时候就厌烦了，为啥后来还用斧柄敲我爹的腿，还给罗传明戴铁套子？是谁让你又不厌烦的？”

罗疤子无言以对。

他自己都不清楚为什么会做出那种事。

“疤子你说不出来，我帮你说：你整我爹和罗传明的时候，你是安全的，没有人跟你斗嘛！你靠着一座山，以为谁也把你奈何不了，胆子就大了嘛！”

“你要这样说，我也没办法，但……真不是那么回事。”

“那是怎么回事？”

“我也说不清。”

“我知道你说不清。你不承认咋能说清？你要是想说清楚，就用弯刀劈了我。还是那句话，你劈我，我脖子都不缩一下。”

柴堆上的弯刀好像也劳累了，开始的那股劲头早已散去，淡心无肠地听着两个男人说话。

它只在被使用的时候才活着。

“你想想建放，”罗疤子说，“我家秀儿是那个样子，要是我死了……”

“这还像句人话。”

罗疤子以为罗建放同意放过他了，可罗建放没有。

“你家秀儿……”他说，“好吧，只要你承认自己是脓包，这架我们就不打了。你承认不？”

“随你怎么说。”

“你痛痛快快地表个态，你是不是脓包？”

“随你怎么说。”

“那你就是认了。光给我认还不行，我把中院的人找些来，你得当着他们的面承认自己是脓包，免得将来遭人谈论，别人还以为是我罗建放没长 ×× 呢。你放心，这时候很多人不在家，有的赶场去了，有的还在地里，人不会太多。”

说罢，罗建放起了身，出了天井。

不一会儿，十余个人跟在他屁股后面，陆陆续续地进来。

他们把罗疤子围住。

天井里很静，静得能听出静的声音。

罗疤子陡然起身，红着眼珠，像困兽那样低嗥：“建放，我 × 你家老娘，我是脓包还不行吗？！”

随后，他挤开人群，跨出天井，绕过晚清的矮墙，高一脚低一脚地回家去了。

10. 另一条道路

这件事在半岛上意义重大。

它指出了另一条道路。

不以武力书写日常生活的道路。

但当时没有人认识到这一点，包括罗疤子本人。

那天罗疤子回到自家院坝，见老婆张云梅站在碌碡旁边一个磉磴上朝中院张望。张云梅估摸他去了罗建放家，担心一旦打起来，他根本不是建放的对手，虽然建放比他年长，也比不上他有劲，但打架的输赢，不是由年龄决定的，从根本上说也不是由力气决定的，关键是要有那颗心，决心，信心，狠心。建放能用脚趾夹断黄鳝，靠的全是一个狠字。

罗疤子的那颗心已经萎缩了，张云梅自己的男人，她知道。她站在磉磴上把脖子都望酸了，上面还是清风雅静，正准备上去看看，罗疤子就从偏厦那边过来了。

她说:“等你吃饭呢，你去哪里了?”

罗疤子不回答，直接进了卧室，躺到床上去。

张云梅跟进去，想再问，见他脸色铁青，又不敢问，就那么站着。

站一小会儿，她说:“总不能不吃饭哦……小孩子打架，有啥好怄气的?”

“滚出去!”罗疤子说。

张云梅不言声了，但并没“滚”出去，因为罗杰和他姐姐也进来了。罗疤子斜着眼睛，看了姐弟俩几眼。他看见儿子脖子上那条隆起的伤痕，颜色已经变浅；女儿的神情很惘然，像记住了某些事，又像把所有事情都忘记了。罗疤子的眼神只在女儿的脸上停了一刹那，就移到她那肚子上……追根溯源，这件事也是因她的肚子引起的……但不管怎样，他们都好好的，这个家好好的，他也不需要像他父亲那样，把半只脚掌挂在房梁上风干，死后带进棺材。

他把脸转向里墙。

“都出去，”张云梅轻声对儿女们说，“让你们爸爸歇一会儿。”

三个人都出去了，门也带上了。罗疤子再一次平躺着，眼泪顺着鬓发流进耳孔，耳孔里痒酥酥的。这眼泪在老婆和孩子还没出门的时候就流了下来。

他望着天花板，听着来自遥远处的神秘细响，心里只有一个念头：总算是过去了。

有所畏惧，或许是一件多么好的事情。

然而罗疤子却像那段晚清矮墙一样寂寞。他知道自己付出的代价必将是沉重的。

他离开罗建放家之后，天井里的十多个人，像是完全不明白刚刚发生的一切，你看我，我看你，都想在别人的脸上看出答案。别人的脸上没有答案，于是他们就生气了。这期间，乌云散了，天又亮开了，太阳从容不迫地走它的路。阳光很亮地照到那口石水缸上，缸壁上的白虎，被照得出汗，汗珠顺着龇出来的獠牙往下滴。白虎活过来了。半岛上，谁也说不清老祖先为什么要在一口水缸上雕着白虎，本以为只是像雕刻花鸟虫鱼一样，图个美观，现在看来不是那样的，雕出来的花鸟虫鱼不会活过来，而这只白虎却活了过来，它是对罗疤子不满了！

罗疤子是要遭天谴的。

他遭天谴，本在情理之中，他年轻时候已经坏过一次规矩，人过中年，又坏一次规矩！

他这一生，不知道还要坏多少次规矩。

半岛人都瞧不起罗疤子了。

从某种角度说，这对罗疤子是一次拯救。

“说我是脓包，我就是脓包；说我不配做半岛人，我不配就是了……”这么一想，他反而在心目中少去了许多假想的敌人，始终绷着的那根神经，也松弛下来。

一松下来就感到特别累，累得摊在床上不想起来。罗疤子有几天没出门了，人们很好奇，很想知道究竟是怎么回事。有人找个借口，直接去他家走动，对张云梅说：“我借个筛子使使。”眼睛却滴溜溜地四处转。卧室的门是关上的，看不见什么，只有那扇已经走样、被柴烟熏黑的门板，提示你对门板背后的事发挥无穷的想象。半岛人喜欢想象，然而，凭借浪漫的想象打败殷商劲旅的历史，实在太遥远了，遥远到他们自己都不知道。他们喜欢想象，却不需要想象。从张云梅和罗杰口里问出实情是不大可能的，于是找机会去问疯子。可这机会相当难得。弟弟跟东娃打架之后，罗秀出门的时候明显减少，即便偶尔去后河，也有母亲或弟弟走在她前面，表面上看，是害怕东娃家对她报复，其实是遮掩越撑越开的肚皮。在肚皮里生长的孩子，就像在土地里生长的庄稼，没长醒的时候，眼睛盯得发绿，它也总是一副没心没肺的样子，只冒出一个芽尖尖儿给你看，一旦长醒，眨眼变个样，再一眨眼，又变个样。

找不到机会跟罗秀搭话，人们就互相议论，说罗疤子是不是也走上了他那几个同伙的路，瘫在床上了？

说不定，他快要死了？

可就在人们议论得热热闹闹的时候，罗疤子又去地里经管他的玉米了。

玉米已长到两尺来高，秆子粗壮，叶片宽大碧绿，这是肥料充足、日照充分的缘故。玉米的间行里，种着小白菜，密密麻麻，把土壤都盖住了。罗疤子去把一些小白菜拔掉，给玉米根系的伸展留出足够的空间。白菜鲜嫩，在他手里发出微带凉意的、贴心贴肺的响声。

“疤子叔你好哇。”有人站在远处的田埂上，向他打招呼。

他说：“好！”

他把这个好字吐得格外夸张，像他好得不得了的样子。

田埂呈丁字形，那人站在丁字头顶的那一横上，罗疤子则蹲在下面的弯钩里，那人朝前走，走到两个笔画的相接处，竖着往下移动，移动到跟罗疤子靠得很近的时候，才说：“建放太过分了，他不该那样逼你。真的打起来，你也不会输给他。——你为什么不打一架呢？”

这关切的话语背后，或许当真牵连着一颗关切的心，但罗疤子不想去识别。

他说：“打不打那一架，是我的事。”

问话的人有些尴尬，随即有些恼怒。晃眼看去，是你的事，可往深里看，又不是你的事。用武力解决问题，是半岛千百年来形成的规矩，你罗疤子一而再地坏规矩，还好意思说是你的事！问话的人走了，只把没有边际的天空和绿波荡漾的大地留给罗疤子。罗疤子很惬意。被解放的惬意。他望着远去的人，知道那人在嘀咕，而且也猜得出他嘀咕些什么话。他不在乎。

他将拔出来的小白菜齐齐整整地放进背篼里，预备自己吃一些，明天赶场，再去卖一些。不，还是全部卖掉吧，能卖几个钱是几个钱。家里已没什么钱用了。钱都被老婆给女儿弄那些该死的药花得罄尽，前几天给儿子治伤，还是卖掉一对鹅才付了医药费的。现在，老婆已不再给女儿弄药，因为那没有用，那些药都是直通通地从肠子里过的，喝进去，拉出来，就这么回事，女儿肚子里的那块肉，不仅没被动摇，还越长越牢固。女儿的肚皮已经很难瞒住人的眼目了，再宽大的衣服，也难以包住衣服底下的馅，特别是吹风的时候，风一吹来，衣服的上部窝进胸肚之间，下摆藏进两腿，中间部分就像学校放在礼堂外面的地球仪。不让她出门吧，比去掉她肚里那团肉还难，只要她想出门而不让她出门，她就在家里又是摔东西，又是绝食，迫不得已，只好派人护着让她去后河边坐坐。

不过，别人好像都没有注意到女儿的肚子。只有罗建放注意到了。罗疤子站在家门口，至少两次发现建放从中学那边过来，跟女儿迎面相撞，他都细细地盯住女儿的肚子瞅。

想到这件事情的时候，罗疤子不再惬意了。

他感觉到半岛上突然跑过来一条疯狗，咬住他不放。

真有那条疯狗，处理起来会很简单，一镰刀啄死它，一石头砸死它，什么事就都解决了。问题是，那条疯狗看不见也摸不着，它别的什么也不长，只长着獠牙，而且獠牙不需要穿过他的皮肉，直接就插入了他的心脏。

必须把这条看不见的疯狗除掉。

除掉它的前提，是把女儿的肚子安排好。

本来已经没脸了，但罗疤子并不愿意把脸丢得精光。也就是说，罗疤子从来就没打算以烂为烂。

事情又回到原点。

当天夜里，儿女熟睡之后，罗疤子把睡过去的老婆推醒，问她：

“秀儿的事咋办?”

“我不晓得。”

张云梅简捷地说。

她有一种心思，包裹在坚硬的壳里，不让它见到阳光——她也瞧不起自己的丈夫。

这种瞧不起，是以对丈夫心痛的形式来表现的。那次，她在罗疤子头上比画剪刀，意外地发现了丈夫的“小”，同时也让她对丈夫心痛；那次只有心痛，没有瞧不起。这一次，她害怕丈夫跟建放打架受到伤害，但丈夫主动放弃了作为半岛男人的权利，她的想法就变了。后来，她从中院一个老太婆口里，听说了那天发生在建放天井里的事。听完后，她的嘴皮子不停地扇动，像她的嘴要飞走。她不好去找丈夫印证，只把那件事向儿子转述。她在转述当中获得了自虐的快感，对儿子说了一遍，又说一遍。每一次听母亲说，罗杰都把头低下去。看着儿子那乱糟糟的头发，张云梅就想，或许，某些东西是命定的……对这件事，她觉得自己很清醒，觉得自己并非有自虐的怪僻，她是希望从儿子身上找到安慰，她想象中的儿子，应该把头扬起来，眼里射出刀子似的寒光，让她从寒光里看到儿子的未来，也看到自己的未来。然而，他的脖子就像被剁了一刀，下巴搁在尖尖的胸骨上。头垂得越低，看到的世界就越小。张云梅为此忧心忡忡。她简直弄不明白，东娃在田埂上嘎嘎大笑的时候，儿子是受了什么力量的驱使，敢于向他逼过去？很显然，那只是闪念的勇敢，就像无根的风，猛然间刮过去，然后四面消散，再也聚不拢来。他比他爹罗疤子还缺乏持久的狠劲儿。

很可能，某些东西真的是命定的。

听说当年的罗传明，也内向而忧郁，所以才走出半岛，去外面读了书。

难道罗杰的未来也不属于半岛，至少跟罗传明一样，不属于半岛的主流社会？

张云梅在梦里都想着这件事。

罗疤子把她从梦里推醒，没说一句让她宽心的话，就问秀儿的事咋办，她只能说不晓得。

"你也不晓得，"罗疤子接着老婆的话，"可总得想想办法。药还在给她吃吗？"

"不吃了。吃药有屁用。样样药都像是为她保胎的。"

"早晓得那样，一开始就不该给她吃药，免得花那么多钱。"

对丈夫的抱怨，张云梅没作声。这种沉默，跟以往和丈夫交流时的沉默不一样。她觉得丈夫没有资格抱怨她。你是一家之主，你该拿出个主意。结果是你屁主意也没有，只知道往女儿的肚皮上擂拳头，在别人面前，又是那一副熊样，竟然承认自己是脓包。还当着那么多人的面呢！人们说，嫁汉嫁汉，穿衣吃饭，但嫁给半岛男人，除此之外还有别样的意义，穿衣吃饭固然重要，却绝不代表全部。半岛上的汉子，得用他们的拳头为女人争脸。而这拳头，既不是像罗疤子做英雄的年代那样胡乱挥舞（半岛上的英雄不该是这样的），也不是像现在的罗疤子拿自己的女儿不当数。

想起这些，张云梅的心被伤了，把光溜溜的手臂从丈夫胸膛上收回来。

空气湿润，屋外的田野上，有野兔放心大胆欢跑的声音，圈里的花牛，在幸福地低声鸣叫。

"明天我去赶场。"罗疤子说。

"还是我去吧。你有多少日子没赶过场了，怕路都不认识了。"

这是真的。经张云梅这么一提醒，罗疤子才发现自己似乎有几年都没去过回龙镇了。回龙镇跟以前没有什么变化，正因为没有变化，罗疤子不想去，每次踏上那片地界，他的耳孔里都喧嚣不止，都想起中街爬到校门上方的那两个年轻人，想起自那以后发生在他身上的所有故事。

“我去，”罗疤子口气坚决，“把小菜卖了，再把那头白猪也赶去卖了。”

“白猪正长骨架，卖掉干啥？这时候卖，明摆着吃亏。”

罗疤子不言声。

过一会儿，张云梅说：“就说卖猪，我又不是不会卖。”

罗疤子翻了一下身，正对着张云梅：“以前我不去赶场，你怪我不关心家里的事，说称盐打油全是你去，连肥料也是你上街去背；现在我主动去了，你却不让我去，你是不是怕我丢你的脸？”

张云梅的身体由里向外地波动了一下。像她是一面水塘，有条大鱼在里面迅速蹿过。

“你看你说些啥呢？你这人为啥变得疑神疑鬼的呢？”

这干巴巴的言辞，显然不能让罗疤子释怀，他字字清晰地说：“脸反正已经丢了，要丢就丢个干净！”

“我不是这意思，”张云梅说，“我是怕你受委屈……”

张云梅的肩膀一耸一耸的。

罗疤子没理她，就那么一直睁着眼睛，睁到天亮。

早饭也没吃，他就收拾好上街去。

赶场的人真多，牵线子似的朝鸭嘴涌动。

罗疤子觉得，这都是因为他。如果他不去赶场，就没有这么多家伙去凑热闹了。其实，走在路上的，半岛人只是一小部分，大多数是中学里的。恰逢星期天，学生娃都想去镇上挤一挤，新鲜一下，说不定还可以碰见赶场的亲人，跟亲人说说话，再被领到小食店吃碗杂酱面或蛋炒饭，改善一下伙食。对学生来说，这就是奖赏了，接受奖赏之后，再背负着亲人的希望回到半岛，回到校园。罗疤子有意跟群体脱离，背着半篓小白菜，用一根破竹篙吆着不明就里的白猪，独自往前走着。这时候他也想到了“希望”。有人绝望的时候，就有人正在希望，反过来也一样，世界永远如此；有人遭灾的时候，就有人正在甜睡，反过来也一样，世界永远如此。

世界从来就没有错过。

白猪嘟嘟囔囔地走在他前面，骨架还没长起来，两瓣屁股往里抠，把细细的尾巴夹住。白猪的身上散发出一股畜生特有的气息。对农人而言，这气息好闻极了。这是家的气息，是农人对日子的期盼。罗疤子看着它亮闪闪的白毛在初升的太阳底下变成淡红色，突然舍不得卖掉它。

然而，不卖掉它是不行的，罗疤子需要这笔钱。他已经为这笔钱筹划好了用途。

路上零零散散的人，到鸭嘴上集成了堆。只有一条过河渡，来不及把这么多人及时地运过去。

罗疤子有些怯意。好长时间以来，他没有面对这么多人过。可他今天之所以来，不是为了怕人的。一句话，他们不会把自己吃掉！他吆着猪，走入人群，在鸭嘴顶端拣块干硬的土块坐下来，裹烟。他没抬头望人，但半岛土著都停止了说笑，他就知道那些人正在看他。

白猪坚定地跟他站在一起，旁若无人地用红润的嘴唇拱着土块。

罗疤子把烟叶掖在怀里，扯一把被千百次踩踏仍然顽强生长的茅草，为猪擦屁股墩上的粪便，擦得干干净净才罢手。

渡船又过来了，人群朝下飞奔，连一些上了年纪的人也不例外。从顶端下到码头，是又陡又滑的土坡，飞奔的人跌跌撞撞，像是被人扔下去的。幸好有碗口粗的桤木树傍崖而生，可以给人搭搭手，否则不知有多少人会栽到河里去。这边是岸，那边也是岸，所有人都想抢到对岸去。

虽然对岸不一定是自己需要的。

罗疤子不急，他把烟点上，慢悠悠地抽。直到鸭嘴上没剩几个人，他才把猪抱在怀里，下坡上船。水已经涨起来了，如刚刚丰腴起来的女人，脾气也如那个年龄的女人，好动而易恼。艄公每划一桡，水头都有力地撞击着船帮。这里还属于中河，前方几十米处，才是它与后河交界的地方。

临近中午的时候，罗疤子才把猪和白菜都卖掉了。猪是在鸭嘴对面的河滩卖的，白菜是在上街的戏园卖的。那时候并没有固定的菜市场，哪里有人买，就在哪里卖，或者说哪里有人卖，就在哪里买。上街那个早已废弃的戏园，向河的戏台已毁，一眼望出去，就是后河与中河翻涌出的清浊分明的浪花；搭建戏台的两根石柱倒留了下来，石柱上刻着一副残缺了的对联："气暖蜀江自昔独伸□，烟凝汉鼎于今共仰神。"没人演戏了，那小小的园子，便成了临时买卖的好场所。

罗疤子本可以不去中街，但他去了。他走过牌坊，站在镇中心校门前，抬头望上方的校匾。校匾上就是光溜溜的几个字，没有群鸟翔集，校门里也没有戴着高帽的人在鼓锣声中被五花大绑地押解出来，只有并不整齐的读书声，犁开嗡嗡的市声，一跳一跳地传进他的耳朵。他的身前身后，是生机勃勃的生活，卖锅碗瓢盆的，卖箩筐背篓的，卖草鞋山货的，卖狗皮膏药的，把摊子都摆到了大街上；几只跟着主人来赶场的乡下狗，端坐在主人身旁，不声不响，略带伤感地看着来来往往的人流。人却并不伤感，街边茶馆里，打牌的，说书的，算命的，跟女老板调情的……又在说，又在笑，又在骂；连那些乞丐，黑如炭灰的脸上，也在赶场天多出了几分喜庆和昂扬。

罗疤子在学校门前站了很长时间。

然后，他进了一家铺子。

从铺子出来，他在街上溜达，从上街走到下街，又从下街走到上街，往返数次。

他没听到别人戳着他的脊梁说："罗疤子，你是个脓包，你从来就没有英雄过！"

他笑了。真的，世界没有错。世界从来就没有错过。

第五章

11. 疯子的格言

“把秀儿送到北斗寨去吧。”罗疤子说。

张云梅很吃惊：“送到那里干啥？”

“躲一躲。”

罗疤子在镇上收获的信心，回到半岛上，就像河水一样流走了。他决定按计划行事。他说秀儿不能再在半岛待下去了，再待下去，她就要跟她的老子一样出丑了。

这话说得凄惶，倒让张云梅不好驳他。

“她是疯子，”罗疤子又说，“但疯是病，不是丑，要是被人看出姑娘家怀了，那就是丑。”

这道理张云梅不是不懂，可她说：“送到北斗寨咋办？”

“我昨天去镇上给秀儿算了个命，”罗疤子打起精神，“是中街上新来的一个女先生，都说她准得很。她租的铺子，跟李老三的铺子隔得不远，李老三的铺子冷清得门槛上落了两只麻雀，她这边却把街都围断了。我刚报了秀儿的生辰八字，她出口就是：这孩子的身体里装了两个人，两个人都是她自己，两个自己总是打架，这孩子日子难过呀！我一听就被镇住了，马上求先生给她指条明路。先生说，让她把那一个自己屙出来吧，屙出来她就好了。我再想问个明白，她却把眼睛往后一扬：‘下一个。’我挤出人群琢磨，秀儿那另一个自己，是不是就是她肚里的孩子呢？不然先生怎么会用一个‘屙’字呢？”

张云梅两眼放光，往丈夫身边靠近了些。

罗疤子说：“这让我想起一件事来，你记不记得那年传明家的得那病？”

张云梅当然记得，只是把病的名字忘记了。

罗疤子也忘记了，但当时的情形还记得很清楚。罗传明家的像每一分钟都在往下瘦，声音也变得很嘶哑，镇上治不了，兵工厂治不了，去县医院还是治不了，总之是啥样抬到哪里，又是啥样抬回来。后来镇上有个姓张的医生对她说，别说你去县医院，就是去北京也治不了，要治你这病，只有一个办法，就是怀个娃娃，可惜你现在怕是不能怀了。罗传明家的那时候已经绝经，当然不能怀，虽然没死，可那个瘦，满身都是筋，连头发上都是筋！但医生的话证明怀娃娃是可以治病的。

罗疤子说：“我们秀儿怀这一次，说不定就把疯病治住了。”

对医生的话张云梅并不放在心上，她已经被害得很苦了，但对那个女先生的话，她有了浓厚的兴趣。“你的意思是，让秀儿去北斗寨把娃娃生下来？”

“只有这样了，反正在家里她也要生。”

“生下来过后呢？”

“那时候再说。”

但张云梅放不下心。秀儿去了北斗寨，虽有外公外婆疼她，却没有母亲在身边了。

她说：“你晓得她舅妈那人，秀儿得病过后，七岁那年上去过一回，十一岁那年上去过一回，总共才上去两回，她就做出把脸给她骚尽了的样子，秀儿不走，她的脸就亮不开，还成天神腔鬼调地说话，现在不明不白地挺着个大肚子上去，她还不把秀儿嫌死？”

罗疤子也担心这一着。小舅子什么事都听他老婆的，老婆比他年长四岁，在老婆面前，许多时候他不像丈夫，像儿子。

但罗疤子说：“北斗寨山高皇帝远，再说那地方嫁到半岛来的女人只有你，他们又不知道实情，你就说去年秀儿嫁人了。”

“鬼才信！秀儿嫁人，别处可以不递信儿，未必她外公外婆舅舅舅妈那里都不递个信儿？”

“你给她外公外婆完全可以说实话，主要是瞒住她舅妈。要瞒住她舅妈，舅舅也就不能说，两口子的事，在床上一鼓捣，啥话还不捅出去！你对她舅舅舅妈说，秀儿病成那个样子，嫁人没办酒席，一个客人也没招待，也就没麻烦他们下山。现在秀儿怀了，医生建议她最好到山上住一段时间，多呼吸新鲜空气，对娃娃有好处。”

“你倒是个人精，”张云梅说，“可人家也不是傻子。既然秀儿嫁了人，送她上山的就至少不该只是我，还应该有她丈夫，她外公外婆还没见过她丈夫呢，还没吃到过她丈夫的一颗糖呢。”

说完，张云梅笑起来：“像那疯丫头真有个丈夫一样。”

笑过后，张云梅寂然地望着远处。

这时候两个人都在田野上。风从河面吹来，带着湿润的气息。

后河悄然无声地在不远处流淌，要不是密集的水纹和水面上的枯枝败叶在默默向前，你简直看不出河水的流动。对一条河，你永远不知道它为什么要一直向前流动，也不知道它真正的目标究竟是哪里。碧绿的水光，把对面的山都照嫩了。一只洁白的鹭鸶，从罗疤子夫妇右侧的林带扇开翅膀，伸头拖腿儿地飞向下游的河谷。他们的儿子罗杰，在数十米开外的水麻柳林里割牛草，抬头望着鹭鸶远去，直到它敛翅停落在看不见的河湾。很长时间过去，他脑子里也回响着乐声，这是鹭鸶扇动空气的声音，跟中学里那个女教师弹奏出的风琴声一样好听。

“也只有瞒一时是一时了……”罗疤子眼圈发红，对妻子说，“只要她病好了，啥都会有的。她毕竟还不上二十岁。”

“但愿啰，可肚子大成那样，她哪能爬上北斗寨？”

“我看没事。她精神蛮好。她精神不好也没办法，不能背她，又不可能请滑竿抬她，只有靠她自己了。”

“你的意思，啥时候走？”

“明天打早就走吧，这事情拖不得了。秀儿在家里睡觉是不是？让她睡，晚上也不许她出门。把觉睡足，走远路才有力气。”

说罢，罗疤子从裤兜里摸出一把钱来。这是他昨天卖猪和白菜的钱，他把钱一分不剩地递给张云梅：“你把这些给她外婆，当着她舅妈的面给，就当是秀儿的伙食费。”

张云梅接了，从头上摘下一根橡皮筋，将钱扎紧，插进腰口上的一个小袋里。

那天晚上，家里的气氛有些异样，平时节俭得炒菜多倒了几滴清油也要咕哝几声的张云梅，竟要捉一只鸡来杀。罗疤子也兴兴头头的，亲自架火烧开水，准备烫毛。

罗杰蹭到母亲身边，轻声问：“妈，今天是谁的生日呀？”

张云梅那时候站在院坝边缘，把活鸡提在手里，说不是，明天我要跟你姐姐上你外婆家去，你外婆想你姐姐了。

“上外婆家？为啥不把鸡给外婆提去？”

张云梅温柔地看着儿子：“难得你有这份孝心！我给你外公外婆另外买点心，明天去镇上买。”

“我也要去。”罗杰说。

“你不能去。你得留在家里，帮你爸爸挑粪淋庄稼。”

随后，张云梅把儿子拍得更近些，悄悄告诉他：“你爸爸不容易，你要听他的话晓得不？他全是为这个家着想，要不然他怕谁？别说罗建放，天王老子他也不怕！他当年的那个威风，你倒是没见过！他全是为这个家着想，为你跟你姐姐着想，你要体谅他的苦心。”

这些话，张云梅既是在说服儿子，也是在说服自己。

这些天，她一直在说服自己。对一个人寒心，实在是太容易了，可也得想想，自己是否做过对不住对方的事情。张云梅做过。张云梅知道自己做过。不是指拿剪刀在丈夫头上比画，而是另外一件事情。这件事情，过去很多年了，那时候，罗杰还没有出生……

罗杰窜着头，不回答母亲。他或许能理解母亲的一些意思，但理解不了全部。自从跟东娃打架之后，东娃就根本不把他放在眼里了。那天，他朝田埂上的东娃逼近的时候，东娃起初是有些害怕的，但现在一点也不怕他了，只要和他碰面，开口闭口叫他"小脓包"，东娃说你爸爸是老脓包，你是小脓包，老脓包，小脓包，都是脓包！他把这几句话，说得就像唱歌一样。有好几次，罗杰见东娃走过来，都迅速蹲下身，捡块石头握在手里，可不管东娃怎样放开他那公鸭嗓子唱"脓包歌"，他也没将握得发烫的石头扔出去。他发现，其实自己跟父亲一样，是个胆小鬼，或者像东娃说的那样，是脓包，小脓包！那次他之所以想也没想就上田埂准备收拾东娃，是以为东娃笑话的是他姐姐，如果早知道东娃笑的是他，他还有那股锐气吗？他不能回答自己。他对自己的发现感到难过。

东娃见他不敢反抗，越发地想捏一捏他。谁都喜欢捏软东西，把软软的东西捏一捏，掌心里总是觉得很受用的。

有一天，东娃又去学校的槐树上打了一只翠鸟。翠鸟只是被石弹撕掉了一些羽毛，身体并没受伤，但它惊吓得栽倒在地，东娃扑过去，把它捉住，装进网篼里，乐滋滋地听它哀鸣。它每哀鸣一声，东娃就吹一声口哨，要不就打一个响指。他吹了大约十来声口哨，打了四五个响指，就在转弯处跟罗杰碰面了。恰好旁边是个浑浊的水塘，东娃瞥了罗杰一眼，把手伸进网篼，摸出翠鸟，说："你还敢啄我的手？反了你个狗日的！"这后半句，是那次罗疤子骂罗杰的话。骂了这句，东娃啪的一声把鸟扔进塘里。

这时候，远处几个人在喊他，他便把脸转过去，高声应答，吆喝。他不知道翠鸟是不怕水淹的，几个气泡升起又破灭，鸟冒出头来之后，已游到岸边。罗杰趁东娃不注意，一把抓上来，塞进贴肉的胸膛，一手将下面的衣襟压住，走了。他生怕翠鸟叫一声，但它没叫，只是在他的胸膛上发抖。他走了很远，把鸟一直捂着，捂得它暖乎乎的，翅膀也差不多焐干了，才摸出来，放它飞向高枝。然后罗杰打回转。这期间至少有一个钟头过去，可他回到那口水塘边的时候，看见东娃正用一根木棒在水里搅呢，累得满头大汗，喘着粗气，吭哧，吭哧，吭哧。

这头蠢猪！

人家再蠢，骨头是长全的，而他罗杰连骨头也没长全。

他觉得这都是因为父亲的骨头不全，才让他成了半残废……

张云梅把鸡杀死，交给丈夫去打理，再把小半碗鸡血端进屋去，将炖鸡所用的佐料准备好，在围裙上擦擦手，就要去喊女儿起床了。罗秀还在睡。她已经睡了大半个白天。肚子里的那团肉，白天黑夜地吸着她的血，她的血心甘情愿地让它吸，带着十二分讨好去接近那个小主人，对她这个老主人不管不顾，拖得她精疲力竭。除了肚子越来越大，罗秀身上的其余部位比先前更瘦了，连孕妇通常会有的肥臀，在她那里也不存在。她就像一个贫弱之国，本来就捉襟见肘，首尾难顾，却逢时艰，只能以举国之力前去赈济。

张云梅推开女儿的房门，看见儿子坐在他姐姐的床边。

“叫你姐起来，”张云梅说，“一只嫩鸡，几把火就炖烂了，叫她起来醒醒神就吃饭。”

罗杰说："我叫醒她了，现在她又睡过去了。"

张云梅小声问："你告诉她明天去外婆家的事没有？"

"告诉了。"

"她咋说？"

"她说'哼哼'。"

这两个字风暴一样从张云梅的身体里滚过，她摇晃了几下，有些头晕。

好不容易镇定下来，她对儿子说："那就让你姐再睡一会儿。"

母亲刚出去，罗秀又睁开了眼睛，她拉住弟弟的手——那完全是一个饱经沧桑的农夫的手，粗糙得像毛铁——笑嘻嘻地问他："儿子，如果有人说你是疯子，你怎么办？"

罗杰说："姐姐，只是有一回妈骂我的时候说我是疯子，其他人没说过。"

罗秀在枕上摆一摆头："如果有一天大家都这样叫你呢？"

罗杰想了想，说真的没人叫我是疯子，但是有人叫我是傻子。

"把你叫傻子，你怎么办？"

罗杰说我不知道。

"你就承认下来好了，"罗秀说，"承认了比不承认还好受些。"

罗杰没回话，过一会儿问："姐姐，如果有人叫我脓包呢？"

罗秀闭上眼睛，又睡过去了。

12. 走进云彩

罗疤子和张云梅最担心的，是罗秀不愿意上山，可她竟然一点也没反对。

天蒙蒙亮，她就跟母亲一道出发了。

母女俩都换上新衣服。所谓新衣服，是去年过春节的时候每人做了一套，春节那几天穿过，平时舍不得穿，压在箱子里，现在穿在身上，就像新衣服一样；虽没有布料刚做成衣服时的光泽和香味，毕竟没沾过泥土。不过，母亲穿了女儿的，女儿穿了母亲的，结果是两个人都像被衣服捆住。

开春过后，土地变得柔软起来，那种感觉，透过鞋底，传至皮肤。浓雾不知是从河上升起，还是从天上降下，把四山织在一起，把半岛淹没；没有雨落下来，可头发上，衣服上，都被淋湿了，脸上也痒酥酥的，像有雨水在往里面拱。有大雾倒好，免得被熟悉的眼光瞧见。半岛人在这样的天气是不会急急忙忙进庄稼地的，但要是天气好，他们站在自家吊脚楼上，就能看到母女俩的身影，这么早，她们要去哪里？而且还穿着新衣服呢。——雾气能将他们的目光锁住，也把流言锁住。

尽管如此，张云梅的心还是静不下来。雾气能锁住别人的目光，却锁不住她自己的目光。

她是一条偷偷摸摸的鱼，带着女儿，在雾的海里游。如果前方是宽阔的水域，这种偷偷摸摸将是一件多么幸福的事，然而，她是带着女儿游上山去！山上生长着乱石和黄土，下雨一团糟，晴天一把刀，是那种土质呈现出来的两副面孔：要么可怜兮兮，要么凶相毕露。在那样的土地上讨日子的生灵，别说鱼，就是狼，就是野猪，也要把牙磨穿，把皮磨破，才能弄到一口食物。张云梅至今记得她当姑娘时听到的狼嗥，月明之夜，狼群朝村子逼近，企图对家畜发起围攻，即便咬不死，拖不走，能从它们身上撕下一块肉，闻到一点血腥，也是收获。狼不知道北斗寨的家畜就是北斗寨人身上的肉，村里派人守夜巡逻，畜栏周围点起火把，家畜一旦嗅到狼的气息，睡得再熟，也会从梦中惊醒，然后鸣叫，抽搐，在圈里急促地弹跳。它们以这样的方式把信息传递给鼻子不灵的守夜人，守夜人敲锣打鼓，把全村老少叫醒，然后火把乱明，喊声震天，饥饿的狼跑掉了，跑到山岗的那一边去了，无奈地对着晶亮晶亮的月亮长嗥。狼嗥声像是在哀诉："老天啊，你给了我一条命，为什么不给我一口吃的！"这样的哀诉，狼有，人也有。但生在其间的人，觉得这样的苦日子是他们应该受的，是早就注定的，因而不以为苦，还能苦中作乐。只有走出寨子，才会感到后怕。张云梅就时常后怕。每当这时候，她就觉得自己嫁到罗家坝来，是一件多么幸运的事情。山里的女人，嫁给坝下的谁往往不是最重要的，只要能嫁到坝下就好了。

可她却把女儿往山上送。

尽管不是把女儿嫁上山去，可女儿大着肚子上山，就免不了让张云梅产生那种感觉。

一种轮回的感觉。

要是可能，她宁愿把自己的位置跟女儿对调！

"哼哼，哼哼。"她听见女儿这样说。

她最怕听到的就是女儿的这声"哼哼"，尤其是在这样的时候。

其实罗秀那时候什么也没说。那声“哼哼”，很可能是张云梅自己发出来的。

罗秀一边走路，一边双手乱抓，想把雾逮住。

雾是闲荡惯了的，不愿被逮住，吓得把身体由块状变换成抽丝，从不同的方向逃走。

雾气太浓，站在鸭嘴上也看不见河。

只在这时，罗秀才慌了，也说话了。她说：“我的河！我的河！”

张云梅安慰她：“走下去就是河了。”

她误解了女儿的意思，她不知道女儿的这两声呼唤，还有别的内容。昨天夜里，吃过晚饭，罗秀又要去后河边，但父亲拦住了她，父亲说今天晚上你哪儿也不能去，你就老老实实地睡觉，等你从外婆家回来，随便你跑。父亲还说，你才十九岁呢，往后的日子多得数不过来，哪里需要急这一时？她走不掉，却也没像往常那样摔东西，她就跟一家人坐在院坝里，听父母亲说话。父母亲说的都是日常话，可她半句也听不懂。父母亲的日常生活，在她那里成了最高深的学问。他们说得天高了，星星密了，就进屋睡觉。是母亲和弟弟把她送到床边的。当母亲和弟弟出去，她听到了门扣的细响。他们在锁她的房门。他们从外面把她锁住了。弟弟听了父母的唆使，站到了他们一边。黑暗里，她笑了笑，然后把眼睛闭上。她感觉到自己来到了一处悬崖跟前，她对这悬崖没有恐惧，只有迷恋，两脚轻轻用力，就脱离地面，舒舒服服地向下坠落。不知过了多久，她的身体发出冰裂的声音，有一粒深紫色的核，要破壳而出。这时候，她被锐利的疼痛刺醒。她睁开眼睛的同时，听到窗咯嗒的一声。是那粒深紫色的核跳窗而出了。她便一直把眼睛睁着，等它回来。然而，直到母亲做好了早饭，来把她的房门打开，叫她起床，它也没有回来。

她被分成了两部分，那逃走的部分，到看不见的深渊里流浪去了。

它听不见罗秀的呼唤，也懒得听。

张云梅不懂女儿，只小心翼翼地搀住她，扶住被雾气舔得湿漉漉的桤木树，走到码头上。

所谓码头，也就是在滑溜溜的土里埋下了两块木板，人们踩在木板上，可以跨上船去。

艄公睡在船里。他养的一条浅棕色的土狗，也跟他一道睡在船里，且睡在同一个木榻上。狗成天见人，从来不叫，眼神忧郁，像它也知道水上营生的不易。这艄公自然也是半岛人，年过半百，无家无室，久而久之，人们差不多记不起他是半岛人了。不知道他自己是否还记得。

母女俩在土坡上简短的对话把艄公闹醒了，她们下到码头，艄公已经在扳桡片。狗则坐在床上，仔仔细细地清理身上的毛。

“打搅你哪罗师傅。”张云梅说。

艄公没回话，双手一送一收，驾着船钻入雾里。前面什么也看不见，但对一个老艄公来说，不是凭眼睛识别对岸。

农人习惯把不种庄稼的人统统称为懒汉，其实镇上的居民也跟农人一样勤劳，他们早起晚睡，能多卖一个饼，多卖一斤盐，心里也就多了一分踏实。母女俩还在猪牛市场，就听到那边响起开门启窗的声音，拖拽柜台的声音，朝外泼洗脸水的声音，还有小儿尿了床被大人呵斥的声音。这些声音无端地让人感动。

上北斗寨的路在下街尽头，张云梅便在下街一家店铺里给父母买点心。给父母买，就像给孩子买，不过就是些糖果、葡萄干、芝麻酥之类。给父母的封好了，又给兄弟一家人买。比给父母的多许多，而且特意给兄弟媳妇买了条粉红色的缎带纱巾。店主大清早就做成这一笔生意，乐得几次想把嘴合拢，可他的嘴就是不听他的话。一颗灯泡低低地悬着，他走来走去地取货，把灯泡撞得秋千一样晃悠。“还要啥？别把该买的忘掉了。”他不停地这样带着几分怂恿地提醒。最后，张云梅说不要了，店主一面用塑料袋装，一面问：“你们这是去哪里？”张云梅说：“下清坪，回我娘家。”

她不敢说自己是北斗寨人。

这倒不仅仅是因为北斗寨穷，被人瞧不进眼里，这其中还另有原因。北斗寨的梯形山体，如抖开的巨网，从云端铺洒下来，将山下罩住，仿佛山下是一口鱼塘，回龙镇正是塘心。其活灵活现的形态，使镇上的一种姓氏千百年来受到挤压，这便是“余”姓。余、鱼谐音，而网之所以存在，就是为了捕鱼的。据说，镇上的余姓人家曾经占了五分之一，可这五分之一的人口，没有一个发了财，也没有一个做过官，后来，大部分人离开此地，去别处谋生，实在走不掉的，改作他姓。现在，镇上已经没有一个姓余的人了。不光是回龙镇，外地人，只要姓余，也对北斗寨心存畏惧。二十世纪二十年代末，川东游击军与国民党军在清溪河流域打仗，国军里有个团长姓余，他的团总是被调来调去，但不管怎样跋涉，也绝不在回龙镇驻扎，比如他从清溪河下游往上游行军，走到回龙镇正好天黑，歇一夜是最好不过的了，可他不，哪怕黑得天地一统，哪怕骤雨倾盆或大雪满天，在回龙镇也不做片刻停留，拼了命，也要赶到黄金镇再说。三河流域的人常常感叹：这老天爷也不公平，姓余的惹着你什么了？就说当年那个余团长做了些恶事，绝大部分余姓却都是好人，你布下天罗地网，抖威风给谁看呢？你有本事，就把姓罗的治住！每当这样感叹的时候，他们就望着河对面的半岛。

张云梅担心万一这个店主原本也姓余，那他不把自己恨死。

罗疤子说得对，罗秀精神蛮好的，上山途中，每次坐在路边的石头上歇气，都不是她要求的，而是母亲。

还没爬到半山，罗秀就走在母亲后面。只有照顾别人的人才走后面。母亲反而成了被她照顾的对象了。她多次要帮母亲提东西，张云梅都不肯。一个大肚子女人，自己走上山也就罢了，还提着东西，天底下找不出这个理。再说张云梅也担心她突然疯病发作，将东西扔下山去，那可就只有喊天了。从镇子北面分出来的这条路，开始几步还比较宽敞，司机们习惯在那里倒车，路上留着凌乱的车辙；越往上走，路越陡，越窄，感觉这么一直走下去，就会走到没有路了。路的两旁，是被称为“千年矮”的灌木，高不及膝，眼睛不敢往旁边看，一看两腿就抖，聪明的，一屁股坐下去，等心跳平稳了再继续上行，蠢笨的，不管不顾地往上爬，结果腿软力乏，再加上心慌意乱，身子向后一溜，像块石头那样滚下山崖，成张肉饼。这样的事是发生过的。如果罗秀把东西扔下去，就意味着只能下到山脚才能捡拾回来，而这么大的雾，就算有那股劲头，也不知道往哪里捡去。

母女俩一递一声地说着话，每一句话都要分成几段，中间横着若干次喘息。每一句话都像往身上加了一分重量，挤压出更多的汗水。汗水跟雾气胶合在一起，形成膏一样稠的物质，在身上横涂竖抹，将毛孔堵塞住，从上到下，热烘烘的，又冷冰冰的。

后来母女俩就不再说话了，只把浓雾大口大口地吞进去，又大口大口地吐出来。

这时候的罗秀，一点也不像个疯子。她一只手搂着下坠的肚皮，一只手随时抓住上方的灌木，如果不是因为喘息，她的神态几乎是安详的。她觉得自己是在往天上走，云遮雾绕，正是天上才有的景观。她带着孩子，要去天上见一个人；具体见哪一位，她并不十分清楚，但不管是谁，都是神仙。她也要成神仙了。这让她有一种隐约的激动。肚里的那个家伙也激动起来，欢蹦乱跳，对她拳打脚踢，好像嫌她走得太慢。只有母亲张云梅发出的潮气十足的喘息声，才会把她拉回现实。

又走一程，罗秀看见母亲的头被切开了，接着是母亲的躯干，当躯干被切开后，头又跟躯干长在了一起，上身如阳光一样透明，下身苍白，苍白得看不见。再后来，母亲的下身也透明了，像蛇蜕掉了一层老皮。紧接着，她自己也被切开了……

把她们切割开来的，是没有遮拦的阳光。

母女俩坐在阳光里歇气。

北斗寨上光焰夺目，一草一木，一石一土，都成了反光体。而在她们的脚底下，全被凝成一块的大雾埋得严严密密。

河流消失了。

半岛也消失了。

直到这时候，罗秀才知道，自己离地那么遥远，离天同样那么遥远。

13. 丧歌

张云梅是第二天下午两点左右回来的。

罗疤子跟儿子半个钟头前吃了午饭，罗杰挑粪淋豇豆去了，罗疤子没去。他专门在家等老婆。张云梅进屋，还没落座，罗疤子就问路上的情况。张云梅不愿意多说。昨天，她跟女儿爬过半山，在阳光里歇气的时候，罗秀看不见河也看不见半岛，就哭起来了。那不是一个疯子的哭法。疯子总是又哭又笑，而罗秀这次哭了很长时间也没有笑。听到她哭，林中的草木和百鸟，都静寂无声。张云梅像哄孩子那样哄她，说外公外婆想你，外公外婆年纪大了，腿不灵便，只有我带你去看他们，我们明天就回去。她虽然又动了步子，可依然在哭，直到走拢外婆家，眼泪也没有断。今天早上，张云梅天不亮就离开了，早饭自然没吃。"我像个人贩子……"她对罗疤子说，"下了岩坎，我躲在檬子树下听，要是她哭闹起来，我就打定主意把她领走。可她没哭没闹，昨天累得太狠了，她在睡。太阳升起来丈多高，上面也没有她的声音，只有她舅妈在跟邻居说话；她舅妈那人，说话的时候把世人都当成聋子，声音像打炸雷。越是听不见秀儿的声音，我越害怕。一群群的蛇蚂蚁爬到我脚背上夹我，我也不晓得痛。有好几次我都想转身回去叫醒她，把她领走……"

罗疤子干咳了几声，问："你给她外公外婆都说明了？"

"说明了。她外婆抹了一夜的泪花子。"

"她舅舅舅妈呢？"

"没说。她舅妈看上去很欢喜，我给她买了条纱巾，她接过去就围在脖儿上了，我想给她说不是这个季节围的，可没有说，她喜欢就好。给妈的钱也是当着她的面给的，她还说何必给那么多，山上没啥别的好东西，红苕土豆还是够秀儿吃的。今天早上，她跟邻居说话也欢欢喜喜，说的就是秀儿，她说我家里添客人了，云辉的外甥女从罗家坝来了。邻居说啥我听不清，但从她舅妈的答话里面，听出邻居是在问：秀儿不是那个疯子吗？她舅妈说：疯子又怎样，照样嫁人了，都快生娃娃了。"

罗疤子问："两口子还是跟老年人住在一起？"

"不住在一起咋办？就手板心那么大一间房子！"

罗疤子怔了一会儿，说："你歇着，我去给你弄饭。"

饭是现成的，热一热就是了。但张云梅不吃。张云梅说："我现在啥也不想吃。"

罗杰一身粪臭地回来后，见只有母亲一个人，心里咣当咣当地响了两声，像敲破锣。

他说妈，姐姐呢？

"你外公外婆舍不得你姐姐走，他们要留她住些日子。"

罗杰舀了半盆水，端到院坝边洗手。他已经在渠堰里洗过一遍，得再用肥皂洗一洗，不然粪臭浸进皮肤里，多少天都去不掉，睡觉时闻到那股味儿，吃饭时也闻到那股味儿。他把盆子放在磉磴上，磉磴是圆柱体，上面雕龙画凤，很不平稳，盆里的水，荡过来，又荡过去，老半天才安静了。罗杰松了手，把袖子挽上去。这时候，他看到了落在水里的脸。但那不是自己的脸，而是姐姐的脸！姐姐的脸小得像一粒鸽子蛋，被没有完全静止下来的水揉搓着，罗杰此时看到的是整张脸，眨眼间，就只剩下半张，姐姐用一个鼻孔呼吸，用一只眼睛盯住他。他对着盆子里轻声叫："姐姐。"这一叫，姐姐不见了，只有他的脸了。他的脸大得要把盆底撑裂。他不想看自己，只想看姐姐，便站得靠后一些，但姐姐的脸再也没有出现了，那粒鸽子蛋，被挤碎了。

这时候罗杰身上的肉跳动起来，像他浑身上下都长着心脏。

张云梅看见儿子在筛糠，说杰娃你怎么啦？

罗杰说："妈，我刚才看见姐姐了。"

"乱说！你姐姐在那山上，你长千里眼也看不见。"

罗杰开始洗手。张云梅见他把肥皂打上，有一下没一下地搓，说："你看见姐姐就看见了，身上为啥只管抖？"

"我也不晓得。"

"你是想姐姐了，"张云梅怅然地说，"才一天呢。"

接着自言自语："我离开她才半天，也想她了。这个疯女子，也不晓得有哪一点值得我想她！"

肥皂水黄黄白白地飘浮在盆里，正像磕破的蛋搅和进去了。罗杰不愿意多看，赶紧将水泼掉，往堂屋里走。走到院坝中央，他停住了，说："妈，哪里死人了。"

张云梅说你怎么晓得？

"我听见唱丧歌。"

"啥时候？"

"就是现在呀。"

丧歌只有半岛上死人后才唱。换一种说法是，半岛人除了在跳摆手舞时唱一些跟舞蹈相谐的特殊歌曲，平时只唱丧歌，别的歌都不唱。在三河流域，歌子多的是，风吹来，浪打来，都是歌，虽充满苦痛和挣扎，却也快乐而无求，“月儿弯弯月，活路忙不歇，又薅溜溜豌豆嘛，又薅溜溜麦……”像这类歌子，半岛人从来不唱。他们要么沉默，要么出口就是丧歌。他们勾引姑娘也是唱丧歌——不一定是丧歌的内容，调子却是那调子。半岛也跟天底下一样，有穷有富，但再穷的人家，活着时可以衣服裤子也穿不全，死去了却是了不起的重大事件，并要将这一事件传达给四面山河。传达的方式就是唱丧歌。直到很晚的时候，丧家才去镇上租来录音机和高音喇叭，请阴阳先生先将丧歌录下来，再将喇叭挂到院前的高树颠，白天黑夜地播放，但那时候，包括“那时候”之前的所有时光里，都是靠一条喉咙。丧歌沿着河谷游走，所到之处，山川肃穆，鸟鸣终止。那种哭调，加了许多衬词，一句话有时要好几分钟才能唱完，尾音绵长高亢，收束却极为快捷，像一刀劈了下去。不知道是唱的人嗓子好，还是调子本身长了翅膀，随便在哪个角落唱，不仅整个半岛能听见，清溪河下游很远的河谷，那声音也直往地皮里钻。

张云梅在想，既然半岛死了人，就得去送礼。尽管半岛这么大，衙门之外还有好几个聚居地——这些聚居地无一例外都临近后河——平时除了跳摆手舞，去学校看电影，或者在镇子的集市上偶遇，碰面也难，更别说走动，但只要遇上婚丧嫁娶建房起屋这样的大事，都要互相捧场的。主人家会在待客那天，请来能写字的人，用红纸或白纸（依照办的是红喜事还是白喜事而定），记下客人送了什么礼，一升麦子，一块豆腐，几挂鞭炮，几块钱，一笔一笔都要登记清楚，称为“挂情”；以后别人家有了事，再根据情簿上所记的如数奉还，称为“还情”。这是乡下人将财物化零为整办理人生大事的好方法。这么多年来，张云梅家只是送走了罗疤子的两个老人，别的事没办过，该还的情也早就还清了，但还清了并不等于说就可以不去，礼可以送轻一些，但必须去，否则会遭人谈论的，说某某人只有礼情没有人情。张云梅想看看是哪一方死了人，琢磨送什么礼去，便走到院坝里来听。

她什么也没有听见。

“哪里在唱丧歌？没有哇！”

罗杰很吃惊，他耳朵里的丧歌枝枝丫丫罩了一片，母亲怎么说没有呢？

他说妈你再听！

张云梅把脸侧来侧去，四面八方都听了，还是没有。

“未必我像中院那老婆婆成了聋子了？”张云梅说。这时正有一只苍蝇从面前飞过，她两只手啪的一声拍去，苍蝇没拍着，但左手打右手的声音又清脆又响亮。她耳朵没聋。

“装神弄鬼的，越来越没名堂！”

对母亲的指责，罗杰很委屈。丧歌由远而近，又由近而远，反反复复地推他，撞他。

过一会儿，罗疤子回来了。问清了女儿和北斗寨的情况，老婆又不吃饭，罗疤子便下地去了。

见丈夫从田埂那边走过来，张云梅问儿子：“还在唱不？”

罗杰说：“唱。”

等罗疤子进屋，张云梅说：“有人在唱丧歌，你听见没有？”

罗疤子说我没听见，啥时候唱的？

张云梅的心就像落在树枝上没站稳的麻雀，而且始终也站不稳，因此她没回答丈夫。她在想儿子为什么在没有丧歌的时候听见了丧歌。她在想有一种声音很可能不是让所有的耳朵都听见的，哪怕你有一双好耳朵。她在想儿子说的丧歌，不知是他记忆中的，还是从大河里来，或者从云彩里来，或者正如乌鸦的鸣叫，夜狗的吠声，只是一个预兆；甚至——是对她的责备。

还有些事，比这更简单也更切近的事，她分明想到了，却不承认自己想到了。

每一个想头，都让她明白，做母亲的为什么是一个母亲。

第六章

14．铜坎洞

罗杰去河里打鱼。

正如灌溉、饮水都依托后河一样，半岛人打鱼也是去后河。他们的基本活动，都围绕后河展开。中河的存在，从很大程度上只是一条天堑，后来，天堑的意义慢慢失去，河岸的柴山也好，坟林也好，也才逐渐融入半岛人的生活。形成这种格局，一方面是土质决定的，后河这边的蚯蚓也比中河那边的肥壮，田土之间，渠堰与河汊血管一样周致——半岛人把这些水汪汪的河汊奇怪地称为“干沟井”；另一方面是由河道的性状决定的，中河上溯至三十公里外的黄金镇，几乎都成直道，船在水上行走，如从琴弦上滑过，站在极远处，也能望见河档与芦苇被水流摇动的姿影，山坡上的一个小黑点，简直无法分辨是人是物，却有“咩咩”的叫声跟随喧闹的河水游动而来，你也才知道那是一只孤独的牧羊。后河却不同。后河是第一次握笔的孩子画出的线条，越想画直，越是曲曲弯弯。中河坦直却喧闹，后河曲折却沉静，这种反常的怪状，似乎不好用流量和落差去解释。山川也是有灵性的，绵延数十公里的杨侯山，如同千手观音，动不动就伸出一条手臂指向后河，满怀慈悲地告诫它：下游有万众生灵，你流速太快，很可能给他们带来灭顶之灾。有了这些“手臂”，每当洪水暴发，它便将洪水拦住，等咆哮的水流绕路挤开，罗家坝人早已撤离到安全地带。

那个小型水电站，就修在这样一条“手臂”上，如前所述，它位于半岛对岸铜坎寨金字塔下方，被称为罗家坝的保护神。罗杰的爷爷曾打下一个磨盆的铜坎洞，在电站右侧，壁立的石山，却以洞命名，是因为山岩底下，有一眼口小肚阔可容百人的深潭；究竟有多深，从来就无人说清楚过，曾有县城的一个老秀才写过一本小册子，说铜坎洞深达万米，内通大海。此言太虚，但半岛人都说，若干年前，他们的老祖宗有过实际的测量：在潭里弄出来一条鱼，重达八百斤。能养八百斤那么大的鱼，其深广的程度，作为生长在内陆的头脑，是尽可以去想象的了。铜坎洞接纳后巴河垂下的瀑布，然后与后河相通，它处于两条河的界点，同时又固执地呈现出自己相对独立的地位。

那是被山崖扣住的一粒眼珠，忧伤而愤怒，即使太阳把皮肤晒裂的盛夏，站在洞口，凛凛的寒气也直刺骨头。

这天罗杰挽着裤腿，赤着脚，下了水麻柳林坡地，解开自家的船缆。那条河段总是泊着一些空船，船舱里躺着落叶，歇着倦鸟。偷懒的水葫芦鸟，甚至把窝也做在船板底下；有时，船板底下会有一些积水，但是它们不怕，这种在鸟族中最会梦想的生物，常常将麻柳树落在后河里的倒影当成麻柳树本身，它们祖祖辈辈都想去那倒影上歇息，做窝，身子往水下一扎，水面起了波纹，倒影碎了，散了，它们才退回来，久而久之，就不怕水了……白天黑夜，空船随着水波轻轻荡漾，仿佛是无主的，只在某一个时候，它们才会成为移动的路，小狗一样，跟着主人活蹦乱跳地出门。

罗杰把网叮叮当当地放在舱里，并不使篙，也不推桡，只将右脚使劲一踩，小木船便啵啵啵地蹿向河心。然后，罗杰左脚又是一踩，船飞快地打着旋子，旋了四五圈，停下了，停得纹丝不动，像船是从河底下长起来的。

这种本事，半岛上的男人都会，不管是大男人还是小男人。罗杰还不算最出色的。最出色的要数东娃。在波平如镜的河面上，东娃只凭两只脚，就能够让驳船滑行如飞，飞得脱离水面，在空中打旋子。每年的农历五月五，半岛人都要在后河赛龙舟，东娃满十三岁那年就夺得冠军，抢到的鸭子也最多。半岛人赛龙舟，几乎成为整个回龙镇的节日，人们远远近近地赶来，站在杨侯山下的公路上，看河里彩船穿梭，浪里白条。那些扔到河水中去的鸭子，全被铁钉在头上扎了个眼，还在那眼里塞了盐，鸭受不了痛，便钻进水里清洗；人们正是需要鸭子钻水，这样可以增加抢鸭的难度和乐趣。只见半岛上的老少男人，身子一纵跃入水中，河水张开嘴，把他们吞进去，可嘴还没合拢，他们已将因疼痛和惊吓嘎嘎乱鸣的鸭子左拥右抱，一个鲤鱼打挺，翻到漂浮在河面的船上，脚背一弓，船就随他们的心愿，蹿到他们想去的地方。

这本事来自遥远祖先的遗传，只是他们不知道。

那时候，被称为“巴郡南郡蛮”的地界本有五姓：巴氏、樊氏、瞫氏、相氏、郑氏。分别生活在赤、黑二穴，巴氏子生于赤穴，四姓之子皆生黑穴。五姓无君长，俱事鬼神，于是约定掷剑于数十米高的石穴之中，谁中，奉谁为君。巴氏子独中。虽有言在先，一旦胜负敲定，众人却又不服。于是再次约定：各乘土船，不沉者为君。结果余姓悉沉，唯巴氏子驾驶的土船在水面轻盈行动。从此，巴氏统领“巴郡南郡蛮”，巴国建立，君王被称为廪君。从此，这支特异的民族，如闪电般划过云天，所到之处，霹雳声声，无论强秦还是霸楚，都争相拉拢和利用这支川流峡谷中的浪漫精灵。那时候，没有人的目力能穿透未来的时光，看到若干年后插翅难飞的“丰都之围”，更没有人想到，在神圣的大学讲堂里，会有一个姓邓的教授，穷尽毕生智慧讲述他的“巴人消失学”……

罗杰让船停在河心，举目朝北面张望。自从姐姐离开，他的心就像晴朗的天空，明亮得没有一丝云彩，干净得没有一只飞鸟，却也没有了生命。他望见了北斗寨，却望不见姐姐。母亲说得对，就算他长着千里眼，也望不见姐姐。但他能够感觉到，姐姐这时候也在望他。姐姐同样望不见他。

生活不是在时间之外消失的，而是在视线之外。

他跟姐姐就这样彼此都不存在了。

他下河来，就是要把姐姐“找到”。

他要打几斤鱼，给姐姐和外公外婆送上北斗寨去，顺便把姐姐接回来。

蹲下身，他开始捡网。网坠子把船板敲打出有韵律的音响。这是一铺大网，爷爷传下来的。爷爷当年像是为了炫耀自己的蛮力，什么都做得大，他在铜坎洞打回的那个磨盆，安装在衙门右边的竹林里，半岛上最壮的牡牛拉起来也感到吃力，正因此，很少用那磨盆碾米磨面，盆里枯叶堆积，磨道上笋箨重叠，基本上废弃了。爷爷织的这铺网，别人跟他开玩笑，说他织的不是鱼网，织的是北斗寨，不是为了打鱼，是为了吓唬镇上的“懒汉”。爷爷死后，父亲把网补过好几次，父亲把网修补得那么精细，却没打过一次鱼，他把网挂在偏厦的内墙上，像挂一具干尸。在姐姐罗秀不停地被母亲灌药，身体明显消瘦下去的时候，罗杰曾经想用它去打些鱼给姐姐熬汤，但父亲轻蔑地制止了他，父亲说：“要是你能把这铺网甩圆，我用手板心煎鱼给你吃。”

父亲是在故意戳他的羞处。罗杰知道，跟半岛上的同龄人相比，自己显得很孱弱，孱弱得不像一个半岛人，好像他的力气，都被姐姐借走了。姐姐要那么多力气干什么呢？

河水被西斜的阳光分割，阳光照着的部分，是饱满的蓝，并因太过饱满而显出几分疲态；那种蓝如熟透了的果子，能从水面上摘下来。罗杰提着网，左脚的五指趾头拱了几下，小船便听话地朝对岸划行了一段距离。水击船底的声音，是那样动人，以至于让罗杰心痛。这里，高大的杨侯山把阳光挡在背后，河面微黑，那些鳞甲细小身体修长的梭边鱼，喜欢在微黑的水面下成群结队地进食。他似乎听到了梭边鱼进食的声音，沙沙沙，沙沙沙。于是他预备用力，绷得紧紧的小腿，被竖条形的、细细的肌肉瓜分。

他看准一段河面，把网扔了出去。网在空中飞翔，看上去姿态优美，最终却像一块石头砸了下去。很小的时候，他见过断了半只脚掌的爷爷扔网，爷爷扔出的网被风袅袅地撑开，还在半空就被水“吃”住了。罗杰有些气馁，但他想，就算网闭着嘴，网坠子也会把几条鱼砸昏头，几分钟过去，水面上也会漂浮着滑溜溜的、蛋白色的肚皮。

他把网往上拉。沉重得很。网眼上白花花一片。哗啦一声，网落船舱。

他兴奋地察看。那些白花花的东西溅开了，溅了满船满身。但溅开之后它们不再是白色的了，它们跟水是同一种颜色，也是同一种物质。

河面也没浮起来被砸昏头的鱼。

接连扔了十来次，都是这样。

他握着桡片，向上游划去。上游三百米处，就是铜坎洞。与铜坎洞相接的后河，是一个滩面，没这么深，有些时节，甚至可以踏水过去，星期天，中学里的学生会到这段河上洗衣服，热天还猫进水里洗澡，男女生都一样。今天不是星期天，河面空旷而沉寂，只在傍半岛的河沿，泊着一艘渡船。从这里过河的人，远不及鸭嘴那边频繁，但渡船却比鸭嘴的大，因为每个月内，回龙中学都要派学生去对面的公路上背煤。没人过河的时候，渡船是空的，艄公住在河岸高台的石嘴上（后面是跳摆手舞的广场），有人要去对岸，便扯长了嗓子唤渡：“过河——过河哟——”艄公便从石嘴上慢悠悠地摇下来，有时是他本人，有时是他老婆或儿女、媳妇，走路的动作都跟他一样，能慢到什么程度，就慢到什么程度，好像这代表了一个艄公应有的尊严。罗杰把船推到滩上。此时河水盛大，不大能看出滩的形迹，但下细一看，水面依然显现出册页一般的折痕。

罗杰让船停在折痕处，不知为什么，心里有些着慌。

太阳就像一个老去的人，越近暮年，时光跑得越快。河面彻底阴暗下来。只在艄公住的石嘴上浮荡着一抹金色的阳光。这抹阳光把对面的电站，以及从电站房舍间穿越而上的石梯，反衬得黑森森的，露出几分凶相。石梯有一千零四十步，直通公路。公路旁边的后巴河，关闸蓄水，只有少许水流越过堤埂无声地漫出，布匹一样从石壁上挂下来。

铜坎洞静悄悄的。

罗杰心想，我为什么不去洞里撒一网？老祖先能在洞里打到八百斤那么大的鱼，我不需要八百斤，只需要两百斤，不，一百斤就够了，两百斤我扛不动……罗杰见过的最大的鱼，是九十三斤，那是前年东娃的父亲罗建放弄到的，他把鱼背到镇上去卖，像卖猪肉那样剖成两半，用铁环挂着，谁要哪一块，就用砍刀砍下哪一块。东娃说，他爸就是在铜坎洞打到那条大鱼的。

东娃家的那铺网，还不及罗杰手里这铺网的三分之二。

罗杰不知道东娃向他说了谎。罗建放的那条鱼，不是在铜坎洞打的，而是某个夜深人静时分，去后河与中河交界处的深水里偷偷用雷管炸的，他把雷管装进一个盐水瓶里，筑上黄药，点上导火索扔进水里，几秒钟过去，从深水中传来一声难以辨识的闷响，水波涌动，鱼鳔被震裂了，鱼就飘起来了。罗杰不知道这事，一心只想着超过东娃他爸，想着用爷爷留下的网把大鱼弄到手后，怎样原模原样扛上北斗寨。姐姐看到它，该是多么激动！姐姐习惯把后河叫成“我的河”，罗杰就骗姐姐，说这条鱼正是在“你的河”里打到的。

想到这里，他的心就像快乐的耗子在身体里钻来钻去。他的身体变成了迷宫，有着纵横交错的通道，那只识路的耗子，想去哪里就去哪里。

他推着桡，朝铜坎洞靠近。洞外傍山崖处，有一堆大块头的乱石，他爷爷就是利用枯水季节在这乱石堆里打下了那个磨盆。现在乱石被水淹没，但不必担心，石头并没挡在水路上。

船尖进入了洞口。

潭水与河水迥然不同，潭水稠稠的，翡翠般碧绿，也有翡翠般的质地。

桡片破水的声音，在洞壁间回荡，反而给人沉落到远古的寂静感。

这时候，如果对河的艄公站在门外，他会看见铜坎洞那粒忧伤而愤怒的眼珠，怎样把一个少年一寸一寸地吞进去，然后又猛烈地吐出来。

15．黎明以前

罗杰后来说，他的船刚进入洞中央，寂静的洞内突然喧嚣不止：厮杀声、哭嚎声、呼儿唤女声……而且，他看见一张巨网朝自己飞来。那时候，他脑子里一片混沌，混沌得连恐惧也没有了。而在洞外的时光，他总是恐惧的。他指认不出自己为什么恐惧——东娃？还有东娃的父亲罗建放？这两个人，在他心里搁着，就像一条虫子伏在菜叶上，菜叶知道它会咬自己，但也不至于把自己咬死，因而说不上恐惧。反倒是看到东娃的高祖母，罗杰身上会有被叮咬的感觉。那个许多年没走出过天井的、多怨而慈祥的老婆婆，显然不会对罗杰造成伤害，那么，是凝结在她身上的时间让人害怕吗？罗杰不知道，也想不明白。有时候，他坐在姐姐的河边，会托着腮帮瞎想一气，觉得白天过去了，黑夜又来，对消逝的、当下的和即将到来的日子，人们用昨天、今天和明天来表明它在向前推进，可事实上，它很可能根本就没有推进。它就是孤立的白天和夜晚。甚至是唯一的白天和夜晚。也就是说，这一个白天，和上千年上万年前的白天，是一样的；黑夜也是。人们只是把在时间里做成的、积少成多的事情，当成时间在走。其实是事情在走，时间并没有走。这样的玄想让他头痛，但也说不上是造成他恐惧的根源。他只拥有恐惧本身，说不出为什么。

现在好了，现在他一点也不恐惧了。

他等着那张巨网把自己罩住。

他是来网鱼的，结果反倒要被人网去，这让他心里毕竟有了一丝孤独和怅惘。

孤独和怅惘都让人充实，恐惧却让人空虚。他宁愿选择前者。

只是，正如判定他姐姐是不是疯子一样，这事情不由他说了算。

巨网扣下之前的瞬间，他被什么东西猛地推了一把。

他和他的船，飞出洞口，倒退着冲向后河，冲向他熟悉的世界。

他以为可以摆脱恐惧，可熟悉的世界又把恐惧还给了他……

在与铜坎洞相接的河面，牵连着丝丝缕缕的血迹。但罗杰完好无损，并没受伤。

半岛人说，那是铜坎洞那粒眼珠的血。是那粒眼珠受伤了。

不管这说法多么荒诞，但有一个事实是真的：从那以后，铜坎洞再不像先前那样呈翡翠绿，不论晴天雨夕，旱季涝月，都显出几分浑浊。罗杰也得了一种病：背疼。每一次疼痛都是新鲜的，都像刀尖刚刚扎进去。不知是不是被推那一把用力太狠。就算是，想必也不该是推在背上，可他就是背疼。半岛人认为罗杰是冲撞了鬼神，就跟他爹罗疤子砍神树劈神龛冲撞了鬼神一样。历代活着的半岛人，谁也没有进过铜坎洞，所谓老祖先捞起来八百斤重的大鱼，那只是活在传说中的。

张云梅很气恼，也很无奈，她弄不懂自己家的人究竟是怎么了，你要给姐姐打鱼熬汤，有那么大一条后河，还不够你撒网吗？你嫌后河不够大也不够长，还有中河呢，还有清溪河呢，为什么偏偏要进铜坎洞去？她第一个相信儿子犯了忌。有些忌讳属于天属于地，比人间的忌讳更森严，也更神圣。张云梅去镇上卖掉了二十个鸡蛋和两只嫩黄色的小鹅，买了鞭炮、刀头纸和一段红绸，等水退下一些后，跟儿子一道去了铜坎洞口，母子双双跪下，磕了几个响头，再把鞭炮放了，刀头纸烧了，将红绸搭在了洞外的石头上。

然而罗杰并没因此而康复，他会在突然之间，感觉到背部被刀猛扎，有时只有一下，有时接连十几下，每一刀下去，刀尖都不只是扎穿皮肉，还透进骨头，痛得他脸青面黑；跟骨头痛比起来，皮肉痛根本就不叫痛。等儿子痛过了，缓过神来了，罗疤子才问他："你说刀在扎你，刀是从哪里扎下去的？"罗杰把手反过去，将疼痛的地方指给父亲看。他的那双手又细又长，如藤条般柔软，自己背上的任何部位，都能够摸到。

罗疤子下细察看，看不出丝毫形迹。

张云梅对丈夫说："你去镇上问问那个女先生吧，看有没有禳治的方子。"

罗疤子去了，但女先生不见踪影。

这些游巫，总是沿着河谷四方游走，并不固定在某一个场镇上做生意。

张云梅去对河的杨侯山，请了个端公来跳神。

那端公穿一袭青衣，束着青色发带，打着白布绑腿，脚上套双麻耳子草鞋，长及肩头的黑发丛中，偶尔凌厉地戳出一根白发。天擦黑时分，他来到半岛，幽灵一样飘入罗疤子的家。吃饱喝足后，开始作法。此前，灶台上已缚好一只大公鸡，不仅缚了双脚和翅膀，还将其全身捆扎，使之动弹不得，只无可奈何地躺卧着，转着小小的眼珠；公鸡旁边，是一只窖在坑里的陈年白萝卜，萝卜剖成两半，一半上插着香烛，一半上插着五色小旗。那端公去了青色发带，裹上红头巾，就围着这三样物什，舞着火绳，举着尸刀，高一步低一步地跳神，边跳边唱："一根大绳软绵绵，青龙背上缠几缠，左缠三圈你入地，右缠三圈你上天；入地路一条，上天走半边，要是不听我使唤，尸刀割血溅铜坎！太上老君急急如律令！"话音刚落，一刀剁向鸡头。鸡头射出去，落进火塘的灰土里，嘴壳还兀自张了两下，这边灶台上的鸡身，也拼尽全力动了动。端公双目微闭，两手高举，继续跳神作法，跳了整整一夜。

黎明时分，才背着那只没有头的大公鸡和二十斤大米，离开了半岛。

但罗杰的病情一点也没见好转。

只好求助于医生了。罗疤子带儿子去镇卫生所。出发不久，张云梅也跟去了。她害怕罗疤子找到了那个为女儿看过病的女医生，那医生误了女儿，千万不能让她又误了儿子。这次找了个男医生，粗手大脚，脸膛黝黑，也没穿白大褂，看上去不像个医生。一个医生不像医生，那就什么也不是了。罗疤子想换人，但张云梅不让换，从女儿的事情上，张云梅得出一个古怪的结论：太像医生的人，是治不好病的。那个身上的白大褂干净得可以吃的女医生，就是太像医生了。这个男医生虽然粗笨了些，却老实敦厚，叫人放心。罗杰在母亲不停地插嘴当中，叙述完自己的病情和得病的经历，医生异样地笑了一下，说："铜坎洞不就是一口水潭吗，哪来什么厮杀声、哭泣声？又哪来什么大网？小伙子，那是你进去之后感到恐惧，产生了幻觉。你说有人推了你一把，很可能是气压，或者同样是幻觉，是你自己划出洞口的，没有人推你。"可罗杰坚持说，他真的听到了，也看到了，而且真的有东西推了他一把。他甚至还想说：我在洞里一点也不恐惧，出了洞才恐惧。但医生没让他说更多的话，因为这医生并不敦厚，而是个脾气很大的人，尤其反感神神道道的东西，因为他对这些东西无能为力。他把握在手里一个字也没记的笔往桌上一扔："你硬是要这么跟我犟，我看最好是去请个端公跳神，不要来医院找我！"

罗疤子夫妇不敢说已经请过端公，只求医生想想办法。

医生点上一支烟，烟头的火光亮起来的时候，他的火气也熄下去了，问罗杰的背部以前是否受过伤。罗疤子想了想，说没有，但张云梅提醒说，那次东娃一弹枪柄打在他的颈子上，会不会……医生说："这就对了！颈椎部位有神经束，颈椎损伤，可使人昏迷，也可让人身上有束带感，造成前胸后背的疼痛，严重的甚至造成下肢无力，不能活动。"经医生这么一说，张云梅吓得直哆嗦。但医生安慰她，说我讲的是最严重的情况，你儿子的病没多大关系，过一段时间，症状会自动消失。

回家之后，张云梅很想去找罗建放把事情说一说，就算不让他支付今天的医药费，也应该让他知道，那次东娃跟罗杰打架，虽然是罗杰朝东娃逼过去，后来他姐姐也去帮了忙，却是东娃先出手，罗杰不仅当时吃亏更大，而且留下了后遗症。她犹豫了很长时间，最终没有到中院去。

她害怕两家形成新的矛盾，给丈夫带来更加沉重的压力。

既然医生说过一段时间背痛会自动消失，就忍下这口气算了。

罗杰的痛感没有消失，但的确有所好转。好转的意思，是疼痛发作得没那么频繁了。刚从铜坎洞回来的那十来天，他几乎每天都要经受从骨髓里传来的剧痛，十天之后，有时三五天，有时七八天，那感觉又会回来。但他不再把自己的痛苦告诉父母亲了，那天在医院里，母亲提到东娃的时候，他看见了父亲的神态。父亲把两手扣起来，放在腹部，由于腰是弯曲的，父亲的腹部呈现出一条暗黑的横沟，像干旱过久而断裂开的土块；父亲的脸也像土块。他知道，父亲心里的痛远远大于他的背痛。他咬紧牙关，不说话，也不呻唤，只让汗珠豆子一样往下滚。即便平躺在床上，或者跟父母一块儿吃饭、劳作，他也感觉到，自己背后是站着一个人的，这个人正举剑朝他猛刺，剑已生锈，却不减锋利。他想看清这个人的面目，可不管他转到哪个方向，那个人都永远在他的身后。

雾季逐渐远去，天空干净，大地清明，只要在白天，不管什么时候，抬头一望，就能望见飞鸟。鸟也跟人一样，有的成群结队，有的形单影只。罗杰老是把自己想象成鸟，可自从姐姐去了北斗寨，他就从来也没有把自己想象成群鸟中的一只。他就是他自己，一只孤鸟，如同从河谷飞向河谷的鹭鸶，只能看见自己在河水中的影子。他曾经想上北斗寨把姐姐接回来，结果是去看一看她也不行了——把姐姐送到外婆家的真正意图，母亲已经告诉了他。母亲说你千万别去，你一去姐姐肯定要跟你回来，那你就是把她害了，把一家人也都害了。他埋头干活，空下来，就把小花牛带在身边，去后河独坐，把姐姐的河守住。牛忙乎了整整一个春天，现在终于闲下来，从容地啃着河岸的嫩草，吃饱了，喝足了，就在小主人身旁躺下，静静反刍。清澈的日光照在牛的身上，因季节更替变得稀疏起来的毛发，闪烁着银针似的光芒。他抚摸着浅浅的牛角问："你说，姐姐什么时候回来？"牛湿润的鼻孔翕动着，满含愧疚地望着他，因为它不知道。它不仅不知道小主人的姐姐什么时候回来，也不知道她在山上过得怎样。罗杰不能责怪牛，对姐姐的近况，他自己也一片茫然。

此时此刻，他跟牛守在一起，可姐姐正在干什么？他看见麻柳树被风吹动，蚱蜢在草梢上起落，姐姐又看见了什么？下游一艘装着河砂的大船，因严重超载正渐渐沉没，船上的人大呼小叫，姐姐知道这件事吗？不知道，肯定不知道。而姐姐那里发生的事情，罗杰同样不知道。

世界上许许多多的事情，都是在我们不知道的时候发生的。

傍晚的时候，只要没有紧要的活需要他干，罗杰就去学校。这是那个女教师弹琴的时间。女教师除了教课时弹琴，傍晚也弹琴，教课弹给学生听，傍晚弹给自己听。罗杰站在礼堂的西门外，任琴声河水一样淌进他的心里。女教师把琴弹给学生听的时候，琴声跳荡，波浪似的向前推涌，这是从外面到外面的声音，是中河的声音；弹给她自己听时，琴声沉缓，忧伤，这是从里面到里面的声音，是后河的声音。

女教师也跟姐姐一样是喜欢后河的，这一发现让罗杰很欣慰。

他要等到琴声终止，槐树上的鸟儿也悉数归巢，才踏着暮色走回家去。

半岛上，学校、衙门和别的聚居地，都是灯火通明，然而，那时的北斗寨上还是点煤油灯，煤油灯微弱的光焰，穿不透大山，也穿不透暮色，那架梯形山体，只剩下一团模糊的轮廓，罗杰的心脏每跳动一下，轮廓就被夜色啃掉一块，好像那是天地间一团多余的黑色，有必要全部抹掉。

北斗寨终于被全部抹掉了。

住在北斗寨上的姐姐，也被抹掉了。

罗杰觉得，姐姐永远也不会回来了。

可就在几天之后的一个深夜，罗秀回来了！

是舅舅张云辉把她送回来的。张云辉还请了三个帮手，否则他一个人拿罗秀根本没有办法。五十多天过去，罗秀变成了一只纺锤，肚皮比同期怀孕的妇人大得多，看上去不是要生一个，而是要生两个、三个。带着这样一个肚子，不可能走下北斗寨，何况她是个疯子，万一走着走着，心血来潮双脚一蹦，她就变成一只没有翅膀的鸟了。这是完全可能的，她无数次很认真地对外婆说："外婆，我回半岛只需要几分钟。"外婆说你又不会飞，几分钟哪行？她说我就是会飞啊。外婆说你又不是雀子，哪会飞？北斗寨人把所有的鸟都叫雀子。她吃吃笑，笑外婆说的雀子，"雀子雀子雀子……"她说，笑声越来越响，由吃吃吃变成了哈哈哈。张云辉不能让外甥女变成雀子，姐姐张云梅把她完整地交给了他，他必须完整地还回去。罗秀不能走，最好的办法是扎滑竿抬，可那么陡的山路，往上抬滑竿还勉强可行，往下就寸步难行。只能背。又不能顶她的腹部，只能用背夹，将她反绑在背夹上背下山。北斗寨人到回龙镇上卖肥猪，就是用这种方法把猪背下山去的。路程遥远，张云辉一个人背不动，因此请了三个帮手，轮流换肩。为防止罗秀在背夹上乱动——这对她本人和背夫都是致命的危险，将她的四肢、头部和胸部都捆住了；浑身上下，只有肚皮上没捆绳子。

张云辉等人来到衙门下院罗疤子的门前，罗疤子一家早就睡了。

背夫解绳索的时候，张云辉便敲门。罗杰第一个听到。睡下之后，他一直做梦，梦见姐姐回了家，但他早听说梦是反做的，没想到姐姐真的回来了，还以为是风吹门响，因而没有起来。直到母亲发出一声压抑的惊叫，他才翻身而起，长裤也没穿，就跑进堂屋。

罗秀那时候被两个罗杰不认识的男人抬着，衣服耸上去，肚子高高凸起。她已经处于昏迷状态。虽然捆她的绳索不能像捆一头猪那样死死地拉紧，可也不能太松，一路下来，身上的血液要把自己磨得很锐利，才能穿过那些密集的关卡，跑到主人需要血液的地方去。

罗疤子的脸黑如锅底，愤恨地盯住小舅子，因为他看见了门外的背夹和那一堆绳索。

那堆绳索像也累坏了，瘫倒在地上。

张云梅拉开她和丈夫卧室里的灯，叫那两人把女儿抬到床上去。两个人头发梢上都滴着汗水，将罗秀往床上放的时候，汗水就从头上甩下来，淋淋漓漓地洒在床上，也洒在罗秀的身上。

两个人出去了，张云梅扑倒在女儿身边，去摸她鼻息。女儿活着。活着就好。可当她看见女儿身上的那些勒痕，再也抑制不住，呜呜呜地哭起来了。哭了两声，她觉得自己这时候还有比哭更重要的事情，于是把哭收住，叫罗杰兑一碗糖开水给姐姐。

罗杰把糖开水送去之后，张云梅暂时丢下女儿，走出了卧室。

“为啥送回来了?”她愤怒地质问弟弟。

“秀儿要生了。”

“放屁！才八个月就要生了?”

“真的，昨天后半夜就发作了。”

罗疤子既不叫小舅子和他请来的背夫坐，更不弄盆水来让他们洗脸，那几个人也便傻兮兮地站着。

“既然都要生了，还送她回来?”张云梅的怒气更大，“是不是想让她死在路上?”

张云辉咧了咧嘴。嘴刚咧开，呼啸的汗水就从脸颊的两边流进嘴里。他挥袖擦了两把，心里感到特别委屈。姐姐在北斗寨生活了二十年，不是不懂上面的规矩。这规矩就是不能容许任何外人在自己家生孩子。那会带来血光之灾。

张云梅知道他想什么，厉声问："别人算外人，未必你外甥女也算外人？"

张云辉又抹了一把汗，细声说："我当然无所谓。"

"你当然……你的意思是她不同意？她算她妈个啥东西？除长了一张臭嘴，会说些牛也踩不烂的孬话，还有啥 × 本事？当年要不是我心软，看她年龄大，怕她嫁不出去，她根本就进不了张家门！"张云梅越说越气，指头狠狠地戳向弟弟的额头，"你呀，连个婆娘都管不住，你枉做了男人！"

张云辉的腿一直在打闪闪——那几个背夫的腿也一直在打闪闪，尽管已稳稳实实地踩在平地上，可他们的心仿佛还挂在悬绳似的山道上，回不过神——加上只在上午十点吃过一顿饭，又渴又饥，脚步不稳，被姐姐这么一戳，差点跌倒。

但张云梅的气并没有消："爸爸跟妈呢？他们也任随你这么胡来？"

如果不是有几个同村人在，张云辉的眼泪就下来了。为把秀儿送回家，吃苦受累不必去说，可他受了多少闲气，当姐姐的知道吗？爹妈当然不愿意在这时候送秀儿走，但那个人打死不同意，他两头不是人，这日子好过吗？再说她不同意也有不同意的道理，不能全怪她刁钻古怪心藏坏水，规矩摆在那里，摆了上百年上千年，别说一个跟秀儿没半点血亲的人，就是张云辉自己，甚至包括爹妈在内，心里也不可能没有阴影。张云辉感到委屈的还有，你把秀儿送上北斗寨的时候，又没说要在那里生孩子，只说住一阵，现在她要生了，我费心劳神地把她送回来，未必错了？何况为了顾全秀儿的脸，也顾全你罗家的脸，我们还摸黑走了那么远的路呢！

张云辉出发前，母亲把秀儿怀孕的实情悄悄告诉了他，让他千万不要在白天进半岛。

他不仅没在白天进半岛，也没在白天进镇子，太阳还没落山，他们就到了回龙镇上方几百米处的一个石崖底下，前不巴村后不着店地歇在那里，天黑许久，镇上的灯火一盏接一盏地灭了，镇子空了，他们又才起身赶路。

张云梅跟弟弟发火的时候，罗疤子进卧室看了女儿。女儿被弟弟灌了糖水，已经醒过来。罗疤子出来后，见小舅子那副可怜相，有些不忍，对张云梅说："你少说两句。"然后邀请几个人坐。

张云辉的回答是冲出门去，将背夹一拎，那堆绳索也不要，扎入了黑暗之中。

另三个人愣了片刻，跟出去了。

这时候张云梅才想起弟弟他们连一口水也没喝呢，出门去叫："云辉！云辉！"

爬惯了山路的人，腿再打闪闪，在平路上也行走如飞。他们已穿过十多道田埂，到了学校外面的渠堰上。

暗夜里，脚步声凉浸浸地传过来。

张云梅返身回屋，语无伦次地说："饭，冷饭！"

罗疤子明白了她的意思，伸手从墙壁上抓下一张不知贴了多少年的报纸，摊在灶台上，将铁罐里的一团冷饭倒在里面，再将报纸一裹，追了出去。

他一路小跑地追到鸭嘴，听见桡片拨水的声音。

那声音已到了河心。

这时候，半岛上的鸡已叫第三遍了。

鸡声如织，盛情地邀请黎明的到来。

16．“巴盐”生死录

罗秀醒过来，又睡过去。当她真正清醒，大地已被黄昏围困住了。

谁也说不清楚，今天的黄昏与两千多年前“丰都之围”的黄昏有什么不同。生命中的绝大部分，穿越一个接一个的子宫降生于今天，但也有极少的部分残留在过去的时光里；前者看到的黄昏，不过是太阳下山、月上枝头，后者是活着的蛹，黄昏和夜色，成为他们生命的主体。

半岛上，日子如前，人们背着花篮，拉着耕牛，带着跟他们一块儿下地的狗，悠闲自在地往家里走去，享受夜色赐给他们的休息；正是在这样的时候，罗秀彻底清醒过来，她做蛹做够了，想脱壳而出，不管化成飞蛾还是蝴蝶。

醒过来她就叫痛，那种痛法指不出地方，因此她两只手在身上乱抓。张云梅生孩子的时候，也是这样乱抓，看见女儿的动作，她才相信了弟弟的话：秀儿真的是“发作”了。

发作的时间过于漫长，从前天夜里开始，到现在孩子也没生下来。

这让张云梅感到有些冷。从心里往外冷。但就算她冷成了一块冰，也只能听天由命。

半岛上的女人生孩子，从没有人去过医院，都是找一个生孩子生出经验的老婆婆，帮忙推推肚皮，孩子生下来后，再帮忙剪断脐带。半岛上常被邀请的接生婆，跟罗传明住在同一个院坝，姓邱，不知道有多大年龄，有人说比罗建放的奶奶小二十岁，有人说小三十岁，问她自己，今天她说是甲子年生的，明天又说是辛亥年生的，时间在她那里就像一口钟，可以随心所欲地拨前拨后。问的人很恼火，说你究竟是哪一年生的？别人恼火，她却笑，她说我哪里晓得我是哪一年生的？看上去她已经老糊涂了。可一旦站在产妇面前，这个糊涂的老太婆就变成了一尊神，她那些干巴巴的言辞，在产妇的身体里会变成血液，变成骨头，她那双干巴巴的手，和风似的吹拂。

罗秀垫着高枕躺在床上，下身湿漉漉的，看样子今晚就要生了。张云梅在卧室里照顾女儿，罗疤子和罗杰在伙房里守候。罗秀的惨叫声，波浪一样，时起时伏地向前赶。罗疤子站起身，去检查每一扇门是否关严实了，别上门闩不算，还用锄把或斧柄将门板顶住，好像这样一来，女儿的惨叫声就出不去。本来也很难传出去，因为罗疤子事前在门外堆了许多柴草，有缝隙的门板，他还用棉絮堵住了，外人听到的，只不过是一线游丝。

三个人都在扛，看谁能把那撕成碎片的、血淋淋的声音扛住。

张云梅首先垮了，因为她不仅听到了女儿的声音，还看见了女儿的样子：罗秀脸色乌青，整个身体都失了血色，孩子却始终滑不出宫口。张云梅跑出来，面色凝重地对丈夫说："请邱大妈去吧！"

罗疤子咬着牙，嘴里咔嚓咔嚓响，像在咬玻璃碴。

怎么能去请接生婆呢？虽然天已黑透，但要看见别人家的丑事，并不需要什么光亮的，有时候眼睛也不需要，就能知道得比当事人自己还要清楚。何况邱老太婆跟马呱呱一样，长的是张零碎嘴，每一次接生过后，她都要向她遇见的每一个人唠叨，把母亲的痛苦和孩子的降生，像讲信言那样，像讲祖先传下来的古老传说那样，从头至尾地描述。这时候去请她来，当初又何必把女儿送到北斗寨遭罪呢？

其实罗疤子自己也扛不住女儿的惨叫声了，他也早想着那个缺了牙巴的老女人，只是他心里明白，邱老太婆或许能给女儿带来安宁，却会给这个家带来更多的麻烦和污点，两者之间，他只能取舍。取舍的结果是就当邱老太婆已经死了，就当半岛上从来就没有过她的存在。可是，不懂事的老婆却明明白白地说要去请“邱大妈”，这让他无法绕过自己的内心，因而相当恼怒。

张云梅看到了丈夫的脸色，也知道了他的心思，返身回到卧室去了。

不请邱大妈来，女儿也不一定会出什么危险。

这是罗疤子想的，也是张云梅想的。

罗秀是张云梅生的头胎，张云梅生她的时候，邱大妈走亲戚去了，张云梅照样顺顺当当地生了下来。至于产前的阵痛，那是每个当母亲的女人都要经历的。

罗疤子比张云梅想得更多一些。算起来，罗秀怀胎是八个多月，“七生八死”，这是俗话，意思是，十月怀胎，是足月，但怀七个月生下的孩子，还可以活，怀八个月生的，就不能活。罗疤子和张云梅都一样，巴不得这孩子不能活。可万一活着呢？如果邱老太婆见证了孩子活着，过些天却烟消云散（必须让那孩子烟消云散），又该如何去给别人解释呢？

卧室里，惨叫声有了短暂的停歇，这时候听见张云梅说："吸气，大口大口吸，吸够了好攒劲儿。"

接着又说："擦火柴……再用擦火柴那么大一股力，孩子就下来了。"

罗疤子抖抖索索地点上烟。罗杰则紧紧地握着双拳，掌心里是泉涌而出的汗，他不敢把手指打开，仿佛一旦打开，掌心就会变成水龙头，涌出的汗水就会把屋子淹没。

张云梅给女儿鼓劲儿的声音越来越尖利。那是因为，她自己都泄气了。女儿不听她的。女儿开始听她的，后来就不听了。分明再用擦火柴那么大一股力，孩子就可以生下来，她偏偏不用。这点力气她是有的，就是不愿意使出来。她甚至要把膝盖并拢，把双腿夹住！

到了这节骨眼上，罗秀突然害怕孩子跟她分离。她觉得孩子还是躲在她肚皮里更好。她想象着她的肚皮里一定充满了光明——对别人是黑暗，对那孩子却是光明。这就是为什么孩子待在那里会更好的原因。这个疯子，她不知从哪里懂得了这种古老的真理：让别人成为瞎子，自己却心明眼亮，自己就能从中获得安全……在那遥远的岁月里，如果秦军不是在某个黄昏围困了巴人，而是在某个清早，那十余万众就没有机会"神秘消失"了，世上也就少了一门名叫"巴人消失学"的学问，吃这碗饭的人类学家邓教授，有可能成为数学家，或者文字学家，或者什么家也成不了，只碌碌无为地度过一生。史书上，将以这么简简单单的一句话——"某年，秦灭巴国"——就将巴人一笔勾销。至于那十余万众的尸首，是任其曝晒腐烂，还是挖坑掩埋，就更不在史家关心的范围了。

然而罗秀还是错了，想不想让孩子生下来，就和世上的诸多事情一样，不是由她说了算的。

惨叫声和鼓劲的声音交替呈现，半个时辰后，张云梅哭了。

她一哭，罗疤子再也顾不了那么多，推门进屋。

他看见老婆的怀里，搂着一团血糊糊的东西。

那东西无声无息。是一个，不是两个，更不是三个，而且小小的，小得像只出世不久的猫。把孕妇的肚皮撑得那么大的东西，为什么这样小啊！

是个女孩。张云梅哭，就因为她无声无息。罗疤子进来之前，张云梅倒提着孩子，拍她青格格的屁股，把她嘴里的羊水控出来。羊水控出来了，但她没有哭。

罗疤子听不得老婆哭，问："下来了？"

"下来了。"

"死的？"

"死……的。"

"秀儿呢？"

床上的产妇还裸着身子。罗疤子问过，便侧着脸，拉过棉被盖在她身上。

在她的屁股底下，积了一大摊稠稠的血。

灯光昏黄，罗疤子以为那摊血是还没来得及收拾的胎衣。

张云梅说："秀儿没事。"

"那你哭个屎哇！还抱着呢！赶快扔到桶里，提进地里去埋了。"

这时候，已经昏迷的产妇双腿突然一抖动，糨糊似的脑子澄清了。她听见了自己的生命滴滴答答流失的声音，也听见了父亲的话。她想支起身，可她的力气被抽掉了，如同一排栅栏，被抽得精光，只剩一个空架子了。于是她在自己骨髓里抠，把最后一丝力气抠出来。

她利用这点力气，开始说话。

她说:“巴盐……巴盐……”

尽管女儿的声音一吹即灭，罗疤子还是注意到了，他把脸贴上去。

“秀儿，你说啥?”

“巴盐……”

巴盐是什么东西?罗疤子迷惑不解。

他让张云梅去听——这时候张云梅已将那团血糊糊的肉丢进了墙角的木桶。

张云梅听到的，还是这两个字。

罗疤子喊:“杰娃!”

罗杰进去了。当罗杰把耳朵贴在姐姐干裂的嘴皮上，姐姐突然锐声嘶叫:“巴盐!”

这一声喊过，木桶里的肉团子哇哇啼哭。

她没有死。或者说，她死去之后又活过来了。

听见孩子的哭声，床上产妇的心里亮起了一盏小小的灯光，小得像萤火虫，萤火虫朝着背面飞去，朝着黑暗的深处飞去。飞行的动作舒缓而优雅。它白中带绿的光焰，把黑暗烧出焦煳味儿。产妇的世界里，弥漫着这种焦煳味儿。她注视着那粒愈来愈小的萤火虫，心里有了眷恋，于是拔腿朝萤火虫追去，想把它握在手里。然而，萤火虫变成了一块石头，发出轰隆隆的巨响，滚入了黑暗的深渊。她想停下脚步，但已经没法停下来了，她也变成了石头，也发出轰隆隆的声音。紧接着，她听见背后有一扇门，砰的一声关闭了。黑暗是如此恐怖，却又如此迷人……

她死了。

她“屙”出了一个自己，可那另一个自己却死了。

死者的睡榻上，挂着蚊帐，蚊帐顶部盖着塑料布以遮挡灰尘。塑料布过于宽大，从四边挂下来，罗疤子揪住一角，用力撕。塑料布本就薄如蝉翼，加上陈放多年，早就朽了，无须用多大力，就撕下一片。罗疤子将它在指拇上缠，缠了一圈又缠一圈，把指拇焐得发烫。然后他脱下来，走到木桶旁边，将孩子的腮帮一捏，那张小嘴便尽量扩张开来。哭声没有断，唔唔唔的。罗疤子将卷成筒状的塑料布塞进去，捏腮帮的手也放开了。孩子还以为是奶头，吱吱掬。

可那奶头越插越深。

这时候，罗杰站在屋当中发呆，他母亲扑在女儿的尸体上哭，哭声压抑而破碎。

罗疤子走过来，将老婆往旁边一撩，“先把那东西收拾了。”他指着墙角说。

张云梅跌跌撞撞地扑过去。桶里的那个肉团子，身上的血——那是她母亲的血——已经凝结，灯光底下，闪闪烁烁如同血旺，而她的脸蛋、鼻尖、脖子和前胸，全都发青，青得像个菜疙瘩。

她怎么又死了？

张云梅把桶提起来，发现了塞在孩子嘴里的物件。

她迟疑了一下，什么也没说，扯了件外套，拿了把镢头，快步出门，钻入暗夜。

那天夜里，在罗家坝后河岸边的水麻柳林里，凸起来一个小小的、能抱在怀里的坟包。

这个坟包很奇特，像艘独木舟。

半岛人的坟，都像一艘独木舟。

罗秀的死讯是次日清早传出去的，体体面面地办了丧事，三天之后又体体面面地抬去中河畔的坟林下了葬。如果她在落气之前知道自己女儿终究逃不出厄运，肯定希望女儿跟自己埋在一起。但那不成，中河边的坟林只限于埋成人，对不满十二周岁的孩子，需另寻坟地。孩子阳气重，火眼高，会搅乱阴间的秩序。阴间和阳间一样，也是有规矩、有秩序的。孩子的坟地并不固定，只要不影响别人的生活，想往哪里埋就往哪里埋。

|中　篇|

中　流

第七章

17. 蜗牛与黄鹂鸟

后河与长江的直线距离，不过百十公里，但其发源地的高岩峻崖，形成东西分水岭，将其与长江无情阻隔，它只能眼巴巴地望着母亲河浩浩东去，自己则逆向而行，离母亲河越来越远；与中河汇聚成清溪河后，继续艰难向西，每时每刻，都在山弯里找出路，仿佛一直找到天边，才见到了曙色，携前河，下州河，过渠江，再折而向东，于合川地界汇入嘉陵江，最终在重庆融入长江，形成重庆的主城区两江半岛。若干年后，古巴人遗址以惊世骇俗的力量在罗家坝现世之后，考古学家们深有感触地说：后河的命运，是巴人命运的表征，或者说是巴人命运的“流汁书写”。

但在当时，没有人这样去思考问题。当时的考古学家跟人类学家邓教授一样，正怀着满腔悲悯，研究巴人是怎样消失的。不同的是，考古学家在搜集巴人消失的证据，人类学家邓教授，则在建造巴人不堪为人、终于蜕变成猴子的伟大构想。如此，罗家坝半岛上这群活着的巴人遭受冷遇，就是意料之中的了。这样也好，至少保证了他们在大地之上，天幕之下，踏着古老的节奏过自己的日子。

安葬女儿的当天，罗疤子从墓地回来，才抽出心思问老婆："你把那灾星埋哪儿了？"

张云梅不喜欢听到"灾星"这两个字，尽管她心里也觉得那孩子是灾星。

她把地方说了。

罗疤子像被抽了一鞭。那鬼地方哪里是埋人的？树木深密，藤蔓交错，春暖之后，被太阳晒活的爬行动物，往往成群结队地在此盘踞，且常有野狗出没，遇洪水暴涨，坟包连同里面的尸骨，还很可能被连锅端掉。这么多年来，谁也没把孩子埋到那里去！

张云梅叹息一声，详加解释。

她说，不是她要把孩子埋到那里去，是那天夜里她抱着孩子刚走出家门，就听到女儿凑到她耳朵边来，明明白白地对她说："妈，你把巴盐埋到后河边的水麻柳林里。"

罗疤子悚然一惊，皱着眉头，心想那个被母亲的咒语救活、只啼哭几声又被他扼杀掉的孩子，已经有一个名字了？那天，秀儿临死之前，叫的就是女儿的名字？

巴盐。这名字太古怪、太难听了，特别是一个女孩儿家。

数天之后的一个傍晚，一家人吃晚饭的时候，罗疤子又想到了那个名字。他把夹起来的一箸菜扔回到菜碗里，突然问罗杰：“巴盐像不像一个人的名字？”

罗杰愣了片刻，说：“像。”

他的话硬如卵石。他以为父亲在追查让姐姐怀孕的那个男人，而那个男人就叫巴盐。但父亲不是这意思，父亲说：“巴盐是你外甥女的名字，你姐姐已经给她取好了。我是说，这名字太难听了，你在进化小学读过五年书，有没有本事换个差不多的？将来上坟，也好在符纸上把名字给她添上。”

原来是这么回事。

罗杰想了想说：“就叫巴艳吧，艳丽的艳。”

罗疤子还没点头，张云梅就高兴地同意了。张云梅觉得这名字真好听。儿子竟然知道艳丽这个词，出乎她的意料；正因为出乎意料，她才高兴。她是山里来的女人，虽然没怎么上过学，但她也知道艳丽这个词。山里人从出生那天起，这个词就成为他们身体的一部分，跟他们一同成长了。怒放的鲜花，是艳丽的；夏日的晨风，是艳丽的；清凉的泉水，是艳丽的；初升的太阳，是艳丽的……特别是初升的太阳，散发出青草一样芬芳！自从嫁到半岛，张云梅就很少见到，也很少闻到了。半岛上不缺太阳，但半岛多雾，等见到太阳的时候，它差不多已经当顶。当顶的太阳是没有香气的。但奇怪的是，半岛人世世代代对见不到初阳也闻不到初阳的香味，好像都无所谓。

不知为什么，女儿死去之后，张云梅就特别怀念自己在娘家的日子。

既然老婆已经同意了，罗疤子也没再反对。

“好，就叫巴艳。”他说。

巴艳没有父亲，便随母姓，全名：罗巴艳。

知道了巴艳的安葬之地，可是好些天过去，罗疤子也没去看过。

他不敢去。

这天早饭过后，他走到离后河不远的高秆作物中间，蹲在地上拔草。

刚蹲下去，脚底下就生了根。那个被他捂死的孩子，在他心里活着。孩子的哭声，也在他心里活着。当他去捏孩子的腮帮时，触到了她嫩滑的皮肤，把塑料卷筒伸向孩子的嘴唇时，又触到了她温暖的呼吸，那种痒酥酥的感觉，同样在他心里活着。

那孩子是一株杂草，应该拔掉。可她到底不是杂草。

罗疤子寸步难移，干脆坐下来。润湿的土地，浸得屁股冰凉。风从作物间吹过，沙沙有声。当风声停歇，头顶便静静地悬垂着一面蓝天，蓝得可以舀起来。

这么好的蓝天啊……

他抽了支烟，又继续干活。然而，每拔掉一株杂草，都像拔掉那个孩子。

“闯你妈的鬼哟！”他忿忿地骂了一声。

但这并没能把他的精神提起来。看来，这活是干不下去了。他走出庄稼地，来到田埂上。田埂很窄，自从土地下户，你挖一锄，我挖一锄，田埂变得越来越窄。

他拍了拍屁股上的泥土，朝河边走去。

表面上，他想的是推船过河，爬上杨侯山捡两捆干柴回来烧。杨侯山林大人稀，树木争高直指，那些抢不到阳光的，便自行枯萎，一扳即断，是烧火的好东西。——其实他是想去麻柳林看看巴艳。

水麻柳林内侧的一绺田地，种的是矮玉米，视野陡然间宽阔起来。罗疤子站在玉米地旁，朝林带里望去。与路相距二十余米的远处，他影影绰绰地望见了一艘泥土堆成的独木舟。

这里只有一座坟，毫无疑问，那独木舟就是罗巴艳的家。

他打算分开纷披的藤蔓走向坟头，给巴艳说说，他杀死她是逼于无奈，请她原谅自己。谁让你妈是个疯子呢？谁让你的疯子妈婚也没订就怀上你呢？谁让她怀上了你还不知道是谁让她怀上的呢？他要把这些话，都给巴艳说说，然后指引她去中河的坟林找她妈妈。

正这么想，还没开始行动，一个妇人就从那边过来了。

那妇人背着花篮，夸张地甩动着髋部，老远就问："疤子叔干啥来？"

罗疤子说："我到河对面去。"言毕，他走下干爽的斜坡。

泊在河湾的那一排空船，少了一只。

而少的这一只，恰恰就是他罗疤子的！

老婆在家里扎鞋样，儿子在雀儿山锄地，是谁把他的船推走了？

半岛几乎家家有船，不会用别人的，更不会偷别人的，那么他的船又去了哪里？他朝雀儿山张望，看罗杰究竟是不是在山上锄地。可那土丘像大肚罗汉，半山凸出的部位把视线挡住了，山顶反而看不见，好像土丘的腹部就是大地的尽头。他把脚踮得更高，头抬得更高，希望看得更高。

更高处是灰色的云团。

他扯着嗓子大声喊:“杰娃——杰娃——”

没有人答应他。他不知道他的杰娃这时候偷偷溜到了中学里,听那女教师弹琴。

女教师今天在教学生唱一首歌,这首歌的歌词就跟自己的家门一样好记,罗杰只听了两遍,就能完整地唱出来了,女教师弹琴的时候,他就在心里跟学生们一道唱:“阿门阿前一棵葡萄树,阿嫩阿嫩绿地刚发芽,蜗牛背着那重重的壳呀,一步一步地往上爬。阿树阿上两只黄鹂鸟,阿嘻阿嘻哈哈在笑它,葡萄成熟还早得很哪,现在上来干什么?阿黄阿黄鹂儿不要笑,等我爬上它就成熟了。”唱过之后,罗杰禁不住忧伤起来。坐在礼堂舞台上的那些人,都有一棵自己的葡萄树,而他的葡萄树在哪里呢?哪一个季节会为他而成熟呢?姐姐死了,姐姐虽然没带走她的河,但后河在罗杰的眼里,已经不再宁静祥和了,后河日夜不息地流淌,唱出的是绵绵不绝的丧歌。此刻,罗杰的脑子里就被丧歌萦绕。这种调子像源源不断的流水,吼声如雷地冲刷着他,父亲再大的喊声,也穿越不了。

罗疤子叫不应儿子,便回家去。走到中学围墙外面的渠堰上,他犹豫了片刻,脚往左边一撇,进了校园。他的本意是上雀儿山看看儿子,没想到刚进校门,就见儿子在礼堂西门外的林荫道上,抱住一棵槐树,瑟瑟发抖。儿子一定又犯背痛的毛病了。罗疤子心里一暗,快步走过去。他迈出的每一步都踩着一个人。那个人是罗建放,也是他自己。他相信医生的话,儿子的背痛,并非去铜坎洞撞了鬼神,而是东娃的弹枪柄作孽。他狠狠地把脚踩下去,在地面停顿那么一下子,才提起来,踩下去的时候是那样沉重,提起来时却也并不轻松。

“我真不配做一个半岛人了……”他想。

结果，罗杰的背没有痛，他是被丧歌缠住了。

那歌声是条巨蟒，缠住他不放。

见到父亲，就像水葫芦鸟用自己的身体碰碎了水中的倒影，他挣扎出来，松开手，尽量把双腿站直，叫了声“爸”。

“又犯了？”

罗杰摇了摇头。

“那你为啥打摆子？”

罗杰说，我没打摆子。

罗疤子不想跟他纠缠，只要没犯病就好。

他够着手扯下几片树叶，将落在儿子肩头的几粒红白相间的鸟粪擦去，说：

“看你这副傻样！叫你去锄地，你在这里干啥？”

他的口气是严厉的，可心里很痛。以前他有一儿一女，现在只剩下儿子了……更让他心痛的是，儿子喜欢到学校来，喜欢听女教师弹奏的琴声！这不是一个半岛人应该喜欢的。半岛人跳摆手舞的时候，也唱歌，敲鼓，歌声和鼓声都是滚烫的，能把石头煮化，而女教师的琴声要么清风丽日，百花盛开，要么夜来风雨，落英缤纷，这不是一个半岛人应该喜欢的！东娃也常到学校来，可他来是打鸟，他射出的石弹，飕飕飕地撕下一地的树叶，也撕碎鸟的鸣唱；有时他还跟学生打架，比他高壮得多的家伙，也被他掀翻在地，他那不怕死的气概，敢把一只活鸟脑袋揪下来的狠劲，能像盐巴一样洒进别人的血管，让血液迅速凝结、变冷。

那小狗×的，他才是真正的半岛人！

自己不配做半岛人，儿子也不配，他没有根，儿子照样没有；他已年近半百，儿子还那么小，在未来的日子里，儿子该怎样在这个世界上混下去？

这时候，罗疤子已经预感到，儿子和东娃之间，必定会有一场较量，较量的时间或许很短暂，或许很漫长，但不管怎样，结局在较量之前就已明了。

想到这里，他是多么思念女儿。在他这个家族中，只有女儿身上才留存着半岛人的血统……

罗杰没有回答父亲，罗疤子也不需要他回答，又问：

“你知道我们的船谁用去了？”

罗杰晃了晃脑袋。

“知道不知道，说出声，别傻乎乎的！”

“不，不知道。”

“大点声，别像蚊子叫！”

“不知道！”

不远处的教学楼里，伸出了几十颗脑袋，有教师的，也有学生的。见到这情景，罗疤子似乎才想起这是学校，也才想起这学校的校长是罗传明。他把声音放低了，问儿子把地锄完没有。罗杰说没锄完。“那你还不赶快上山锄去？”罗杰没动，以乞求的目光望着父亲。

他想等到下课铃声响，女教师不再弹琴的时候再去锄地。

姐姐一死，他对同样喜欢后河的女教师的琴声，越发地依恋了。

罗疤子知道他的心思，以失望到骨子里去的眼神，望着半岛之外的天空。

之后他跺一跺脚，转身回家。

张云梅的面前放着一摞用于扎鞋样的笋箨。

此前她用扫把搓掉了上面的毛，地上铺着一层黑黄相间的毛刺，一只小花狗过来闻了闻，笋箨毛扎在它的鼻子上，像长了一圈胡子，小狗被刺得又麻又痛，汪汪叫，逃到院坝外的菜地里，躺下来用爪子清理。这是罗建放家的狗，东娃的姐姐一家刚刚送过来的，这家伙不认生，初到衙门就到处乱窜，好像知道它的新主人有了喜事，也要四处炫耀一样。

走进院坝的罗疤子，不认识那只狗，问张云梅那东西是从哪里来的。

张云梅告诉了他，同时也告诉了罗建放家的喜事。

罗疤子怔在院坝中央，再没有兴趣关心他的船了。

18. 喜事

今天早上，镇里派一个办事员，让他来半岛叫罗建放去镇上走一趟。那办事员知道半岛人的脾气，更知道罗建放的脾气，去年，罗建放去镇里问特产税为什么又涨了，跟办事员打过交道，办事员并没说什么过分的话，只是说话的口气冲了一些，罗建放便将他下巴一捏，说老弟，你不要开腔了，你再开腔我就要屙泡尿给你洗口了。想一想，半岛人是不兴以侮辱的方式对待对手的，屙尿洗口，显然是侮辱，因此他又说："我们半岛不出特产，要说特产就是拳头，你们要收我们的拳头税吗?”办事员觉得自己的下巴都快被他捏碎了，吓得抽筋。其实他不是经不住吓的人，只是几年前进镇政府当了办事员后，就没有这幢楼之外的人敢吓他，更不会以这样的方式吓他，他已经忘记了被吓的感觉。罗建放松手后，他大气也不敢出。当时许多人在场，让办事员丢尽了脸。

此刻，他不敢冒冒失失地踏上半岛的土地，只到码头上去守候，看有没有人从镇里回去。虽是冷场天，但也有零零星星的半岛人来卖早菜。守了将近一个钟头，终于守住了衙门上院的马呱呱。

办事员对她说:“你去叫罗建放到镇上来，有好事!”

马呱呱走了，办事员继续在码头上等。他猜想罗建放肯定是不会来的，打算等上个把时辰，再亲自去请，有那妇人放信在先，而且说明了是好事，想必罗建放不至于见到他就动拳脚。

他没想到他只抽了几支烟，罗建放就来了。

显然他是在田间劳动，马呱呱碰见了他。他走得很急，两条挽起来的裤腿，有一只掉了下去，给人的感觉，他一条腿是腿，另一条腿是假肢。

罗建放过河来，第一句话就问:“是不是我爹解放了?”

谁都以为罗建放不把地主崽子的名声当回事的，原来他很当一回事。

这个混账，办事员暗想，去年羞辱我的时候，我怎么没想到他还是地主崽子呢!

“解放这个词，是不能随便用的。”办事员说。

他本想教训罗建放，可说话的口气却软绵绵的，还带着笑。

罗建放今天的心情特别的好，即使办事员硬邦邦地对他讲话，他也绝不会计较。他从裤兜里摸出一匹叶子烟递过去。办事员不抽那东西，领着罗建放，走上斜坡，进了中街附近的镇政府。

消息得到了证实。

那个早已死去的人，不知道是不是全国最后一个被摘掉帽子的地主，在三河流域肯定是最后一个了。三河流域的有些“地主崽子”，都已经当过几年兵了，还有一些大学毕业都参加工作了。

镇领导客客气气地对罗建放说，你爹本是有一笔账记在那里的，当年请他来镇上接受教育，结果三个公人被砍成重伤，按理，这样的人不该摘帽，但是呢，考虑到并不是你爹亲手伤人，恰巧这段时间我们又在进行全面清理，看还有没有没去掉的帽子，只剩你爹了。大家商议了很久，最后还是决定宽大为怀，把你爹的那笔账勾销了算了。

罗建放连声说:“勾销了好！勾销了好!”

好像这件事是由他说了算。

跑回家，他让老婆桂秀英立即去黄金湾通知女儿。黄金湾虽属黄金镇，但它在中河右岸的河谷里，离半岛并不太远。然后罗建放又请了几个脚步快的年轻人，去椏河口通知岳父母，去拐子梁通知姨妹，去兴浪滩通知姑姑。女儿一家人很快赶来了，别的亲戚，正在赶往半岛的路上。桂秀英把女儿接回来后，母女俩马不停蹄，生火，烧肉，和面，准备招待客人。锅碗瓢盆的声音，刀砍骨头的声音，说话声，笑声，汇成喜气洋洋的氤氲，在衙门里钻进钻出。浓浓的炊烟升上去，被方向不定的风东拉西扯，倾斜的瓦屋顶上，便一蓬一蓬地升腾着乳白色的烟雾……

张云梅用一把锈迹斑斑的大铁剪剪着笋箨，好像没有注意到丈夫是怔在院坝中央的，细声说：

“听说他们今晚上要请大伙去跳摆手舞。”

罗疤子回过神，走到老婆身边坐下。他这时候最想了解的，是罗建放家喜事的全部细节，包括是谁通知罗建放的，罗建放当时的表情怎样，现在他们家弄出那么大的声响，究竟是剁的猪骨头还是牛骨头，油在锅皮里炸响，究竟是在煎鱼还是煎面筋团，坐在他家里又说又笑的，除亲戚之外，还有没有当地人。每一个细节他都想知道，尽管每一个细节都是一条小蛇，从四面八方咬住他的心。其实罗疤子早就没在意什么地主崽子，半岛人谁也没在意，那个概念已经消失，概念的消失，意味着曾经的事实已经断根。不仅如此，一些日子以后，镇上的那些懒汉用扑克赌博，有了新的玩法，这玩法就叫“斗地主”。什么都消解得干干净净，谁还会在意地主、地主崽子这样的陈词滥调呢？

可罗疤子就是觉得憋闷。他在意的，不是罗建放的父亲被摘帽这件事本身，他是由此想到了自己曾经依赖后来又背叛了他的那个“公家”。再就是，罗建放把这件事当成喜事，证明他心里是多么记恨……

罗疤子故意绕开从中院传来的快乐的交响曲，对张云梅说：“我们家的船不见了。”

剪刀在张云梅手里燕子一样翘着尾巴，笋箨的边缘呈弧形跟它的母体分离。

“船不见了？”

老婆的淡然让罗疤子很不满。造一艘船可不是件容易的事。半岛上的可用之材并不多，中河畔的柴山里，多的是青冈树，只有少量的松木，青冈树质地刚硬，正因为太刚硬，特别容易炸裂；松树是经不住水泡的，水一泡就烂。造船最好的木材是柏树，半岛上的柏树却偏偏长不好，往往长到拳头那么粗就生病，从树梢开始白，几天之后，所有的枝叶像裹了一层霜，接下来是发黄，再接下来就枯死了。灯笼坪的柏树倒是不少，但要么太粗，要么太细，粗的几人合围，细的只能做打狗棒；再说路程太远，不请人根本弄不回来，请人是要花钱的，以前半岛上请人帮忙，只贴几顿饭，现在既要贴饭，又要付工钱。罗疤子一分一厘的工钱也不想付，丢掉的那艘船，是他更深人静的时候，去杨侯山偷树来打造的。那不是人干的活，用别人的船过河去，躲在密林之中，一锯一锯地拉，拉重了怕人听见，拉轻了又割不断树身。而且，杨侯山那些家伙故意在大树周围布陷阱，装暗器，说是捕兽，其实是防贼。罗疤子没有踩到陷阱，也没有触到暗器，按当年他自己的话说，凭的是一身胆量。他的胆量把陷阱和暗器都吓得不敢近他的身。可而今，他的胆量被生活取走了。

他想朝老婆发火，但这时候发火，明明白白就是泄露自己的怯懦。

他只是说："船丢了，以后就没法打鱼。"

"反正你也有好几年没打过鱼了。杰娃去打了一次鱼，就闹出怪病来，不下河也好。"

张云梅始终不看丈夫。

罗疤子狠狠地盯了她一眼，说："是你故意把船毁了？"

张云梅依然不看丈夫，"人都丢了，"她说，"还怕丢一艘船？"

罗疤子真想甩她一耳光。

张云梅感觉到了。那是一股气场，就跟铁匠的炉火一样，把她和丈夫之间的空气烧得通红。

她等着那一耳光甩过来。

可是没有，炉火熄火了，砧子冷了，铁器冷了，扬锤子的那双手，也冷了。

张云梅抽了一口气，说:“我咋会故意把船毁掉？我又不是疯子。”

“疯子”这个词真不该说。这个词刚一出口，地底下就伸过来无数只手，抱住她的腿。每一只手，都是她对女儿的痛。女儿不该死的呀……她觉得，带女儿去北斗寨的前一夜，如果不杀那只鸡，说不定女儿就不会死。不过就是去外婆家，为什么要破天荒杀只鸡吃呢？这不明摆着是“送”她吗？结果，她刚上去，儿子就莫名其妙地听到丧歌了。要是儿子听到丧歌的时候就去把她接回来，她也不会死。她是不该死的呀……张云梅一度希望女儿死去，这心思从没浮出水面，可她自己能触摸到那股暗流。这股暗流说不上强大，但它存在，并且总在她心灰意冷的时候，把她带走。她希望女儿死，是觉得像女儿那样活着太可怜了——这是她给自己的解释。每当这样解释的时候，她又遇到另一股暗流，这股暗流在深渊里对她说：杰娃有一个嫁不出去的疯姐姐，有哪家的姑娘还愿意嫁给他呢？父母不能照顾罗秀一辈子，将来照顾她的任务，只能丢给杰娃，这是连瞎子也看得见的事实，有哪家的姑娘那么背时，非要迈进你家这道门槛？你的女儿铁定了嫁不出去，你总不能让你儿子也结不到女人！她听到深渊里的这些话，无力反驳，因而只剩下流泪。现在她就想流泪。

但她把泪忍住，放下手里的活，拿起扫把扫地上的笋箨毛，边扫边对丈夫说：

“船可能是被过路人推走了。”

“那河里从来没丢过船。”

“多少事情都是从来没有，结果后来还是有了。”

罗疤子无言。

过一阵，张云梅问：“如果中院那家人请我们跳摆手舞，去不去？”

罗疤子忿然地说：“跳摆手舞要谁请？想跳就跳，祖祖辈辈都这样，要谁请？别说现在有个广场，没有广场的时候，路上可以跳，田里可以跳，一个人可以跳，几个人可以跳，一群人也可以跳，未必非要人请吗？广场又不是他建放家的，他不请我我就不能去吗？”

这话在理。但张云梅说：“今天晚上不同，听说建放要在那里摆酒。”

“去他妈的！”罗疤子骂了一声，起身往铁罐里加水，做饭。

差不多划了半盒火柴，他才把火生起来。

饭还没做好，东娃的姐夫下来了。

这是个文质彬彬的小伙子，名叫谢高，穿一身干净的白衬衣，看上去从没干过农活，其实从他会干活的那天起，就没有离开过农活。要不是罗疤子跟建放结了仇，他承认，这小伙子真不错！谢高知道岳父跟罗疤子结了仇，可岳父是岳父，他是他，这一点他分得很清楚，见到罗疤子和张云梅，他一口一个“疤子叔”“张大娘”。听到主人的声音，那只一直躺在菜地里清理鼻子的小狗跑上来，围着主人呜呜叫，像在向主人告状。张云梅说，开始我搓了笋箨毛，它来闻，把鼻子扎痛了。谢高哈哈笑，弯下腰，为狗把没清理干净的毛刺拔掉，再掏出纸烟递给罗疤子。那时候在乡下，纸烟是稀罕之物，有一些赶时髦的年轻人也抽，但都是角多钱一包的“三河牌”，而谢高今天散发的，是九毛钱一包的“重庆”，听这名字就知道是重庆产的，在镇上，甚至在县城，这也算是高档烟。谢高家里虽然吃得上饭，可也仅此而已，很显然，他今天是为庆贺岳父家的喜事，特意买了好烟来的。

罗疤子把烟接过来，手在烟身上遍身摸。他真想把烟捏碎、扔掉。可他舍不得捏碎，更舍不得扔掉。他暗暗地对自己说：这烟是谢高给的，又不是建放给的，怎么好捏碎扔掉呢？

谢高把烟为罗疤子点上，说：“疤子叔、张大娘，今天晚上去广场上跳舞，爸准备了几坛酒，你们一定要来啊。”朝屋子里左右扫了两眼，又说：“杰娃弟弟呢？”

张云梅说：“杰娃在地里还没回来。”

“喊他也一起来啊。”

说罢，谢高起身离去。

小狗跟在他身后，不停地去扑主人的脚跟。今后，它跟主人的岳父母住，扑他的机会就很少了。

他都已经走过偏厦，罗疤子才喊了一声：“谢高。”

谢高退回来。

“是你来请我们的，还是你爸叫你来请我们的？”

谢高愣了一下，爽快地说：“今晚上是爸妈请客，当然是他们叫我来请的。”

脚步声远去之后，张云梅说：“你看那小伙子多会说话。”

罗疤子没作声，狠狠地吸烟。抽惯了叶子烟的人，纸烟当不了瘾，可罗疤子觉得这烟真香。

但他到底没把那支烟抽完，只抽了一多半，就扔到地上，用脚掌碾成碎末。

19. 舞场边的秘密

夜晚来得很迟缓，又来得很迅捷，夜晚像两支同心协力的队伍，分别从河谷的上游和下游潜行过来；又像两扇门，以回龙中学为轴心，吱嘎吱嘎地合拢。但这两扇门并没给天地带来黑暗。今天临近中午的时候，有一些花花太阳，下午就阴云密布，似要下暴雨的样子，可此时此刻，天空澄净如洗，悬浮着的那钩镰刀月，晶亮晶亮的，站在衙门，中学槐树梢上的喜鹊窝也能看得清清楚楚。

天公作美，天公也知道罗建放家有喜事。

半岛动荡起来。在听到动荡声的前夕，就已感觉到有种奇怪的声音从地心深处传出。天光完全交给月光之后，衙门开始了喧嚣，上院的往下走，下院的往上走，都到中院集合，然后一同前往东南角的广场。那些抬着牛皮鼓的男人，兴奋地边走边敲，鼓声雄浑，像大地本身发出的声响。唢呐也吹奏开了，自然是欢快的曲目，可唢呐就是那样一种乐器，再欢快的曲目从它嘴里出来，也带着几分哀伤。这时候，中学里已经上晚自习课，灯光之下，悄然无声，仿佛他们属于另一个世界。

罗疤子家同样悄然无声，而且没有灯光。

一家三口坐在偏厦里，像正受到审判的人。

依张云梅的意思，今晚无论如何都应该去。喜事是罗建放的，但摆手舞是大家的，你不去，是主动丢掉了跳舞的权利，而这权利是半岛人天生就具有的，所有外地女人，只要嫁到了半岛，也就同时被赋予了这样的权利。这个道理，罗疤子明白得很，上午他也是这么说的，可这时候他就是不表态。他不表态，张云梅就不好动身。对她本人而言，不去凑那个热闹也罢，她的根毕竟不在半岛，作为北斗寨人，她只懂得把全部生命交给土地，从清早到天黑，从童年到老年，直到断了那口气，时间对她再不管用了为止；至于跳舞，那不过是奢侈品。她只是心痛儿子。儿子本就不大像一个半岛人了，跳摆手舞的权利也给他剥夺，他身上还能留下几根半岛人的骨头呢？

罗疤子其实很想去，但他丢不下情面，因为罗建放没来催他。既然今夜是建放请客，还准备了几坛酒，就应该挨门挨户地催。有请有催，代表的是请客的诚意，有请无催，是缺乏诚意。半岛上别的聚居地催不到，衙门至少应该催到。吃晚饭之前，罗疤子就盼着中院的人出现在他家门口，最好是建放本人，他本人抽不过身，桂秀英来也行，她也抽不过身，女儿或者女婿来照样算数——可他们谁也没来！这就证明，建放根本不想请他一家。午后谢高来那一趟，只是走走过场，说不定是为了找回那只小狗，顺便说句乖面子话而已呢。建放是否催了别人，罗疤子不知道，但他听见那么多人都朝中院聚拢了，都显得那样激昂，那样兴奋，由此判断建放是催过的。

人声远了，鼓声和唢呐声远了，罗疤子起身说：“早些睡，明天一早下田扯稗草。”

他推开正屋的门，进了卧室。

母子俩没有跟进来，在叽叽咕咕地说话。罗疤子听不清他们说些什么。他和衣躺在床上，盯着窗子外面。月亮就在斜前方，被窗条一绺一绺地切开，可定睛一看，它们又合在一处，天衣无缝。罗疤子觉得自己也飞到了天上，没有根系，也没有依傍，人们兴趣来了，望他一眼，没有兴趣，就置他于不顾。他沉浸在这样的心思里，不能自拔，任时间点点滴滴地流走，任月亮步步高升，高到被屋檐遮挡，他看不见为止。广场上的鼓乐声和呐喊声时紧时慢地游过来，那种欢乐的景象，他不需要想象，就能在脑子里复原。

欢乐是他们的，自己什么也没有。

不知过了多久，张云梅上床来了。

张云梅推了他两把，说："要睡就把衣服脱了，免得贪凉。"

罗疤子坐起身，声音沙哑地问："杰娃呢？"

"睡了。"

等老婆睡下之后，他出门去了儿子的卧室。

罗杰也是和衣躺在床上的。

罗疤子站在距床一米之外，对儿子说："杰娃，你要是想去，你就去吧。"

"我知道。"

罗杰背对着父亲，这样回答。

想了想，罗疤子问："东娃请过你没有？"

"没有。"

"没请你你也可以去。他姐夫哥来请过我们，还特别说把你叫上。"

“我知道。”

“有些事情，你还要跟东娃学。他不是个好东西——不是我这样说他，他高祖母也这样说他，半岛上的好多人都这样说他，但是，他身上……我不多说了，我的话你该明白的。你明白吗?”

罗杰没回话。他的确明白了父亲的意思，可只是心里明白。

有些事情，只是心里明白还算不上真正的明白。

“你不要跟东娃争执……”罗疤子说，“要是实在躲不过去，你忍一忍。你斗不过他。”

罗杰照样没回话。罗疤子想听听他的呼吸，但没有听见。

屋顶上一匹亮瓦，把月光四四方方地筛下来，刚好照在儿子那颗乱糟糟的头上。

罗疤子出去了。

张云梅已经睡熟。这个女人睡觉是要打鼾的，或许是过于劳累的缘故，或者是身体过于高壮的缘故，鼾声比丈夫的还大。罗疤子却听不见老婆的鼾声，他在床沿坐下来，心里越来越焦躁。

随着夜晚走向深处，世间万物，该歇的歇了，该睡的睡了，广场那边的声音也便越来越响，每一种声音都张着大嘴，对罗疤子吼叫：“罗疤子，你是脓包！你是窝囊废！你是在害怕以前的作孽让自己遭受报应吗？其实，你跟所有半岛人一样，并不把神树和神龛当回事，你害怕的只是半岛之外突然没有人给你想法。没人给你想法，你就不知道自己该干什么了，也不敢面对身边的一切了。表面上你要跟半岛人划清界限，事实上是自我放逐，是更没有骨气的表现，因为你根本就没有跟半岛人划清界限的能力，你比谁都更急切地希望融入这个集体！那么你为什么不来跳摆手舞呢？你不来，并不能证明你有脸面，恰恰说明你没有脸面，因为祖先传下来的舞蹈你都不敢跳了。你这个脓包！你这个窝囊废！你来呀！来呀！来呀！……”

这些话说完，接着是鼓声、唢呐声、跺脚声、呐喊声。咚咚咚。呜呜呜。嗒嗒嗒。嚯嚯嚯。在罗疤子的脑门上敲，敲得他的头一根一根地龟裂出褐色的纹路。

“日他妈的，我需要半岛外面的想法，未必罗建放就不需要？要是他不需要，为啥外面摘掉了他爹头上那顶早就无关紧要的帽子，他就高兴成那样了？”

发泄了这样的不平，并不能让罗疤子宽心。他依然感到焦躁。

不一会儿，前门吱嘎一声响。罗疤子像得到拯救似的，迅速起身走到窗口。

他看见罗杰迈着很轻的脚步，从偏厦那边过去了。

罗疤子退回来，又在床沿上坐了一袋烟的工夫，腿弯一硬，走出门去。

他想，我走到广场上，肯定会碰见第一个人，那个人会说：“哟，疤子现在才来？”我不能说我家里有事耽误，所以现在才来，我就说我来是接我儿子回去的。如果有人请我喝酒，我就说我在家里喝过了，喝得很多，现在一滴酒也喝不下去。要是建放请我喝呢，我得想想……

两旁稻穗沉实，路上却青幽幽的。那些不屈不挠的小草，从来就不把自己从生到死当作一生，它们比人还懂得，所谓永恒，并不是指时间的无限延续，而是根本就没有时间，因此只要此刻活着，就是永恒地活着。一些紧凑的草垛散乱了，挺拔的草尖倒伏了，看得出大队人马行进过的痕迹。

罗疤子从这些痕迹上踩过，感觉到自己就像一滴冰凉的水，正融入温暖的江河湖海。

月光照着大地，照着罗疤子，照着贴地而来的鼓声，也照着黄澄澄的稻谷的清香。

广场近了，透过一片已收获留着空秆的玉米地，能看见林立的草树。冬天和早春之后，绝大多数草树被剥得精光，做了牛羊的饲料，草树便只剩了一根树的骨架。玉米地比广场略高，罗疤子走到边缘，蹲下身，朝广场上俯瞰。这时候正进入中场休息，人们围住酒坛，罗建放站在酒坛旁边，用竹筒提子给大家舀酒，没那么多酒碗，便我喝一口，又传给你，你喝一口，又传给他，像是出征前的庄严仪式。罗建放边舀酒边说："这酒下得太慢了，使劲儿喝！今儿晚上是我请大伙儿跳舞，过几天我还要请大伙儿办件事，办啥事到时候再说，现在只管喝酒！"他说话的声音就跟他的脸一样多骨，跟他的身体一样肥胖，这真是奇妙的组合，像鼓声和唢呐的组合。罗疤子心里一紧，不知道建放过几天还要办什么事，自然而然地想起自己用斧柄捶过他爹的腿，还扇过他爹的耳光。

由此更加证明罗疤子今晚是来对了。必须尽快化解跟建放的矛盾。

罗疤子想现在就进场去，又觉得目标太大，既怕应付过多的问候，又拿不准建放对他的到来究竟持什么态度。等他们喝过酒，跳起舞来再说吧。

半岛人在一起喝酒，尤其是跳摆手舞时喝酒，都要喝出响声，喝出狂欢的滋味。

罗疤子听着这响声，望着下面的人群，心里怦然一动。

广大无边的月光底下，这群人看上去是多么孤单啊！

所谓狂欢，难道就是一群人的孤单？

他和他的同伙曾经拥有过的“狂欢”，原来只不过是集体的孤单？

一定是这样的。难怪，“狂欢”结束，他需要的那个“公家”就不见了……

不，罗疤子清醒过来，它不是不见了，它成了罗建放的公家了！

他再一次颓唐起来，目光扫遍了每一张脸，扫遍了广场的每一个角落。没有发现他的儿子。

那家伙肯定进庄稼地撒尿去了。每次跳摆手舞的过程中，男男女女总会钻进附近的庄稼地撒尿，男的进西边，女的进东边。这种没经过任何约定就形成的方位，也隐含着尊卑。不知是不是这里的大河都向西流的缘故，整个三河流域，都以西为尊。罗疤子退回到玉米林里，沿排水沟下到男人们经常撒尿的地方，本意是自己撒泡尿，并找到儿子，教儿子说两句话，让他成为自己来广场的借口，可他在那片地里根本没有发现一个人。那片地里有一股尿骚臭，却没有一个人。

他很诧异，慢条斯理地把家伙掏出来。

尿液只在他肚子里走了一小半的路程，就听到不远处有一男一女在说话。

说话的人坐在田埂外平缓的斜坡上。那里有一丛糖刺铃，刚好把身体掩住。

男的说：“不可能吧？”

女的说："我亲眼看见的，就在那边的干沟井旁边！疯子的手被稻草捆住，嘴里塞了一把虎耳草。"

男的说："真是这样的话，那家伙就不是人。"

女的说："反正我觉得，疯子不是病死的，是生孩子生死的。你没注意到疯子死的那天，麻柳林里就多了座小坟？有一段时间，她穿的衣服大得像是个卖布的——反正手里有，就把布不当数。后来又去了她外婆家，谁也不知道她是什么时候回来的，突然就听说她死了。"

男的沉默了片刻，说："这事情你不要出去乱讲啊，这是要出人命的。"

女的说："我哪里乱讲了？我就是说给你听。"

鼓声又起，男人拉着女人，离开了。他们没上田埂，就从斜坡横过去进了广场，罗疤子没看清是谁。他也没听出是谁的声音。那声音压得很低，在喉咙里拐了几道弯，出来就变形了。

要是罗疤子的眼睛有五米长，他就能看清那是谁，要是他的手有二十米长，就能把手搭在那两人的肩膀上，抓住他们，让他们把话再说明白些。

基本事实其实已经很明白了：女儿的确是被强奸的。

而且强奸她的，就是半岛人。

罗疤子站在那里，一动不动。

他肚子里那股尿液，见老半天也没有放它出去的意思，又跑回膀胱，嘟嘟囔囔地躺下睡了。

第八章

20. 河

涨水了。

半岛没下暴雨，上游的万源大山、兵工厂、新华镇、黄金镇，都下了大暴雨，那些地方的雨声，不是下出来的，是吼出来的，雨点能把斗笠砸穿。千万条支流和石头般翻滚而下的山洪，汇聚到河流里。

中河涨水了。

后河涨水了。

清溪河自然也涨水了。

三河流域浑身都是水。

罗传明当校长以来，凡遇后河暴涨的时候，他都允许有兴趣的班级放那么一两节课，上雀儿山看水。他对学生说，看水也是学习，孔夫子要不是看见河水奔流，怎么能说出“逝者如斯夫，不舍昼夜”的千古名言？他说你们也去看看水，也像孔夫子那样，给我弄一句名言出来，我就算你们没有白学。他还说，什么叫名言？名言就是有用的废话！其实，能不能弄出名言来，罗传明既不苛求，也不奢望，只是他喜欢以这样的方式说话，更主要的，他本人跟所有半岛人一样，对水有一种来自天性里的崇拜，作为校长，他不好在上班时间亲自上山看水，就让老师和学生去帮他看。

这天上山的有三个班，初中两个班，高中一个班；也不是全部去了，有些学生宁愿利用这点时间，回寝室打扑克或者睡觉。三个班的部分学生，由五个跟学生同样好奇的老师带着，密密扎扎地挤在雀儿山顶的石坝和田埂上。五个老师，四男一女，都站在前排，女的站在正中。

这女老师是回龙中学唯一的音乐教师，姓夏，叫夏顺兰。一个“顺”字，几乎概括了她的全部特征。她身上无处不顺，头发顺，脸顺，身材顺，她穿的衣服，总给人流畅的感觉；别人看她，眼睛顺，心情也顺。至于那个“兰”字，就是她的气质了。她的举手投足，优雅，洋气，跟学生也没有师生间的隔膜。她是重庆知青，差不多还是个小姑娘的时候，就到清溪河下游一家农场当了知青，连书也是在宣汉县师范学校读的。她为什么没有跟随知青返城潮回到老家去，不得而知。

后河水对河床的宽度很不满意，两只肩膀左顶右撞，想把从杨侯山伸出来的“手臂”撞开一些，把它能带走的，想带走的，都带走，以显示它作为一条河的威力。看来收效甚微，因而发出吼叫声，如同千军万马的溃退。水面上漂浮着从上游冲下的整株大树、木箱以及还活着的猪牛。一头还没长圆的黄牯子，屁股紧紧地收住，背弓起来，每冲下十来米，便张一下嘴，似在鸣叫，却听不见声音。夏老师缩着脖子，低低地说："好可怜呵。"站在她旁边的是教务主任，姓杨，比夏老师年长十来岁，也就三十四五吧，长长的脸颊有一个向左弯曲的弧度；听见夏老师的话，杨主任笑了，他说你可怜它，你就去把它救起来。夏老师说："我有那个本事就好了！"

话音未落，河面上没来由地飚出一条小船，船上站着一个小小的人。平时站在雀儿山上望后河，人不该显得那么小的，今天水势浩大，水面上的一切都缩了尺寸。那人不使桨，也不点篙，只把两腿蹲成马步，在怒涛汹涌的河面上自由穿梭。这是一个捞河者。也就是趁涨大水的时候下河打捞浮财的人。半岛上的男人都会捞河，可再贪财，也不会在河水暴涨时干这营生。这家伙是不要命了。如果能看清他的脸，雀儿山上的师生应该认识他，虽然不一定知道他叫东娃。东娃手上缠着一圈粗大的麻绳，麻绳的前端是弯成半圆的铁钩，称作搭钩，是捞河的专用工具。当那头黄牯子再次张嘴鸣叫的时候，东娃的搭钩抛了出去，搭钩在空中找路，最后准确地钻进黄牯的嘴里，把嘴撑住。一浪接一浪黄浊的水流涌进它的喉管，黄牯子急速下沉，但那条脊背依然能看见，它变成了一条鱼，将水山撞开，刷刷刷地朝小船蹿过去。小船朝岸边奔跑，它也朝岸边奔跑，直到被河湾的水麻柳林挡住。

"好家伙，"杨主任说，"要吃几天好牛肉了！"

"为什么你想的是吃牛肉而不是把它养起来？"

"就你好心。可惜的是，在这个世界上，好心人越多，越干不成一件正经事。"

"你为什么这样说话?"

夏老师的脸急得通红。

杨主任呵呵笑。他喜欢看夏老师红脸的样子。他说你别急，我只不过是说出了一句不好听的真理。见夏老师的脸红得很不正常，红中带紫，杨主任又说——这一次他说得很严肃，声音也很温柔:"你也不想想，水都浸破牛皮了，那牛能活? 水一旦浸破牛皮，牛皮就发胀，上岸之后，过那么一两天，牛皮又会强力收缩，活生生地把它自己箍死。再说你看看那个捞河的家伙，把搭钩往牛的嘴里扔，分明是打定主意要吃它的肉而不是养它。"

夏老师动着嘴唇，准备说什么，可她说不出来了。

因为她看到了麻柳林中的另一个人。

水已漫入林带，那个人的膝盖以下被水裹住，恶狗似的浪头，前仆后继地扑他，咬他，而他跟树站在一起，纹丝不动，像个守卫城门的将军。

尽管距离那么远，夏老师还是一眼就把他认出来了。

那是常到学校听她弹琴的少年。

有好多个傍晚，夏老师独自在礼堂的舞台上弹琴，都在偶然的侧目间看到这个少年的身影；她给学生教课，这少年也经常出现在礼堂西门外。以前，夏老师傍晚弹琴，都是弹给自己听，自从发现了这个少年，她就在通往自己的河流里开出了一条支汊，琴声如水，从支汊淌过去，在那一片她不认识的土地上，是否长出了嫩芽，开出了花朵，她不知道。对半岛人，她跟回龙中学所有师生一样，都是很提防的，每年秋季开学的第一堂课，老师告诫学生的，不是好好学习、报效祖国之类的话，而是："同学们，你们千万别去惹罗家坝人！"最奇怪的是，校长罗传明也这样说，罗传明说罗家坝人是在半岛上过日子的，不是让你们去惹的，有时候你不惹他，他也要狠狠地啃你一口！——正是因为他的这些话，不仅罗建放认为罗传明是半岛的叛徒，很多人都是这样认为的。——鉴于此，师生们都尽量不跟半岛人打交道。

可对那个听琴的少年，夏老师却老是觉得他身上有一些细小的根系，长到了她的心里。

那个少年另当别论。

她把两只手掌做成喇叭，对着山下的麻柳林高喊："赶快跑，水会淹死人的！"

杨主任又笑，说我开始说的那句话只能算一般真理，你这句话才是一条伟大的真理，我今天终于明白了，我真没白来一趟！

夏老师感觉自己的喊声全世界都能听见，结果她自己听起来也是嗡嗡嗡的，只是一些零碎而模糊的音节。苍苍茫茫的水吼，把大地上的一切声音都泡胀了。

她正气恼，又听见杨主任奚落她，因此没好气地说："你明白什么了？"

"水能淹死人，我以前不知道。"

"听你这口气，好像我以前没见过水一样，"夏老师说，"你别忘了我老家在重庆磁器口。"

见她生气了，杨主任又改了口，并马上认错。

可夏老师是真的生气了。她在别人面前从不生气，却老爱在杨主任面前生气。

她说：“真不该跟你一块儿上山来！”

接着她又朝麻柳林喊。

喊了三五声，她惊喜地发现，水在往下退了！

暴涨起来的河水，往往伴随着暴消。

何况半岛及下游地区，都没有下雨，水路是宽敞的。即便水路不宽敞，又能怎样呢？自从有了后河，有了半岛，后河涨再大的水，也没有真正惊动过半岛。千手观音一样的杨侯山，满怀慈悲地说：“下游有万众生灵……”而后河自己，同样知道下游有万众生灵，这些生灵，都是它的子孙……

水在往下退，大家都松了一口气。杨主任对夏老师说：“是你把水喊退的。”

夏老师不想理他，只顾为麻柳林中跟树站在一起的少年高兴。

那个少年，罗杰，并不是跟树站在一起。

他是在守卫他外甥女的坟。

自从姐姐罗秀和外甥女罗巴艳死后，罗杰就常常在中河与后河游动，他先去中河的坟地，再去后河的麻柳林。他面对着姐姐的坟坐下，一坐就是一两个钟头。其间，他跟姐姐说话，他觉得有一个神秘的通道，让他能够进入姐姐的世界。只是，他再也感觉不到姐姐的体温和呼吸了，也无法看清姐姐的面容了。在外甥女坟前，他也有同样的感觉。不过，去外甥女坟前的时候，他手里多了一样工具，弯刀。他用弯刀清除掉巴艳坟头周围的蔓草，免得它成为蛇类的栖身之所，又用尖头锋利的木栅栏，将坟围起来，不让野狗靠近。他连外甥女的样子也没看清楚过，他只把她当成了姐姐的一部分。而他本人，同样是姐姐的一部分。反过来说，姐姐也是他的一部分。

他的一部分活着，一部分已经死了。

死亡不是别的，死亡就是暗无天日，于是他用雪亮的弯刀，把蔓草砍掉，让天光照进来。

罗建放请客的那天夜里，罗杰没去跳舞，而是先去中河看了姐姐，又到后河来打整巴艳的坟。他同样带着弯刀，出门时怕父母看见，把弯刀藏在了衣服里。其实，罗疤子和张云梅都知道巴艳的坟头是谁打整的，只是都不说。杰娃跟姐姐的感情，明显已超越了姐弟间的感情，姐姐身上挂过的一片布，他也收进了自己的箱子，何况巴艳是从姐姐身上掉下的一块肉。

这天水退之后，罗杰徒手清理巴艳坟头的泡泥。泡泥虽然像流汁一样松软，但泥土里藏着槐刺、檬树刺、碗碴、玻璃碴、黝黑的铁片，还有不知是人还是兽的骨头渣，一掌撮下去，他的手指在泥土里开路，那些锋利之物就在他的皮肉里开路。血水洇开，看上去是泥土流血了。他在那里忙乎了好几个钟头，直到下午三点过，父母吃过午饭已经一个多钟头，才回家去。

他裤腿的下半部分，看不见布，只看见泥。水在消退的过程中，太阳就出来了，阳光比以往任何时候都更为暴烈，泥土被太阳晒干，如打在他腿上的围席。

罗疤子说："你到哪里去了？把人喊死都喊不应，还以为被水冲走了呢。"

他没回父亲，进屋洗了手，换了衣裤。

那双手洞洞眼眼的，虽不再流血，但发紫，肿起来老高。

张云梅正纳鞋底，笋箨鞋样垫在中间，每一针下去，都发出只有笋箨才会发出的声音。那是被残存的空气包围着的、风干了的声音。罗杰去火塘上揭开罐盖盛饭的时候，她望了他一眼。那双手抓住了她的眼睛。她惊叫着问：“咋回事？”

其实她不需要问，她知道肯定是他清理巴艳的坟头弄伤的。

罗疤子也知道。

张云梅说：“我的傻儿子呢……”

母亲的这句话，让罗杰想起父亲不久前在学校的槐树下骂他“这副傻样”。

姐姐去北斗寨之前，曾经告诉他，如果某一天，别人都说你是疯子，你就承认下来。现在爹妈没说他是疯子，说他是傻子。半岛上许多人早就认为他傻，现在爹妈也这样说了……

罗疤子沉默着，巴艳那座孤坟，成了他心头的病菌。这病菌比癌症还要厉害。它牵连到一次罪恶，牵连到女儿在夜色之下受到的欺辱，牵连到女儿的死，还牵连到他的脸面……以往，儿子去为巴艳打理坟头，他任他去，可是今天他再也不能容忍了。既然那个不知名的女子都注意到了麻柳林中突然出现了一座小坟，别的人自然也会注意到，哪还经得起你去把坟头收拾得亮光光的？尽管那女子说她不会把秘密告诉别人，可谁说得清呢，她不是已经告诉了那个男子吗？男子又去对下一个人说了，然后嘱咐：不要告诉别人。下一个人再如法炮制。世间所有的秘密，都是这样泄漏出去的，因此把时间放远了看，世间根本就没有秘密。如果半岛上所有人都知道女儿是怎样死的，在死之前经历了些什么，就会把浑身带刺的脏话，明目张胆地朝他身上泼。

沉默了一阵，罗疤子拿着弯刀去了后河，砍下很大一片蔓草和树枝，将巴艳的坟头严丝合缝地挡起来。

回到家，他将弯刀往院坝里一扔，发布了命令："从今往后，谁也不许提巴艳这个名字，谁也不许去那坟前走动，就当没有这个人！"

罗疤子已经很久没发布过命令了。

他的话说完，那把脊弓处生着黑锈的弯刀还在地板上跳跃，阳光被它剁成碎末，一咕噜一咕噜地从刀刃上往外漫涌，像白色的血。

张云梅和罗杰都不知道这是为什么。

张云梅低头纳鞋底，没说一句话。

罗杰也没说一句话，但他觉得，自己就像弯刀刃口上的阳光。

21. 心思

罗疤子一直关注着罗建放要办的"事"，但稻谷干浆的速度，比建放的事来得更快些。那些天，农人一从田埂上经过，都自觉不自觉地揪下几颗谷粒，放进嘴里嚼，开始像奶糖一样软，后来硌牙了，用力用得把眼睛眯起来，才能听见砰的一声响了，农人们就知道：谷子熟了。三河流域的人都认为，稻谷不是太阳晒熟的，是人用牙齿嚼熟的。山里的收割显得很零散，半岛的收割却极其壮观，田野上，看不见人的脸，只见一张张弯曲的脊背，镰刀切割稻秆的声响，水一样流淌，水声响到哪里，哪里的稻秆就倒伏下去。因为要为牛羊准备过冬的草料，半岛人收谷都是齐根割掉，将谷把背回家，先在院坝里拌，再用碌碡碾，再用连枷打，然后细心查检梢上是否还有残留的谷粒，用手将谷粒搓下来，把手搓肿，肿得不像一双手的时候，事情差不多就干完了。接着是晒，谷粒晒干才能归仓。为了避雨，这些工作是需要抢的，白天牵着夜晚，连轴转。轴心不是时光，而是对未来日子的期盼。

农人割谷也好，割麦也好，都不会剃光头，总会在田边地角留那么几枝，说是为了“养田”，就像不把树上的果子摘净是为了“养树”；事实上，养田不如说养鸟，鸟们成群结队地在田土间起落，享用着好心的农人留给它们的果实。

收割后的田土，产妇一样疲惫而坦然。

大地更宽，天空更蓝，

土地和农人，都可以休息一阵了。

罗建放的“事”，也该办了。

这天下午两点过，罗杰出了门，罗疤子在偏厦的凉板上睡觉，张云梅趁这时候，在院坝的阴凉处清清静静地做她没做好的鞋。往年做新鞋，至少要做六双，自己家的，还有娘家父母的，今年秀儿走了，少了一双，但抽空把五双鞋子做下来，没有二三十天是不行的。她正用顶针绱鞋，听到中院传来响亮的说话声，她并没在意，因为每到这时节，中院从早到晚都聚着一批人；衙门以前的祠堂在那里，祠堂垮掉后，留下一个宽敞的院坝，院坝边长着几棵枝叶肥厚的泡桐树，人们聚在泡桐树下乘凉，摆龙门阵，打川叶子牌，输掉的一家，把报纸或干透水性的树叶撕成条，贴在嘴皮上，由赢家点火将其烧掉。这游戏自然都是男人做的，它给半岛男人带来无穷的乐趣。女人们则是织毛衣，纳布鞋，同时说些说一万年也不嫌馊的家长里短。以前张云梅也爱去中院扎堆，自从罗建放给了丈夫难堪，她就不去了，尽管她很想去。

张云梅没在意上面传来的声音，继续干她的活。她现在正给老母亲做鞋。其实母亲还说不上老，可已经显得很老了，外孙女罗秀的死，抽走了她的好大一片岁月；母亲本来是很喜欢说话的，现在却变得沉默了，张云梅面对还没成形的鞋子，就像面对沉默的母亲。

上面的声音越来越响，似乎是罗建放在说话，而且还说到了“疤子”两个字。这两个字从罗建放口里出来，就像刚从火里刨出的山芋，落到张云梅的脚背上，烫得她双腿一缩。

罗建放跟罗疤子劈头一碰，话都没一句就走各自的路，他怎么提到了“疤子”？

张云梅放下活计，去偏厦门口望了一眼。罗疤子还在睡。罗疤子的瞌睡比以前更多了，精神也大不如前。虽然他闭口不说，但张云梅看得出来，他跟北斗寨的老母亲一样，被那个死去的冤家抽走了好大一片岁月。张云梅把门关严实了，免得他被上面闹醒，然后静悄悄地出门，上中院去了。

丈夫跟建放闹僵了，但张云梅并没跟桂秀英闹僵，两人碰了面，还一如既往地打招呼，说笑话。只是，说话的口气跟先前是一样的，心境却不可能一样了，她们话语的背后，都各自站着一个男人。维护自家男人，这是她们作为女人最起码的尊严。半岛上的一些女人，只要自家男人跟谁吵了打了，比男人还记仇的。张云梅和桂秀英都不是那种女人。尤其是桂秀英，你想跟她记仇都难，她那浅浅的心里装不下仇恨，而且她好像从来就没有忧愁的时候，总是一说一笑。当初别人给她提媒，父母虽羡慕半岛的富庶，但罗建放一家有那么重的“成分”，还是免不了犹豫，桂秀英不犹豫，她说未必成分人就不过日子啦？她把在别人眼里很可能是极其艰难的生活，总是看得很轻松。家里那个年过百岁的聋子婆婆，许多时候连罗建放都侍候不下来，她能，罗建放的话再好听，婆婆不一定高兴，她的话再难听（不过她从未对婆婆说过难听的话），婆婆也喜欢。因为她爱笑。笑是谁都喜欢的。雷都不打爱笑的人。跟罗建放，张云梅不好提起儿子跟东娃打架受伤，闹出了背疼的后遗症，跟桂秀英就能提，那次她俩在一条干沟井旁，扯了几句闲话，张云梅就把这事说了，说得很急，像有人追赶，显然是早就想说。桂秀英听后，依然笑，但不是快快乐乐地笑，而是在鼻子上弄出许多皱纹的那种笑法，边笑边说：“我那个儿哪，就跟他爹一个样，不是好东西！”张云梅由此也就如释重负了。她把这事说出来，根本就没有让罗建放一家负责的想法，只要说出来，让他们知道就好了。

这时候张云梅走到中院，看见罗建放站在人群中央，扳着指头，数他祖辈到父辈留下的财产。

财产不是金银细软，而是土地和房屋。

那些土地和房屋被没收了，分给别人了。

现在，他家里不再是成分人，因此就应该把流失出去的财产收回来。

但罗建放说了，凡是分给半岛人的，他寸土不收，片瓦不要。

在场的，不少人种的土地，住的房屋，原本都刻着一个“布”字，这正是罗建放爷爷的名字；即便房屋翻修了，重建了，那地基上也刻着那个字。听了罗建放的话，表情都有些讪讪的。可罗建放说得那么真诚，又让他们觉得，应该感激建放才对。

张云梅心想，我家里并没分他的土地，也没分他的房子和屋基，他为啥提到了疤子？看他那副布施乡亲的菩萨样，似乎不会在这时候要跟谁为敌，那么他提疤子干啥呢？想老半天，张云梅终于想起来了：她院坝边那个废弃的磉磴，原是建放家的。这个磉磴的年龄，没准儿跟他天井里那口水缸的年龄差不多，为什么没有垫在梁柱底下，而是搁在了那堵晚清的遗墙旁边，建放自己也不知道。那年，在中院批斗了建放的爹，罗疤子跟几个人斗力，看来看去没啥东西可比，罗疤子发现了那个几乎被土埋掉的磉磴，说他能把磉磴抱起来。他先扶着磉磴摇了几下，把土摇松，随后腿一蹲，屁股一翘，磉磴就到他怀里了。那东西当然比罗杰的爷爷从铜坎洞背回的磨盆轻，但没有四百斤也有三百斤。你抱起来就抱起来吧，可罗疤子偏要逞能，抱着它朝下走，一直走到自家院坝，才把手松开。那时候院坝没嵌石板，磉磴小半截砸进土里，砸得整个半岛闪了一下。磉磴上雕的游龙、花草和飞鸟，的确好看，仿佛是一双巧手绣上去的，又轻又飘，可以跑，也可以飞。然而，好看有什么用？好多回，罗疤子都说抱到哪里去扔掉算了，不知是他减了气力，还是懒了心思，一直放在那里。

——这下可好，本是八竿子打不着的，就因为那不中用的家伙，欠了罗建放一笔人情债了！

建放翻来覆去数落他流失到别人家去的财产，反反复复地申明他不会索要，当他确信该明白的听众都明白了自己欠他一笔债务时，才说："给半岛人的，我不要，但有一个地方，我必须收！"

很多人都知道他指的是什么。

那是回龙中学的食堂。

食堂从罗建放家没收过来后，进行了改造，大体上分成两个部分：教师食堂和学生食堂。其间用砖墙隔开，有门可通。学生食堂的大门常常被卖饭的大台桌堵住，因此要进学生食堂，需从教师食堂过去；教师食堂还开了三道窗口，为学生卖菜。改造之前是什么样子？据说，那时候全是木结构，修了十余个房间，房间里的床榻，按半岛人的说法，“睡十个人也占不满，睡五头牛也压不垮”。家里人并不多，老老少少不过七八口，要那么多房间干什么？何况已经有了许多住处。若干年后，罗家坝遗址的身份刚刚明朗，有人猜测，罗建放的祖上当时有一种野心，想在半岛上建立独立王国，修这些寝宫，是为将来成群的妻妾准备的。当然这仅仅是好事者的猜测。我们都有做事后诸葛亮的癖好，同时也习惯于把怀疑当事实。但不管怎样，在那片大约六百平方米的土地上，有十余个房间，十余架大床，这些都是真的。回龙中学将其改建成土砖结构的食堂后，将那些大床和拆下的木板劈碎，扔进炉里当柴烧，节约了整整一月的煤钱。这比罗疤子他们劈碎神龛烧火可壮观多了。

张云梅把罗建放的意思听明白了，便回了家。

罗疤子已经醒来，坐在床上发呆，眼珠兔眼一般红，光着的上身，被凉板硌得一条条的，像他的肋骨长到了外面。张云梅推门进去，他问：“啥时候了？”

张云梅说还早得很，反正没事，你为啥不睡了？

“我刚才做了个噩梦，吓醒了。有人咬我的脚，你说是人呢，又不像人，黑咕隆咚的。”

“脚痛不痛？”

罗疤子将脚跺了两下，说不痛。

“我才从中院回来。”

罗疤子盯住她。

张云梅把罗建放说过的话，原原本本地复述给罗疤子听了，然后说：“你要是有精神，就去把磉磴还给他。原以为建放是个大大咧咧的人，没想到他把每一笔账目都记得那么贼，你现在欠他的是一个狗屁不值的石磉磴，再过两辈人，你就欠他家磉磴那么大一坨金子了。我们不能让后人吃亏。”

老婆的话有道理，罗疤子也想还回去，然而，建放分明说不追究，你现在去还，是什么意思呢？再说，一个百无一用的磉磴可以还，另外一些人种了他家的地，住了他家的房子，怎么还？你还了，别人不能还，别人就会恨你。罗疤子已经招人恨了，不想再招惹人。

他说：“他要收，自己来抱！那次是比气力抱回来的，我又没说过那东西是我的。”

“虽然没说过，可它放在你家的院坝里。”

张云梅把话说得越是清楚，罗疤子越是厌恶。要是她不这么强调，罗疤子会想法把磉磴还回去的，她强调了再去还，显得他罗疤子很怕罗建放似的。

“你怕他，你自己去还。”他说。

张云梅不言声了。

她不言声也让罗疤子厌恶。甚至比她聒噪时更让他厌恶。

"建放要收食堂，准备啥时候去收?"罗疤子问。

"他没说。他的意思是让所有半岛人都去为他帮忙。"

"罗传明也是半岛人，罗传明也可以让所有半岛人都去为他帮忙。"

"那不一样。传明虽然是校长，但那学校并不是他的。"

"你的意思，我们还是应该去帮助建放?"

张云梅沉吟片刻，摇着头说："我不晓得。我弄不懂你们半岛上这一摊子烂事，越到后头越不懂。"

她不懂，是因为半岛人有了越来越重的心思。

半岛人以前是没有心思的，哪怕刚刚杀过人，回到家照样吃得、睡得，甚至就在杀人的现场，也能枕着敌人的头骨美美地睡上一觉，任鲜血从身旁流过。

而今，屠刀并没有举起，胳膊就先被心思压垮了。

22. 下午的追逐

罗建放去回龙中学"收复失地"，是在一个礼拜之后。

这七天里，他除忙收割和打晒，就是去各家各户走访，请大伙到时候带上刀具或木棒，前往助阵。这次事关重大，自然比请人跳摆手舞来得郑重些。

在半岛，郑重之事无外乎两种，一是家里死人，二是遭遇"外敌"。家里死人请人帮忙，丧家需亲自上门去，刚迈进门槛，便一头扑倒在地，磕三个响头，所请的人比你年龄小，比你辈分低，这头照样要磕；当然，往往是磕了第一个头，最多磕了两个头，就被你请的人拉住，对你说些"人都去了，你自己要知道将息"

之类的话。遭遇外敌请人助阵，无须磕头，道理在于，半岛的寸土都属于整个半岛，这不是某一个人的事。可罗建放这次去各家各户走访，让他心里很不平。他感觉到自己不是在请人，而是在求人。事实上，他的礼数已做得相当周到了，对他特别看重的人家，还用桐叶包了块牛肉。东娃从后河里捞到的那头黄牯子，出了水湾他就将它杀掉了，弄回家，下成肉块，漤了很重的盐，装在坛子里。——尽管如此，人家照样闪烁其词，仿佛送那块肉，不是出于友情，而是有事求他。

收复失地怎么需要求呢？

这简直是半岛人的耻辱！

罗建放跟张云梅一样，也掂量出了半岛人越来越重的心思。

想当年，不管到来的外敌是针对哪一家，或者哪一个人，一声吆喝，就山呼海啸，分散开来的筷子，顷刻间打成一捆，任你怎么折，也折不断。可而今，山是山，水是水，泥土是泥土，石头是石头，要将它们拿捏到一堆儿，不来一次山崩地裂，就不可能似的。

山崩地裂可以改变地貌，是否能改变人的心思，罗建放不知道。

对不知道的事情，罗建放从来就不知道自己不知道，因此尽管他很不平，但还是充满信心，走进别人家门的时候，虽然感觉是在求人，口气却是慷慨的。

正如罗疤子所料，建放没来请他。

建放从罗疤子的家门口过，去请罗疤子的邻居，也没进屋来请他。

那天下午四点过，建放跟儿子东娃出动了。建放拿着弯刀，东娃拿着弹枪。父子俩走上通往学校的田埂中央，站了下来。建放东南西北地张望，望见了从四面八方闪出的人影，都朝学校汇聚。他笑了一下，领着儿子，继续朝前走，脚步坚实有力。他有一个打算，等把那块地收回来，再去父母的坟前祭奠，并重新为他们修坟山。坟林里，除了某些差不多忘了身份的老坟用石头砌成，最近几十年埋下的，都是一个土堆，土堆上的杂草和灌木，砍多快长多快，独木舟的形状，很难看得出来了。

圆门正对面是礼堂，左侧是篮球场，再左是教学楼；右侧是一个宽广的土坝，要是放假，土坝上乱草丛生，一旦开学，草就被拔去，学生在上面做操、打羽毛球。土坝过去排着一长绺平房，那是男生宿舍（女生宿舍在雀儿山的半山腰），男生宿舍前面是条长方形走廊，走廊上方三米高处，横着一条碎石子路，从这条槐树夹道的路上一直走过去，就是食堂了。

学生正在上课，除老师的讲课声零星地传来，校园里安静得很。可是，当建放父子刚刚跨进圆门，操场边的槐树上突然响起一声长鸣。那是一只长尾修身的鸟，站在低枝上，对着东娃叫。每叫一声，尾巴就翘一下。三五声过后，这棵树上所有的鸟都叫起来。叫声如漫天飞舞的槐花，飘落到校园的每一个角落。看来它们是担任警卫的勇士，把危险的讯号传递给同类。整个校园的树丛都骚乱开了。东娃走近哪一棵，哪棵树上就长鸣声声，枝叶乱动。

它们不知道，今天的东娃无心打鸟。

建放背着手，走得不急不缓，像是去完成一件稀松平常的事情。想想也是，他祖上的土地被人占了这么多年，现在去把它收回来，是正理该当的，也是十拿九稳的，并没有什么特别。建放的计划是，先跟他们商量，而且他准备做出巨大的让步：不让他们恢复原样，只把地还给他就是了。如果商量不成，再动武。想到动武，他再次停下脚步，朝四周张望。虽有围墙和槐树遮挡，可他还是看见了许多颗黑色的脑袋，正杀气腾腾地跟随他围过来。

他领着儿子，依然不急不缓地走。

每走一步，弯刀就在他屁股后面点一下头，像在对他的行为表示赞许。

走完碎石子路，是一个仓库，仓库旁边又是一道门，同样只是有一个门的框架；因顶上的两侧各打了一个支撑架，这门框看上去就像一支竖着的矛。进门去又是一个土坝，学生打饭，要在这坝上排队。坝子外侧，用石头砌了洗碗槽，洗碗槽外侧，站立着一排小罐粗的槐树，槐树之下轮着一面斜坡，坡上种着小菜，菜园下方，是男女厕所（被称为东厕；礼堂和教学楼那边还有个厕所，叫西厕），女厕所旁边有一个大猪圈。回龙中学是自己养猪的，猪草由学生分批去打。

食堂的门敞开着，能听见师傅们的说话声，却看不见一个人。饭已经蒸上，该炒的菜还没到下锅的时候，师傅们都聚在学生食堂里打情骂俏。

罗建放不是首先来商量的吗？然而，他不知道自己根本就没有跟人“商量”的能力了。

半岛人早就丧失了跟人商量的能力。

也可能，他们从来就没有过这种能力。

建放没进食堂找人。他走到洗碗槽旁边，打开一个水龙头，磨他的弯刀。

东娃站在他身旁，有些激动，也有些紧张。

毕竟，跟大人一起战斗，他还是第一次。

建放问他："你怕吗?"

东娃说，我不怕。

建放继续磨刀。洗碗槽上的石头是粗砂石，并不能把刀磨快(那刀本就快得不能再快了)，却能弄出很大的响声，嚯！嚯！嚯！建放每磨一下，都用尽了力气，动作舒展，堪称完美。这响声传进了食堂，打情骂俏的声音停下了，一人说："外面是谁在搞什么名堂?"另一个说："管盛平，你出去看看。"这名叫管盛平的，就是长得很"妹"的仓库保管员管师傅。管师傅显然不愿意出去，外面是红红火火的大太阳，里面虽生着炉火，但炉火是闭住的，并不怎么烤人，再说空间很大，地上洒了许多水，凉快得很；更重要的是，他舍不得离开两个女师傅，尽管两个女师傅都比他年长十多岁，且跟多数食堂师傅一样，什么都大，包括肚子。他说，我不去，你去。那人也不愿去，说："我在这里是上班，你上班的地方是在保管室。"管师傅笑起来，说管他娘的，未必谁有那么大的狗胆，敢在大白天钻进保管室偷米，钻进猪圈里偷猪!

话虽如此，他还是出来了。

他看见罗建放在那里磨刀，东娃站在他旁边，把弹枪的胶皮在手指上绕。

管师傅并不太熟悉罗建放，但熟悉东娃。他说东娃，你又打鸟来了?

东娃没回答他。他走过来，很友好地对罗建放说："你还想得好呢，跑到学校打开水龙头磨弯刀。两条大河，未必不够你磨刀用？这么大的太阳，还要砍柴去？”

建放停下手，大拇指在刀刃上刮了刮，盯住管师傅说：“不砍柴，砍人。”

管师傅这才注意到了他的眼睛。那眼里的光芒，能把鸡蛋烤熟。

管师傅本能地往后一撤，想逃。

要不是他想逃，罗建放恐怕不会急于动手的。他请的人还没有到来。可管师傅撤退的动作，唤醒了他古老的激情。他把弯刀一抡。

阳光聚焦在刀口上，毕毕剥剥地爆出火花。

管师傅的样子变了。东娃非常清楚地看到了那样子的变化。他的脸在变薄，变暗，成为一张皱皱巴巴的阴影，嘴张开，再张开，随后，一声尖厉的惨叫破空而出：“杀——人——哪——”

这时候，东娃感觉到阴影扩大了。天上的太阳也成了阴影。一切都在变化，包括地板，包括房屋，都像管师傅的脸，突然间老去。而他的父亲罗建放，手里的弯刀举得更高，而且奔跑起来。他跑，管师傅也跑。管师傅没朝食堂跑，而是跑出那道虚设的门，想进仓库躲起来。仓库门上挂着一把大铁锁，他要掏出钥匙把门打开，显然来不及，于是继续跑。旁边有条路通向雀儿山，学校的财务科、医务室以及部分教师宿舍，都在那山上，他便跑上山去求援。罗建放在山道上追了几步，有些疑惑了，他想我来这里是要收回食堂的，我跟着他跑干什么？于是他踅回来，朝食堂里追去。

他追赶的样子显然是有了明确的敌人，额头上的汗珠和弯刀上的光斑，交相辉映。

父亲的敏捷和坚定，让东娃的胸腔里噌的一声，被捏紧的心松开来，消失的世界被唤回来。

阳光还在，地板和房屋也没有老去!

他紧紧地跟上了父亲。

厨房里早就是一片动荡了。罗建放追管师傅的时候，他们跑到门口看见了，以为管盛平跟罗建放有仇，没想到罗建放又踅了回来。厨房里只有五个人，三男两女，可他们弄出的声响，像是几十个人。女的在“妈天妈地”地尖叫，男的在操家伙。厨房里的家伙多的是，光是刀具，就有菜刀、滚刀、剔骨刀、剁骨刀，此外还有火钳、铁锹、铁铲、大勺，此外还有沾到肉就直想往里钻的滚烫的开水。

然而，当罗建放父子追进去后，只有一个人站在案桌后面。

罗建放说:“滚，滚出去!”

那人手里握着的是一根布满锈铁钉的木块，木块在案桌上梆梆梆地敲。

罗建放不知道这是因为害怕而手抖，以为是不服从他的命令，还向他示威，就扬着弯刀扑过去。

见此情景，那师傅扔了木块，绕案而逃。别看他胖得看不出脖子，逃起来可真不含糊，罗建放和东娃两面截击，也没能把他截住。他熟悉地形，熟悉每一处的宽窄，也熟悉哪一块地板打滑。他成功地让建放父子在泼脏水的一口小天井旁边滑倒了。于是他抓住时机，向门口逃去。

刚刚逃到门外，一粒石弹追上了他。

第九章

23. 光芒坠落

出门之前，东娃从晚清的遗墙边找到两匹缺了角的瓦片，用锤子砸成小块，又捡了一些小石子，揣进荷包里做子弹用。在他的想象里，这些子弹应该洞穿人的眼珠，但很遗憾，在厨房追击胖子师傅的过程中，他忘记了自己最擅长的武器。那粒反应迟钝的石子，没有洞穿胖子师傅的眼珠，只是击中了他的屁股。石子尖削，屁股被切开一道口子，但胖子师傅当时根本就没有感觉到。

他想的只是逃命。

出门后，他才知道自己无路可逃。

坝子上，密密麻麻地站着半岛人。

胖子师傅如同困兽。那时候，有个念头一闪而过：今天完了。

他倒在地上。他倒的动作很软，很慢，准确地说，他是在往下流泻而不是在往下倒。

一种超越恐惧的解脱感，奇异地让他觉得“完了”不过就是走向安宁。

坝子上的半岛人，有的带着家伙，有的没带，他们以复杂的眼神看着胖子师傅，谁也没对他下手。

厨房里的父子，本意不是来杀人，因此他们没有追赶，只在里面闹腾得翻江倒海。罗建放揭开大蒸锅，将火炉旁的煤一锨接一锨地撮进蒸锅里，即将蒸熟的、雪白的米饭，被黑色覆盖。但罗建放还觉得不够意思，又用铁锨在锅里搅动，让米粒和煤渣融为一体，让白和黑融为一体。东娃则把切好的菜，倒进让他和父亲滑了一跤的天井里。

这时候，罗传明来了。

断断续续的，罗传明已在回龙中学当了许多年校长了，他应该到了退休年龄，但还没有退的迹象。镇上有人传言，说罗传明有个比他年龄还小的幺叔在县里当副书记，才使他屁股底下的那把椅子，成为铁打的，能保万年江山。这传言毫无根据，罗传明的父亲在兄弟中排行最小，他没有幺叔。他始终不退的真正原因，是县里没有找到继位者。县里认识到，掌管回龙中学的，最好是个半岛人。如果有兴趣翻阅该校百年校史，会发现，有好多位校长即便不是在半岛上土生土长，也跟半岛有着某种亲密的联系。至于这校长有多高的学历和水平，倒是次要的了。罗传明不就只是一个高中生吗，而且高中还没念毕业，他虽然能经常说出一些让学生听来格外新鲜、甚至很富哲理的话，但办公室主任为他写的讲话稿，他却经常念错别字。可笑的是，就是这样一个人，却成了反动学术权威。他做“学术权威”的时候，背是驼的，腰是弯的，现在腰不弯了，背也不怎么驼，但那个时代留给他的印记依然明显，那便是他的脖子。罗疤子等人往他脖子上箍了那么多铁环，让他的脖子细了，长了，也软了，总是尽力前伸，而今，那伸长的脖子也没有缩回去，似乎在对着一个看上去不存在其实从没有离开过他的人问：“还要箍吗？还要箍吗？”每次开大会，当他告诫学生不要去惹半岛人的时候，都禁不住要把脖子扭动几下，像在验证它是否还归自己所有。某些不靠谱的高中生，见他脖子伸得那么长，还扭，便在背地里叫他乌龟；因为他是校长，是头儿，便顺势叫他龟头……

罗传明分开众人，走进厨房里去，对手忙脚乱的罗建放说：“建放，你这是要干啥呀？”

“这地方是我家的，”建放说，“我现在要收回去。”

罗传明沉默了几秒钟，说：“你是要这块地方，不是要打我们的人吧？”

罗传明说“我们的人”，明明白白是要把自己划归到半岛之外的阵营，这让罗建放更加瞧不起他。

“谁敢阻拦，我就打谁！”建放说。

“那你们出来吧，别拦他就是。”

建放还没明白罗传明的意思，四个躲起来的人就一个接一个从案桌底下、煤堆背后拱了出来，满身的黑泥和煤屑。建放以为他们已经跑掉了，没想到还躲在里面。

四人战战兢兢地出去后，罗传明说：“现在只剩我一个了，你打也好，砍也好，随你的便。我只是想劝你一句，你这事做不得!”

建放丢下了铁锹，握住了弯刀：“罗传明，你别以为你生在半岛上，我就不砍你。”

“你要是砍我，你爷爷也不答应。”

建放啐了一口，“你还有脸提我爷爷!”

罗传明说：“我并没做对不起你的事，也没做对不起半岛的事……”

“你还说没有？我爷爷当初拿钱让你出去，是让你出去当兵，结果你没当兵，你读了书。你想的只是升官发财，一开始就骗了他！读了书也就罢了，你不该回到半岛上来；回到半岛也就罢了，你不该当校长！你分明知道这学校霸占的是半岛人的土地，你却接手当了校长，不分明就是要站到敌人那一边去吗？……我爷爷对你是有恩的，你承认不承认？”

罗传明说：“要是忘了你爷爷的恩情，我就不会……年年去给他烧纸。”

罗传明说得很轻，但罗建放还是听见了。

“你给我爷爷烧纸？”

是的，这么多年来，罗传明没断过给建放的爷爷烧纸，特别每年的清明节和七月半的鬼节，必然要去给建放的爷爷上坟，在罗传明挨整的那些年，也从没断过。他那样做，弄不好是要掉脑袋的，但他没有哪一年断过。都是深更半夜去，烧完了把纸灰埋起来。

这些事，罗传明以前从没对人说过。他只是悄悄去做，从来不说。

现在他才敢说出来。既然建放父亲的那笔账都被勾销了，想必他爷爷的账也被勾销了。

罗建放明显受了打动。有好几年的那两个节气过后，他去中河的柴山，从爷爷的坟前路过时，都看到坟前的某一块土被挖过了，他以为是谁挖麦冬、黄连或川芎什么的，并没在意。那些年，水土丰美的半岛并不能供养半岛人的生活，半岛人要吃油吃盐，就靠挖药材去卖，而坟前坟后，偏偏喜欢长这些植物，好像死去的先人知道子孙们日子艰难，要帮助他们渡过难关。只要没挖到坟身，谁也不会在意。罗建放不知道竟是罗传明为他爷爷上坟后挖坑埋掉了纸灰。

尽管受了打动，但罗建放做事，绝不会因为感情的干扰而让自己的目标偏离。

他说："既然是这样，你为啥不归还我爷爷留下的土地？"

罗传明问："你是指学校食堂吗？"

"那还不是！以前，我爹没摘帽，你不还我不怪你，现在我爹摘帽了，你还是稳坐钓鱼台！老实说，这些天，我一直在等你来找我。我本来打算收割之前就来收土地的，可是我想，再等等吧，等罗传明主动来跟我交涉吧。一等不来，二等不来，三等四等，还是不来！你不来，我来！"

罗传明苦笑了一下："建放，如果这块地是我的，我早就还给你了，可它不是我的。"

"当然不是你的，它明明是我的，咋会是你的？"

"也不是你的。"

罗建放那张多骨的脸，抽动起来，每抽动一下，都发出金属碰撞的声响。

“你再敢放屁，老子今天真要砍你了!”他把刀举了起来。

罗传明没言声，却朝罗建放走过去。

东娃看了看父亲，偷偷从包里摸出一粒石弹。可这时候罗传明已到了罗建放跟前。他站在建放握刀的一侧，看大锅里被毁掉的米饭，他说作孽呀建放，这是多少斤大米呀！他说建放你是庄稼人，你该知道粮食的金贵，你忘记了那些年挨饿的时候，十一颗胡豆，你吃了三天，每颗胡豆你都要嚼上好几个钟头，嚼到后面，你把自己腮帮子掬过来嚼，你还以为那是胡豆，嚼得满嘴血湖血海。这些事情，你都忘了!

建放握刀的手指松了。他的胃哭泣起来。那是一只名叫“饥饿”的动物，从并不遥远的地方跑回来，瘦骨嶙峋地蹲在他胃的中心。

这让他突然陷入了难以自持的悲伤之中。他觉得，要不是从外面侵入的想法把半岛的想法改变了，他家就依然拥有上千亩良田，哪会挨饿！“外面的想法”改变的，何止是没收了他家的田产，连一些日常用语的意思也被改变了，比如地主这个词，简单地说就是土地的主人，而外面的解释，却完全变了调，他们不认为地主就是土地的主人，他们把地主变成了一种成分，一顶帽子。

想到这里，罗建放由悲伤陷入迷惑。他弄不懂那些事。那些事都太复杂了。

“行行好吧，”罗传明说，“赶快离开，让师傅们进来做饭，两千学生等着吃呢。”

言毕，罗传明朝外走。

他等着弯刀砍过来，弹枪射过来。

但他等来的是一句话："现在我答应离开，可你要向我保证，明天就还给我。"

罗传明停下步，背对着罗建放说："我不能向你保证，因为这不是我说了算。"

背后再次响起铁锹铲动锅皮的声音，每一锹下去，都有一个长距离的划动。

罗传明顿了一下，出来了。他看了看躺在地上的胖子师傅，火冒三丈："又不缺胳膊又不断腿儿的，还躺着干什么？哪里伤了，去医务室弄药嘛！"

胖子师傅哼哼叽叽地爬起来。他屁股底下有个小坑儿，从伤口流出的血，不多不少刚好把那个小坑填满，像一杯质地优良的葡萄酒。

罗传明扫视着坝子上每一张半岛人的脸。那些人觉得罗传明不是要看他们的脸，而是要从他们的脸看到他们的心里去。

事实上，罗传明对每一张脸都只是一滑而过。他着力寻找的，是七张脸。

他知道，那七张脸中的一部分，已经在中河畔的坟林里安安静静地闭上了眼睛，另一部分，正跟主人的身体一起瘫在床上。

但有一个人是健康的。

他要找的，就是这个健康人的脸。

没有找到。

他没说一句话，向坝子外面走去。由于脖子勾着，头部向前，他失去了身体的平衡，走起路来一冲一冲的。他一直走到操场那边，出了圆门，朝鸭嘴的方向张望。

去食堂之前，他就给镇里打了电话。

镇上的人还没有来，但他看见了田野上的三个人。仅有的三个人。

那是罗疤子一家。

张云梅和罗杰在收迟迟未收的玉米棒子，罗疤子在砍玉米秆。

风从那边吹过来。罗传明背着手，迎着风，眼睛眯着。

大约二十分钟过去，鸭嘴梁上出现了十余个人。

由一个姓陈的副镇长带队，镇派出所的十二个警员，除留下一个值班，其余的全部跟来了。

罗传明接住他们，说了食堂那边的情况。陈副镇长和罗传明都认为，如果这时候十多个人全部跟去，势必把弦拉紧，造成不可收拾的局面。如果双方打起来，胜负早就定了，不怕你带着警棍和枪支。几人商量了一下，让警员埋伏在围墙之外，只是罗传明、陈副镇长和派出所所长三人过去。

让三人倍感意外的是，坝子上一个人也没有了！

只有罗建放手握弯刀，领着儿子，站在教师食堂门外的阶檐下。

进入那道“矛”形门前，陈副镇长悄悄对所长说：“去把你的人叫来！”随后，他几步跨进去，笑容可掬地对罗建放说：“老罗，又有啥事情想不通啊？”

罗建放那时虽然守着他的阵地，可他陷入了更深的迷惑。

他不明白半岛人为什么都不见了。这样的事情，在半岛上从古至今都没有发生过。半岛人渴望打架，渴望饮血，半岛人把半岛看成自己的独立王国，寸土必争，可是今天，他们既没进厨房帮忙，也不在外面压阵！未必那些狗 × 的都被叛徒罗传明和软蛋罗疤子附体了不成？

只待看见了陈副镇长，也听见了陈副镇长的招呼，他才暂时不去想半岛人为什么不见了的事。

他并不知道这人是副镇长，但他记得那次在镇政府告诉他好消息的就是这个人，他手里的弯刀再渴，也不能对给自己带来好消息的人下手。

他把弯刀扔了，脸上现出难见的羞涩，说："这块地是我家的。"

陈副镇长笑得更亲切，走到建放身边，扶着他的肩："该是你的，跑到天涯海角也跑不掉！什么事好说好商量嘛，你拿这 × 玩意儿来是干啥的？"

他指了指地上的弯刀。

弯刀来这一趟，连根指拇也没剁下，还在根本就不配磨它的粗砂石上磨了那么一阵，显出很不开心的样子，罗建放把它往地上扔，它连响声也懒得发出。

建放嘿嘿嘿笑。面前这个人的意思，分明已经承认这块地是他的了，他放了心。他把弯刀踢了一脚，弯刀翻几个筋斗，滚到砖砌的梁柱底下，刀脊朝下，刀口朝上，像仰面朝天睡去的人。

陈副镇长有许多话要跟罗建放说，但不是在这里说。这时候他只能无话找话。

他看着旁边的东娃问："这是你家小的？"

建放说是。

陈副镇长把手伸到东娃面前："这么大孩子了，还玩弹枪？拿来我看看，我小时候也爱玩这家伙。"

东娃把弹枪递给了他。

正这时，那边的林荫道上响起急促的脚步声。

看见穿着制服跑步过来的十多个人，罗建放陡然变了脸色。

陈副镇长笑一声，说老罗，没事，我们开始以为这边闹大了，结果屎事没有，早知道不该跑这一趟呢。

话音未落，警员已到跟前。陈副镇长给派出所所长使了个凶狠的眼色，所长又把陈副镇长的眼色还模原样地传递给警员，警员一扑而上，把罗建放按倒在地。罗建放倒地时跟他的弯刀倒地时一样，竟没发出什么声响，或许是他身上肉多，或许是在这么多警员面前，他自感分量轻微。

但声响很快出来了，是拳打脚踢的声音，是手铐扣住的声音，是一个警员大叫"哎哟"的声音。

警员叫那一声，是因为东娃的牙齿长到他手臂里去了。

那警员反过身来对付东娃，挥出的拳头还没到达它想去的地方，就被陈副镇长制止了。陈副镇长马着脸，怒斥所长："搞什么名堂！老罗是很好说话的人，你们抓他干吗？还不把手铐解开！"

所长一面笑，一面说误会了误会了，亲自去把罗建放扶起来，把手铐为他打开。建放的嘴角有血丝，门牙上拗着一撮黑泥，衣服下摆翻到肩头，差点就被剥下来了，背部侧面有淤青，背正中有几只交错的皮鞋印。看来他被踢过，也被踩过。陈副镇长暗想，他娘的，到底是半岛人。因为他自始至终没听到罗建放叫一声。那没出息的警员，只被一个小东西咬了一口，就叫得像是杀人了，可罗建放连哼也没哼一声。陈副镇长走到东娃身边，以夸奖的口气说："小伙子，有种！"却没把弹枪还给他。随后，陈副镇长把脸转向罗建放，向他道歉，轻言细语地告诉他，说这件事不是一两句话就能抖搂清楚的，你跟我们去镇上，我把政策给你交代一下，该怎么处理就怎么处理。

罗建放这时候像还在做梦，疾风骤雨似的变化，让他回不过神。

他梦游似的跟着陈副镇长一群人走了。

东娃一步不离地跟上，罗建放说："回去，提两桶水给牛。"

东娃站住了。他的牙齿血红，牙尖上挂着肉末子。

被他咬伤的警员，边走边朝手掌里吐唾液，往伤口上抹。

没有人理会罗传明。罗传明对眼前的情景，也跟罗建放一样，像在做梦。他叫镇领导来，是解决问题的，不是打人的；而且，既然半岛人都已离去，只剩下建放父子，建放还主动扔了弯刀，为什么还要打他呢？

那群人已走出食堂的区域，罗传明才追上去，把陈副镇长拍到一边，小声说："别让他吃苦头……"

陈副镇长威严地说："这个不用你教我，你只管把自己的工作做好！"

罗传明"诺诺"连声。

回龙中学虽是县办，但它在回龙镇的地盘上，业务上受县教育局领导，行政上还得接受回龙镇的管辖。

陈副镇长的确没再让罗建放吃苦头，但也没明明白白地向罗建放交代政策，只是相当含蓄地给他举了若干个例子。这些例子有本镇的，有三河流域的，也有全国各地的，说的都是地主摘帽后大办宴席的事。他们大办了宴席，然后被拘留了。说到这里，陈副镇长从屋角的文件柜上拿过一顶卷了檐的草帽，将草帽戴上，摘下来，又戴上；戴上不说，还把手伸到帽顶，使劲往头上压，压过后，又将系带系紧，紧得把下巴勒出道道折痕。陈副镇长就这样戴着帽子，问坐在对面的罗建放："我的意思，你明白了吗？"

自从来到镇政府，罗建放未发一言，这时候还是不说话。

陈副镇长又说："人家还只是请客呢！要是像你这样拿着凶器去收土地，就不是拘留那么简单了。"

罗建放的眼皮动了一下。

陈副镇长接着说："你为什么就不能好好生生过你的日子呢？你们半岛人，为什么老是觉得半岛是你们的呢？"

这差不多相当于混账话了，半岛不是半岛人的，还能是谁的？在每个半岛人的身体里，都装着一副响器，说不定什么时候，这副响器就会喧闹起来。全是苍劲悲凉之音。这究竟是怎么回事？这副响器是谁为他们装上去的？为什么它发出的每一丝声音里都带着血泪和呼喊？罗建放自然不明白，但他似乎比谁都清楚，半岛人的体内有那副响器的存在。那回罗杰进入铜坎洞后，说他听到了厮杀声、哭喊声、呼儿唤女声，别人不信，罗建放信。他虽然没有听到过这些声音，但他真真切切地见到过一幕古怪的场景。那是在自己家天井里看到的。那天暮色四合的时候，他从地里回来，独自坐在天井里抽烟，盯着缸壁上的那只白虎，他看见白虎的左眼明亮起来，亮如灯盏，可突然之间，只听砰的一声，那光芒掉了下来，透过石板，扎入地下。他甚是惊异。他听人说过，老虎总是在迷离的夜色中出外巡视，左眼化为灯盏，射出探照灯似的光芒，右眼则用这光芒搜索领地；要是被猎人惊扰，老虎左眼的光芒就会掉落并钻入大地。可这只白虎卧在他天井的缸壁上，哪里会遇到什么猎人？第二天一早，罗建放起了床，撬开石板，再往下掘地三尺，发现了一块精美绝伦的黄色半透明石头——这便是那虎眼光芒的结晶！过了几天，去广场跳摆手舞的时候，他偷偷把那块石头扔进了铜坎洞对面的后河。他隐隐约约地觉得，铜坎洞也罢，后河也罢，与半岛人都有着某种神秘的联系，那束掉落的光芒，应该埋进后河之中。

此刻，坐在陈副镇长的办公室里，他想起了这件事，不知道是祸是福。

陈副镇长又在说话了。他说："今天的情形你也看见了，你不是请了那么多人来吗，结果怎样？我们到来之前，他们跑了，扔下你不管了！这说明什么？这说明：绝大部分半岛人现在都变成了文明人，不愿意再跟着某些人胡闹了！你仔细想想，是不是这么个道理？"

这些话戳到了罗建放的心窝子里。

他似乎并不害怕坐班房，对陈副镇长将帽子揭下又戴上的表演，也不怎么往肚子里放，但他为半岛人对他的背叛而心寒。

现在他早已明白过来，在学校食堂里，那帮人气势汹汹地扑他、铐他、踢他、踩他，背后的总指挥，就是面前这个比孙猴子还要善变的家伙，他是在演一出戏，比表演揭帽戴帽的戏更隐秘，也更恶毒。如果半岛人不离开，他敢吗？当年的张团练，想把二百号难民带上半岛，竟被半岛人的跺脚声和呐喊声吓得不敢靠岸。

而现在的半岛人，都变成罗疤子了，胯下夹的，都不是卵子，是臭蛋！

所以，这个比猴子还要善变的家伙才敢对他胡作非为。

半岛要毁了，半岛将再不是半岛人的半岛了……

罗建放的心里，一直悲哀地呼喊着这句话。

当天晚上，当他过河来，踏上半岛的土地，悲哀随即转化为愤懑。

他没马上回家，而是挨家挨户地去质问。

他得到的回答几乎都是一样的："建放，百多年了啊！"

他们是说，回龙中学已经在这片土地上存在了百多年了。

"我又不是要把学校怎么样，"罗建放说，"我只是想把属于我家的土地收回来呀！"

这时候，被质问的人无一例外地沉默了。

不知道他们在想些什么。

24. 梦境

半岛上长出了一棵大树。这棵树比罗疤子他们砍掉的桂花树，不知大多少倍，横斜的枝丫，将半岛覆盖起来。大树底下寸草不生。没有草，也没有庄稼，没有牲畜，没有人。罗建放试图到这棵大树底下歇口气，可他发现，自己就跟一棵草似的，正一截儿一截儿地枯萎，他吓坏了，没命地朝半岛外跑去。脚下的路是如此漫长，把身上跑散了架，才终于到了正东方半岛与陆地相接的灯笼坪。他停下脚步，回身一看，阴惨惨的天气里，那棵树的枝叶翅膀一样伸过来，想把他包住。他低沉地叫了一声，拖着已不再属于他的腿，四肢并用，继续向山上爬。像有十年过去，才到了一个洞口。

他钻进洞，大声呼喊：“花娘，救我！”

可他看见的，只是十二座土坟，土坟傍山墙排列于洞中，整整齐齐。

他这才醒悟，花娘不是早就死在传说中了吗？

灯笼坪原有十三个花娘。

其中一位，在这带山川还是荒山野河的时候，离别她的姐妹，离别灯笼坪，乘一根竹竿顺后河而下，到了两河交界以南的大庙，在老和尚菜园旁边的密林里躲起来，等候那个操中原口音的汉子。汉子如期而至。那天夜半时分，她被汉子搂住，一同乘竹竿渡河，来到半岛，结为夫妇，夫妇俩刀耕火种，繁衍生息。余下的十二位，继续留在山上的清风洞中。先前，她们在清风洞里只是嬉戏玩耍，自从一个姐妹下嫁凡人，有了旺盛的情欲，生下了一大堆子孙，十二仙女变得勤快起来，为半岛的子民日夜操劳。不论是谁，不论贫富贵贱，只要将布匹放于洞口，说明你希望将布匹做成什么，随即离开，次日清早去取，就算你需要的是百件千件的衣物，也无不如愿。

可有一次，因为一个半岛男人，十二花娘被活活气死了。

那天近晚时分，这男人将布匹放在洞口的一匹石板上，对着洞中说了自己的愿望，却并未离开，而是躲到一旁的树荫里。次日晓色初露，他看见一个月貌花容的女子，抱着按他要求做好的窗帘走出来；到了洞口，女子弓身叠放，他一步上前，抓住女子的胳膊，拉入怀里，摸她乳房。那女子和她的姐妹，本是冰清玉洁，哪曾想过会遭受如此轻薄？更何况，你既是半岛人，十二花娘也就是你不知多少代祖宗的姨母呢，你这样做，即为乱伦。那花娘挣脱衣袖，逃回洞中，述说原委。

众姐妹气血攻心，顿时死去。

在她们死去的瞬间，洞中便出现了十二座坟茔。

罗建放从小就听这个故事，怎么忘记她们早已是死人了呢？既是死人，又怎么能救他呢？

他正准备退出来，十二座坟茔突然张嘴说话：

“孽障，就是你那淫棍祖先害了我们姐妹，还不快滚！”

罗建放拔腿就跑。进去的时候，感觉那洞并不深，出来时却深不可测，好像他此刻在洞外，正在往洞中跑。他边跑边想坟茔说出的话。我祖先是淫棍？十二花娘就是我祖先害死的？这不可能！对爷爷以上的祖辈，我并不了解，但爷爷和父亲都是半岛上难得的好人，他们凭借勤劳和精明，置办田产，成了地主，也成了这块土地上最能干的经营者；自他们以后，再没有人把半岛经营得那么好过。可他们被打倒了，说他们剥削。然而，佃户家有了难处，他们不仅不收租子，还出钱出粮，为佃户解困。罗传明家当年不就是我家的佃户吗。那些年，罗疤子等人批斗我父亲，我父亲当年的佃户，还多次想方设法把他藏起来。爷爷和父亲，都不像恶人下的种……

罗建放想着这些事，倒帮助他忘记了腿上的疲软，终于见到了天光。

然而，半岛上那棵大树的枝丫，已封到洞口来了。

这时候，他才明明白白地看见，那棵树不是长在半岛上的，而是长在疯子罗秀的肚子里的！

“鬼——鬼——”

两声大吼，建放把自己吼醒了，也把身旁的桂秀英吼醒了。

他以为吼那两声用尽了全力，回龙镇都会听见的，其实声音并不大，而且很不清晰，像从很深很深的瓮里传出来。桂秀英没听见他吼什么，只是说：“又被梦魇住了。晚上做梦，白天还做梦。”

午后的日光，驱赶着灰尘从窗格浮游进来。

建放坐起来抽烟。被踢被踩的地方去了淤青，但还很疼痛，只是他不肯承认，桂秀英问他，他也说：“不过就是被几只屎壳郎夹了两下，痛啥？”他抽着烟，回忆着刚才的梦境。这梦境就跟那棵大树一样，有着庞大的根系，让他醒来后依然牵牵绊绊地如在梦中。尤其是此刻，外面安静得如同往古（自从去学校食堂闹了那一场事，人们就不到中院来闲聊和打牌了），那庞大的根系便在静谧之中越扎越深。他把烟慢慢地吸进去，又丝丝缕缕地吐出来。他把自己想象成了一只蚕。他光着上身，又松松坦坦地坐着，肥实的白肉，一嘟噜一嘟噜的，看上去真像一只蚕。那梦究竟是什么意思？十二花娘怎么说是他祖先害了她们？这倒无关紧要，反正就是个传说，紧要的是，分明是个死鬼，肉都已经腐朽了，变成白骨了，还来吓他。说是吓吧，又不像，她并没口露獠牙，也没张牙舞爪，只在肚子里长一棵遮天蔽日的大树，没收他的阳光，让他枯萎！

他仔细回忆，发现在整个梦境当中，没有看见一个人。包括罗疤子也没在梦境里出现。

这是不是可以证明，那棵树不仅是要没收他一个人的阳光？

看来是这样的。

在他枯萎之前，别的人早就枯萎了。

疯子是罗疤子的女儿，但罗疤子最终也逃脱不了被她枯死的命运。

罗建放的嘴角，露出一丝像是很愉悦其实很怆然的微笑。

此时的罗疤子，也刚睡午觉起来。张云梅还在睡，就躺在条凳上睡。条凳巴掌那么窄，也不知她是怎么睡稳当的。旁边的箧篓里，放着未完工的鞋。罗疤子走出来，去了儿子房间。儿子不在。又不在。这时候学校也正是午休时间，女教师不可能弹琴，她不弹琴，儿子除非路过，不会专门到学校去。他是去中河看姐姐了，还是去后河看巴艳了？随他去吧，只要他不把巴艳的坟亮出来。那次罗疤子将巴艳的坟头盖住之后，罗杰听话地再没去动它，盖在坟上的灌木和杂草，早已失去水分，成了枯枝败叶……罗疤子的心痛了一下，他的女儿和女儿的女儿，也一样成了枯枝败叶。他自然而然地想起那个月夜里在广场边听来的话，想起罗巴艳被她母亲以奇怪的两个音节叫活之后，他是怎样把塑料卷筒插进了她的嘴里。这些事情能不想就不想，要是控制不住想起来了，也必须设法尽快将它们赶走。于是，罗疤子走出房间，来到院坝。

太阳钻入了云层，是那种玻璃似的云。日光虽不能下澈，却是满天的明亮。

这种明亮，很体贴地帮助罗疤子赶走了那些思绪。

院坝边，一只褐色老母鸡飞到碌碡上，屁股一翘，拉出一泡绿屎。罗疤子骂了一声，鸡自知惹事，从碌碡跳下来，伏着身子，飞快地跑进田野里。罗疤子在阶檐底下拾起一把柴草，将碌礡上的鸡屎擦了，蹲到上面去抽烟。

这时候，他也像中院正在抽烟的罗建放一样，把烟雾慢慢地吸进去，又丝丝缕缕地吐出来；但他没把自己想象成蚕，而是一边吐着烟雾，一边瞅住旁边的那个磉磴。

四周没人，罗疤子突然涌起一种冲动。

他把烟在碌礡上捻熄了，再一次朝四处张望。确实没人。他又跑进屋去，不需要推开卧室的门，就知道老婆还睡着，老婆那已经相当克制的鼾声，让门框的蛛丝网轻轻摇动。

他走出来，站到磉磴旁边。

他要试试自己的力气还在不在。

他把两腿劈开，让脚在地下生根，然后将气往下沉，一直沉到丹田，使丹田发酸，发烫，再把腰弯下去，让身体里那股神秘的力量，通过筋络传到臂肘，传到手指。手指鼓胀起来，如饱满的钢筋。他就用这十根钢筋，把磉磴抱住，然后把肚子贴上去，心里叫一声："起！"

磉磴被拔出来，离开地面。

地面下的土坑里，留下一个圆圆的黯淡的印迹，印迹中有一些微小的生物在蠕动。

罗疤子站直了，脸挣得要喷出血来，但他存放在丹田里的气力，还绰绰有余。

于是他想，我何不再试一把，看能不能将这笨家伙抱回原处？

这么想的同时，他已迈开了步子。

那次将它抱下来，没走偏厦那边的大路，走的是邻居旁边的小路。那是一条捷径。这次罗疤子依然走这条捷径。那棵杏树——因为一只鸡飞上去拉了泡屎，从而要了父亲半只脚掌的老杏树，就在路边上，此时没有风，叶片凝然不动，可罗疤子的肩头只轻轻地把树身挂了一下，碗口粗的树便剧烈摇晃，枝叶像受到暴风雨的袭击，呜呜乱鸣。罗疤子有些微的紧张，他怕邻居出来；他只是偷偷地试一下自己的力气，没有别的想法，不希望任何人看见。邻居没有出来，只有他圈里的猪懒洋洋地翻了个身。紧张感消耗了罗疤子的部分劲头，手发软，他便尽力仰身过去，将磉磴的重量，放在肚皮上。肚皮都快压爆了，里面刀割一样疼。但罗疤子已经上路，他只能前行。在这段路上，他想放下来歇一歇的机会也丧失了，没有一块地面能放下磉磴，只要往下一放，磉磴必然滚下坡去，他也会跟着滚下去，即便不被它把骨头碾成碴，也必然丧命。他的腿在一步一步地上升，脑子里却在一点一点地白下去，偶尔，一个念头闪过："今天把事情整大了，说不定就这样把自己整没了。"

恰恰是这念头给他注入了新的力量。

他终于把别人动也动不了的磉磴，搬到了那堵晚清的矮墙下。

他不是扔下去的，而是很有风度地放下去的。

因为在他离矮墙还有一米远的时候，罗建放披着外衣出来了。

把磉磴放下后，罗疤子伸直了腰。这时候，他全身麻木，包括意识。他隐隐约约地听见自己的肠肝肚肺湿漉漉地舒张开来的声音，听见自己沸腾着的汗水喷射而出的声音。真的，此前他竟然没流过一滴汗水。眨眼间，全身水淋淋的了，睫毛上都挂着淡红色的珠子，像血。他感觉到前所未有的虚脱，身上的毫毛也变成负担。但他硬撑着，对罗建放说：“建放，我试试力气。”

这话听上去像是挑衅。

他不想挑衅，也不想接受挑衅。可是今天，他的话听上去确实像是挑衅。

建放说：“你力气再大，也没有我那头黄牯子的力气大，可我不用拿鞭子，只把手一扬，黄牯子就缩着屁股，只管后退，你信不信？”

罗疤子今天是不是真的有挑衅的意思，连他自己也说不清。收食堂那天的事情，他听说了——老婆张云梅告诉他的。很长时间以来，罗疤子都不跟半岛人交流，关于半岛上的一切，都是张云梅向他转述的。当时，半岛人阴悄悄地离开了食堂的土坝，但有两个并没回家，躲在斜坡下的厕所后面观望，罗建放怎样挨打，怎样被带走，都看得一清二楚，然后又绘声绘色地说给别人听。这时候罗疤子想，其实罗建放心里并不如他想象的那般刚强，罗建放也有畏惧，否则，以那么屈辱的方式被打，他不可能不反抗，尤其还是一个能用脚趾把粗大的黄鳝夹断的人，可他动也没动一下，连反抗的意思也没有。他比他儿子东娃也不如。单凭这一点，罗疤子就有理由嘲笑他。

一个只敢对半岛人发狠而不敢对外面人发狠的半岛人，还是真正意义上的半岛人吗？

不是。

罗疤子说：不是！

但这只是一个罗疤子的看法，另一个罗疤子不是这样看的。这个罗疤子对罗建放相当佩服，甚至充满敬意。不管怎样，他敢于直面“外敌”。被他请去的人，在敌人还未到来的时候，就已经退缩，那两个躲在厕所后面观战的家伙，分明看见罗建放挨打，也不敢上前帮忙。别的半岛人，已经没有半岛人的血性。那滴血，只有罗建放保存着。

从这件事情上，罗疤子明白了，哪里只有疯子女儿才有两个自己，他和所有被称为“正常人”的人，都有两个自己，甚至不止两个自己。疯子和正常人的区别只在于，疯子往往把两个自己同时表现出来，正常人懂得在一种场合只能表现出一个自己。

罗疤子是正常人，他在两个自己当中进行取舍。

取舍的结果，他用这样一句话来表达：“建放，你是一头猪。”

他说得痛心疾首。

“你收食堂那天，”他又说，“为啥不请我去？请了我，我不一定能帮上忙，但绝对不会溜。”

罗建放眯着眼睛看了他一会儿，又看了他一会儿，才回答：“你自己想想，你配不配我请你去？”

他把外衣往肩上一抖。

罗疤子站在那里，眼睛朝下，看着被太阳晒硬的泥土。

一只干苦力的蚂蚁，弓腰驮着比它个头大得多的土坷垃，步履蹒跚地朝矮墙背后走去。

罗疤子不愿意看那只蚂蚁，把眼皮翻上去，盯住建放的眼睛说：“我欠你的那一架，必须要跟你打了你才舒服？”

“这还不够。”

“你要我咋样？”

“我说过，我要你用弯刀劈了我。你劈我，我脖子都不会缩一下，缩一下的是龟儿子。”

罗疤子抓住墙缝中的一枝蕨草，想把它揪下来，可不管使多大力，蕨草都纹丝不动。他以为是蕨草成了精，不知道是自己的力气全被磉磴吸空了。他说：“我又不是……”

他本想说“我又不是疯子”，想到女儿，他没把“疯子”两个字说出口。

建放哂笑一声，进屋去了。

罗疤子也回了家。

张云梅已经醒来，正在用揎子往新鞋里面捣。罗疤子对她说：“我把磉磴还回去了。”

“为啥又还了？”

“看着胀眼睛！”

罗疤子把话说得格外狠，是因为他很失望。老婆显得那么淡然，而且，竟没有问一声是不是他一人抱上去的。

其实张云梅注意到了。她说：“衣服都湿透了，去换了吧。”

罗疤子只脱了上衣，又躺到床上去。那整个白天，他也没有起来。看上去他是在养神，其实心里一刻也没歇着。他在琢磨罗建放的心思。这牛 × 的，为啥一而再再而三地让我用弯刀劈了他？

到了晚上，张云梅做好饭，罗杰去叫父亲起来吃的时候，罗疤子还在想那件事。

刚刚起来，碗还没端上手，门被敲响了。

其实门是开着的。

转过头一看，罗疤子惊得手指一勾，饭碗打了个旋转，差点儿掉到地上。

这是多少年没上过门的客人了！

这个客人是罗传明。

张云梅首先给罗传明打了招呼，说是罗校长啊，快进屋坐。

罗传明跨过门槛那短促的瞬间，罗疤子的脑海里涌过一大堆想法，以前从没有打开过的窗户，今天也打开了，从没有联系起来的细节，今天也接上了头。

那个有着虫子似的星光的夜晚，从他手上抢过钢钎刺破他脸颊的人，究竟是谁？

会不会就是罗传明本人？

当年，他如同一条老狗，可你看他现在，红光满面，精神头十足！那副老狗的模样，当年会不会是装出来的？

但罗疤子很快否定了这种想法，他掂量了一下罗传明受过的折磨——戴铁套子只是较为特别的一种，常规性的，比如跪瓦块，挨棍棒，胸前挂一个屎盆子，罗疤子等人站在远处，往屎盆子里扔石头，诸如此类，就不计其数了——只要是人而不是鬼神，能活出来都不容易，别说装。

那么会不会是罗建放？

此刻回忆起来，他遭暗算的头一天，才斗了建放他爹，而且把那个磉磴抱回了家。是建放的可能性更大，否则，无法解释他为什么那么小瞧我罗疤子，还多次要把脖子伸过来让我劈。

这时候，还有另一种更加可怕的想法从罗疤子的脑海里冒出来，但罗疤子眼疾手快，像掐韭菜一样把它掐掉了。那种想法实在太可怕了，他不愿意面对……

罗传明跨进门来，说："我出来散步，顺便走到衙门来了。"

其实他不是顺便来的，他是被张云梅几天前在坟林那边请来的。

第十章

25．坟林

罗建放被陈副镇长带走又放回的第二天，罗传明又去了中河，为建放的爷爷上坟。

同样是上坟，这次跟以往大有不同。

这从他上坟的时间就能看出来了。

往常，罗传明去中河，都是在半岛沉睡之后，而且必定是星月无光，天地一统。他不举火把，不照电筒，只揣着一盒火柴，拿着一把点锄，摸黑前去。他游入黑暗里，被黑暗融化。为开门关门时不弄出声音，天黑前他就在门轴上滴了油，有菜油就滴菜油，没有菜油，就滴桐油。他穿着软底布鞋，轻手轻脚地走在沉寂的土路上，鬼影一般。没有谁会注意到他，除了狗。院坝里的狗认识他的气味，只呜呜两声又睡下了，然而，远处的狗凭人类无法抵达的直觉，知道有夜行人出动，夜行人身上的阴气，使它们赶走睡眠，尽职尽责地狂吠起来。不过这倒用不着担心，乡间的狗常常狂吠，通常的解释并非小偷潜入——特别是在半岛上。外人不敢随便进入半岛，而在半岛内部，偷窃之事就和强奸之类的事情一样，被深为不齿，也从未发生过——而是狗在预报河对面哪里又要死人了。死人的事总是经常发生的，就跟生孩子一样，再平常不过，因而没有谁听到狗叫就愿意离开热被窝起来察看。罗传明摸到那个人的坟前，背朝半岛，挡住火光（尽管他知道半岛人根本不可能看见这微弱的光亮），烧过纸，再用点锄挖开一个坑，把纸灰埋掉，又鬼影一般摸回自己的屋子。

谁也不知道夜里发生过的事情。

在这个世界上，每天夜里的每时每刻，都会发生一些事情，某些时候，它比白天发生的事情还要多，而且也更加重要；白天的那些事，许多时候是发生在眼睛里，夜晚的事则是从心里出来的，所以它才更加重要。它以一当十。不过，罗传明做的这件事，既不会载入史册，也不会流传民间。

它就像没有发生过。

但这只是就别人而言，对罗传明自己，这件事却跟他的灵魂联结在一起。罗传明真正意识到自己是有灵魂的，就是从这件事情开始。当初，他从外地回到半岛，去给恩人烧纸，只是出于单纯的感激，后来，外面的想法铺天盖地席卷而来，他的恩人成了罪人，这时候再去烧纸，感激的心情已经不那么重要了，重要的是表明一种态度：我，罗传明，是半岛的种，也是半岛的根，因此我要以一个半岛人的想法行事。

当然，灵魂进来了，悲剧也随之进来了。从根本上说，这个世界发生的所有悲剧，都是灵魂的悲剧。不少人认为，罗传明早就成了半岛的叛徒，可事实上，作为若干年来半岛人中唯一的知识分子，他是在用另一杆秤称着半岛的重量。不跳摆手舞，而且从不去看别人跳摆手舞，是因为他觉得，摆手舞所昭示的半岛风貌，早就过时了，他无法透过鼓声和舞步，看到一个未来的半岛。尤其是戴了铁套子之后，他惊异地发现：跳摆手舞和让他戴铁套子之间，存在着十分紧密的精神联系。

人人都在抱怨罗疤子等人带回了外面的想法，可他们不知道，那些想法早就在祖先的头骨里埋起来了。祖先们一批接一批地死去，埋入坟林，坟林上长出的灌木、杂草和药材，其实就是那些被埋起来的想法。它们的种子，被风吹走，吹得满半岛都是，后辈们用灌木烧了饭菜，用杂草喂了牛羊，用药材治了疾病，然后吃下饭菜，吃下牛羊肉，吃下药水，那些想法也就在身体里扎了根。

有些时候，里面和外面是分不清的。比如一间屋子，我们跨出屋子，说是从里面到了外面，可如果以穹隆为屋，我们就还是在里面……

罗传明有这些念头，但不能就此认定他心里没有传统。他有传统，只不过，那传统不仅属于半岛，还属于三河流域，属于比三河流域更加广大更加深远的地方。从这个意义上看，他似乎又真的是半岛的叛徒。他是被分割的。他的内心很苦恼。在他眼里，半岛是血肉之躯，有呼吸，有体温，也有情感，总之不是由“传统”留下的遗物，而是鲜活的生命，比遗物更珍贵，也更令人疼惜的生命。每个生命都是唯一。这是半岛的全部价值。可有意无意之间，这种价值会被篡改，被削弱，而半岛每一次遭遇这样的变故，都是人自身的篡改和削弱。——此刻，罗传明去给建放的爷爷上坟，不再像往常那样晚上去，而是白天去了，他自己也深感疑惑：我这种时间上的调整，算不算一种妥协？先前，我夜深人静时去中河烧纸，是想表明一种姿态，但是，没有任何人看见也没有任何人知道的姿态，还叫不叫姿态？而今我白天去了，倒是可以看成一种姿态了，然而是什么样的背景让我敢于摆出这种姿态？

说到底，他也是被“外面的想法”所控制和摆布的人。

他只能这样来安慰自己：有些时候，里面和外面是分不清的。

既然分不清，半岛就不是“唯一”。

半岛是整体的一部分。

半岛的体温和呼吸，由此模糊。

这似乎也没有什么不好……罗传明将手里的纸钱往火堆上放，这样想着。

这是下午六点半左右。此前河谷上游黑郁郁的，像下大雨，现在亮开了，自西向东横贯天空的彩虹，在铜坎洞低下头来。人们都说，那是彩虹在铜坎洞喝水。彩虹是天上的龙，但它要喝水，还只能俯首向地。每次出现这种景象，半岛的孩子都欢天喜地，大人们却很肃穆，生怕惊扰了那条龙，同时严禁自家孩子去后河打鱼，耍水，担心天龙把铜坎洞喝干了，接着又把后河喝干，孩子就会被吸进龙的胃里，没命了。

彩虹现身的时候，张云梅正在中河的柴山里，捞那些可做引火柴用的落叶。

她隐隐约约地听见远处有孩子们叫嚷的声音："天龙喝水！天龙喝水！"孩子们的心是属于天空的，偶然抬头看见有拳头那么大一架银色的飞机从高天跃过，也要不绝地高叫："飞机！飞机！"听上去是欢天喜地，其实很难说他们究竟是因为高兴，还是因为别的。

张云梅停下手里的活，朝天上望。果然望见一条天龙。它具有彩虹应该具有的全部色彩，但张云梅只看见青色。天龙脊背上长着青色的毛。这样的天龙呈现出一副凶相。张云梅想起儿子那次在铜坎洞的遭遇。儿子时不时暴发的背疼，会不会是把天龙冲撞了？这是很有可能的，不然那跳神的端公，也不会说"一根大绳软绵绵，青龙背上缠几缠……"尽管那天没有天龙现身，可铜坎洞毕竟是它的饮水潭。对自己家遭遇的不幸，张云梅宁愿相信那是神的旨意，神无所不能，有叫人不幸或幸福的绝对权威。而东娃不过就是一个赖皮，他不是神，他没有这样的权威。医生说儿子的背疼是东娃的弹枪柄造成的，张云梅对自己把这话告诉了桂秀英，非常后悔，她告诉桂秀英，虽然根本就没想过让罗建放家负任何责任，可至少得过问一声吧？那家人从来没有过问过，包括桂秀英在内。说不定，那两口子认为自己儿子能耐，还在暗地里乐呢。此刻，张云梅望着天空，心想不是你们的儿子能耐，是我的儿子走了背运，把天龙冲撞了！

不过现在好了，家里没了船，儿子不会下河打鱼，今天不热，他也不会下河耍水。很可能，这时候他正在后河畔的麻柳林里，手执弯刀，守住巴艳的坟，提醒天龙不要喉咙分岔，将巴艳吸了去。

“我的傻儿子呢……”张云梅叫了一声。

这一声叫得她自己浑身发颤。

她已经不再过多地考虑丈夫和罗建放的关系，可她不能不考虑儿子和东娃的关系。她跟丈夫的想法是一样的：儿子不是东娃的对手。东娃将和他的祖辈一样，重新成为半岛的主人。

前一段时间，张云梅去镇上赶集，在街头巷尾，都听到别人议论，说那些曾经被打倒的资本家、地主、右派以及形形色色的“牛鬼蛇神”，而今掌权的掌权，发财的发财，又通通过上好日子了。转了一大圈，事情又回来了！传说乡间有一种鬼，名叫道路鬼，道路鬼总是在你走夜路时缠住你，让你不停歇地走，从天黑走到天亮，走得汗流浃背，一身虚脱，可天亮时一看，你一步也没有迈出去！你出发时在哪里，现在还是在哪里！

回龙镇上，喜欢议论这个话题的人真多，随便往哪里一站，三五成群，就说开了。言词并不激愤，一副乐呵呵的、甘心认命的样子，仿佛前一分钟，他们才共同参与了一场游戏，现在又兴致勃勃地来回味那场游戏的过程。那些人都像是读过书的，许多话张云梅听不懂，但大致意思是懂了。

罗建放的父亲摘帽之前，她不大去想，现在她不能不想了。

她一想起来，脑子里就总是浮现出儿子被东娃欺压的情景。

按镇上那些读书人的说法，东娃之所以能够欺压儿子，并不仅仅是体格和性格的原因。

这不行！不能让儿子留在半岛上，至少不能让他以纯粹半岛人的身份留在半岛上。

必须给他另一条路。

然而，这另一条路该怎么给呢？又有谁能够给予他呢？

张云梅陷入迷茫，没了心肠，只捞了半花篮落叶，就不想把这枯燥的活再干下去了。

天上的彩虹已经隐退，只留下它曾经现身过的暗痕。彩虹一退，天光随即黯淡下来。

张云梅将花篮一提，背在肩上，扛着丈余长的竹抓耙，往家里走。竹抓耙的柄已经破烂，张云梅每走一步，它就响一声。

路过坟林的时候，她就看见罗传明了。

罗传明也看见了她。

张云梅站下来，说："罗校长上坟哪？"

罗传明不怕别人看见，甚至希望有人看见，可他没想到张云梅看见了，问话的语气却这么平常。

他说，是，上坟。

"今儿个不是啥节日，好像也不是布爷的祭日，未必是他生期（死者的生日）？"

"也不是他的生期。我是想，建放昨天被打了，虽是他首先做了错事，可毕竟我是学校的校长，他在学校被打了，我也有责任。我来给布爷解释一声。"

罗建放被打的事，张云梅昨天就听躲在厕所背后观战的那两个人说了，今天从罗传明口里得到了证实。她很想探听一些详情，又觉得那样做，很容易被误解为她在看建放的笑话，因此对那件事避而不谈，只说："罗校长现在可以放心大胆地来给布爷烧纸了。"

这话是什么意思？难道这女人以前就知道罗传明来给老地主烧纸的事情？

罗传明愣住了。

张云梅的确知道。

那些年，她被丈夫毒打，经常往坟林跑，有好几次都看见罗传明蹲在老地主的坟前烧纸。第一次看见时，她不知道是罗传明，以为是鬼火。山里来的女人，对鬼火并不怕。她是见过的，当孩子的时候就见过，那是一束绿光，绿得发翠，再大的风，也不会让它摇动，但老地主坟前的那堆火，有着红色的光焰，还时不时爆出火星。在火光的暗影里，她从背后看见一个人形，那人手里拿着树枝样的东西，在刨那火。张云梅想，这是建放在为他的爷爷烧纸吧。她没往前去，回来了。第二次，她比烧纸的人先一步到达，坐在罗疤子的祖坟前，正眼泪巴沙地要诉说她的委屈，忽然听到不远处响起脚步声。脚步声是那样轻，生怕惊扰了夜晚，生怕夜晚被惊扰之后，就提前退去，黎明也提前到来。最初的那一刻，张云梅以为是罗疤子跟来了，罗疤子要来把她接回去。但她很快打消了这自作多情的念头，罗疤子有那么多事要做，哪里还会在乎她呢？别说她只是来坟林诉说委屈，就是去跳河，罗疤子也顾不过来的；再说，罗疤子走路怎么会这么轻？砍了神树之后，他浑身上下都响着炸雷，累得再狠，睡觉前往床上躺的那一下，也弄得地动山摇的。

这时候，张云梅有些害怕。她不怕鬼，怕人。

那人径直朝坟林走来。虽然星月无光，看不大清，可一旦适应了黑暗，黑暗本身也是光。

坟林虽是一个整体，但内部的分野还是有的。这种分野便是用易卦之术确立的风水。发财人家，自然占据了可永葆后人富贵的好风水，在坟林的外侧，既占山头之气，又分沃野长河之灵。那人没往坟林的深处走，就在外侧停下了。停下的位置，正是罗建放家的祖坟。

又是罗建放上坟来了？

火柴划燃，结果不是罗建放，而是罗传明！

建放的爷爷曾经资助过罗传明，这事张云梅听说过，这么多年过去，罗传明还没有忘记几十年前的那点儿恩情，倒让张云梅有些惊讶；更让她惊讶的是，罗传明自己是挨整的罪人，竟还敢来给罪人上坟。建放的爷爷死得早，并没给他定“成分”，可他是“老地主”，是罪人，这是毋庸置疑的。何况，今天下午，罗疤子几人才给罗传明戴了铁套子。相距几十米远，在猩红色的火光中，张云梅也能看到他脖子上的伤痕，也能感觉到那被抻长的颈项怎样不堪重负，它左摇右晃，仿佛一股轻风吹来，也能将其折断。张云梅的心里，咕嘟嘟地冒出几个气泡，几个气泡排列在一起，成为一句完整的话：

“这是要遭报应的。”

这句话是说给谁的，她清清楚楚。

那是说给自己的丈夫的。

半岛上早有人议论，说罗疤子几人要遭报应。在乡间，“遭报应”是对一个人最恶毒的诅咒。张云梅隐隐约约地听到过，每一次听到，她都以同样的恶毒把话还回去。

可是此刻，她自己也这样想了。

对一个从不惹是生非，老老实实教书，老老实实当校长，而且几十年不忘恩情的人下毒手，怎么可能不遭报应呢？报应已经开始了，看一看自己的女儿就知道!

想到女儿，张云梅对丈夫产生了恨。

自己被打得不敢归屋，只能摸黑跑几里路，来向鬼魂诉冤屈，她也没这么恨过。

那天夜里，纸还没烧完，罗传明就用点锄挖坑。张云梅看见，罗传明把还没熄灭火星的灰烬刨进了坑里，用土盖住。她明白了他为什么要这样做。

然后，罗传明走了。

罗传明离开十余分钟，张云梅也走了。

没过上两个钟头，罗疤子在校园外的渠堰上挨了闷棒。

张云梅回到家，去床上躺了不多一会儿，罗疤子就起床了。她以为他是出去解手，但他没有出去，他穿上衣裤，在墙角处摸摸索索。老半天也没摸到他想要的东西，就粗声大声地骂开了，同时点上灯盏。灯一亮，他看到了那东西，竖在两个泡菜坛子的中间。是一根钢钎。钢钎已经变老了，用手一抓一把黄，像是变老的钢钎脱落的毛发。罗疤子把钢钎竖在自己跟前，钢钎比他人还高，他抬起手臂，大拇指在钎尖上刮了刮，似乎对它的锋利度还感觉满意，便阴沉沉地笑了一下。他鼓着腮帮，正要吹灯，张云梅突然问了一句:“你要干啥?”

罗疤子的腮帮瘪下去了，把脸朝向床上的女人。

他的脸惨白惨白的。

“你放心，”他歪着嘴说，“我不是要捅你。”

“你是要捅谁?”

“你说呢?”

“罗传明?”

“看来你还不是猪脑壳。”

言毕，罗疤子又要去吹灯。那口气还没放出去，就被扑下床来的张云梅抱住了腿。

这天夜里，张云梅亲口对罗疤子说出了“报应”两个字。

这两个字让罗疤子怒火中烧。他后来想，要不是她说出了这两个让他敏感和心痛的字，他不会捋她的头发。捋人的头发，是女人才干的事。他也不会说“老子捅死你”。他没想捅死谁，包括罗建放的爹，包括罗传明，他都从来没想过要捅死。然而，他还是拿着钢钎出门了。钢钎在他手里鸣叫，他不知道是钢钎在为他唱哀歌，还以为它跟他一样兴奋呢。

他出门，张云梅也出了门。张云梅的手里拿着一根断掉的打杵。

钢钎的鸣叫蒙蔽了罗疤子的耳朵，他竟没有听到后面的脚步声。

跨过渠堰，张云梅不能再等，一棒敲在了他脖子以下靠近肩部的地方。

那时候，她只想把罗疤子打伤，让他不要再去做缺德事，原以为罗疤子挨了这一棒，一定不会放过她，谁知这一棒下去，罗疤子身也没转过来，就歪歪斜斜地倒了！

并不是张云梅用钢钎扎了他的太阳穴，张云梅也没接管他的钢钎，被人把钢钎夺走，只是罗疤子昏迷之前的错觉——他倒下去的时候，钎尖正好戳在了他的太阳穴上。

人世间的事情，真是难以预料，如果那一闷棒没有致罗疤子昏迷，张云梅还跟他是夫妻吗？还会有后来的儿子吗？甚至，张云梅还活在这个世界上吗？那个自以为无所不能的“英雄”，会因此而有所收敛吗？——正是那之后，罗疤子才懂得一个道理：虽然背后有那个让他依靠的“公家”，还是有人敢给他闷棒，他并非所向无敌。找不到凶手，且让女儿直杠杠地叫两声“妈！妈！”，终于成了真正的疯子，使罗疤子也不得不认真地想想“报应”的事情。后来，罗疤子的同伙再去打打杀杀，他有时去，有时不去，去了也木呆呆的，并不亲自动手。

或许正因为这样，他才没有瘫，也没有死吧？

可女儿成了真正的疯子！

那天夜里（其实已经是清早了），张云梅打算为女儿洗脸的，再神不知鬼不觉地去把丈夫背回来，结果他自个儿醒了，脸上血糊血海地回来了。当时张云梅也吓了一跳，心想自己分明是打在他肩上的，怎么脸上来那么多血？直到看见钢钎尖头上的血印，她才猜出了是怎么回事。

有时候，她跟罗疤子一样，觉得要不是女儿突然在薄光里看到一张血脸，说不定不会真疯。

她欠女儿的，实在太多太多……

这些事情，包括罗传明为老地主烧纸的事情，张云梅从没对任何人说起过。

26. 两个愿望

可是今天，张云梅想让罗传明明白：你做的那些事，我早就知道，只是我没有说给别人。

因为她灵机一动，觉得自己有事求罗传明帮忙。

“罗校长，”她依然用十分平常的口气说，“你现在没必要带点锄来把纸灰埋掉了。”

罗传明又是一愣。

不过，他已经从张云梅的话语和神态上，判断出这个身材长大的女人，在某一个神秘的时刻，看见了他来给老地主烧纸，而且从没告诉过别人，包括她的丈夫。要不然，只要有一丝丝儿风声走漏出去，他早就没命了。他对她充满了感激。这不是一时冲动的那种感激，而是从艰难的岁月中走过来，经过了几十年的考验，才凝聚到了这一刻的那种感激。

他说是，没必要了。

张云梅笑了，很高兴的样子。像罗传明来给自己恩人烧纸，却不必偷偷摸摸地把纸灰埋掉，是值得让人高兴的。

“谢谢你。”罗传明说。

张云梅更加高兴。她的苦心和善良被人知道了，而且得到了认同。

求罗传明帮忙，她也有了更多的信心。

她说：“罗校长，我想问你个事。”

罗传明说什么事你问吧。

“你们学校是不是有个弹琴的老师？”

“是呀，是有一个，姓夏，夏老师。你问她干什么？”

“还不是我那个儿子！”

“我知道，罗杰喜欢去听夏老师弹琴。”

可这又怎样呢？罗传明摸不透张云梅的心思。难道她是想让儿子去跟夏老师学琴吗？半岛人可没有这样的闲情逸致，从来没有。他们生来就会敲锣打鼓吹唢呐，但这绝不是闲情逸致。

张云梅说："我也不晓得为啥，我杰娃敲不来鼓打不来锣，唢呐也只能吹得呜呜叫唤，别人吹吹打打的，他也不是很爱听，可他就是爱听你说的那个夏老师弹琴。"

罗传明的心颤动了一下，回想起自己的小时候。他之所以出外谋生，穷肯定是原因，但不是全部原因。穷之外的原因，他当时没有意识到，回来之后才意识到了。

他说："你让罗杰来学校读书吧，如果他愿意的话。"

张云梅正是这样想的！她看到了丈夫罗疤子与罗建放之间的差异，更看到了儿子罗杰与东娃之间的差异，这个聪明的女人心里明白，如果儿子和东娃朝同一个方向行走，差距会越拉越大，要是各走各的路，那就很难说了。见到罗传明，她想，何不如让杰娃去回龙中学念书？半岛人不崇尚念书，可他们让一所学校在半岛上存活了百多年，罗建放邀约人去大闹学校食堂，那些人却阴一个阳一个离开了，并没真正帮他的忙。这至少证明，在他们看来，念书也并不是什么坏事。而且现实的例子就摆在这里，罗传明当年读了书，后来虽然吃了苦头，可在大部分时间里，他比别的半岛人好过，他不怕旱，也不怕涝，只按月领工资就是了。

张云梅说，罗校长你收他吗？

见张云梅这么认真，罗传明有些惊讶，因为他没想到张云梅真的想让罗杰去读书。

罗传明想了想说："先问问夏老师吧，罗杰不是要跟她学琴吗？"

张云梅听出罗传明是在推，心里有些凉。但并不十分凉。尽管让儿子去读书的想法，对张云梅而言还不能说是一时冲动，但究竟说来，那条路太陌生了，罗疤子的祖祖辈辈没有走过，张云梅的祖祖辈辈同样没有走过，那条路上净是别人的气息。将儿子送到没有亲人涉足的路上去，送到别人的气息里去，儿子最终会变成什么样子，她把脑袋想痛也是想不出来的。想不出来就等于一切都是个空。如此，张云梅觉得自己那一点点心凉也是不该有的。不过她还是有一点，这一点是针对罗传明。罗传明分明知道了她为他守住了那么大的秘密，就实在不应该推。他是校长，校长收一个人还不简单吗？就像在一块地里下土豆种，多下一粒，少下一粒，还不就是他一句话吗？

罗传明坐在坟前，继续往火堆上放纸钱。他这次带来的纸钱特别多，仿佛要让恩人痛痛快快地花个够，把这些年没能用过的好东西，都买回来用。他也比往常坐得离坟身更近些，因为他不必在离坟稍远的地方挖坑埋纸灰了。他的身子矮矮的，然而，那长伸着的脖子支撑着的头颅，却差一点就触到“独木舟”的船尖。火在底下燃烧，在黯淡的天光里燃烧，把那根脖子烤得发亮，烤得像要冒出油来。张云梅本是想跟罗传明道声别就离去的，可她被罗传明的脖子吸引住了。因为震惊而被吸引。应该说，她早已习惯了那根脖子，怎么还会震惊呢？但她就是震惊，她觉得自己是第一次发现它有那么长，那么软，那么不像一根人的脖子。她心里的那点凉，变成了烫，烫得她心慌。一个人的脖子都被弄成这样了，别说他不想在地里多种一粒土豆，就是他拿着刀去杀人，也有杀人的理。张云梅知道，虽然罗疤子在挨了那一闷棒过后，不再像先前那样猴急虎跳，但“戴铁套子”的发明权，却是归属罗疤子的。至于她，没把罗传明给老地主烧纸的事情说出去，虽有对罗传明的同情心，但也有她的私心。这私心就是害怕自己家遭受更大的报应。她没有资格因为自己的那一点同情，就让罗传明对她偿还些什么，也没有资格因为罗传明说了一句推诿的话，就感到心凉。

她别也不道了，往家里走去，脚步下得很轻。

扛在肩上的竹抓耙，也像害怕打扰了罗传明，很讲良心地没有再发出破破烂烂的响声。

走了七八步远，后面传来一个声音："你叫你的罗杰来吧，我收。"

张云梅站住了。感觉站了很长很长的时间，她才回过身，说："谢谢你啦罗校长！"

罗传明没看张云梅，继续往火堆上添纸钱。那些烧过的纸钱，如同开到极致的艳红的花瓣。罗传明就盯住那些花瓣问："他同意吗？"

这个"他"，显然指的是罗疤子，张云梅听出来了。

罗传明心里一直想着罗疤子。他开始说"你让罗杰来学校读书吧，如果他愿意的话"，这个"他"也不是指罗杰，而是指罗疤子。

这倒把张云梅问住了。那时候，她脑子里涌起一个想法。这想法很冒险，就跟把儿子送到一条陌生的路上去同样冒险。可是她希望试一试。她觉得试一试是很值得的。她有一种感觉，如果丈夫罗疤子知道她的想法，同样会希望她试一试。

她说罗校长，等你有空的时候，来我家里坐坐好吗？这事情由你给他说，比我给他说管用。

纸钱烧完了，火光暗下去。罗传明那根发亮的脖子也跟着暗下去。

噗的一声，都暗下去了，包括脆弱的天光。

坟林黑森森的，显得特别深远。在这样的时候看它，你仿佛才知道半岛上曾经死过那么多人。

“好吧，我抽空来。”

沉默一阵之后，一个黑颜色的声音说。

罗传明果然来了。

那天夜里，他敲了罗疤子的家门，张云梅喊了声罗校长，罗疤子回头看他，惊慌得差点把碗勾到地上的情景，都没逃过罗传明的眼睛。但他装着没有注意到，张云梅请他进屋坐，他便进了屋。

罗疤子家的凳子，大多为向下弯曲的弓形，他坐在一张弯弓里，与罗疤子靠得很近。罗疤子身上积存的汗味，坚硬而强蛮地向他扑来，让他觉得呼吸艰难。十多年前发生过的事情，又回来了，像刚刚发生，正在发生。他感到自己的脖子在变细，变长，粗糙的、中间有一个活动按钮的铁环，正一圈一圈地将他的喉咙锁住。他不是来别人家做客，而是来接受批斗，接受苦刑。罗疤子是批斗他的主角，张云梅和罗杰，则是罗疤子的帮凶。

张云梅说：“杰娃，去给罗校长添碗饭。”又把脸朝向罗传明：“罗校长，我们不知道你要来呢，只炒了个土豆丝，你就随便吃点啊。”说罢哈哈一笑。

这笑声让罗传明的神经松弛下来，也让他回到现实中。他说不要不要，饭我是吃过的。

张云梅又吩咐罗杰：“去给罗校长倒杯水。”

罗杰去倒了杯水，恭恭敬敬地递到罗传明手里。

这恭敬的动作，让罗传明使劲睁了几下眼睛，进一步确认了这不是在罗疤子等人布设的刑场上。

张云梅也注意到了儿子的动作，心想，看来，他真的只有走罗传明的路了……

此前，张云梅已把去回龙中学读书的事，悄悄告诉了罗杰。听了母亲的话，罗杰老半天没有言语。去读书？他从来没有想过！从进化小学毕业已有好几年了，学过的知识，早就打包还给了老师，上中学去怎么个读法？加减乘除也差不多忘得干干净净，不被新同学耻笑？

罗杰害怕许多东西，其中就包括被人耻笑。从小到大，一个疯子姐姐陪伴在身边，他受到的耻笑够多的了。姐姐死后，他的心在河流上漂，那条河是后河，又不是后河，那条河上密布着漩涡，每一个漩涡，都是别人耻笑的嘴。姐姐活着被人耻笑，姐姐死了同样被人耻笑。

他突然对母亲说："妈，我怕。"

张云梅听儿子说出这样的话，心里真可以用肝肠寸断来形容。

她把儿子搂住，说："妈晓得你怕。你怕东娃。你读了书，像罗校长那样，就不怕东娃了。"

罗杰把目光投向屋外。那是黄昏，夜色野马群一样从远处奔踏而来。

罗杰的眼里尘土飞扬。

他想给母亲解释，说自己尽管害怕许多东西，却不怕东娃。但他知道解释不清，便懒得说话。

儿子越是这样，张云梅越是放心不下，越是想把他诱到学堂里去。

她说："你不是喜欢听那个老师弹琴吗？我问清了，那老师姓夏，你要是去学校读书，就能天天听夏老师弹琴，她还可以教你。"

罗杰望着母亲。他的眼睛放出光彩，他的眼睛把母亲的视线带走，带到因暮色的到来显得越发高远的天空。张云梅不知道儿子心里想什么，但她明白，在上学这件事上，儿子是同意了……

儿子同意，当父亲的同意吗？

罗传明进屋坐了足足两分钟，罗疤子还没说过一句话呢！

罗疤子不说话，罗传明就没有走进了罗疤子家的感觉。

他低头喝水。盅子沿口上的瓷已大半脱落，割得他的嘴唇没处放。

罗疤子终于说话了。罗疤子说："罗……校长，你当真吃过了？"

罗传明把瓷盅放在旁边的灶台上，说当真吃过了。停顿片刻，又说："老罗，我今天来，是想对你说声感谢的。那天，建放去食堂胡闹，半岛上就你家没去人。"

"老罗"这称呼，罗疤子从未享用过。开始那一瞬间，他简直弄不清罗传明是不是在叫他，是不是在跟他说话。当他明白罗传明的确是在跟他说话的时候，才感觉到别扭。"疤子"是他的耻辱，可"老罗"反而不如"疤子"来得亲切自然。这半岛上，有数百个"老罗"，却只有一个"疤子"。

他仿佛第一次明白了"疤子"的意义。

这可不仅仅是很坏的意义，尽管他再一次想起了"疤子"的来历，想起了那个星光如虫的夜晚。

他讪然地咧了咧嘴，出人意料地说："建放他不请我！"

一旁的张云梅气得直想跺脚。你就不能顺势说两句好听的？

罗传明倒没有想得更多。他毕竟比从外面嫁到半岛上来的张云梅更懂得半岛人。

他说："建放不请你，你照样是可以去的呀。我没听说过半岛人跟外人争架，还要人请。"

这几句话，戳到了罗疤子的痛处。

罗传明知道戳到了罗疤子的痛处。平日里，罗传明不跟半岛人接触，但并不等于说半岛人就不跟他接触，每天晚饭过后，罗传明都做出无所用心的样子，在校外的渠堰或田埂上转路，关于半岛上的事情，站下来跟他说话的人会告诉他，他偶然遇到的一条狗，同样会告诉他。真是这样的。有一天，他在稻田边碰到马呱呱家的狗，那条公狗体形硕大，毛色黧黑，长着一颗骄傲的头颅，平时是不大把人放在眼里的；对女人还温和些，要是碰见男人，它要么斜眼走开，要么朝你狂吠，你要是敢于对它做一个不礼貌的动作，它就后腿一蹬，猛扑过来。它根本不管你手里拿的是石块、弯刀还是铁锹。难怪半岛上那些爱说怪话的人断言：自从马呱呱的男人死后，那条狗就做了她的男人，所以它才嫉恨别的男人。以前罗传明好几次碰到这条狗，它都是斜眼走开的，它仿佛在轻蔑地说："你不是罗传明吗？不是半岛的叛徒吗？"这天罗传明碰到它，它却没有走开，而是夹着尾巴，忧郁地盯着罗传明看。罗传明立即猜想：马呱呱病了。果然，马呱呱病了。她顶着火红大太阳去灯笼坪割了两捆桦树回来，中了暑，发了痧，昏倒在路途中。罗传明把这事告诉了从那边走过来的桂秀英，桂秀英说真的吗？说黑儿，马嫂要是真的病了，你就带我去。它果然带着桂秀英走。走得并不远，就看见马呱呱倒在庄稼地里，两捆桦树压在她的身上。桂秀英往食指和中指间吐了口水，然后拧住马呱呱的脖子使劲揪，揪出两个乌溜溜的疙瘩，她才活过来。——罗传明就是这样，从人的嘴里，从狗的眼里，甚至从燕子的翅膀和青蛙的叫声里，去了解半岛。他不跟半岛人接触，但对半岛上发生的事情，比每一个半岛人都知道得多些。

他当然也知道罗疤子在建放的天井里承认自己是“脓包”。

此刻见罗疤子不说话，只咬腮帮，罗传明又跟了一句：“大人不去也就算了，罗杰怎么也不去?”

他抬头望着罗杰。罗杰一直站在他的身旁。

张云梅顺势说：“我杰娃就是不爱打打杀杀，他去学校，不像别人那样又是打鸟又是跟学生打架，他只去听那个姓夏的老师弹琴。”

罗传明对罗杰说：“既然你那么喜欢听夏老师弹琴，何不去学校读书啊?”

罗杰不回话，看着父亲。这是张云梅教过他的：当罗传明来的时候，不管罗传明说什么话，她和罗杰都不表态。他们把事情先定下来了，但把表态的权力留给罗疤子。

罗疤子迟迟不表态。

罗传明说：“我走了，耽搁你们吃饭呢。”

张云梅着了急，说罗校长你再坐一会儿哪，你是稀客，哪能屁股没坐热就走人的呢。

她端上碗，又说，我们吃我们的，你耽搁我们啥呢。

罗疤子也很着急。他对儿子的未来担忧，却从没想过让儿子去学校读书。现在罗传明提出来，他的面前像是突然打开了一扇窗子。只是，窗子外面的风景，并不美好，甚至很糟糕。

如果罗建放知道罗杰读书去了……

罗传明站起了身，朝门口走了几步，说：“马上就放暑假，秋季开学的时候，罗杰你就来上学吧。”

张云梅快速地扫了罗疤子一眼。罗疤子依然不吭声。张云梅无可奈何，只好把表态的权力也不给丈夫了，立即答应：“要得罗校长，承你关心啊。”

然而，当罗传明走到门口，罗疤子却从灶台上拿过一支手电筒，跟到门口去给罗传明照路。

罗传明说：“看得见看得见，老罗你回去吧。”

但罗疤子一直让手电筒亮着，虽然他知道手电筒的光亮根本就照不了那么远。

罗传明跨过渠堰，他才摁熄了。

突然涌到胸前的黑暗，重重地把罗疤子撞击了一下，使他有片刻的眩晕。

眩晕里带着比夜色还浓的悲哀。

渠堰那边的人，同样悲哀。

他之所以愿意到罗疤子家来，是有想法的。

践行对张云梅的许诺，可以说是并不太重要的想法。

他还有两个重要的想法。

一是看看罗疤子过得怎样了。他时常在外面碰见罗疤子，罗疤子过得怎样，从他的衣着和眼神就能看出来，可罗传明去过外地，关键是他读过书，一个读过书的人，太懂得人们是怎样掩饰自己的了。他不能只在外面看罗疤子过得怎样，还要到他家里去看。家里的陈设和气味不会骗他。哪怕你知道有客人来，把屋子收拾过了，那气味还是会冒出头，就像一个不敢见陌生人的孩子，在大人背后躲起来，可终归会把头伸过来瞄上一眼。何况罗疤子不知道他要来。张云梅虽然知道，但不知道他是今天晚上来。看罗疤子过得怎样又有什么意义呢？对别人没有意义，对罗传明的意义却是非同寻常的。他要除掉一块心病。

他的心病是怕罗疤子。

平时他很友善地跟罗疤子打招呼，做出很大度的样子，其实他是怕。

他本来知道罗疤子不值得怕了，可就是怕。

一个常年在打狗队工作的人，到某一天，换了别的工种，手里再没有打狗棒，但狗见到他，依然会四腿乱颤，呜呜哀鸣；一个干了若干年杀猪活儿的人，到某一天，手老了，再也举不动屠刀了，可不管他去哪家猪圈门前一站，圈里的大猪小猪，依然会满圈狂奔，尖声嘶叫。这类比很不妥当，却很能说明问题。罗传明自己就是这样类比的。狗和猪要想不再惧怕那个人，恐怕一辈子都做不到，但人可以做到。人懂得自己越怕谁，越要跟谁近距离接触，从中看出，那人也是有弱点的；还能看出，谁的手老了，心也老了。罗传明站在罗疤子家门口的那一瞬间，罗疤子差点把碗勾倒的动作，罗传明一下就看出他的心老了。紧接着，罗疤子家的陈设和气味扑进他的眼睛和鼻孔。那是几十年前的陈设。那是久未清洗的泡菜坛子的气味。而穿在罗传明身上的白衬衫，发出的是干净、柔和而厚实的气味。再接着，罗传明听罗疤子说话——在远处说话和在近处说话不一样，在外面说话和在家里说话，也不一样——立即就感觉到：这是一个潦倒的，而且还在继续潦倒下去的人。

他还值得怕吗？不值得了。

罗传明站在渠堰上，面朝下游河谷的方向，将憋了多年的一口气，像吐痰那样往外吐：

呸！呸！呸！……

他吐了很多声，却吐得并不十分畅快，因为他还有第二个重要的想法：他希望从罗疤子的嘴里听到一声“对不起”。理智上，他知道罗疤子带回的那些“外面的想法”，早就埋在了祖先的头骨里，可如果人世间只有理智，将是一个多么索然无味的人世间。罗传明不需要那样的人世间。既然事情是罗疤子他们做的，他们就应该对他说声“对不起”。哪怕这句话说得潦草些，含糊些。

这一点，罗传明没能如愿。自始至终。

人如果有两个想法，或者说两个愿望，其中任何一个得到了满足，也就该满足了。但这还是理智上的。人世间如果只有理智，不仅索然无味，还必定跟只有混乱和疯狂一样，令人恐怖。就像人世间如果只有真象而没有假象，不仅无趣，也必定和只有假象而没有真象一样可怕。

第十一章

27.“半人”

九月一日，秋季开学的第一天，罗杰进了回龙中学。

那一年，他十五岁多快满十六岁。

我十二岁那年，进入罗家坝半岛的回龙中学念书，并因此认识了一群巴人——这话我是早就说过的，我记得很清楚。我认识的第一个巴人，就是罗杰。

当然，那时候，我，还有我身边的所有人，包括罗杰自己，都不知道他是巴人。

报名的那天，我哥陪着我，我背着铺盖卷、一尺二宽的篾席和棕垫，哥背着我要交到食堂去的米。下了山，沿清溪河松软的沙地一路上行，十里之外便是回龙镇。此前，我走得最远的地界，就是回龙镇，而且最多走到上街的戏园——我去那里卖过一背篼谷糠。当兄弟俩穿过戏园继续向前，我突然产生了一种远行的感觉，一种离别亲人独闯世界的忧伤。位于中街的回龙镇中心校，既有小学部，也有初中部，我为什么不在中心校上学，非要跑到半岛上去呢？我承认，传说中的半岛，给了我极大的威压。我是一个胆小的人。走完上街，刚到猪牛市场，我就不愿意走了。哥说你怎么啦，我告诉他，我不想去回龙中学，我就想读中心校。哥把脸黑下来。油油的汗水从那张黑脸上跑过。“没出息！”哥说。哥那样子好像是气得要哭了。他脸上的汗水来得更多，跑得更快，自上而下地奔腾。那汗水成了我哥的嘴，帮助哥把他没力气说出的话说完。那些话是这样的：“你对得住我这一路的辛苦吗？你对得住我内心的那份骄傲吗？”

是的，我考进了回龙中学，哥是很骄傲的，我们那个村小，已多少年没人考进这所县重点了；因为我的缘故，我村小的老师在那架山上也成了明星，不管他走到哪里，大人小孩都认识他，都有人为他撵狗，并请他进屋坐。

哥生我的气，可他更心疼我。

他知道我心里想什么，因为他自己比我想得还多。

他说你是害怕半岛人吗。

我耷拉着眼皮，不作声。

哥伸出手，帮我抹脸上的汗。那双老茧重叠创痕累累的手，把我的脸割得火辣辣的。“不怕，”他自我安慰似的说，“半岛人再野蛮，还是人嘛，是人就会讲道理的嘛，你别去惹他们就是了。”

渡船在鸭嘴那边，我和哥虽没唤渡，但那沉默的老艄公见两人站在河滩，从行头上就知道一定是去半岛上学的，便把船推了过来。不能再犹豫了，也没什么可犹豫的，我跟在哥的后面，跨上了船。

桡片把水击碎。水破碎的声音是那样好听，人破碎的声音却不一定有那样好听。

我当时就在想象人破碎的声音会是什么样子。

前面说过，鸭嘴那边几乎算不上码头，陡直的坡岸，做出很不欢迎来客的样子。近岸的水里，长着一棵拳头粗的树，船尖为避免直接与岸坡相撞，往往先撞在那棵树上减缓速度，它年年月月地被水浸泡，天天被木船撞击，可它固执地活着。这些，都给我一种凌厉的印象。

好在半岛上的庄稼地，跟我老家的庄稼地发出同样的气息。

穿过半个半岛，进了学校的圆门，哥站在球场上彷徨四顾，不知道应该先去教学楼报名，还是先去宿舍把床位找好；而且，既不知道在教学楼的哪一层报名，也不知道宿舍在什么地方。哥把背篼放下来，揩一把汗水说："你在这儿等着，我先去教学楼看看。"

这时，从礼堂侧面的槐树丛中过来一个人。那人身上落满白色花絮。他走到我们身边，我哥问他："同学，你晓不晓得初一在哪里报名？"那人的头发乱成一团糟，像是被槐花那香死人的气味揉乱的，他边走路，边去踢球场上的瓷碴，瓷碴嵌得很平整，就像画在水泥地上，他踢不动，显出很不甘心的样子。听到我哥的话，他把头抬起来，望着我们。

"哪个班？"他问我。脸上毫无表情，像个大人那样成熟。

哥说二班。

“我们是一个班的，”他把脸转向我说，“走吧，我带你把寝室找到。”

我哥高兴地把背篼重新挎上肩，跟着他走。而我却注意到，这个人的前胸后背，包括头部，都是一半明一半暗，仿佛一把斧子从中间劈开，成两个“半人”。秋天的太阳照在他身上，可有一半太阳不起作用，阴沉沉的，像条隐藏起来的河流。我甚至注意到，他脸上也是有半边流汗，有半边不流。

这古怪的感觉让我对这个新同学心存戒备，而他却在以老练的腔调告诉我们一些事情，他说本来应该先报名，但事实上先占床位比什么都重要。平房外面有条阳沟，学生常往里面倒残汤剩水，臭得很；更臭的是高年级学生起夜时把尿也拉在里面，阳沟变成了尿槽，老远就能闻一股骚气，因而床位不能傍门，要傍窗子。窗子底下是农田，虽然农田里也淋粪，但沤过的粪水跟新鲜尿臭是不一样的，粪水跟泥土混合后，能叫人闻到庄稼的香味儿，新鲜尿臭除了臭，就不剩别的了。他这一番解说，让我哥特别兴奋，哥的肩膀早就被背绁勒肿了，过河的时候，他把背篼往船舷上搁，背绁却吃进肉里不愿出来，痛得他直龇牙，可这时候，他走起路来蹦蹦跳跳的，像打着空手，还不停地夸奖：“太好了，说得太好了。”其实那几句解说没好到那个份上去，凡有农村经验的人都知道，哥不该兴奋成这样。他是在讨好我的那个同学。哥想的是，既然是新生，为什么对回龙中学这么熟悉？证明他定是半岛人无疑。我哥怕他弟弟将来吃半岛人的亏，便希望尽快给弟弟找个“靠山”。

"你叫什么名字?"我哥问他。

那同学说，我叫罗杰。

哦，果然是个姓罗的。三河流域，姓罗的基本上都集中在罗家坝半岛。

我哥忙说:"我弟弟叫张明，你们今后就是兄弟啊。"

罗杰看我一眼，目光冷冰冰的。

刚走完空坝，跨上几级石阶，一股干干的臭气就细细密密地往鼻孔里扎。开学的第一天，平房外的阳沟里没有残汤剩水，想必也还没有人来得及往里面撒尿，却这么臭人，像那臭气也是学校的一员，一个假期过去了，它们也准时回到岗位上来了。

初一(二)班的宿舍在平房的中间位置。松木钉成的大铺，傍墙分成两排，中间是条过道，靠窗又横了一排，使寝室呈"Π"形。席子已铺了一半，但"Π"顶头上的那一横，还有位置。罗杰走过去，将一铺草席扯了一下，说，这是我的。我哥背篼也没放，从我肩上把东西取下来，傍罗杰的铺位，把棕垫和篾席放上去了。

哥说:"你是半岛人吧——也住校?"

"不想住家里。"罗杰含混地这么咕哝了一声，走了。我哥追到门口去向他道谢，他头也没回。

之后，哥领着我去保管室把米交给那个姓管的师傅，带着收条，去雀儿山的财务室买了饭菜票，然后又去教学楼报了名，就要回家。我把他送到圆门外。哥站在水渠堤埂上，嘱咐我好好读书，并且说，报名的时候，他从班主任官老师那里看了小升初的成绩表，我排在第二十八位，属中等偏下了。哥说你以前在村小躺着睡着都能排第一，现在突然就到二十八位了，还只是在二班呢，要是全年级排名，不知道是落到八十位还是九十位呢！哥说你以前见的是簸箕那么大个天，现在你见的天大了，天大有天大的好处，如果你是岩鹰，天越大你越欢实；可如果你是麻雀呢？

说到这里，哥盯住我的眼睛。我知道他要让我表态，我便点了点头。

这模棱两可的动作并不说明什么，但哥相信，我是准备做岩鹰的了。

他停顿片刻，又说到罗杰。他说你以前没看见过半岛人，今天看到了吧？半岛人就是罗杰那个样子，他们跟我们长得是一样的，不会啃你的生肉。哥笑了笑，是想让我放松。但我不能放松，我的眼前晃动着“半人”的形象。哥又接着说，我没看到罗杰的考分，但看罗杰那副做派，明显不是个认真读书的料，你呢，只有靠读书才能拱出穷山窝，你没有别的路，你只有这一条路，跟那些不认真的人，成绩差的人，不要走得太近；但罗杰你又不能得罪，他人不坏，他甚至是个好人，要不然他为什么把我们带到寝室去？你在心里跟他保持一般关系就行了，但表面上，要做出跟他很亲近的样子，该说好听的话，你尽管说，你就是嘴巴太笨了！

交代完这些，哥一只肩膀挎着空背篼，走上了回家的路。

我看着哥远去。当他远到成为一粒土疙瘩，远到虚空，我觉得，从此，我就是个背井离乡的人了。

罗杰这个“半人”形象并非我的幻觉，半岛人都是这么看他的——当然我知道这事的时候，已经过去好多年了。罗杰去罗传明掌管的学校读书，正如罗疤子事前所料，罗建放很看不起，而且将其视为一种真正意义上的挑衅行为。罗疤子不就是想让罗杰将来接罗传明的班吗？罗传明的那把椅子纵然是铁打的，可他总有老去的一天，死掉的一天，他老了死了，那把椅子就只能让给别人去坐。很可能，就让给罗杰坐了……那天，罗建放在学校食堂被放倒，而那些人是由罗传明招呼来的！校长并不算什么官，而且罗建放打心眼里也不把罗传明往篮子里搁，可他跟罗传明斗法，罗传明胜得却是那么轻而易举。罗传明无须亲自动手，罗建放就败了。等到未来的某一天，罗杰也做了校长，罗杰跟东娃斗法，罗杰也用不着亲自动手，自有人把东娃掀翻……

罗建放英明，罗疤子正是这样想的。

只是，罗疤子看到了未来的远景，却没把现实的作为当成对罗建放的挑衅。罗建放怎么老是觉得罗疤子在向他挑衅呢？在他看来，罗疤子放个屁，也大有深意。

其实不是这样的。

送儿子去罗传明的学校读书，罗疤子觉得屈辱。

那天罗传明成为他家的不速之客，本身就是羞他的脸；是他对不起罗传明，可这么多年来，他从没去罗传明家坐过，也没对他说声道歉之类的话——那天他把罗传明送到门口，本是很想对他说出那种话来的，可不知为什么，竟没有说，他看着罗传明逐渐远去，那句话却始终卡在他的喉咙里。他心里清楚，这次不说，就意味着永远也不可能说了。有些事情，哪怕是看上去极其简单的事情，错过一时，也就是错过一生。罗传明走进他的家门，跟他说的第一句话，是问他为什么不跟建放一起去闹食堂，这分明是揭他脸上的皮。罗传明想表达的意思，跟建放表达过的意思是一样的：罗疤子你不配做半岛人！只不过建放直截了当，罗传明却拐弯抹角。由此罗疤子得出一个结论：建放到底比罗传明可爱些，大老粗到底比读书人可爱些！罗传明不仅羞了他的脸，揭了他脸上的皮，还提出让罗杰去念书！这该怎么说呢？罗疤子的祖祖辈辈都没念过什么书，这绝不仅仅是家境不允。他们在长河一般的生存决战中，跟土地结成了牢不可破的联盟。书是竹简做的，绢帛做的，纸做的，不如土地可靠。罗传明是在贩卖他那并不可靠的衣钵。他没把他的衣钵贩卖给别人，专门贩卖给曾经狠狠地伤害过他，至今还健康活着的罗疤子的儿子，罗传明的心里难道没有什么特别的想法吗？

罗疤子觉得罗传明有想法，但他并没当场拒绝。

经过整整一个假期的犹豫，他最终也没有阻止儿子去进了罗传明的学。

那是因为，他想到了建放被踢被踩的情景，想到将来的某一天，他儿子也可以像罗传明那样招呼一大群人来。这不是挑衅，而是防御……

虽然罗建放也有了心思，可他的心思到底没有罗疤子重。他想不到罗疤子那么多、那么深。他只看到了罗疤子在向自己挑衅。可让他深为苦恼的是，他对罗疤子的这种挑衅行为毫无办法！如果罗疤子举着弯刀斧头堵到他的门前，那很好办，拿着木棒或铁锹应战就是了，或者像他一再表白的那样，引颈就戮就是了。这是以硬对硬的方式。但罗疤子没这样做，罗疤子走了另一条路：以软对硬。

这就需要罗建放以硬对软。

但他搜寻基因里的全部经验，也找不到以硬对软的办法。

其实，上古时期的巴人是有这种办法的。而今半岛人跳的摆手舞，那时候叫巴渝舞。巴渝舞“进退疾鹰鹞，龙战而豹起”，能达到“五声协，八音谐”的境界，并非古人比今人会跳，而是跳巴渝舞有特制的舞鞋，简单地说，就是鞋底前软后硬，这种设置成了他们性格的象征。大约五千年前，巴国的廪君族逆夷水而上，到达了一个名叫盐阳的地方。盐阳之得名，是因为盛产食盐。传说中，盐水女神控制着这块地盘，廪君率部到来后，盐神有意与他们共处，因为她爱上了廪君，她对这个伟岸的男人说：“此地广大，鱼盐所出，愿留共居。”廪君自然高兴，他跟盐神同床共枕，把盐神的头发从中间分开，用舌头去舐那道缝。然而，以高超技艺夺得王位，又以钢铁意志统领“巴郡南郡蛮”的廪君，不是按感情行事的。他不按感情行事，按计划行事。有天夜里，他边跟盐神做爱，边玩弄一把锋利的石刀。盐神看穿了他的企图，把石刀接过去，缱绻缠绵地跟他厮闹到天明；当第一缕天光照临大地的瞬间，盐神迅即化为虫子，她的属下也跟着幻化，诸虫群飞，掩蔽日光，天地晦暝。盐神想以这样的方式，让廪君和他的臣民枯死。廪君望着黑压压的天空，十余日不吃，不喝，不睡，终于，他找到了自己想要的那粒虫子。他是凭气味找到的。盐神的身上，有一股甘草的酸味。当那只漂亮的虫子从廪君头顶一跃而过，那股让他迷醉的甘草酸差点诱使他放弃计划。当然，他没有放弃，他紧紧盯住愈飞愈高的盐神，弯弓搭箭，以射石饮羽的膂力，毫不留情地杀死了她。盐神一死，她的属下也纷纷死去，虫子如同猛雨倾盆而下，顿时天地开明。从此，廪君独占了这片产盐圣地，之后以盐兴国，迅速壮大，让中原诸国刮目相看。

不知到了何年何月，由巴渝舞演变而来的摆手舞，着木屐铁掌而行，彻底抛弃了上古先人前软后硬的智慧，也彻底丧失了前软后硬或者软硬兼施的处事能力。

罗建放拿罗疤子没有办法，只好无奈地去找那些在关键时刻背叛了自己的人释放情绪。在罗疤子送儿子进回龙中学这个问题上，所有人的意见是一致的，都觉得即使算不上是对建放的挑衅，也是相当无聊的事情。你等着瞧吧，说不定罗疤子是在害自己的儿子。罗杰白天在学校读书，三顿饭在家里吃，晚上又睡在学校，给人的感觉，他行走在两条道上，怎么看都不完整。

“哎，那不过就是个半人，”他们蛮有把握地对罗建放说，“你担心个屎哇!”

28. 被围困的种子

罗杰在我们班年龄算第二大。最大的是个老右派的儿子，已有二十多岁。也只有他们俩没参加小升初的考试。那个老右派的儿子安分守己，来去无声，像不是他爸爸是右派，他才是右派。罗杰跟他完全相反，不管上哪门课，都特别爱举手发言。他的手臂不受控制，老师叫没叫举手，那只手都会突然一伸，像谁碰到了他身体上的某个发条。既然这样，老师只好停下来，问他有什么事。他什么事也没有，只东拉西扯地说些没人能听得明白的话。当时我们还以为罗杰比所有人都高明呢。

不过，第一次月考下来，他就现相了。他得了倒数第一。

老师喜欢发问的学生，但不受控制的发问，尤其是倒数第一的学生发问，就是另一回事了。

首先厌恶他的是班主任官老师。官老师教我们生物，有一天，他在黑板上画了一枝菊花，刚收笔，罗杰就举手了。官老师看见了那只手，但那只手在他眼里并不存在，他只管继续上课。他上课从头至尾都是声音，上句和下句之间，还有需要他思考的地方，都用“啊”填补上，比如他讲动物的运动：“如果你跟在水牛的后面，啊，看水牛慢步前进，啊，会发现它后脚往前踩的地方，啊，总是前脚的脚印。”他就是这样上课的，水都泼不进，别说罗杰的那只手。可罗杰心想不对啊，我分明举了手，他为什么不问我？于是越举越高。

这一天天气很坏，乌云密布，狂风大作，虽是下午三点左右，白昼就匆匆忙忙下班，把岗位交给黑夜了。罗杰那只高高举起的手，宽大的袖筒滑到肩部，土黄色的、藤条似的臂膀，像根雷达天线。

有人笑起来。更多的人笑起来。官老师变了脸色。他这时候变脸，是针对发笑的学生。

大家都懂得那意思，把笑憋住，做出认真听讲的样子。罗杰再一次被孤立。

他终于等不住官老师请，自己站了起来，说：“官老师，你少画了一片叶子。”

教室里哄堂大笑。

罗杰简直不知天高地厚，官老师怎么可能少画一片叶子？

在官老师很年轻的时候，犯过一个案子：造假币。现在的人造假币，用了一大堆的机器，而官老师和他的同伙，据说全凭手工，用梨木纸做，官老师的任务就是绘图。纸币上那么复杂的图案，他也能画得以假乱真，何况一枝菊花。而今的官老师不上五十，可头上的毛发差不多掉光了，凡知道他底细的人，都觉得那是他太聪明的缘故。聪明人不顶重发。他的聪明，在我们那一带是有口皆碑的，连我老家那些大字不识的山民，都知道半岛上的回龙中学有个官老师，整个三河流域的人，都对官老师带着几分敬意，尽管他坐过牢；他坐牢不是因为偷盗、抢劫、杀人或者强奸，而是造钱，造钱谁不想？对财产、金钱以及吃喝玩乐的共同喜好，使不同地位不同身份的人，有了相互沟通并建立友谊的可能，也让不同地位不同身份的人，认识到自己不是天生的卑鄙，也不是天生的高尚。那个造假币的团伙，官老师不是主犯，主犯被枪毙了，还有几人判了无期，官老师被判了几年，我不知道，他从监狱出来，又是怎样来半岛做了教师，我也不知道。

那天罗杰说官老师少画了一片叶子，把官老师的那声“啊”堵在喉咙里了。教室里亮着灯，灯光底下，我们看见官老师头上淡红色的反光，一轮一轮地向四面辐射。

在他就要发火的时候，一股大风吹来。玻璃窗是关上的，可槐树横逸的枝丫，扫得玻璃窗嚓嚓响。官老师斜眼看着罗杰说：“你没看见这么大的风啊？那片叶子被风吹掉了！”

谁都听得出来，这是在耻笑罗杰。

罗杰听出来了吗？不知道。他傻乎乎地做出若有所悟的表情，点点头，坐了下去。

别的老师不像官老师那样，罗杰举手的时候，他们依然会暂时停下来，但不一定请他站起来发问，只把夹在指缝间的粉笔，向下一倒，示意罗杰把手放下去，好像罗杰的手就是那支粉笔。

罗杰举手的时候越来越少了。

可他听课好像主要是为了举手发言的，不发言，课也就没必要听，坐在教室里，他把主要精力，用来看窗外树枝上的鸟，还把嘴撮起来，无声地模仿鸟的鸣叫；偶尔，他会把目光收回，但不是看黑板，而是看前排的女生，看她们穿什么衣服，编哪种辫子，头发是否干净，耳根是否洁白。

只有音乐课除外。夏老师从不制止罗杰举手。

夏老师不教弹琴，只教唱歌。那架脚踏风琴，是她教学生唱歌的工具。有一天，夏老师正准备教我们唱一首新歌，歌单都发到我们手上了，夏老师也弹开了过门儿，罗杰突然举手，说："夏老师，你教那首《蜗牛与黄鹂鸟》好吗？"那些来自镇上的同学拖腔拖调地"噢"了一声。他们读过幼儿班，在幼儿班就学过这首歌。可夏老师却说，好哇，我也喜欢这首歌。她说的是真话，给每一届新生，她或迟或早都要教这首歌。

夏老师又问罗杰："你为什么喜欢？"

罗杰说不上来。

夏老师并不为难他，又弹开了。弹的就是《蜗牛与黄鹂鸟》。她想先弹一遍，让大家听，但罗杰没让她弹完，又举手了。夏老师侧对着学生，看不见他举手，罗杰就喊："夏老师，你弹我唱好吗？"夏老师停下来，说："好，来吧！"她定了定神，弹过门儿，弹到该罗杰发声的时候，她将头使劲一点，罗杰会意，接了上去。

刚刚开口，我们就差点儿笑死了。

罗杰哪里是在唱歌，罗杰是在哭！不仅节奏慢了，还在歌词中加入了莫名其妙的衬词，“阿门哪——阿前呃——一棵呀——葡萄呵——树啊——！”

说他是在哭，可不是随便说的，那真是半岛丧歌的唱法。

然而，一首春意盎然阳光流泻的曲子，怎么会唱成丧歌的？

夏老师弹琴的手慢下来，慢下来，慢到在琴键上摸，终于摸也摸不动了，才站起了身。这时候，罗杰刚把第一句唱完。夏老师偏着头，弯着小指，在自己脑门心上抠：“不对不对，怎么会这样呢？”

罗杰咧了咧嘴，那样子是打算接着唱下去的，但夏老师说：“跟着我唱。”她把歌词拆开，两个字一组，教罗杰，可罗杰就是不能跟着她走，就是脱不出丧歌的味道。

后来发现，不管罗杰唱什么歌，都是这种味儿。他的歌喉有一条固定的航道，只要进入了那条航道，舢板也好，树叶也好，春天也好，秋天也好，都有统一的、万古不变的流向。说句良心话，那调子难听死了，却入骨，知道吗？入骨！那是一只柔软的动物，却有强大的意志，进入你的身体，就死了心往你骨头里挤。直到今天，我的体内还藏着那只动物。

夏老师对罗杰的调子并不欣赏，可她耐心地让他唱。

有一天，罗杰把一首歌唱完，夏老师走到他身边，摸了摸他乱糟糟的头发说：

“其实呀，你可以过得快乐一些。”

夏老师的话让人费解。

在我们看来，罗杰已经够快乐的了。

前面说过，他三顿饭都在家里吃，饭后回到学校来，嘴上都闪着亮光。那亮光不一定是油光，但至少表明他是吃得心满意足的。不像我们，听到下课铃响，就像听到空袭警报，拼了命往宿舍里冲，拿上碗，又拼了命往食堂里冲。跑得再快，也有比你更快的人，因此只能排长长的队伍，而那些高中生总是插队，你要是抱怨，他就对你横眉竖目，把空碗高高抡起，那碗是否砸向你，就看你敢不敢再抱怨一声。我现在想来，当初跑那么快干吗呢？饿当然是理由，可几个小时都忍过来了，再忍上一阵儿，不至于把人饿死的。这么说来，饿并不是全部理由。

我们对食物那么渴望，是因为它是生命中最初的渴望。

那时候，我这只蜗牛，心里的“葡萄”就是往食堂冲刺时耳边擦过的呼呼风声。风声止息，热汗长淌，送到我们碗里来的，是掌勺师傅抖了又抖的杂粮饭。我们交到保管室去的是净米，可吃到的常常是杂粮。菜基本上是汤煮，盛在大黄桶里，早就沤变了色。有时候吃面条，也是盛在大黄桶里，不是用筷子挑，而是用瓢舀，为舀起来方便，面条都是先揉成碎渣，煮出来类同糊糊。早晨的稀饭，同样盛在大黄桶里，多数时候，是用头天的剩饭熬成，冬天还行，要是夏季，随热气飘出的气味，跟我们寝室门外阳沟里的气味大同小异。学校大约每隔一个月卖一回肉，猪是我们打猪草养出来的，然后又把猪肉卖给我们，前提是你得有钱去买，否则就只能被裹挟在盐菜烧白迷人的香气里，苦闷地躲到一边去，把石子儿一样干硬的饭粒，伸长了脖子往肚里咽。

罗杰却没有这些体验。他过着正常人的生活。

能过正常生活的人，不仅应该是快乐的，简直可以称得上幸福了。

罗杰的幸福当然不限于嘴巴和胃。

上课时，老师对他举手视而不见，官老师还挖苦他，开始他装傻，后来傻也懒得装，很快适应了，比我们对季节的适应还要显得无形无迹。举不举手是我的事，理不理睬是你的事，他就是这么想的，他不在乎。他的成绩那么糟糕，同样不在乎——这是我最羡慕也最想学到的本事。我一辈子也没学到手。我哥已经给我挑明，我只有一条路，我在这条独路上行走，走到今天，走了几十年，脚上打起血泡，却依然没走出什么风景。而在罗杰的面前，我看不见路，似乎又隐藏着千万条路。

那时候，我们都还不明白，那千万条路是善良的人类学家指给他们的，很可能，他们真的是没有路，只能由人蜕变为猴子，可当时谁又知道这些呢?

我们同样不知道的是，罗杰记住了姐姐对他的告诫：如果有人叫你傻子，你就承认下来……他记住了，却并不想按姐姐的话实行。他不实行，是因为爱姐姐。别人叫姐姐疯子，姐姐承认了，但姐姐在不满二十岁的时候就死了。他不能这样，他要帮姐姐活下去，看住姐姐的河。于是，他尽量把自己弄成绝顶聪明的样子，结果自然是适得其反。他只能装傻。装傻并不是承认傻，他会以另外一种方式去证明自己，这一点我们以后会看到的。

但在当时，我们不知道这些，只看见周考、月考，一张接一张卷子做下来，罗杰都得班上倒数第一，他却总是乐呵呵的，他指着那些回答正确的题目对同桌说：“你看，这道题我都得分了!”

那副高兴劲儿，像捡到了金子。

——然而奇怪的是，那天夏老师叫他“可以过得快乐一些”，罗杰竟咧开嘴，抽泣起来了！

他抽泣的样子真难看，厚厚的嘴唇几乎占据了脸部一半的空间，眼泪像蛆虫那样往外滚，又被他吃进嘴里去。夏老师的眼圈也红了，夏老师说，别哭，我叫你快乐，你为什么反而哭了？罗杰听话地用袖管擦泪水，脸上横一道竖一道，沾着袖管上的脏物，然后新涌出的泪水又把脏物洗去。

这是一种伤透了心的哭法。

他多么希望把一首歌唱成歌的样子，有好多次，我都听见他独自哼唱《蜗牛与黄鹂鸟》，哼得嘴皮发干，正有那么点儿意思了，又转了调：丧歌的调子。他很沮丧，双手在胸前不停地挥动。

他对唱歌这么认真，是真正的傻。音乐是杂科，排除在中、高考科目之外，学生不重视，校方也不重视，要不是上面有规定，我想没有哪所学校愿意花时间开设音乐课，至少我们县是这样。罗杰不把主科当回事，却在杂科上用功夫，怎样向父母汇报成绩？难道他父母从不过问他的成绩？我家住那么远，我哥和我父亲都会利用赶场的机会，抽时间到半岛上来，第一句话就问最近是否考试过，然后是得了多少分，排了多少名，我是他们种在远地的庄稼，因为遥远，从播种到管理，都需要花费更多的力气，担更多的心思，因而不可能不指望收成。我的考分以及由考分指向的未来，就是他们的收成。比我住得更远的人，同样要受到家人的盘问。罗杰家离学校只有几分钟路程，他的一举一动，可说都在父母的眼皮底下，他父母怎么就对他放任自流？

尽管坝上农人常在校园里出入，但我见到罗杰家人的时候不多。确切地说，我只见过他父亲。那天比黄昏稍早的时候，吃过晚饭，我穿过操场，走出圆门到了校外。我很想去转转田埂，田埂上悄然生长的猪鼻孔草，我老家的山上到处都是，这种卑微的植物，总是不经意间就帮我唤回整个故乡。可我不敢跨过渠堰走到田埂上去，那是另一个世界，陌生，坚硬，带着不可理喻的传说。我便在渠堰上坐下来。刚坐下，就听见圆门内吵起来了。

其中一个是罗杰的声音。

我起身进去看，见罗杰在跟一个中年男人吵架，那人纤瘦的腰间捆着一根稻草绳。一看长相我就知道那是罗杰的父亲。父子俩是先就在操场上，还是我出来后他们再进去的，我没注意到。我也没听出他们为什么吵，只听出罗杰的口气比他父亲的还要蛮横，完全不像父子俩在吵架，而像两个成人在吵，这让我非常吃惊。像我这种人，从小就肩负着家庭的荣誉，看来罗杰也是，区别在于我们处在不同的层面。我走着单纯的路，除了读书，还是读书，因此可以从头至尾地把自己当成孩子，而他，还是个孩子的时候，就在担当成人间琐屑而复杂的关系了。

这，大概就是他听了夏老师的话抑制不住抽泣的原因吧？

时隔多年，我独自去西北旅行，在某个阴沉沉的天气里，走到了塔里木河岸边。事实上称不上岸，干旱在持续，塔里木河小得像一条溪沟，脱掉鞋子，连裤腿也不必挽起来，就能踏水过河。两边瘠薄的土地，张着大口等待洪水的来临。风吹过，带着沙漠的气息。我在风里看到了一粒胡杨树的种子。周围没有一棵胡杨树，这粒种子，很明显来自遥远的地方。是基因告诉它，这里有一条河，这条河能够给予它滋养，让它像祖辈父辈一样，长成一棵树。遗憾的是，它看到的是可怕的干旱。陷落的河床，警告它这里没有什么地下水，如果它继续在这里逗留，只有死路一条。它疲惫地四处张望，然后又随风起程。它的下一站将去哪里，我不知道，我只是想，旱象纵横千里，那粒种子，终其一生，恐怕也没有机会长成一棵树了。

可那时候我没有去过塔里木河，也不懂得世界对一粒种子的围困，会是多么不留情面。

29. 山上山下

我哥告诉我，对罗杰要心里远离，表面亲近。前一条我做到了，后一条却没有做到。我无法跟他亲近得起来。我甚至后悔挨着他睡觉。他睡觉有个毛病，磨牙，磨得嘎吱嘎吱响，像嚼骨头。

但跟他别的毛病比起来，磨牙就算不上什么了。

我们那时候晚上九点下自习课，半小时后熄灯就寝。同学们都是踩着钟声度日，响熄灯铃之前，必然都上了厕所，洗了脸脚，躺到床上去了。可罗杰总是铃响之后才做那些事。此前，他像个老头子似的抄着手，找这个说几句，又找那个说几句，还串到别的寝室，跟那些高年级同学神吹鬼聊。刚入学的时候，他除了上课喜欢举手发言，下课后话很少，现在倒了过来。直到铃响了，没人理他了，他才想起自己在黑暗之中的位置，也才去做一应准备工作。

他先是解手，如果只拉尿，就懒得去平房东边的厕所，站在阳沟边上，拉得哗哗响。这是高中生的特权，那些家伙只许州官放火，不许百姓点灯，要是发现初中的“小崽儿”(这是他们对我们的称呼)也敢往阳沟里撒尿，揍一顿是轻的，最害怕的是挨了一顿揍，还逼你像青蛙似的四肢着地，伏到沟里去喝。整个初中年级，只有罗杰才敢这么做。他跟那些高中生早就混熟了。解了手，再洗脚，阳沟外有几个水龙头，他趿着半边拖鞋，开足了水往脚上冲，热天冬天都如此，手是绝对不会动一下的。他感觉冲舒服了，就进寝室来，嗒，嗒，嗒，好像生怕走路的声音太轻，弄不醒那些头一挨枕就呼呼睡过去的人。那脚上还是水淋淋的，他就跨上床。我们的头都是顶着墙壁，许多时候，他都踩到我的脚。我知道他是故意的，他是要在我的被子上把脚擦干。有时候并没有擦干，就把脚提起来，往自己铺位上跨，几粒水珠，就从他脚上甩到我脸上来了。

我很生气，但是我从没表露过。我说不清这是因为我内向的性格，还是因为怯懦。或许，怯懦的成分更重些。罗杰，不仅是一个半岛人，还是一个把什么歌都唱成丧歌的半岛人。尽管他没有明明白白地欺负过谁，可我老是觉得，他是个不扛枪的土匪，说不定什么时候，他就会把枪重新扛上肩。我怕他，别的同学也怕他，我睡罗杰的左边，睡在他右边的人叫孙亚光，他甩在孙亚光脸上的脏水，并不比我少，但孙亚光也从没表露过。

我想罗杰在家里也一样是讨人厌的，他曾说他之所以不在家里住，是不想在家里住，很可能说了谎话。是家人把他赶出来的。从他父亲捆在腰间的稻草绳，看出他的家境并不宽裕，即便这样，家里也宁愿给学校交一笔住宿费，把他撵出来。一定是这样的。

那天，他跟他父亲争吵的时候，口气粗暴而蛮横，但最终，是父亲的一记耳光把他的蛮横打了回去。那记耳光像清脆的枪声，片刻的沉寂之后，半岛深处有了回响。回响聚成一团，我知道这是打中了。我老家的猎人，就是凭枪声的回响来判断是否击中了猎物，回响散淡，证明放了空枪，如果回响如凝聚起来的火光，猎人必然兴奋地钻入密林，去把血淋淋的猎物收入袋中。那天罗杰也出了血，他是半个小时后才进教室的，虽依旧是乐呵呵的样子，但我看得很清楚，他鼻孔的边缘还有没收拾干净的血珠。

当时我很有些同情他，其实真没这个必要。他做的事越来越恶劣了，有天夜里，不仅把水珠甩到我脸上，脚板还从我脸上擦过，擦得很重，我感觉再重一点儿，就会把我的鼻子踢掉。

我说罗杰，你他妈的太过分了！

这几乎是一声呐喊，把我蓄积了多日的怒气，都发泄了出来。

寝室里的同学一定都格外吃惊。开始有好些人在说话，这时候静得隔壁有人放屁都听得见。

此刻我才意识到，平时，如果罗杰不主动找谁搭腔，就没有谁跟他搭腔。大家都在远离罗杰，远离这个我们班——很可能是全校——唯一的半岛人。

然而，同学们现在的沉默，无疑是单独地将我推到了与罗杰对立的地位，并希望借此摸摸罗杰的底细。这种沉默是可耻的。我有些后怕，心空空地跳着。

罗杰站着没动。月光从窗口照进来，但只照到了寝室中央，站着的罗杰，呈一团弯曲的黑影。感觉相当漫长的时间过去，他窸窸窣窣地钻进了自己的被窝。热得发烫的呼吸在我耳边吹拂。

每人占据一尺二宽的空间，再加上被子，挤得翻个身也很困难，罗杰的嘴几乎就贴着我的耳朵，我觉得他随时都可能把我的耳朵咬下来，磨他的牙。

但他没这样做，也没说任何一句话。直到第二天早上，起床铃响了，灯也亮了，他才一把将我抓起来，大声说：“你可以骂我，不要把我妈也搭进来！”

那几根黑黢黢的手指，钢筋铁骨一般有力。

但他说了那句话，就把手指松开，默默地下了床。

可能恰恰因为这样，让我觉得，自己的身边，竟然有一个仇人了。

每每想到这一点，就让我非常难受。

我在找机会向罗杰道歉，但这样的机会总也没有到来。不是没办法跟他单独相处，是我自己在回避，好多次，道歉的言辞已爬上喉咙，可突然间砰的一声，某扇门关了，那些言辞又灰溜溜地缩回去了。这极大地影响了我的心情，连成绩也开始下降。自从来到半岛，我的成绩稳步上升，已经由初来时的二十八名，上到了十一名，我的目标，可不是十名九名，而是前三名。可那天夜里和次日早上发生的事情，让我老是不能把注意力集中到学习上去。

我觉得，罗杰肯定还要向我报复。我骂了他，他不可能只是抓我一把了事。

我胆战心惊地等着这一天。

人往往如此，担心什么，偏偏就朝担心的路上走。

这天吃过午饭，我独自上了雀儿山。我哥嘱咐我不要随便走出校门，然而，我老是想往校门外跑。我也不知道这是为什么。由于山形，不上到雀儿山顶端，就看不到山顶上的景象，可真的上去了，一些想回避的事情，就再也没有回避的机会。我看见一男一女坐在青石板上！虽然只是从衣服的颜色分辨出了性别，并没看清是谁就低下了眼睛，但我知道，这一定是学生。坝上农人是不会这么坐着的，他们上来，就是劳动，偶尔，男人会坐下来抽支烟，女人却从头至尾都握着锄把，或者蹲在田间拔草。一男一女的学生上来，大都是谈恋爱。尽管学校三令五申，说发现一对，开除一对，但青春的冲动比学校的命令锐利得多；人们描述青春，不知是出于习惯，还是故意蒙蔽真相，常常将它说成是鲜花盛开的原野，年轻的腿在原野上自由奔跑，还一路洒下银铃般的笑声，其实，青春更多的是阴雨霏霏，是孤寂和苦恼，到了某一个时刻，孤寂和苦恼会凝为利器，伤人或者自伤。“小崽儿”们在雀儿山上遇到这种事，是相当危险的，那对男女害怕你去学校告发，很可能将你暴打一顿，先灭了你告发的勇气。我没准备告发，但也防备着挨打，于是转身就往山下跑。

没跑两步，女的叫我了：“张明！”

我停了步。是被吓住的。

女的又说话了：“过来坐一会儿啊，为什么跑啊？”

不对，这个人怎么像是夏老师？

我慢慢转过头。果然是夏老师。夏老师跟罗杰在一起！

夏老师朝我笑，我只好迎着她的笑，走到离他们两三米远的地方，坐在草丛中。

他们显然已经上来一阵了，正谈论一个话题，现在又接着往下谈。

夏老师对罗杰说："我真不知道。我要是知道，你专门为这事追上来问我，我怎么可能不告诉你？"

夏老师的脸上，满是慈爱和怜悯。

罗杰却是板着面孔的，罗杰说："可是……"

"你别可是了，"夏老师轻柔地打断他，"你就是固执。你问过苟老师没有？"

苟老师是我们的语文老师。

罗杰摇摇头："他不可能知道。别的任何人都不可能知道。除了你。"

夏老师似笑非笑，无奈地翻一下眼睛，又咬咬嘴唇，"天啦，"她说，"这个问题真的那么重要吗？"

"重要。重要得很。"

罗杰语音低沉，可我感觉到，他每吐出一个字，地皮都在颤动。

夏老师也感觉到了，罗杰所谓的"重要"，不是随便说的。她不再笑了，很严肃，也很愧疚。

"我让你失望了。"她说。

罗杰双手抱住膝头。他那双手筋脉如根。

夏老师的愧疚在增加，可她实在无力让罗杰满意，只好求救于我。她说张明你知道吗，罗杰问"巴盐"是什么意思。大巴山的巴，盐巴的盐。

如果我知道就好了，我知道，就能跟罗杰和解。但我听都没听说过。

罗杰的眼睛根本就没朝我看一眼。

夏老师沉默了片刻，站起身说：“我下午第一节有课，先回去准备一下。你们俩再坐一会儿吧，也别坐得太久，时间不多了。”

她走了。我的心直往上提，也想跟着她走。我不能跟罗杰单独待在一起，尤其是在这山上。

但在我慌乱得失去主张，不知道是走还是留的时候，罗杰已起身下山。他嘴里咕哝着：

“她分明知道……她就是不告诉我……”

罗杰的身上，明暗分割。

我不知道他在想什么。我理解不了这个“半人”。

这件事情过后，我觉得夏老师对罗杰没有以前那样亲切了。并不是她有意疏远罗杰，而是她作为教师，回答不了学生提出的问题，心里很不是滋味儿。与其说她在疏远罗杰，不如说是自我疏远。她肯定问过苟老师和别的老师，可没有一个人知道答案。有一天，我还看见夏老师进了图书室。回龙中学的图书室，在教学楼至西厕之间，槐树林道的外侧，比林道低矮，小小的一间木房，被常春藤覆盖，外面看上去很美，里面却发霉，书架发霉，书也发霉，那个守在门口的老年管理员，也给人霉斑累累的印象。书不过百册，且都是由上面圈定的中学教辅材料，夏老师能查到什么呢？

“巴盐”，这最古老的保鲜物，蒙上尘垢，埋在了历史的深处，埋在夏老师不知道的角落。

夏老师越是疏远罗杰，罗杰越是对她产生了连骨带血的依赖。

那时候，我们周末要去铜坎洞对面的后河洗衣服，罗杰不洗衣服，可他也常常跟我们去。他说：“我去泅水。”其实不是他自己想泅水，他是想看女生泅水。泅水的意思，在这里不是浮水过河，而是洗澡。那时候没有学生澡堂，也不为学生提供热水，学生身上长满甲垢，只有天暖时下河清理。若是第一次下河，每人手里都拿着一块石片子，在身上刮。男学生在下游刮，女学生在上游刮，我们能隐约看见她们露出水面的白肉，当然，刮过后是红肉；也能隐约听见彼此刮身体的声音，噗，噗，噗，节奏均匀，充满质感。男学生总是很沉默的，女学生却又说又笑，还泼水嬉戏。罗杰就喜欢听她们在水里的声音，喜欢看她们嬉戏的样子。他独自蹲在浅滩上，脖子僵硬，眼里的痛苦，像要让河水燃烧起来。——但有时候，他不会那么蹲着，而是爬上笔立的巨石，往河里扎猛子。

这是有夏老师在的时候。

夏老师是唯一下河"泅水"的女教师。

如果她下河，便总是混到那一群女学生中间。

罗杰扎猛子的那块巨石，至少有两丈高，下面的水却不深，能清楚地看见水底下被淤泥包裹起来的卵石；更可怕的是，那片水域只有几平方米，四周被削尖的千层石围堵，类同小小的池子，罗杰稍有偏差，就会脑浆迸裂，粉身碎骨。

可他就像被操纵的木偶，跳了一次又跳一次。

直到把自己甩打得精疲力竭。

上游依旧是欢声笑语。

混在女学生中间的夏老师，看见他了吗？

第十二章

30. “奴里”事件

秋季快过完的某一天下午，官老师让我和另外几个同学去镇上背机子。

所谓背机子，是背电影机子，证明今晚要放电影了！

学校放电影，都是请镇上的放映队。

把机子装进花篮里，我们都脱下外套把花篮盖住。任何一个来镇上背放映机的学生，都会这样做的。这是不想让更多的人知道学校要放电影。镇上人得到消息，会尾随而至，连那些乡间来赶场的，也会跟过来，看完电影再回家。我们不想让他们知道，并不是害怕他们挤了位置，我们的位置老被半岛人挤，但再怎么挤，那么大个操坝，坐的地方总是有的，只不过是位置的好坏而已。

电影是好东西，我们真正的心思，是不想把好东西让别人分享。

看吧，我们在学校里学知识，学做人，可最终我们学会了这个。

回到学校，天色还很明亮。我们把机子背进校长办公室，罗传明和体育老师在一起，他对体育老师说："去把线画上。"每次看电影，都由体育老师用石灰把各班级的区域画出来，但这几乎只是象征性的，尽管学生们把凳子放进各自的区域内，半岛人也会插进来。体育老师把头伸向窗外望了一眼，对校长说："等一会儿吧，杨主任他们还在打球呢。"罗传明没言声，我们几个也吃饭去了。

食堂里冷冷清清的。饭还热着，盛在大黄桶里的菜却已凉透。享受了去镇上转一趟的美事，吃这种残汤剩水也就怨不得谁了。我打好饭菜，端着碗去了操场。杨主任他们还在打球，围观者甚众。绝大多数围观者，不是看打球，也不是看杨主任，而是看夏老师的。夏老师也在场上。她穿着月白衬衫和鲜红的短裤，跟杨主任联手，两人一组打半场球。杨主任分明有绝佳的上篮机会，偏不上篮，而是把球传给夏老师。夏老师的头发飘扬起来，脸上像有火苗在薄薄的皮肤底下蹿动。她每一次上篮，不管进没进，杨主任都要叫一声："好样的！"

——看样子，高年级男生的传言，并非空穴来风。

他们说，杨主任对夏老师"有意思"，夏老师对杨主任也"有意思"。

这怎么可能呢？杨主任家住清溪河下游，早有老婆孩子。夏老师分明知道杨主任有老婆孩子，怎么还会对他有意思？何况杨主任是那样邋遢的一个人！他喜欢打篮球，尽管球技臭得没法说。球技臭也没关系，主要是他在球场上太没收拾了，有时候裤门的纽扣都扣错位，同学们都看见的。

不过今天的杨主任倒是收拾得很齐整，穿着蓝背心和运动裤。那时候的运动裤也就是秋裤，天青色，裤缝一条白杠。他把球传给夏老师的时候，显得特别的绅士。可能是过于绅士了，球传得很软，其中有一个球，还没跑到夏老师怀里，就被对手打了出去。

球撞在罗杰的身上。罗杰把球拿住，杨主任站到边线外，向他伸过手。

但罗杰没有把球扔给他。罗杰抱着球跑进场子里，双手递给了夏老师。

一阵哄笑。连夏老师也感到有些莫名其妙，迟疑地把球接过来。

杨主任说："嘿！"

他朝罗杰使劲剜了两眼，夏老师把球扔给他，他还停顿了几秒钟，才把球发进去。

罗杰对别人的哄笑和杨主任的那声"嘿"，充耳不闻。他只是看着夏老师。

他的那双眼睛，像两只宠物一样，跟着夏老师蹦蹦跳跳……

体育老师不急着画线，本意是不让半岛人提前知道放电影的消息，可杨主任他们还没从球场上下来，半岛人就来了。你听过洪水到来的声音吗？半岛人集体行走的声音，就与那声音没有区别，他们走得并不急，脚步声在土路上也碰不出多大声响，可就是让人听到洪水的声音。

事已至此，体育老师再去画线已来不及，于是拿一把哨子，不停地吹，让各班赶快到操场，按以前习惯的位置坐。往常，我们坐好了半岛人也又挤又抢，别说今天了。大家只好混坐在一起。老师们都有怨色，只有罗传明和杨主任表现出一副很安然的样子。罗传明毕竟是半岛人，奇怪的是杨主任，汗水让背心湿漉漉地紧贴在身上，秋裤的颜色也变得更深，他却不赶快回去换洗，而是斜着脸，歪着嘴，跟几个抢了我们位置的半岛人打招呼，开玩笑。

那天晚上看的是印度电影《奴里》。

现在让我来回忆，我只记得那首歌："来啊，来满足我的渴望！晚风吹来你的芬芳，花儿盛开如同见着你。来啊，让我们融成一体！哦，奴里，奴里！"对完整的剧情，是读大学之后才知道的，因为那天夜里看到财主巴希尔强奸奴里的时候，电影就终止了。奴里被巴希尔压在身下，奴里的手指与巴希尔的交缠在一起，开始，奴里的手指强劲有力，可慢慢软下来，软下来，像跟随时光蔫去的花朵。电影里没有对白，音乐很轻，操场上的观众，被镜头牵引。可突然，一个人高叫起来：

"流氓！学校放流氓电影！"

这就像引爆了一枚炸弹。

校长罗传明坐在放映员旁边，此刻他站起身，脸色被强光照得煞白，脖子尽量勾出去，寻找那个在暗处高叫的人。他终于找到了，因为那人也站着。

他说："建放，你乱嚷啥呀。"

罗传明的声音毫无底气。看来他也是觉得电影里的镜头过分了些。

可镜头还在走，嘶嘶有声。依然是一只白嫩嫩的手，一只毛茸茸的手。

那名叫建放的人，嚷得更加响亮，快要撑破喉咙了：“回龙中学就是想教出一群流氓！难怪我雀儿山上的菜地经常被那些发了情的狗搞得稀烂！”

他显得那样激动，不停地挥舞双手，而且弯下腰，抠出土块，朝银幕上扔。

银幕动荡起来。巴希尔和奴里都动荡起来。终于，这两人也被建放吓跑了。银幕上一片空白。

大灯亮了，罗传明接过话筒，宣布电影到此为止。

骂。到处都在骂。半岛人骂，学生也骂。

学生悄悄地骂，半岛人却骂得肆无忌惮，说建放啊建放，你今晚上是遭狗 × 癫了吗！

那年月，能在电影里看个亲嘴儿的镜头，也是生活中的一件大事。

但半岛人谁不知道建放那次在食堂吃了罗传明的亏？他肯定一直在寻找机会给罗传明难堪。

这么一想，对建放的癫狂也就能理解了，骂他并非真骂，骂那么两声，就呵呵呵地笑开了。

别人还在笑，建放就离开了。他是第一个离开的。他自己端了凳子来，可他连凳子也忘记带走，就跌跌撞撞地冲出了圆门。

他走后，一个女人喊：“东娃，把你爸爸的凳子带回去。”

一个看上去比罗杰矮却壮实得多的少年，走到那女人身边，脚尖一勾，将凳子颠簸起来，再送出一只肩膀，稳稳实实地用肩膀把凳子接住，走了。

半岛人陆陆续续地走了。

走在最后的是罗杰的父亲，罗疤子。罗疤子像是害了胃痛，捂着肚子，罗杰的母亲扶着他。

那是我第一次看见罗杰的母亲。

操场上一片狼藉。更确切地说是破败。并非损坏了什么东西，是一种气氛的破败。

时间还早着呢。我们都丧气地回到了教室。学校仿佛死去了一般。

不到十分钟，广播响了。广播里传出罗传明的声音。他让同学们去礼堂看电视。

教学楼里发出欢呼声。死去的又活过来了。

罗传明经常被学生讥笑，不仅给他起了“龟头”的外号，还说他“没水平”，其实现在想来，他是一个难得的开明的校长，他懂得今晚让学生上自习课，肯定收不了心，不如看电视换换脑筋。

我从来没看过电视，压根儿就不知道电视是什么玩意儿，还以为是接着看电影，谁知摆在礼堂主席台上的，只是巴掌那么大的一个灰色匣子。我坐在最后面，既看不清人影，也听不清声音，就在后门边或坐或站或走。我就这样坏了事。我踩到了一个人的脚。那时候我低着头，当我把头抬起来，顿时酥了骨头。那让人陷入刀丛的眼光，我一下就认出是个半岛人。再一看，就认出是东娃了。东娃我今晚见过，以前也见过，他来学校打鸟，能用催逼似的鸟叫声把它们的同伴从林子里逗引出来；此外他偶尔还到男生宿舍外面提潲水桶——半岛人每天早上把桶放到学生宿舍外面，接我们倒下的剩饭剩菜，傍晚提回去喂猪；不知是谁定下的规矩，每户提一只桶来，像占摊点一样，放在固定的位置；在东娃家，多数时候，放桶和收桶都是他父母在做，但偶尔他也会来一趟。

这东西，他分明掮着凳子回家去了，什么时候又回到了学校？

我刚认清了他，他就一把揪住了我。我发育很早，那时候的个头，就跟现在差不多了，可他刚刚把我粘住，我就倒下了。他骑在我身上，从腰间摸出一把弹枪，朝我身上抽。

抽了两三下，罗杰进来了。他是出门拉尿回来。

那时候，我的后悔才深入骨髓。我真不该跟罗杰结怨。他差点踢掉了我的鼻子，但有一次他差点踢瞎了孙亚光的眼睛，孙亚光也像什么事没有，我为什么就忍不住要骂他呢？

我以为他会视而不见地走过去，甚至帮助东娃揍我。

可他站住了，说："东娃，别打他行吗？他是我同学。"

东娃站起身，一只脚踏在我的屁股上，舞动着弹枪问：

"你是在向我求情吗？"

罗杰说是，我向你求情。

东娃慢条斯理地把弹枪别进腰间。他的腰间拴着一根鸡肠带，他就把弹枪卡进鸡肠带里，说："只是一句话？"罗杰还没反应过来，东娃一耳光扇过去，手掌和脸颊相撞的声音，像抽鞭子。

罗杰的脸朝礼堂门外的方向转了半圈，又弹回来。

"龙生龙凤生凤，老鼠生儿打地洞，"东娃快速地说，"你跟你爹一个样，真不配做半岛人！"

他的意思是，半岛人跟外人斗，历来都是互相帮衬的，从来没有过替外人求情的事。

罗杰的嘴角流出几滴血，但他没还手，他只是对东娃说："你出来。"

他自己先出去了。

东娃愣了片刻，在我屁股上使劲一溜，也出去了。

外面黑洞洞的。两个人的背影黑洞洞的。

31．天鹅蛋

那天夜里，罗杰没回寝室睡觉。电视放结束，已是十一点过，天气格外冷，夜风吹过，木叶飘零，半岛萧索。从礼堂出来，同学们哈着白气回到寝室，既不洗脸也不洗脚，就用被子把自己从上到下地裹起来。如果不是因为被子的颜色五花八门，从昏黄的灯光里望过来，猛然间还以为是进了太平间。由于时间晚，寝室灯也比往天熄得快，从开灯到熄灯，只有十五分钟。在这十五分钟里，我没有上床，一直站在门口磨蹭，看罗杰是否回来。

熄灯之后，我没有理由不上床了，因为班主任守着我们。我爬上去，伸手摸了一下罗杰的铺位。

草席冰凉。从没叠过、像挨过骂的狗那般缩在墙角的被子，同样冰凉。

寝室安静下来，班主任就要离开了，我终于叫了一声："官老师。"

官老师把身子转过来："啥事？"

"罗杰还没回来。"

他没回话，走了。

是呀，罗杰没回来有什么奇怪的呢，这不是第一次了。每隔那么几天，他就要在夜里从寝室消失一次。官老师问过他几回，罗杰都说，他回家睡了，以后官老师就没再问过。对官老师来说，罗杰完全是个可有可无的学生；再说他离家那么近，回去的路上也不会出什么事。

可是今晚不同。不同之处，别人不知道，我知道。

我应该早对班主任说明。

大家都没睡着。冰凉的脚暖过来之前，是没法入睡的。大约过了十来分钟，安安静静的寝室又有了说话声，一人起头，众人应和。先说的是电影《奴里》。大家都在同情奴里的不幸，诅咒巴希尔这个恶棍，因为我们知道，强奸是不对的，政治老师也告诉我们，强奸和抢劫，都要判重罪；然而，在青春的幻影里，同情和诅咒显得那样稀薄和无力，相反，那只白嫩嫩的手和那只毛茸茸的手，却清晰无比，挥之不去。只是这幻影只能映照在自己看得见的背景上，不可能拿出来说。于是，诅咒了巴希尔，又议论那个名叫建放的人。对那个人，大家虽然多次见他把潲水桶提来又收走，但那是个怎样的人，却一无所知，这时候，对他所谓的发情的狗把他菜地搞得稀烂的话题，觉得特别新鲜。可作为初一学生，这话题毕竟过于生猛了，说那么几句，也就没人说了。但都还兴奋着呢，不再说一会儿，眼睛都不想闭。那就说后来看的电视吧。那电视里有个漂亮的女主角，漂亮的女主角长着两个漂亮的酒窝。同学们就说那一对酒窝。

谁也没想到，那个已有二十多岁的老右派的儿子，平时不开腔不出气，开始同学们议论得那么闹热，他也跟我一样，一言未发，说到电视里那个女主角的时候，他却连声叹息：

“唉，那两个酒窝！唉，那两个酒窝！”

门口出现了一个黑影。

我以为是罗杰呢，可那黑影头上亮晃晃地反射着远处的路灯，我知道不是罗杰，是班主任。他杀回马枪了。

大家都看到了那个黑影，都把嘴闭上，只有老右派的儿子醉了酒似的呓语：“唉，酒窝……”

班主任走到他脚头，像讲课那样说：“你的毛病已经很深沉了，啊，很深沉了。”

老右派的儿子吓得一抖。整个床架都闪了一下。

这下完了，那家伙肯定要去操场罚站了。这是老师惩罚我们的惯用手段，热天也好，冬天也好，只要熄灯后还说话，就抓到操场上罚站，老师自己则回去备课，备到深夜甚至凌晨，才来到操场，轻言细语地把你教育一通，再让你去睡觉；偶尔，他们会忘记操场上还站着人，遇到这种事，可就悲惨了。班主任今天却没让他去操场，说了那句“很深沉”的话，就离开了。

我应该把他叫住，或者追出去对他说明罗杰没回寝室的实情，可我没这样做。

那一夜，我似睡非睡，噩梦相续，每一个梦里，都有一滴血朝我溅过来；那滴血并没溅到我身上，它只是在我面前停住，小鸟那样喳喳叫。我想这定是罗杰的血，这滴血来通知我，它的主人已被东娃打死了。而它主人之所以死，都是因为我。

我本以为东娃比罗杰矮，事实上他们差不多高，只是罗杰瘦，东娃壮。罗杰肯定不是东娃的对手。

他们走向黑暗的时候，我就看出了这一点，然而我并没有追出去帮助罗杰。

我连朝黑暗深处望一眼的胆量也没有。

我怀疑我的身体里根本就没有那个名叫胆量的东西存在。

这么说来，我是一个残疾人。意识到自己是一个表面看去什么也不缺的残疾人，曾给我带来很深的创伤，以至于多年以后，我还常常做白日梦。我梦见自己武功高强，豪气冲天，我跟一群相识和不相识的人行进在荒凉的地界上，遭遇了一伙歹人，我独自冲上前去，把这伙歹人消灭了。很畅快又很残忍地消灭了。由于此，我受到了同行者的赞美，他们向我竖起大拇指，说我是英雄……

第二天的早自习和前两节正课，罗杰都没有来。罗杰那个位置空着，班主任看见了，科任老师也看见了，但谁也没有问一声。看来，他们已经把这个学生放弃了。这个学生不仅成绩糟糕，还搅扰课堂秩序，先是胡乱举手，胡乱发言，后来有好几次，他在课堂上突然大叫大嚷，说他背痛。上课的老师立即安排学生送他去医务室，可每次都是还没走过篮球场，他就说好了，什么事也没有了。尽管他叫痛的时候，有大颗大颗的汗珠从头发里钻出来，可前后比照，没法不让人觉得他是装的。老师这么想，同学也这么想。半岛人有特异功能，别说装出几滴汗水，说不定还能装出几滴血来。

老师的不闻不问，让我第一次感觉到，其实罗杰是多么孤独。

第三节是音乐课，如果他还不回来，无论如何我也要给官老师说一说了。

结果他回来了。第二节刚下课，他就进教室来了！

他的脸上有些疲惫，屁股和裤管上沾着泥土，但没有受伤的迹象。

我们上音乐课都是去礼堂的舞台，因为那架脚踏风琴太沉，不好搬来搬去。凳子也是自己从教室带去。罗杰没跟谁打招呼，提着凳子下了楼。

孙亚光蹭到我身边，悄声说："你看那家伙，别的课不来，音乐课就来了。"

我那时候正在庆幸罗杰没出事，因而高高兴兴地说："他喜欢音乐课，夏老师也说他唱得好。"

对我的态度，孙亚光很吃惊。他被罗杰踢过，我也被罗杰踢过，他本是要跟我结成同盟的。他不知道我很看不起他。眼睛都差点被踢瞎了，却不敢吱声。一个比我还要怯懦的家伙！

吃惊过后，他说："好个屁，夏老师不过是可怜他，顺他的心意罢了。"

"顺他心意？"

孙亚光眉飞色舞的，问我："未必你真没看出来？"

我说："看出什么？"

"你装！你没看见罗杰对夏老师献殷勤？昨天在篮球场上的事，你好像也看见的吧？"

夏老师对他好，他以把球递到夏老师手里这种微不足道的方式来回报她，难道有什么奇怪的吗？——但孙亚光不这样想。他认为罗杰爱上了夏老师。他说你注意到罗杰那天的眼神没有？如果眼睛能吃人，他就把杨主任吃了！如果眼睛长了手，他就把夏老师抱住了！孙亚光的年龄只比罗杰小几个月，他用的好几个词，在我听来都带着一股血淋淋的味道。孙亚光还说，罗杰恨不得每节都上音乐课，还常常练他的破喉咙，想改掉要命的丧歌调子，他并不是傻，他是爱上了夏老师！

“你再想想刚开学那一两个月下河的事。”孙亚光提醒我。

他指的是只要夏老师下河，罗杰就站到高石上往河里扎猛子。

经他这么一阵前后串联，我也半信半疑了。我想起那天在雀儿山的邂逅。听夏老师的意思，罗杰是追着她上去的，罗杰向她提了一个问题：“巴盐”是什么意思。看来这根本不是问题，他只是想杜撰一个问题，找机会跟夏老师靠近……

那天下午的班会课，班主任官老师脸色阴沉地走进教室。他是要批评人了。谁都以为他要批评的人是无故缺课的罗杰，罗杰自己也这样想，他并不怎么紧张，眉宇间甚至带着对接受批评的期待。

可是班主任没有批评他，而是点了老右派儿子的名字，并给全班同学复述他说的那句话：“唉，那两个酒窝！”一边复述，一边在黑板上画，只见官老师的手飞速地晃了几下，那倒霉的家伙就惟妙惟肖地被勾勒出来了：坐姿，上身尽力后仰，因为他怀里搂着个至少大他五倍的天鹅蛋。那天鹅蛋都快把他压死了。同学们都在笑，女同学低着头笑，男同学扬着脸笑。

罗杰也在笑。但我发现，他的眼里没有光芒，证明他的笑不是从心里出来的。

我不知道在他的心里正装些什么，而在我自己的心里，却被一些东西塞得满满当当。

那些东西来路不明，性质难辨。

32. 空岸

老右派的儿子自从抱了天鹅蛋，就有了一些古怪的行为：任何人找他说话，他都是一脸呆相，老师抽他去黑板上演算题目，他却站在讲台角落，把头低着，双手下垂，像正接受批斗。而且他对高度产生了迷恋。教学楼共七层，我们的教室在四层，每次走到四层，如果没有人叫住他，他就继续往上爬。他会一直爬到顶层上去。顶层是铺着隔热板的平台，他站到平台的边缘，眼睛钻头一样盯住楼底。有一次官老师去顶层把他揪到办公室，大骂他装疯卖傻。老师们，我们，都觉得他是在装疯卖傻。他把自己的成绩也装得下降了。以前，他是一架学习的机器，成绩倒并不算好，只能排到中等，可现在，他的考分跟罗杰不相上下了，再后来连试卷也不交了！官老师忍无可忍，只好把他父亲请来。这是我第一回亲眼看见老右派：高个子，驼背，见到我们学生也点头哈腰的。听说他以前是上海某科研机构的首席研究员，打成右派后，放回老家杨侯山，一待就是几十年，平反过后，让他回上海，他不回，四川几所大学聘请他去教书，他也不去。说真的，看见他那样子，我根本不相信他会搞科研。官老师在操场上向他说明情况，他的脸一直是笑着的，官老师每说一句，他就点一下头，官老师让他把儿子带走，他也就带走了。

从那以后，我再也没见过那个比我年长十多岁的同学，只听说他回家后，又走乡串户地当起了篾匠——做我们同学之前，他本来就是篾匠——古怪的行为倒是慢慢消失了。

就在他离开学校的当天傍晚，我吃过晚饭走出圆门，站在渠堰上望天。

说不出什么理由，老右派儿子的离去，让我心里难过。

天冷了，黑得快，傍晚和夜晚之间，好像没什么过渡，砰的一声，夜的盖子就扣了下来。衙门里的人家还没上灯，那些高高低低的房舍，融化在夜色中。好在身后的教学楼已明亮起来，灯光越过围墙，照着一片锯齿形的田野。田里已蓄了水，把谷桩烂掉，等到开春犁田的时候，谷桩才不会扎坏人和牛的脚。——在半岛，谷桩烂成浆，人畜的脚也常被扎伤，踩瓦泥，平地基，犁田，都会踩到一些锐利的物体，这些残片状的物体黑不溜秋，我们经常听到半岛人骂骂咧咧，将这些物体拾起来，愤怒地扔进干沟井或长着荒草的坡地上。

上晚自习课的铃声快响了，我正准备回校进教室去，看见罗杰进入了那片光圈。

光圈模糊了田埂，感觉罗杰是在亮光光的水上行走。我站住了，等他。他跨上渠堰后，我抢到他身前，他本能地退后一步。我连忙说："罗杰，是我，张明。"

他镇定下来。

我说罗杰，谢谢你。

他知道我为什么谢他，停顿了至少半分钟，他才以匪夷所思的口气问我："那天从头至尾我都看见了，你怎么那么容易就被撂倒了？"

我承认，这是我的耻辱。我很想告诉罗杰，虽然我不善于打架，但也不至于那么容易倒下。我是害怕了。我怕你们半岛人。天底下谁不知道你们半岛人是猴子，只要嘘一声，所有的猴子都会扑过来！但我没把这些话说出来，只再一次表达对他的感谢，而且问他，那天他跟东娃出去之后，一夜没回寝室睡觉，第二天又缺了两节课，是不是吃了东娃的亏。

“我吃什么亏呢！”他喊了一声，很不在意地说。

我后来才了解到，事实上他是吃了亏的。他家也在学校放了一只潲水桶，就放在我们寝室外面，由罗杰把桶送来，也由他收回去，可从那天夜里过后，他家的那桶潲水就由东娃接管了。这是他跟东娃达成的协议。我们吃过晚饭，东娃就用扁担撬着一只空桶来，把罗杰家的桶腾空，加上自己先放在这里的桶，一起挑回去。大约十天过后，东娃本人不来了，而是他父亲罗建放来。看电影《奴里》过后，所有的学生都注意到了罗建放，这个脸上多骨身上多肉的人，任何时候都紧咬牙帮，每次走到宿舍外的长廊上，他都要朝食堂方向望上几眼，那眼神鹰隼般锐利，可往往只锐利那么一瞬，很快转为神经质的狂躁。

潲水被接管这件事，是罗杰的母亲闹出来的。他母亲当然不知道为什么，只觉得东娃太过分。她本以为罗杰上了学，就不会再受东娃的欺负了。那次她直接找到我们教室门外。官老师正训话，她把官老师叫出去，大声武气地要官老师为她儿子主持公道。她哪里知道她儿子早就成为多余人了呢？加上这种八竿子打不着的事缠到官老师头上，让他烦死了，对罗杰也越发没有好印象，要不是因为罗杰是校长介绍来的，他早就不要他了。

罗杰为什么要付出这样的代价来保护我，最合理的解释，恐怕是他为以前把脏水洒到我脸上，还踢了我的鼻子感到后悔吧？我不知道，我只是疑惑。

有一天，我找到机会把这疑惑说给罗杰听。

“你哥不是说过，我们从认识那天起就是兄弟吗？”

他这样回答我。他的逻辑就这么简单。

难怪，那次我骂了声“他妈的”，他会那么愤怒。

在他的观念中，既然我们是兄弟，他的妈也就是我的妈了。他就这么简单。

不管官老师怎样对我失望，同学怎样对我不解，我跟罗杰的友谊就这么建立起来了。自由活动也好，上体育课也好，午饭后上雀儿山看雪景也好，我们都在一起。

同学们都以为我是在讨好罗杰，特别是孙亚光，对我又鄙视又警惕，生怕我把他说罗杰爱上了夏老师的话捅给罗杰，可自从我跟罗杰成了朋友——他唯一的朋友，罗杰不再把脏水洒在我脸上，不再踢我，同时也不再把脏水洒在孙亚光脸上，也不再踢他，孙亚光才放了心。

他们不知道，在我跟罗杰的交往中，并不是我靠着他，而是他靠着我。这一点让我也非常吃惊。

有一天，罗杰对我说出了这样的话：“当初我对你和孙亚光那样做，并不是成心对你们使坏，只不过想让你们注意我，跟我说话。你们谁都不跟我说话。”

听他这样说，我怔怔地怅惘了好长时间……

我跟罗杰那么亲近，却并不像官老师严厉警告的那样，我的成绩一定会走下坡路，事实上，我的成绩在不断上升，期末考试，我考了第五名，来年春天的第一次月考，我就考到第二名去了。官老师对此很满意，也不大管我跟罗杰的事了，还提拔我当了学习委员。

我在我哥指给我的那条路上像模像样地走，希望罗杰也能这样。有一天，我俩走到后河边，他突然变得很忧郁，因为刚刚考试过一回，他不出所料地得了全年级倒数第一，我以为他是因为这个而忧郁，便对他说："罗杰，有句话我一直想对你说。"

他那时候正盯住麻柳林，目光所及之处，是一堆枯瑟的乱草和杂木，隐隐约约地，露出里面类似船棺的坟。听了我的话，他回过头，望着我。

"你为什么不好好读书呢？"

他厚厚的嘴皮牵动了一下："我不是读书的料。"

"你上课稍微专一点心，特别是不要经常逃课，成绩也不至于那样。你为什么常常逃课？"

他不回答我。

"你爹妈也不管吗？"

"我爸本来就不想让我上学。我妈要我上学，可她以为，只要进了学堂，就跟别人不一样了。我自己呢，我真不该来！我来是想听夏老师弹琴的。"——听夏老师弹琴？我在心里笑了笑——"结果还没有不来时听得多，那时候我差不多天天傍晚来学校听，现在下了课，要抓紧回去吃饭，还要做作业。我当时就估计到了，只是顺了妈的意，才勉强答应下来；后来罗校长去我们家，我闻到了他身上干净的气味，我就被那干净的气味迷住了……不说这个吧，你别以为你走读书这条路，我也要跟着你走。我们半岛人，历来都是在别人的想法里过日子……我不想这样！”

我不懂他的意思，也无法再开口劝他。

水渐渐暖起来了。后河水暖，不是“鸭先知”，而是我们先知的，下河洗衣，手伸下去，伸下去，只要伸到臂弯处还能做到面不改色，证明就能泅水了。我们就是以这样的方式来辨别水温能否对自己的体温妥协。第一个人跳了下去，更多的人跳了下去。下游的男生跳了下去，上游的女生也跳了下去。水面上，又响起石片刮擦身体的声音，响起痛并快乐着的嘶嘶抽气的声音，响起女生相互打闹嬉戏的声音。罗杰也跟我们一块儿下河，夏老师不在的时候，他蹲在水里，僵硬着脖子看上游偶尔露出水面的白肉，夏老师在，他又爬上巨石，朝险象环生的水面扎猛子。

他恨不得一直那么扎下去，可惜夏老师不经常来。教师有澡堂，也有专门的洗衣槽，夏老师下河不为洗衣，也不为泅水，就是玩一玩，有玩的兴致，她才来，没有兴致，就不来了。这学期开学过后，夏老师的玩兴好像越来越淡了。开学第一天，我们看见她站在操场中央，很不好意思地被一群老师围着（其中自然有杨主任），因为她烫了头发。她不停地解释，说就怪我那两个表姐，我回重庆的当天，她们来看我，说你那头发太土了，土得我们都不敢认你做表妹了！当场就把我押到理发店，把我摁在凳子上，让理发师给我烫了。大家都在说恭维话，“烫了好哇，比以前更好看了。”只有杨主任没有，杨主任歪着嘴说：“难看死了，老了十岁！”夏老师红着脸回嘴：“难看不难看，要你管！”……我们都觉得，烫了头发的夏老师，头重了，心事也重了，教我们音乐课，不像以前那样快乐和投入了；后河水分明这样暖和，这样柔滑，她也不下河来了。

一次不见夏老师，二次又不见夏老师，罗杰就像一棵慢慢失去水分的树。

他连蹲在水里听上游的声音，看上游的白肉，也没兴趣了。他衣服也不脱，坐在干坡上发呆。

有一天，他一直待到我把衣服洗完，才瓮声瓮气地说："张明，我们过河去。"

我并不想过河。我对河的那边没有好印象。铜坎洞上方，电站蓄水时节，崖壁上厚厚的青苔让日光泛蓝，一旦开闸，就瀑布高悬，白生生的，卷着罡风砸入潭中，击起的响声和响声带给人的惊悚，同样是白色的。洞左那千多步石梯，就在山壁上凿出，山势陡峻，石梯悬垂，几人同行，前人的脚底便踏住后人的脑袋；上行还无所谓，要是下行，直视河底，眼睛打花，双腿打战，而且老是产生幻觉：自己一脚踏虚，垂直摔倒，摔成肉浆，葬身鱼腹。去石梯顶端的公路上背煤的时候——我们之所以不去镇上背煤，一是去镇上相对较远，二是运费更贵，因为煤从兵工厂转运而来，电站刚好处在兵工厂和回龙镇的中间地带——我就经常产生这样的幻觉。

不过罗杰倒并不是让我陪他爬石梯。

电站正关闸，后巴河被锁住，铜坎洞很安静，他需要找个安静的地方说话。

这段滩面不深，我们可以踏水过去。两人坐在离洞五米远的地方，将身边的小石片抠起来，看里面是否藏着螃蟹。抠了一阵，罗杰对我说："夏老师长得像我姐姐！"

说得那样突然，那样急促。

我愣住了。

他并不是爱上了夏老师，而是因为夏老师像他姐姐？

然而，如果他说自己爱上了夏老师，我并不吃惊，可他说夏老师像他姐姐，我就没法不吃惊了。

我从没见过他姐姐。就算见过，也不认识。但我对他的话根本不信。那么多半岛人经常从我们校园穿过，我从未在他们中间发现一个长得像夏老师那么漂亮的女子。

罗杰看出了我的怀疑，喉头滚动几下，把目光投向远处。

西斜的日光从石壁上劈下来，将他一分为二。

我很想挽回，很想对他撒谎，说：你姐姐我见过，真的，她长得太像夏老师了。

可是他突然大叫大嚷，虚汗淋漓。他的背痛发作了。

那时我不知道他是来铜坎洞打鱼落下了背痛的毛病，要是知道，我就不会跟他单独过来了。

我吓得身上发潮，过去扶他。他一把将我推开，在地上打滚。地上到处是水洼，他给我的全部印象，就是一阵叭叽叭叽的响声，还有在鼻尖和额头上越裹越厚的白色沙粒。我觉得他就要死了。

然而他没有死，他像唱丧歌那样，尾音处猛然收住，之后站起身，跟我招呼也不打，就过河去。

他把河水踩得踢踢踏踏乱响。

河的那边，人已走空，只剩下阶梯似的岸坡，和岸坡上五颜六色的野花。

第十三章

33. 不一样

我跟罗杰短暂的友谊再没能恢复。从这件事上，我明白了一个道理，自然界的沧海桑田，需经过亿万年的变迁，而人心的沧海桑田不要这么长久，它可以平坦，也可以陡峭，两者的转换可在眨眼间完成。我和罗杰之间，已划出巨大的鸿沟了，而这条鸿沟的形成，仅仅因为我一个怀疑的眼神。这怀疑的眼神竟把他伤得那么深，使他宁愿丢掉朋友，唯一的朋友。老实说，直到今天，我也不相信他姐姐有夏老师那么漂亮，这么多年过去，我说不上走南闯北，但好歹也去过一些地方，见过中国的女子，也见过外国的女子，可就没见过一个像夏老师那么漂亮那么动人的女子。

连续一个星期，罗杰都像老醉鬼似的，脸膛紫黑，不跟任何人说一句话，自然也不跟我说话。有三个晚上，他既没来上晚自习课，也没回寝室睡觉。我们都以为他不回寝室，肯定就是回了家，可这天做早操的时候，他母亲到学校来了。他母亲的手里提着两只桶，一只放到了我们寝室门外（这是她的摊点，她必须占住），另一只则放到了靠近操场一侧，差不多已经脱离宿舍的区域，快到路上了。她的意思是，儿子斗不过东娃，让东娃家抢走一桶潲水得啦，但她不能就此损失掉不要钱的好饲料，一年到头，猪都靠这好饲料催肥。她把桶放在那里，没马上离去，像在等人。她等的是罗杰。她想让罗杰给同学们说说，把吃不完或没法下咽的饭菜，都倒进靠近操场的那只桶里去。

官老师守在我们班的队列前面，解散之后，他从罗杰的母亲身旁经过，罗杰的母亲给他打招呼，并说："我找杰娃说个事。"官老师这才停下步，说你那宝贝儿子没到学校来呀。那个高壮的女人大为惊讶，她惊讶起来，脸拉得更长了，像身高也因为脸的拉长而增加了。官老师没注意到这些，提到罗杰，他就来气，他说回龙中学最差的学生，也不过三天打鱼两天晒网，可罗杰是一天打鱼四天晒网，就是打鱼那天，也并没出力，而是在混光阴！

听到这些话，罗杰的母亲那副可怜巴巴的样子，我一辈子也忘不了。

两天过后，她又到学校来了一次。这次她到了初中办公室。办公室就在我们教室旁边，我们一边听英语老师上课，一边听见官老师在那边跟罗杰的母亲谈些什么。下课后，我行使学习委员的职责，抱着一摞作业进办公室，见罗杰的母亲已经离去，官老师和他的同事，正在就刚才的谈话很热烈地议论；他们议论的不是罗杰的母亲，而是他的姐姐。

我听出了一身冷汗。

罗杰的姐姐是疯子！

老师们都知道半岛上有个女疯子，那女疯子虽然不大来学校，可她常常经过圆门外的渠堰去后河。这个疯子把自己弄得很整洁，只要不开口说话，就不像疯子，但说话总是难免的，她不跟人说，她自言自语，更多的是对着一棵树、一根电杆、一只蚂蚁或者一片很深很深的天空。老师们知道这个疯子，却不知道她就是罗杰的姐姐，也不知道她一年前就“得寒病”（罗杰母亲的话）死去了。

听官老师的意思，罗杰的母亲今天来，是告诉他，罗杰逃课和夜不归宿，并没到外面干坏事，而是到她姐姐的坟上去了。他整夜整夜地守在姐姐的坟头上。

老师们都很感叹。官老师把他那亮晃晃的头皮不停地抹，眼睛红红的，说没想到成绩糟得比烂泥坑还不如的罗杰，对疯子姐姐竟有那么重的情谊。

这以后，老师们对罗杰温和多了，上课提问，都带着鼓励的眼神让他举手。但罗杰的手是不可再生的树，断了就断了，再不能举起来了。只有音乐课上他还是那般活跃。

夏老师无心无意地疏远他一段时间，现在又一如往昔，他要求唱歌，夏老师就让他唱。当然依旧是那种永远也改不过来的丧歌调子，唱得满礼堂凄风苦雨。

他是要唱给谁听呢！他太爱他的姐姐，无形中就把姐姐美化了，美化成夏老师那样的女子了，可是，这个假想的姐姐，就跟他的亲姐姐一样，注定是要抛弃他的。

——夏老师跟杨主任的关系，越来越不像谣传。

进食堂打饭，他们总是一块儿去。

这倒并不奇怪，他们住的是隔壁，下了课，彼此吆喝一声，同去食堂打饭进餐，自在情理之中；但他们去镇上也是一块儿。学校没开百货店，那时候整个半岛都没有一家百货店，买日用品只能去镇上，所谓日用品，不过是些牙膏、香皂、洗衣粉之类，这些东西，买一回就要用上好一阵，犯不着每个星期天都去。可从这学期开始，杨主任和夏老师逢星期天必上街，风雨无阻（难怪夏老师不再下河了）。有个星期天下着捣竹竿似的大雨，我们都躲在寝室里不敢出门，只是上厕所不得不出门，那天我刚出来，就看见杨主任和夏老师朝围墙的圆门方向走去。下这么大的雨，他们竟只打着一把伞。伞由杨主任举着，夏老师偎在他身边。夏老师的胳膊是否吊在杨主任的胳膊上，我没看清楚。

或许，他们希望下雨，下得越大越好。

对这些事，罗杰比谁都清楚。他全部的忧伤都体现在音乐课上的丧歌调里。他唱得越来越入心，因此也越来越像丧歌。那不是一个少年唱的，而是一个深深懂得了人生无常的人唱的。他那调子一从胸腔里“刺”出来，礼堂的榫头也吱嘎作响。

有一回，他把夏老师唱哭了。

夏老师哭得很厉害，头伏在风琴上，肩膀一耸一耸的。

她那烫过的头发，蓬蓬松松地堆积着，起伏着。

哭了好几分钟，她镇定下来，叫罗杰坐下去，继续教我们唱歌。她说同学们，我弹，你们唱。

但我们并没能唱起来，因为夏老师还没把过门儿弹完，又哭了。

当时我们都以为罗杰的歌声是让夏老师哭泣的全部原因，不懂得夏老师的泪水被罗杰的歌声逗引出来，然后又回流到她的心里去。她是在哭她自己。

那时候她是一艘船，正驶入波翻浪涌的险滩，她想回去，可是已经回不去了。

她跟杨主任的事情，已经不是在高年级同学间传说，我们低年级也在说。男生说，女生也说。我们相信，教职工同样在说。夏老师听不见别人说，可她一定能感觉到背后的目光。目光也是有重量的。当目光里含着赞许，虽有重量，却是向上升腾，会变成翅膀，带着你飞；当目光里含着指责和鄙夷，它就铅一样沉，而且每一缕目光都是一剂硫酸，腐蚀你。夏老师感觉到的是后者。

可她有什么办法呢，她的缰绳断了。

杨主任终于在夜深人静时去了她的寝室。

他们住的那个地方很特别，在礼堂舞台的侧厢。舞台两侧都是阁楼，共分出四个鸡笼似的房间，左边两间，右边两间，分别住四个单身教师。阁楼至少高出台面五米，因此每间屋子的下面，都竖着一根细长的独木楼梯。杨主任和夏老师住左边的两间，隔着薄薄的一层板壁，但无门可通，杨主任要去夏老师的房间，只能先下自己门前的楼梯，再上夏老师门前的楼梯。这实在太容易暴露了，同住礼堂的教师透过自家门缝就可以看见，学生同样可以看见；住在平房的男生起夜，有时去平房那边的东厕，有时穿过礼堂去西厕。

杨主任夜深人静时去夏老师的房间，到底被人发现了。

不管是谁发现的，反正这事传了出去。

刚在校园里传开，就被一阵风吹到了清溪河下游，吹进了杨主任老婆的耳朵里。

那一天我记得很清楚。我睡不着午觉，起来闲逛，见一个老实巴交的小个子妇人领着个七八岁的男孩，躲在操场边的树荫下，那妇人本是蹲着的，见我过去，谦卑地站起身，谦卑地向我问话："同学，你知道他爸爸住哪里吗?"我问他爸爸是谁，她说杨发兵。我说你找杨主任啊?她微笑着点头。我领着她去了礼堂。我本可以让她直接爬上楼梯去，可说不清出于什么心思，我让她娘儿俩在舞台上等着，我先上去，敲开了杨主任的门。杨主任穿着花内裤，睡眼惺忪地把门打开，见是个不认识的学生，眼睛睁圆了，很严肃也很不高兴的样子。我怕他批评我，忙说，杨主任，有人找你。他够着头往下瞄了一眼，"哦"了一声，把头缩回去了。然后我下来，妇人推着孩子上去。

妇人上到顶端，回过头，向已经走下舞台的我道谢。

可是，我还没走出礼堂，嚎叫声就起来了。

紧接着是哭声。哭声炸耳。

妇人哭，孩子也哭。

34. 长夜

夏老师从回龙中学消失了。

该我们上音乐课的时候，官老师提前走进教室，说下一堂改作自习课。

这时候我们才知道夏老师走了。

自习课期间，官老师一会儿进来，一会儿出去。他出去的时候，后脚还没离开教室，教室里立时像倒出了几桶蜜蜂。为什么改上自习？自我们入学以来，夏老师可从没缺过课。同学们自然而然地说到杨主任女人的那场大闹。杨主任的女人看上去那么弱小、谦卑，可她不会弱小和谦卑到心甘情愿地让出自己的丈夫。她跟丈夫已共同生活了十年，丈夫是教书先生，而且在学校任了一官半职，这是她作为女人的骄傲，她把这骄傲存在心里，捧在手上，她就用那双手，骄傲地经营庄稼，侍奉公婆，养育儿子，现在丈夫跟另一个女人好上了，她的天便塌下来了。那个女人是她的乌云，她领着儿子到学校来——以前她从未来过，因为田地需要她，公公婆婆还有杨发兵年迈多病的奶奶也需要她——就是要把乌云拨开。她在丈夫寝室闹那一场，显然没达到预期的效果，于是她找到了校长罗传明。丈夫不愿意给她指明校长是谁、住在哪里，她就出来四处打听，终于在食堂和礼堂之间的林荫道上把罗传明拦住了。她唯一的武器，就是自己的柔弱。反正，她那膝盖是不值钱的，在家乡要把重物背上肩，经常跪在泥地上，现在要夺回自己的丈夫，还有什么可吝惜的呢？于是话没出口，她就跪在了罗传明面前。当时罗传明还不知道她是谁呢。

这情景，很多人都看见了。

同学们你一句，我一句，开始还知道控制音量，可你控制音量，别人不控制，你的话别人就听不见了，你就不那么重要了。每个人都希望自己重要，因此越说声音越大，教室变成了一锅粥。

这么大的响声，官老师应该是听见的。他的耳朵特别灵，许多时候，他批评了学生，某些学生不服气，嘟囔一句，坐在旁边的人都没听见，站在讲台上的官老师却听见了，不仅听见在嘟囔，还听见了嘟囔的是什么话。——可是今天，官老师并没进来制止。

当他第四次走进教室的时候，孙亚光禁不住问："官老师，夏老师去哪里了？"

我们都想知道，只是不敢问，孙亚光是刚提起来的副班长（班长是个成绩优秀却从不关心班务的女同学），他有问的权利。

要是以往，官老师会严厉地说："不该你们关心的，就别关心。你们现在应该关心的是学习，只有学习！学习搞不好，你们啥也不是！"但官老师此时的态度很柔和，轻声说："夏老师回重庆了。"

回重庆是什么意思？

官老师看出我们的疑虑，进一步解释说："她回重庆办调动去了。"

之后，官老师又走出了教室。

这一回，教室里安静得像是没有人。

为遮太阳，窗帘拉着，只在接头处留着一绺缝隙。一只毛色还没完全脱黄的幼鸟，误以为里面能找到什么吃的，或者能找到已经决然不再要它的妈妈，便从那接缝处钻进来。猛然看见这么多人，吓得叫一声都不敢，只扑扇着未及丰满的翅膀乱飞乱撞，可就是找不到勾引它进来的那条缝隙在哪里。它的心瞎了，眼睛也就跟着瞎了。窗边的同学去抓它，它往高处飞，小小的身体在天花板上碰，还很稚嫩的爪子无法在滑溜溜的日光灯上站稳。眼看它就要被抓住的时候，只听窗帘哗的一声，半壁墙洞开，阳光水一样漫进来，那只绝望的鸟，终于顺顺当当地游进了阳光里。

掀开窗帘的人，是罗杰。

鸟飞走之后，他也出去了。

从那天开始，罗杰逃课的时间比往常超出一倍还多。即使到学校来，他也不是为了听老师传授知识，而是探听夏老师的消息。关于夏老师，没有什么新鲜的消息，但围绕她的话题总是源源不断。话题也不新鲜，只是经常要挂在人们的嘴边，就像每天要吃的饭，要喝的水。我们并不懂得办调动需要怎样的程序，只觉得，夏老师既然已经“调动”到了重庆，就永远也不会回到半岛上来了。

罗杰听到的就是这样的消息。

这消息传进我们的耳朵里，有几个女同学哭了，咧开嘴，哭得嘤嘤嘤的，一点都不顾及那样子很难看。别的女同学本来不想哭，见她们哭，于是也跟着哭起来。男同学受了感染，但不好意思像女同学那样哭出声，只是眼圈红艳艳的。

唯罗杰不这样。他没红眼圈，更没哭出声。

可我们听到了一种声音。这声音从地底下蹿上来，如密集的根须，往我们身体里某一个地方扎。

只有罗杰的丧歌调，才有这么锐利的力量。

然而他并没有张嘴。那是一种沉默的力量。

白天，什么事情也没有。晚上事情就来了。

事情出在杨主任身上。

杨主任的老婆和孩子自然早已经离去。孩子要读书，老婆要下地，这都是耽搁不起的事，为夺回丈夫跑这么远来耽搁两天，使那小个子女人在回家途中跑得飞快，仿佛她的丈夫不是在这里，而是在别处。孩子跟不上她的脚步，被她拎着后颈，两只小脚板只管翻。她和孩子离去的当天，另一个女人，夏老师，也离去了。杨主任非常饱满的生活，突然变得干枯起来，他像瘦了一圈，也黑了一层，晚上难以入眠是自然的。这天夜里，凌晨两点过，杨主任躺在床上（那张床比我们睡的“一尺二”宽不了多少），还是睡不着。窗户大开，明亮的月光，送进婆娑的树影，杨主任看到这景象，陷入痛苦和想念。他枕头放在傍门的一面，眼睛盯着窗外，一寸一寸地把夜晚的光阴送走。

光阴去得那么迟缓，可从窗外给他送来的东西，却来得那么迅猛！

那时候正吹来一股西风，月光和树影都往杨主任的屋子里倾，当那东西砰的一声落在他床单上时，他还以为是树的影子。可是不对啊，树影怎么会有这么明显的质感，又怎么会弄出响声？他够着手去抓。一把就抓住了。是略有一点儿硬度的、浑身黏糊糊的东西。

他腰杆一挺，坐起来，拉亮灯。

一只死老鼠——死去多日、已明显腐烂的老鼠！

要不是杨主任又接连不断地遭殃，他是不会把这事说出来的。那夜之后，他不敢开窗睡觉了。他把玻璃窗扣得死死的。安装的时候，窗框用的是松木，松木干透水分之后，有点儿走样，微微弯曲，使玻璃与窗框的衔接处现出裂缝，连这裂缝杨主任也用硬纸片塞住了。天气虽没大热，可把鸡笼似的房间关得密不透风，又在阁楼上，杨主任就如同被捆绑在蒸笼里。他任汗水在身上横冲直撞，就是不敢开窗。但这有什么意义呢？“噹！”玻璃窗碎了！

碎面不大，只像一张张开来的樱桃小嘴。

这已足够。

杨主任吓得三魂丢了两魂。

那天夜里很不巧，刚刚看过一部恐怖电影，叫《画皮》，睡不着的杨主任，还沉浸在女鬼的阴气里，哪经得住在窗口上裂开一张小嘴。他惊魂稍定，站到窗口去看。就跟飞进死老鼠那天晚上一样，他看到的是苍白的人行道，沉重呼吸的半岛，以及孤独地青蓝着的高天。

即便这样，杨主任也不好把这事拿出来宣扬，只是悄悄地想办法。那时候学校没有保安，连个守门的也没有，他只得向同住在礼堂阁楼的另两位老师求助，让他们晚上来陪陪自己。当然不是陪睡，那么窄的床，没法搭铺，那么窄的房间，设地铺都很困难。他只是让他们陪自己多聊一会儿。他买了酒，晚饭时又多买了几份卤肉，留待同饮熬夜。那两个都是高中教师，一个教语文，一个教地理；教语文的那位，是在县里很有名声的作家，他的全部名声都是夜晚给予的，白天那么重的课，晚自习还要坐班，只在晚自习过后，他才能伏案写作，上课是他的生活来源，写作才是他的命根子，因此不管杨主任怎样拿酒肉引诱，他也无动于衷。那时候杨主任并没有把请他们喝酒吃肉的原因说明，弄到这份上，不得不说明了。可说明了也白搭，那作家明白，人的欲望越多，越容易被控制，要想解脱控制，就必须付出代价。他没有理由去为别人的欲望付出代价。只有地理老师去陪杨主任。按杨主任的意思，陪他的时间越长越好，最好是陪到后半夜，可地理老师最多陪到十一点，就说不行了，我要睡了，我这身体不敢跟杨主任比，熬不起夜。他边说话边起身，边开门下楼梯。

好像是到了这个时候，杨主任才明白，自己在教师心目中，其实是没有什么威望的。

既没有威望，跟任何一个教师也谈不上友谊。

他的玻璃窗不停地碎，每次都只碎那么一小块儿。

杨主任无计可施了，只有把这事公开出来。先在教职工里面查，查不出所以然，再让各班班主任清查，看究竟是哪个小王八蛋捣鬼。他有把握这不是半岛人干的。在整个学校里头，可以说他跟半岛人的关系最融洽，比本身就是半岛人的罗传明跟半岛人融洽得多，那次看《奴里》过后，罗传明不想再在学校放电影了，是杨主任劝校长放弃了这一想法，他说多少年来，半岛人除了跳摆手舞自娱自乐，就是来学校看电影娱乐一下，你何必在自己任上断了他们的这个念想呢？你断了他们的念想，他们会记恨你的，那又何苦呢？你生在这里，长在这里，工作在这里，以后还要在这里养老，却被这里的人记恨，总不是件好事吧？三十年河东三十年河西，将来还会发生什么事，谁又能打包票呢？至于电影的内容，完全可以在放映之前派一个教师先去镇上审审片嘛。罗传明接受了他的建议，又继续邀请镇上的放映员过来了。看电影之前，杨主任主动去给半岛人打招呼，主动去给他们安排较好的位置。不过，杨主任永远也无法理解的是，经他这么一做，半岛人对来学校看电影反而没什么兴趣了……

我们的班主任官老师把调查的事在班上说了，说得有些轻描淡写。

可就在那天，官老师听到消息：那事很可能是罗杰干的。

我怀疑是孙亚光去告的密。

奇怪的是，官老师并没找罗杰单独谈话，只在班上泛泛地说：“如果是我们班的同学干了那件蠢事，赶快收手啊，那种事干不得啊。”

看来，他对所谓的“清查”并不上心。

然而，没过两天，杨主任亲自找罗杰来了。

杨主任找罗杰谈了些什么，我们不得而知，但可以肯定的是，他并没从罗杰身上闻到死老鼠的气息，也没能从罗杰身上看到一张挨一张的小嘴。罗杰还继续上学，继续逃课，继续无声地唱着丧歌调；杨主任呢，也继续碎玻璃，继续受惊吓，继续通夜难眠。

这倒霉的事情，直到季节变黄，才终于结束。

这个秋天的中午，夏老师回来了！

35. 顺理成章

夏老师的头发不再卷，也不是自然直，而是有明显的被绷过的痕迹。这样的夏老师显得更好看。好看在清纯。她那张脸，小小的，直发从脸的两侧披垂下去，将脸生动地捧出来。不过，闹出过那种事端的未婚女子，还怎么好用清纯去说她呢？她自己，又怎么好把清纯的气象写在杏仁似的眼睛和湿润润的嘴角呢？她只希望呈现以前的自己，说不定也希望别人像以前那样看待她，却自觉不自觉地，把本属于她的活泼收捡起来了。

官老师说她回重庆是办调动，其实是跑调动。没能跑成功。大城市是一只口袋，只要钻进口袋里去，不管里面拥挤成什么样子，总能找到一块地方呼吸，可如果你是在口袋外面，就算它是一只空皮囊，你也休想进去占它一只角。重庆，在抗战时期，不过是以两江半岛为圆心的不到十平方公里的山水之城，而今已扩展得那么辽远，夏老师的老家磁器口，居于“沙磁文化区”的中心，却没有一个地方能容得下她。她是从那里出来的，却回不去了。她至今记得小时候念过的那首有些拗口的诗：“龙隐之山高以矗，云树为衣石为骨。一峰峭削凿江波，两腋潆洄带溪谷。”龙隐山就是她住的地方，位于歌乐山以东五里许，山侧是清水河，下三十米处，便是嘉陵江。她熟悉龙隐山的每一条小路，每一家店铺，每一种小吃，也熟悉清水河的浅唱，嘉陵江的涛声，可这一切，都不再认识她了。她本以为自己是一只风筝，故土上有根线牵着她的，可事实上，那根线早就断了。

她只能继续飘下去。

回到后河与中河拥抱的半岛，夏老师继续上课。罗传明的确算得上难得的开明校长，他既没给杨主任小鞋穿，也没给夏老师小鞋穿，在那件事情上，唯一看得出他还记挂于心并有所动作的，是给夏老师调换了宿舍。夏老师跟一个男教师调换了，那男教师从雀儿山下来，住进了礼堂，夏老师自然就去了雀儿山。

住进了雀儿山的夏老师，不再教音乐（音乐教师由刚分配来的一个大专毕业生担任），改教物理。罗传明这样做，是想对夏老师表明一种态度，让她安心工作。音乐课毫无地位，物理课却相当重要，因此可以说，罗传明不仅没给夏老师小鞋穿，还把她提拔了。

夏老师教初中二年级一至三班的物理，也就是说，她还是我们的夏老师。

对物理，她实在说不上精通，讲课时常常卡壳。要是别的教师，一定脸红筋胀，觉得是很丢人的事，夏老师却不，她大大方方地说："哎哟，这一点我可没搞懂，同学们也帮我想想啊。"偏偏我们班有几个在物理思维上极其敏捷的人，其中就包括女班长，还有孙亚光，他们东一句西一句，把夏老师说通了，她又能顺畅地讲下去。她把自己也当成了学生，学得那么专心，讲了大约一个季度，不管多么复杂的问题，她也能得心应手了。

那时候我们才发现，罗传明之所以给夏老师换课，而且换这么重要的课，不仅仅是提拔她，还为了让她换心，只要她把心换了，就能忘掉以前的不快了。罗传明真是一个好人。

女班长和孙亚光那么聪明，但把物理学得最好的，却是罗杰。

第二个月的月考，罗杰的其他科目继续"吆鸭子"（最后面），物理却得了第一。

那东西，做物理作业时那么入神，两片嘴唇耷拉着，眼睛眯成一条缝，额头上横开一道一道的皱纹，鼻尖上凝着浑浊的汗珠，即便苍蝇飞进了他的耳孔，他也不会经意。

我们都说，如果夏老师把所有的科目教完，罗杰将是无敌的。

音乐课上，罗杰依然会唱丧歌调，只是新来的老师不欣赏，觉得太怪异，给他表演的机会少得可怜。罗杰并不怎么放在心上。他背疼的时候也比以前少了，即使痛起来，也不大喊大叫，汗水流得淹了脸，他伸手抹掉就是。他被选为了物理科代表，见到夏老师的时候更多了，这使他变了一个人。变得安详。要是不知道他的底细，完全想不到他是一个半岛上的"半人"了。

夏老师没有辜负校长的苦心，终于又快乐起来。把一个无可救药的学生变得那么好，这是她快乐的源泉。刚给我们上物理课的时候，她跟我们之间虽说不上隔膜，却不像上音乐课时那么亲近，现在她又跟我们亲近起来。直到这时候，夏老师才真正回到了我们身边。

然而我们都太小，我们看不透夏老师的心。

或许，我们都太顾自己青春的哀愁了，没有更多的精力走进夏老师的心。

冬季的某一天，上午第一节还没下课，我们听到了猪的惨叫声。

叫声从食堂传来。别看距离那么远，但那将死的畜生，不吝惜自己的全部力气，要把呼号留存在自己活过的世间。我们都觉得奇怪，学校以前杀猪，都是午后，因为学校从没在中午卖过肉，今天是怎么了？那些有钱买得上肉的同学，个个来了精神，在接下来的几个小时，内向的变得开朗了，沉默的变得活泼了，对学习毫无兴趣的，也像所有好学生那样劲头十足了。可是，中午并没有卖肉给学生。不仅如此，学生的饭菜还比哪一天都做得简便，将头天的冷饭冷菜卖完之后，接着卖挂面，也就是揉成碎末煮成糊糊的那种东西。而教师食堂，则重着高大的竹蒸笼，生着旺盛的煤炭火，正热气腾腾地又蒸又煮，却没有一个教师去吃饭。与此同时，我们看见杨主任指挥着十来个半岛人，将从半岛人那里借来的八仙桌和长条凳，往食堂的空坝里搬。

大家这才明白，学校杀猪，不是卖肉给学生。

可能是教师们要聚餐，或者招待外面来的什么客人。

席桌是在下午的上课铃响过之后才摆开的。女班长从班主任那里领了指示，说第一节没老师上课，让我们做作业。话音刚落，食堂那边响起鞭炮声。鞭炮声很短促，只是表达了要表达的某种意思，刚起头就结束了。我们问女班长，那边在干啥？女班长说我怎么知道，又没叫我去吃饭！

不过当天我们就知道了。

那是在举办一场婚礼。

夏老师和管师傅的婚礼！

管理仓库的那个管师傅还记得吗？他就是夏老师的丈夫。

我们吃那一惊，不亚于说罗家坝半岛不属于川东北，而属于川西，甚至属于广东、内蒙古。彼此根本搭不上界，是怎么扯到一起去的？此前，没有任何人看出夏老师和管师傅在谈恋爱，只是，管师傅比以前更精神些了，头发弄得更溜光水滑了，但不论什么时候，也没见他跟夏老师在一起过。自从闹出那档子事，夏老师除了上班，抛头露面的时候非常少，连晚饭后也没见她出来散过步，国庆节那天，学校搞师生联谊晚会，她既没弹琴，也没唱歌，教师们组织的合唱队，里面同样没有她的身影。管师傅倒是经常露面的，好像在校园的任何一个角落都能碰见他，感觉这学校不止一个管师傅，这学校有五六个长着同样面孔也同样“妹”气的管师傅；本来从未见他打过篮球，现在也对篮球发生兴趣了，傍晚时分，他跟杨主任他们一起，在场上又蹦又跳，还胯下运球，虽然每一次都把球打在腿上，碰出老远，如果是打两人一组的半场球，他总是跟杨主任分到一边的。

他替换了以前夏老师的位置——这就是全部征兆。

学校是教书育人的地方，但并不意味着没有等级，无形的等级关系，跟别处一样，是相当严密的。校长（罗传明还兼书记）

位置最高，和下面的副职及各部室主任是学校的领导者，这没什么可说；学生是被教育的对象，也没什么可说。等级最明显的体现，是在教师和职工之间，教师高，职工低，教师和职工自己这样看，学生也这样看。见到教师，学生是要打招呼的，见到职工却不一定；去保管室交米，管师傅过秤时秤杆翘得过高，学生还会跟他理论，甚至跟他吵架；打饭的时候，师傅们的手抖得太过分，抖成了鸡爪风，学生同样要理论，要吵架。

可是现在不同了啊，管师傅是夏老师的丈夫了，我们是如此地热爱夏老师，爱屋及乌，管师傅在我们心里也就高了档次，见到他，我们也要招呼了。

“管师傅好。”我们说。

他微笑着盯着我们，很恳切地提醒：“你们应该叫我管老师才对。”

他的意思我们懂了：他妻子是老师，他自然也应该享受老师的资格，从内容到形式。

那时候我们想笑一笑，也想换一种称呼。可就是笑不出来，想换的那种称呼，也弯曲着身子僵在肚子里。那称呼是从海里捞出的虾，还没来得及呼吸一口水外的空气，就被推进冰库，冻死了。

可管师傅还等着呢。他微笑着的眼睛那么亮，那么充满期待。

于是我们说：“管……师傅……”

他的眼睛不再亮了，只是笑还没有完全退去，我们感觉到他在用劲，在拼尽全力把那点笑留在脸上，关切地对我们说：“好好读书啊，别可惜爹妈给你们送来的钱粮啊。”

然后他走了。他那样子很可怜。真的，很可怜。

但我们并不同情他。我们可能卑小、怯懦，但你看看吧，我们都有一颗很硬的心。

管师傅实在配不上夏老师。差得太远了。我们觉得夏老师是鲜花插在牛粪上。

夏老师自己怎样想，我们不知道。因为她给我们上课，还是很快乐的样子。她甚至做得比以前更加快乐。抽学生起来答问，要是被抽的人答不上来，她就说："罗杰，你帮忙解答一下。"

罗杰说，我也不会。

他说得很低声，很沉闷，而且根本不站起来。

夏老师对前一个学生说："你坐下，我们都想想，讨论讨论。"

然后她走到罗杰身边，跟罗杰"讨论"。她一步一步地往下问，罗杰开始不愿意回答，但他拗不过夏老师的温情和耐心，只好回答了。

有一天，夏老师轻声对罗杰说："你最近是怎么了？真遇到了什么事情，也要像个男子汉！"

听上去，好像罗杰没有遇到什么事情一样。

罗杰流了眼泪。不是当着夏老师流，而是下来偷偷流。那天晚上他在寝室睡觉，被子把整个头捂住，隔一段时间，他咳嗽一声，隔一段时间，又咳嗽一声。他是在掩饰自己的哭泣，我听见了。

流了那一夜泪，他表面上又恢复了以前的样子。不管怎么说，夏老师还在教我们，见到她的机会还相当多。而且比以前更多——这是因为，下了晚自习课，夏老师都长时间坐在办公室里，等着同学们去请教问题。而她的丈夫，管师傅，下课铃声一响，就到办公室来接她。管师傅说："走。"她说别急，学生有问题要问。其实没有谁去问（罗杰见了她丈夫，总是扭头就走），她在藤椅上干坐一会儿，只好跟着丈夫下楼。还是女生心细，过一阵，下课后她们就三三两两地进办公室去了。夏老师特别高兴，给学生讲得特别细心，看她那样子，恨不得一夜就这么讲下去。

后来，女生去了，男生去了，包括罗杰也去了。办公室围得满满的。没问题可请教，就聊些学习上的事，聊些同学间不伤和气的趣闻。管师傅孤单地坐在一旁，没有人跟他说话，他也插不上嘴，就翻挂在墙上的报纸。他的头埋在报纸里，很长时间过去，也没见他动一下。

有天夜里，管师傅拿着报纸睡着了。当他猛然间醒来，见这么亮的灯光，还有这么多人，像被吓住了一样。但他很快明白了是怎么回事，从墙角的藤椅上立起身，对夏老师说："还不回去?"

说得轻言细语。

偏偏那天又不是闲聊，是真有问题要讲，夏老师正翻到书上的一道例题，教我们怎样从例题中举一反三。听了丈夫的话，夏老师的眼神暗了一下，没回答，继续讲题。

管师傅又笑着说："该回去了吧?"

看着他那笑，我们的硬心肠都有些不自在了，在考虑是不是应该撤了。

可夏老师照旧在讲，而且每讲一句话，都要加上"你们看"，分明是要把我们抓住的，我们怎么能撤呢?我们当真撤了，她会怎么想呢?

管师傅这时候拿起桌上的黄色米尺，像开玩笑那样去捅夏老师的书，接连捅了好几下。夏老师的书拿不住，掉到地上去了。

差不多跟书同时掉地的，是管师傅自己。

书掉下去的声音完全被管师傅的声音淹没了，嘟唧一声，地板都震彻了一下。

罗杰一拳打在了他的腮帮上。

毫无征兆的。

两天之后，罗杰被开除了。这个被罗传明身上干净的气味迷住的人，被罗传明开除了。

上次对杨主任使坏，没找到证据，这次铁证如山。

开除一个学生，都要在礼堂集合开大会，全校学生参加。按道理，校长是要讲话的，但罗传明那天没有讲话，他让分管教学的副校长讲了话，然后由教务主任杨发兵宣读了开除罗杰的决定。罗传明坐在主席台正中，脖子向前勾着，脸因此比别人更靠近台下的学生。学生们便利用这近了大约十公分的距离，去观察和研究他的表情。他脸上没有表情，连眼睛也很少眨。正是因为眼睛眨得少，引起了学生们的注意。他眨眼睛不像我们只不过是一种自然的生理反应，眨与不眨，自己也不知道，可他每一次眨眼，都把整个帘子拉下来，让自己瞎那么一两秒钟，又才睁开。

每一次新的光明涌进他的眼睛里，都并没让他的眼睛里添进什么内容。

那光明被他眼睛背后的东西舐掉了，舐得很贪婪，舐得干干净净。

他眼睛背后的东西是什么？——要是我猜得透，我就说出来了。

|下　篇|

逝　川

第十四章

36. 找意思

如果日子是可以数出来的，那么，许多个日子过去了。

我读到大三，也就是听邓教授讲解“巴人消失学”的时候，罗家坝半岛跟以往任何时候一样，满脸忧郁又躁动不安。不过这一次的躁动，跟以往任何时候都有所不同。千百年来，半岛人觉得别人把自己当成目标，后河日夜不息地奔流，每一朵浪花，都带来敌人的消息，也都引起他们的警觉，可是现在，他们发现逝去的河川并没有回头，路经半岛的时候，浪花也没做片刻的停留。后河不只是他们的后河，半岛也没有成为别人的目标。别人的目标在远处，在山川河谷之外。那是一个怎样的世界，半岛人想象不出，也不愿意去想象。在他们沉睡的记忆里，外面的世界密布着大网似的黄昏和潜伏在黄昏里的刀光剑影，他们在一天中最后的明亮时光里，寻找逃生的路。但很显然，而今凡从三河流域走出去的人，见识的并非这样的世界；即便是，也很少有人从那个世界里逃遁，恰恰相反，接连不断的三河子弟，离开家乡，奔赴远方。看上去，这不是被动的“出门”，而是主动的占领。每年春节前夕，从远方寄到镇邮电所的汇款单，跟那时节飘舞的雪花一样稠密。

半岛被冷落了。半岛上的土地再肥沃，水源再丰沛，不过是多打半仓谷子，多收几斗小麦。把这多出的部分卖成钱，连几对双月猪也买不回来，更别说修房子，娶媳妇。

事实上，多年以来，谁也没敢觊觎半岛，晚清政府把这里作为县衙，也只是临时性的。至于那所学校，回龙中学，或许可以称得上“觊觎”，但也仅此一例。所谓被冷落，很可能只是半岛人的不良反应，就像吃了某种药物造成的心慌气躁一样。

奇怪得很，被冷落竟然比被觊觎还让他们不自在。

他们在田土上劳作，显得有些疲疲沓沓的了。这是因为，他们觉得什么都少了意思。把腰打直，放眼田野，原来半岛是这么小啊！杨侯山、灯笼坪、北斗寨、回龙镇，把半岛困住，朝任何一面望去，眼光刚迈出门槛，就被拦了回来。田地似乎也没那么肥沃，庄稼病奄奄的；那些纵横交错的干沟井，凝然不动，面上浮着银质似的流渣，像盖着一层薄膜。

这就是他们生生相守的半岛吗？

一旦觉得没意思，身上的劲头就卸了，手软，腿软，腰往下塌，老想睡觉。可一天到黑地往床上躺，且别说像不像半岛人，连庄稼人也不是！不往床上躺，就只剩下去衙门中院打牌。时过境迁，中院的热闹已经恢复，只是这热闹不再分成两拨——男人的牌局，女人的嘴皮子；现在只有牌局，男女同上阵。可打牌要本钱。先前，打牌只烧“胡子”取乐；现在是赌，输了，一局不落地数现米米，亲娘老子也不认的。半岛上已赌垮了两家。垮的意思，不只是输光了钱，还把家弄散了，分的分，离的离。离婚在半岛上曾经是新鲜事，在整个三河流域也是新鲜事，而今虽然不新鲜，但到底还是让人惧怕的。世间的人，大多以为只有女人才怕离婚，那是因为他们不懂男人。男人也需要家，一个散了的家，还是家吗？半岛上那个因滥赌离了婚的家伙，过得白天不像白天，晚上不像晚上。在别人眼里，他身上少去了老婆那一半的重量，轻飘飘的，如同一根饥荒年间的鸡毛。

“喝酒喝厚了，赌钱赌薄了。”这格言他们是知道的，何况有活生生的例子摆在那里。

不想糟蹋日子的人，不敢随便去赌。

再说也不想去中院看罗建放的脸色。

罗建放的脸色就是没有脸色。

他那个活了百多岁的奶奶，以为时光已拿她没办法，自己永远不会死，然而时光是慈悲的，时光见她的身体一日不济一日，而且越来越胆小怕事——以前她心里依赖着孙媳妇桂秀英，现在桂秀英她也怕了，桂秀英跟人说笑，只要她见了孙媳妇笑的动作，就觉得肯定是在笑她；时光看到了这些，心中不忍，就在某一个下午从她床前路过的时候，顺便把睡梦中的她带走了。奶奶一死，罗建放就交代完所有的老人。这真不是一件好事情，把老人安埋了，看上去是完成了一件人生大事，其实另一个更沉重的“事”已落到心坎上。老人活着的时候，是一片树荫，遮住你，老人没了，树荫散了，你暴露出来了，因而你成了别人的树荫。接下来，是等着别人安埋你了。

谁都会这样想的，罗建放也会这样想。

不过在半岛人看来，罗建放的“没有脸色”，可不是因为这个。

只要没得健忘症，谁又会忘记那年去收复学校食堂的前前后后呢？

罗建放不打牌，但别人打牌的时候，他爱披着一件外衣，去各个牌桌前走动。只是走动，绝不停下来认真地看上一眼。他在牌桌前默默无言地转上十圈八圈，便回家去，磨他的弯刀，编他的花篮。他把花篮编了一大摞。他进竹林砍下皮面金黄的粗大老竹，哗啦哗啦地在地面上拖，并且故意从人们打牌的地方经过；之后，听到他破竹的声响，那声响罡声罡气，能钻几层院落，好像罗建放把自己体内的声响也加了进去。牌桌上依然在说，在笑，在用最恶毒的字眼骂自己的手气，但罗建放的声音却更持久，更固执，像竹簧一样更具有韧性，老半天过去，还往你耳朵里灌，并自然而然地让你想起他那张没有脸色的脸。只有那些牌瘾登堂的人，或者干脆以赌博为生的人，才能忍受，稍稍有点节制的，往中院的路上走了一半的路程，犹豫了，犹豫一阵，说声：“嗨！”便倒转回来。

可是倒回来又干什么呢？总不能像建放那样成天编花篮，那东西今年编上几个，后年才会用烂。也不能老是躺在床上，一天应该在床上躺多长时间，老天爷是有安排的，超过了，床就不是供你休息，而是变成最不知足的女人，掏你的身子，吸你的精气，把你吸得空空的，眼睛打花，走路打飘，甚至分不出个高低上下。那就下地去吧？地里不仅没有意思，半岛人还发现，地里的活是越来越不经做了。先前，天麻麻亮就进田间，中午饭还要孩子或老人送去，天黑得看不见路才回来，活依然做不完；现在，认真地去做一个上午，活就没了！你再想东摸西摸，就没有什么东西让你摸了；并非不允许你摸，是实在不需要你摸，你也没有了摸的心情。

半岛人也在思谋这其中的道理，摆在桌面上的道理很简单：以前只用农家肥，家里的人畜屙不了那么快，也屙不了那么多，只好去捡野屎，捡上大半天，也捡不满一篼箕；把农家肥一担一担地送进地里，育稻谷、小麦、玉米、土豆、红薯，每育一季庄稼，侍候一季蔬菜瓜果，肩膀都会厚上一块。眼下大多用化肥，农家肥只作为点缀，坝上的有些懒汉，粪坑溢出来，把周围的路弄得不敢下脚，还不知道挑几担送进地里去。用化肥多方便啊，去自家田地附近的后河、渠堰或干沟井里舀上水，将肥料按比例兑了，一桶就能淋好大一片；要是稻田，直接把化肥往里面撒就是。以前除杂草，全靠人力，稻秧长到尺多高，一家大小就要下田去“溜”，看上去像摆着空手在田里玩耍，其实力道全用在脚趾上，大脚趾将荇草、水葫芦草的草根挑起来，再连根带叶地踩进土里，还不能伤及身旁的庄稼，遇到根系发达的稗草之类，还得弯腰去扯。这是一项浩大的工程，一季稻子不“溜”它个三回五回，秋来就别指望丰收。至于旱地里的野草，得用锄头铲，有时作物太密，锄头进不去，就靠人的双手，蹲下身，被太阳晒，被地气蒸，一天下来，手被勒起血口子，腿蹲肿了，胯里的东西烤熟了。现在除草，用的是灭绿剂，一喷，草看着看着就黄了、死了！那东西很神奇，只杀野草不杀作物，杀一次，要管一年半载的，把自家的田地喷个遍，一天不够，两天还不够吗？再就是，以前种庄稼不用农药，那些绿色的、黄色的、肉乎乎的家伙，是鸟的天然食物；可有一些虫子，比如玉米虫，鸟就无能为力，玉米秆长到半人高的时候，它们钻进卷筒深处，吃芯。遇到这种狡猾角色，人得去捉，手伸不进去，就用铁钩子钩。现在嘛，农药洒，百虫僵！

当然，僵掉的不仅是虫子，还有鸟。

田间随时可以发现死鸟。

死去的鸟翅膀脏兮兮的，嘴角牵着血丝。

只不过两三年时间，半岛的天空差不多就把鸟鸣和鸟影腾空了。

鸟是救护之舟，接收并将死亡的遗骸运走，送回到生命的领域和纯洁事物的世界。这话像是哲学家或宗教家说的，说得很对。可是现在，鸟越来越少了，连回龙中学槐树林中的鸟也少去了大半，东娃想吃鸟肉，虽然无一次落空（陈副镇长将他那把弹枪收走后，他去镇上捡来一个板板车轮胎，剥出内胎剪成条，做了一把威力更大的弹枪），但像先前那样吃得想吐的事，不会再发生了。

——摆出来的道理半岛人都明白，对那些藏在深处的道理，他们也心知肚明，只是不愿说出口。

那深处的道理就是：半岛，半岛上的田土，包括后河与中河，真的不像先前那样有意思了。

外面有一个世界，那个世界被杨侯山、北斗寨、灯笼坪以及深山更深处的“老山人”（半岛人和镇上人对山区人的蔑称）开辟出来，但半岛人怎么能尾随而去呢？那个世界又不是他们开辟的！

即便剥掉这层傲慢，半岛人同样不能跟去。

否则，就意味着承认生生世世拼死拼活守卫的半岛，原本不值得守卫。

他们的躁动不安，就是这样来的。

这里不能去，那里不能去，就去镇上吧！

半岛没意思，镇上有。

回龙镇已大变模样。

它多出了整整一条平行街。这条街称为新街。新街比老街长一倍，宽两倍有余，马路从新街中间穿过；因此，新街以马路为界，又分为南街和北街。修这条街，死了三个工人，从北斗寨底座取土的时候，北斗寨不高兴，某天夜里，从山腰崩下一块巨石，砸在帐篷顶上，将那顶帐蓬砸到地底下两米多深，住在里面的三个人，是用炸药把巨石崩碎才取出来的。取出来的是三张皮和一些肉渣。新街建成，老街就冷清了。先前卖菜，去戏园可以，沿街一站也可以，总之想在哪里卖就在哪里卖，现在新街修了农贸市场，卖菜卖肉，都只能去那个长方形的、被蓝色石棉瓦盖起来的坝子里。汽车站、百货商场、镇政府、卫生所，凡热闹的，像模像样的，都集中到新街去了；何况还有汽车穿梭来往，喇叭声和汽油味儿，是乡里人喜欢听的，也喜欢闻的。这代表的是一种气象。

跟新街一比，老街差不多是一条死街。它是多么破败呀，新街的钢筋水泥，羞得老街的木板房无地自容。老街的木板房一点也不比半岛衙门的木板房好看，衙门的板房破一点修一点，而镇上的那些家伙懒得修，他们只知道赚钱，哪怕住在厕所里，只要能赚钱，都无所谓，因此一眼望去，到处穿眼漏壁。倒是中街的那个牌坊还算气派，这牌坊不知是哪朝哪代为哪个贞女烈妇修建的。老街热闹的时候，没人注意它，老街一空，它倒显出沉默的威严来了，甚至奇异地带着令人怀想的光辉。

不过，尽管老街被冷落了，但镇上的“意思”，既出自新街，也出自老街。老街并没有死。生意做不过新街，老街人便想别的法子，开茶馆、相面馆、铁匠铺、油坊。新街上什么都能买到，然而跟乡民贴皮贴肉又贴心贴肺的，还是老街。因此，往往是去新街把该办的事办了，就猫进老街里。

不想进茶馆打牌，就跟算命先生闲扯，跟铁匠铺老板说说锄头做成什么形状最好使，拴羊圈（铁打的）插多深羊才不会跑掉。要不，就去化道符水，消消灾。化符水的是个面皮绷得很紧的中年男人，他随便撕下一片纸，舌头在纸上舔几下，再啪地一掌贴到你额头上，闭着眼睛念几声咒语，问你：“麻不麻？”这时候你仿佛不仅感觉到麻，还痛，头皮像有电流蹿过，听得见皮子的轻爽炸响。你给出了肯定的回答，他就说：“你走吧，百步之内，千万别回头。”你听从他的指令，跨过他家那道盈尺高的门槛，提着一颗心边走边数，熟人给你打招呼也不应，直到数满一百步，心才松下来了，觉得千灾万劫也都祛了。因老街不像新街那样管理规范，卖野药的沿街摆摊，吆喝声此起彼伏。有些人说自己来自西藏，披肩的头发，黑沉沉的脸，还有遮住半边肩膀的僧衣，看上去也果然像西藏来的。摆放在他们面前那些巨大的、枝杈纵横的动物头骨，都是稀罕之物。推销小东小西的贩子，用干喇叭一刻不停地叫："两元，两元，锅铲两元、剪刀两元，全都两元！买得着，划得着，家家户户用得着！"还有那卖耗子药的，真是古怪，他卖的耗子药不是让耗子吃掉再将其杀死，而是指头大小的一团黑黢黢的东西，说那东西能发出一种气味，让怀孕的母鼠堕胎，控制耗子的繁殖！还说那气味不是别的气味，就是公鼠的气味，公鼠就是用这种气味让怀孕的母鼠堕胎，再跟母鼠交配，好留下自己的基因。还有那个卖"不粘锅"的，每隔几场就要来一趟，每次来都表演煎鸡蛋，在锅里只用刷子刷薄薄的一层菜油，火也开得很小，可一只鸡蛋刚磕下去，就"苏苏苏"地冒出亮泡，三铲两铲，金黄可人，他再弯腰轻轻一吹，那团金黄飘起来了，飘入人群中，谁抓到谁吃！这时候他才宣讲那锅的好处：不费油，不费火，还——他把铲子在锅里搅拌两下——不粘锅！的确，那锅里无半点残渣，手懒脚惰的，首先就想：这锅用一辈子，也不用洗的吧。

可不管他怎么吹得天花乱坠，自己的心怎么动得枝摇叶晃，要把手伸进荷包里掏钱，也难。那家伙，差不百多块钱一口，是随便敢往家里搬的？但在野药面前就不一定了，你往地摊前一站，听那人说他的药可以治眼病，治风湿，治肾虚，你和你的家人，本来没有眼病没有风湿肾也不虚，可听着听着，眼睛迎风落泪了，风湿把手脚弄麻木了，肾不行了，腰酸背痛了，于是说："我要一点。"那人便一面继续吆喝，一面用锯子锯，用斧子劈，之后用草纸包好，称也懒得称一下，说："给五块，药只多不少。"你掂一掂，感觉确实赚了，把钱小心翼翼地摸出来，递给他。对那些小东小西，同样如此，你家里本来不缺锅铲，也不缺剪刀，可不过就两块钱么，买一个存在那里，又有何妨呢？于是你也买了。甚至你根本就不相信的老鼠堕胎药，也花上一元两元地买下。

你带着这些东西，往家里走，走到半途，有些后悔。

但后悔是浅浅的，毕竟没让你花大价钱。

浅浅的后悔，本身也是一种乐趣。

罗疤子就经常去镇上体验这样的乐趣。

37. 衣服

他敢于去体验，是因为现在家里的开销实在很小。油盐柴米酱醋茶，在乡里人，柴和米是自产的，油菜籽也是自产的，只不过把菜籽背到镇上去换成油，还需交少少的一点加工费；酱醋茶嘛，是奢侈品，有呢，也能像镇上或城里人那样，会吃，能吃，没有也就罢了，何况灯笼坪的半山腰有一大片无主的茶林，只要不怕踩虚了脚丢命，把茶叶当菜吃也吃不完。这开门七宗事，真正要花钱的是盐巴，那又值什么啊，买小小的一包，要吃一个月。当然，买肥料要钱，买农药要钱，可这些钱都是应该而且必须花的，既然应该而且必须，它就像生长在这棵树上的枝叶，树活着，它也就活着，只有树死去它才会死，因而是自然而然的，不必挂在心上的。家里的几个人，他，老婆，儿子，都无病无灾，好几年来，连感冒也没得过。至于儿子背疼的毛病，虽隔那么三五月会发作一次，但根本不需要弄药，过一会儿就好了；而且，自从那次接连痛了三天之后，就越来越轻了，他嘴上在大叫大嚷，身上却不流一滴汗。许多时候，罗疤子简直怀疑儿子的背痛只是一种习惯。

那次长达七十多个钟头的疼痛，是因为夏老师。

这东西，他为夏老师吃了亏，可他还是为夏老师痛。

罗疤子早就断定他是要吃亏的。那一年，他腰间拴根稻草绳在学校的操场上扇了儿子一个耳光，就是觉得儿子要吃亏。那天，罗杰回家吃晚饭，只刨两口就不吃了，然后躲到自己房间里去，打开箱子，把他保存的姐姐的遗物，拿出来一样一样地检视。他母亲跟进去，没说一句话又出来了，眼睛红红的。儿子想姐姐，她也想女儿了。罗疤子不知道怎么回事，把碗一放，也进去看。罗杰对父亲视而不见，只把那些失去光泽的衣服、手绢、布条之类排列在床上，用手碾压，想把它们弄平整。罗疤子心里酸酸的，说杰娃，你这是干啥呀？罗杰说，我给夏老师送件礼物，我看哪件礼物合适。他只是在说心里的话，没想到是父亲在问他。那时候，罗疤子就觉得他是要吃亏的。罗疤子是第一个看出罗杰把夏老师当成了姐姐的人。他要让姐姐活过来，不是按以前的那种样子活，是按夏老师的样子活。他不知道按夏老师那种活法的女人，就不是他的姐姐了。他注定是要吃亏的。

那天罗疤子把床上的东西抓起来，塞进箱子。那些东西一到了罗疤子的手里，立即像一个死人的遗物那样松脆。罗疤子说："儿子，"——他没叫杰娃，叫了声儿子，"你不要进学堂去了。"罗杰没听清他说什么，起身走了。罗疤子追出来，他一直捆在腰间没有解下的稻草绳，也跟着他追出来。罗疤子说，你进学堂没有好结果的。罗疤子说，我一开始就不该让你进学。罗疤子说，就算你真想进学，晚上也回家来睡吧。前两句话罗杰没听清，后一句话听清了，但他没回答父亲。他不是像我曾经猜想的那样被家里撵出来的，他是真不想在家里待。姐姐现在又不是活在家里。

父子俩进了学校的圆门，罗疤子将儿子拉住，口气变得严厉了："你那个夏老师，不是个好人！"

其实罗疤子的本意是想说：你那个夏老师不会给你带来福音。

但他不会这样说话，他只会说夏老师不是个好人。

就为这句话，父子俩才厉害地吵起来的，罗杰也才因此挨了耳光。

不过那一耳光并非没起作用，罗杰到底没将姐姐的遗物当成礼物送给夏老师。

还是来说说与罗杰那次长时间背痛有关的事情吧。

刚被学校开除的那些日子，罗杰白天下地，晚上回家，规规矩矩。这跟以前的罗杰比较，是变了。他变，只是因为他明白了世间还有另外一种规则。

父亲让他别进学堂，他没听父亲的，但他最终服从了另外一种规则。

可没过多久，另一种规则对他不起作用了。

隔三岔五，他又夜不归宿，傍晚时分，又到学校礼堂的西门外，听夏老师弹琴。

夏老师不教音乐课，且住到了雀儿山，但她傍晚依然去礼堂弹琴。

罗杰听了一个春天，又一个春天，第三个春天还没到来的时候，琴声哑了。

——夏老师调回重庆去了！

在最需要故乡收留她的时候，故乡把她推开；当她嫁了不想嫁的男人，而且女儿已快满两岁，故乡却大度地向她敞开了怀抱。对此，校长罗传明也摇头叹息。

夏老师走，当然要带着丈夫。管师傅——我们之后的新生，都把管师傅改叫管老师了——以为这辈子能在县办的回龙中学当个保管员，能娶一个貌美如花既会教音乐又会教物理的重庆知青，已经是他人生的巅峰了，没想到还能做一个大城市的公民。夏老师回重庆依然做中学教师，同时她把丈夫的工作也落实了，是在她从教的学校管理学生，同样是管，在半岛是管不会说话的粮食，在重庆是管学生，管粮食的称为保管员，管学生的称为生活老师，其间的区别，可谓天悬地隔了，从此，他让学生叫他管老师，再不是沾了老婆的光，而是他应该享受的“格”。

离开回龙中学的前一夜，教职工为他们一家送行。那时候，学校在雀儿山左侧，也就是西厕上方，修了教职工俱乐部。那天就到教职工俱乐部吃零食，喝啤酒，唱卡拉OK。

尽管是玩儿，但既然有了一个主题，还是需要一个主持人的。主持人并没有首先亮相，而是罗传明先拿起了话筒。他简要地讲了几句话，就把话筒递给常务副校长。这个副校长姓高，刚从外面调来，并不是半岛人，也跟半岛人没有什么亲密关系。上面的用意很明显，就是让老高尽快把罗传明的班接过来。罗传明虽然早过了退休年龄，但他的身体挺好的，思维也相当敏捷，那些带哲理性质的话，依然能张口就来，比如他教育学生要勇敢时说：有了方向的勇敢，才是真的勇敢，大家想想“不入虎穴，焉得虎子”这句话，这是教我们勇敢的，可是，我们为什么要得虎子呢？老虎跟人一样，历经多少辛苦才生下一个孩子，我们凭什么要去“得”呢？所以，入虎穴的勇敢，不配叫勇敢。由此看出，要罗传明把校长继续当下去，完全没有问题。但上面派来了老高。上面的这一举动似乎表明，他们不再忧惧半岛人了，掌管回龙中学帅印的，也不一定非半岛人或与半岛沾亲带故的人不可了。罗传明是知趣的，他觉得自己在回龙中学待的时候已经够长了，实在是够长了，说到退，倒不一定愿意，可既然上面的意图已“昭然若揭”，又何必死盯住那把椅子不放？死盯住不放又有什么用？他连恋恋不舍的样子也不愿做出来。

高副校长也是个知趣的人，从他踏进校门的那一刻起，就表现得特别的谦恭，唯罗传明马首是瞻，且在有意无意之间，透露出这样的意思：即使他把罗校长的班接过来，无论大事小事，依然要踏着罗校长的脚印子走。今天，罗校长都只简要地讲了几句，他怎么好多讲？罗校长讲话的时候，老高是数着的，加上两个语气助词，一共九句，于是老高只讲了七句，就把话筒交给了主持人。

主持人是杨主任。

杨主任跟管师傅一家保持着非常良好的关系，特别是跟管师傅，亲兄弟似的，两人除了经常在球场上相见，还一同散步，一同去镇上；管师傅家弄了好吃的，也把杨主任请到家里去吃。不仅如此，管师傅的女儿还拜杨主任做了干爹。夏老师知道半岛人把干爹叫保爹，女儿生在半岛上，就让她从了半岛的叫法。对夏老师来说，听到女儿这样叫，也是她一段生活的记忆。那小家伙会叫爸爸妈妈的时候，也就会叫保爹了，校园里，经常响起她奶声奶气的声音：“保爹！保爹！”她的声音让人想起乳汁，人也白净得像团奶酪。夏老师长得好看，管师傅也称得上俊秀，生下的女儿自然不会难看，老师学生都喜欢她，做保爹的杨主任自然更不必说，只要看见她在外面晃晃悠悠地走路，就过去把她抱起来，说：“叫，叫保爹！”孩子叫了，再领受保爹的亲吻。杨主任每次亲她，下嘴都特别狠，像是恨不得把她亲化一样。

由于两位校长讲话太过收敛，气氛略微有些沉闷。不过这没关系，杨主任自会调节。他说话中气很足，加之脖子偏短，有一点向下“坐”的姿势，声音似乎也缩短了距离，出来时显得更加强势，让话筒时时发出爆破音。他相当动情地陈述了夏老师夫妇为学校做出的巨大贡献：管师傅来回龙中学管理仓库整整八年，一斤一两都有出处；夏老师呢，教音乐，又教物理，一浪漫，一实证，她在这比后河与后巴河还大的落差间行走，却做得游刃有余。

陈述完毕，杨主任让大家共同举杯，欢送夫妇俩远走高飞。

话讲过了，酒也喝过了，接下来就是娱乐。那时候的卡拉OK还是稀罕玩意儿，镇上新街上有两家，是做生意的，这两家一天差不多有十六个小时客人爆满，在车喧人语之外，又给新街添了别样的热闹。回龙中学的全套音响，只比镇上那两家晚买三天，那两家是在县城买的，罗传明却派专人去市里买，且不说音响质量，只从购买地而论，也比镇上那两家高了档次。因为稀罕，教职工热情很高，逮着一个机会，就想吼上几嗓子。平日里从不会哼一句歌的，唱起卡拉 OK 却都那么忘情，在别人听来荒腔走板，鬼哭狼嚎，而在自己听来却入心入骨，感人肺腑。杨主任和管师傅都是俱乐部的常客，每个周末都来的，每次都霸着话筒不丢。不过管师傅对杨主任很谦让，他不仅是领导，还是女儿的保爹呀，遇到他跟杨主任都喜欢的歌，他总是让杨主任唱，而且绝不拿起另一支话筒瞎掺和，免得辱没了杨主任的美妙歌喉。杨主任唱歌真是不错的，厚实的嗓音摆在那里，加上夏老师经常傍晚时分在礼堂弹琴，他喜欢跟着和，对音乐的节奏也比常人理解得丰满些。

今天差不多还是杨主任和管师傅霸着唱，他们各自点了自己的歌，当苏联歌曲《小路》的音乐响起，杨主任把话筒拿上了。杨主任开始清他的嗓子。他的嗓子没有问题，他这样做，证明他把唱这首歌当成特别郑重的事情。可一清理，才发现嗓子是有问题的，接连清了四下，嗓子还是像被什么东西蒙住了，发出的声音很怪。当画面上出现了提示歌者的三个圆圈，杨主任用力地咳嗽一声，站得笔直，准备等那三个圆圈红到最后一个的时候，就开始演唱。

然而，接下来的事谁也没有想到。

独坐在沙发上拿起啤酒瓶灌酒的管师傅，将酒瓶砰的一声蹾在玻钢茶几上，身子一纵，跃过茶几，去把杨主任的话筒给抢了！

这动作实在太突然了，跃过茶几的时候，带倒了啤酒瓶，磨石地板上乒乒乓乓一阵乱响。

“这是我点的，”他说，“凭什么你唱！”

杨主任措手不及。在场的所有人也都呆了。

呆了大约几秒钟，管师傅的女儿哇的一声哭起来。她那时候站在妈妈的两腿间，妈妈跟旁边的人说话，她便自己玩耍，伸出小小的指头，做“虫虫虫虫飞”。结果虫虫没有飞，爸爸却飞起来了。

管师傅是很爱女儿的，女儿一哭，他歌也不唱，走过去抱她。

女儿受了惊吓，两只手胡乱挥舞，不要爸爸抱。

杨主任笑了。先是无声地笑，然后嘿嘿嘿地笑。只是每一声“嘿”都很短促，而且很不连贯。

笑过后，见孩子哭得撕心裂肺的，他便过去逗她。

他把手一张，孩子就往保爹的怀里扑。

管师傅给了孩子一记耳光。

这一记耳光，终于把事情彻底搞砸了。卡拉还没 OK，就散了伙。

当罗杰知道夏老师彻底离开了半岛，在床上躺了三天，背剧烈地痛了三天。

这一次剧痛，仿佛做了一个了结，之后就只剩下余波了。

自从木船无缘无故地丢失，罗疤子没再造新船，也没再下河打过鱼，弄过水。但在他很年轻的时候，常常在洪水季节，踏着汹涌的波涛去捞河。他知道，当躲过呼啸而来的水头子，进入到舒阔的余波里，会是多么惬意的感觉。

罗疤子坚信，世界从来就没有错过。不管怎样，日子在越过越好。只要儿子的背痛轻微了，或者说仅仅是一种习惯了，那毛病和东娃之间的联系，就日渐淡薄，罗疤子就可以慢慢忘记他在罗建放那里受到的羞辱。这几年来，罗疤子和罗建放没再争吵过，也说不上暗斗。各种各的田地，各过各的日子，有什么好斗的？当然，他们也并没有和解，两人在路上相遇，即使只对一下眼神，空气也会发热，但每一次都不会接上火。他们走着不一样的道路，而且都有各自的骄傲。在整个半岛，只有罗建放才是既不打牌又很少上街的人，罗建放上街，必然是有非办不可的事，绝不是因为觉得半岛"没有意思"。他的全部"意思"都在半岛上，他的身体和精神，一直生活在半岛上，除了半岛给他带来的乐趣，在他眼里，其他一切都不存在。这是罗建放的骄傲。而罗疤子的骄傲在于——是的，罗疤子也找到自己的骄傲了——他跟绝大多数半岛人一样，没事就去镇上看稀奇，找乐子，当一天的光阴从早走到晚，他从镇上回来，心里盛满了各种趣闻，各种人生。如果罗建放愿意听，他真想把那些趣闻给罗建放好好说一说！

很显然，罗建放不愿意听。

镇子离半岛这么近，他要是有兴趣，自己带着眼睛去看就是了，何必听别人说？

意识到这一点，罗疤子的骄傲就像一盏灯那样暗下去了。

他发现，罗建放的骄傲是树，自己的骄傲是浮萍。

每当跟罗建放对过眼目，罗疤子都要沮丧老半天。这是因为，他跟绝大多数半岛人走着一样的路，想法却是不一样的，他一不留神抬腿就往镇上走，并非觉得半岛没有意思，他是在给自己吃麻药！罗建放的眼神是一剂解药针，将他扎醒，让他想起自己跟半岛的全部联系。

回到家，他不像往天那样给老婆和儿子描述见闻，而是独自坐进偏厦，出神……某年某月的某一天，夜里，广场上在跳摆手舞，除了女儿，他一家人都没有去……女儿也就在那天夜里被人欺负了。我的老天哪，她被人欺负了……

有段时间，罗疤子过敏到害怕看到盐，家里谁要是提到盐字，他也会发火。

——“巴盐”，这真是秀儿为她孩子取的名字吗？

他和他的儿子罗杰，都在为这个古怪的名字着迷，但他们都没有找到答案。

许多次，罗疤子热血上涌，要去查访透露这消息的一男一女。他相信要查访出来并不难，但那股呼啸的热血，总是在他跨出门去之前就偃旗息鼓。真相，人人都需要的真相，也是人人都惧怕的，真相一旦揭露，也不是所有人都能接受的。真相可以澄清一些东西，也可以毁灭一些东西。

罗疤子需要澄清什么呢？女儿活着的时候，是那样可怜的一种活法，她自己可怜，也弄得一家人跟着灰头土脸，女儿死了，只要那一男一女口紧，在大多数人眼里，女儿就是清白地死去的，这就够了。他不需要澄清，他只看到真相呈现之后的毁灭，因而故意回避真相。

他宁愿过这种日子。

他希望这样的日子一直把他送到终点。“终点”这说法并不地道，人生不同于车站，再远的路程，人们也知道车站的终点在哪里，可几乎没有人知道人生的终点。因为不知道，哪怕打个转身就到了，也有理由觉得去终点的路无限漫长。罗建放是这样想的，罗疤子也是这样想的。

因此，他所谓的“终点”，就是没有终点。

好几年过去，罗巴艳的那座坟，已经不成样子了。张云梅在黑暗中粗手粗脚地垒出的那具“独木舟”，已没有了舟的形状，船尖没了，船舷缺了，连那土堆也差不多被风啃光了，剩下的部分，蚂蚁搬，蚯蚓钻，给人七零八落的印象。真的，如果不是罗杰竖起的木栅栏还在，已经很难看出那地底下埋过人。张云梅好几次说起要去把坟重新垒一垒，都被罗疤子严厉制止；罗杰想去扒开枯枝败叶把坟晒一晒，罗疤子也举起火把相威胁。他们母子已许久没进过麻柳林了。

这样好。对过去的某些事情，罗疤子一个人忘记不行，必须一家人都忘记。

最好，是让整个半岛集体失忆！

要是当年，罗疤子自信有那样的力量，他可以让半岛人记住，也可以让半岛人忘却。但现在不行了，他顶了天的权威，就是管住自己的家里人。不过他心里清楚，他的儿子，罗杰，只是表面忘记了。这东西，他内心的那块伤疤好像始终是活着的，他长，它也长，有时候，它比他长得更快。他不是在为自己活着，他为那块伤疤活着。他似乎从来没想过怎样把那块伤疤治好，而是悉心地养护着它。他觉得它比他本人更重要。正因此，时至今日，他已二十好几，也没能说上小妹儿（半岛人对未婚妻的称呼）。是他主动不要小妹儿的。五年前就有媒人上门，他不要。现在，即便他想要也不一定找得到了，半岛之外的姑娘，曾经把半岛当成金窝窝银窝窝，眼下可不这么看，她们在山川河谷之外，发现了另外的世界，她们像迁徙的羚羊，忘命地扑去，全然不顾途中的艰辛，也不顾有狮子豹子和鳄鱼的围追堵截。罗疤子有好多次在镇上看见那些从外地归来的姑娘，她们大冬天也穿着裙子，大热天也穿着高筒靴，打扮得像个城里人。看来，那个世界水草丰美，值得她们去奔。

可是，半岛怎么办？他的儿子怎么办？

人家东娃，都不知换多少个小妹儿了！而今鸟少了，鸟肉难寻，在半岛上，就很难看到东娃的影子。他差不多整个白天都在镇上，有时晚上也不回来。他去镇上是打桌球。老街尽西，有一条宽敞的土路直通清溪河码头，清溪河下游乡民赶场，都在这个码头上下；高台之上，土路的西侧，名叫滨河路，是被房产商圈出来准备修楼房的，地早就圈在那里，却不见动静，一直空着，附近居民为那房产商心疼，老觉得大笔大笔的钞票，正像河水一样流走，不如自己想些主意，去把那钱捞些回来，捞多少是多少。虽没修围墙，可地是人家的，只能简便从事，于是摆了几张台球桌，要是某一天房产商不高兴，把桌子撤走就是。东娃天天去那里打桌球。跟他一起的，是几个街娃儿。几个街娃儿把头发弄得像刺猬毛，要么上身光着，要么穿件衣服下摆拖到膝盖上，他们以这种方式表明自己的特立独行。镇上人都很怕他们。其实他们不偷不抢，对街坊邻居，甚至还相当礼貌，可就是不敢跟他们接近。他们真的就像刺猬，只能顺着毛毛抹，否则就扎你。那些家伙都是啃老族，衣食不愁，无忧无虑，出手打架，不知轻重，既敢收别人的命，也敢丢自己的命。然而，几个街娃儿都听东娃的，东娃是他们的头儿。东娃去的第一天，就成了他们的头儿。东娃的头发老老实实，也从不穿奇装异服，街娃儿服他，没有别的原因，只因为：他是半岛人！

东娃要的小妹儿，全都是镇上的。

他要小妹儿就像穿衣服。没有哪件衣服可以穿一辈子的。穿旧了，他就扔掉。当然，好多件衣服不等穿旧，刚刚上身，他就脱下来了。奇怪的是，那些花骨朵似的镇上女孩儿，怎么看得上肥猪一样的东娃呢？东娃越来越胖了，脖子几乎没有，肚子里面像装了个超大篮球，皮带不是系在腰上，也不是系在屁股上，而像是系在大腿上的，那些女孩明眸善睐，怎么就看不见东娃的这副丑相呢？更奇怪的是，镇上虽多出了一条街，人口也增加了不少（那些去外面挣了钱的农民，接二连三都来镇上买房了），可究竟说来，它还只是一个镇子，那些女孩子之间，彼此都熟识，有的还是从小一块儿跳橡皮筋长大的伙伴，她们分明知道自己的伙伴刚刚被东娃脱下来，怎么又答应让他把自己穿上身呢？东娃这么穿来穿去，脱来脱去，怎么就从来没听说过她们找东娃要个说法呢？

东娃现在穿在身上的，是一个高个子女孩。那女孩有一米七四，东娃有一米六五，在半岛人中，并不算矮，可跟那女孩走在一起，就像女孩随身带着的凳子。

你知道那女孩是谁吗？

她就是罗建放大闹学校食堂的时候，带人来处理的那个陈副镇长的女儿！

陈副镇长在官运上可谓很不走运，混到今天，还是个副镇长。他的上司，镇长和书记，一个在本县当了县委副书记，一个去邻县做了宣传部部长，他的平级，全都到别的乡镇掌了印把子，唯有他，还在老地方做“千年副”！不过，一株草采同一块地气采得太久，也会成精的，何况是人，何况是本就相当精明的人。他后来的上司，再厉害的角色，在他面前也要赔几分小心，他是“地头蛇”，知道哪一处水湾里有龙，哪一个山洞里有蟒，也知道辖区内的住户，门朝哪方开，开门之后，对你说话是白眼还是青眼，同时还知道怎样让他们把白眼变成青眼。更重要的是，他有对付半岛人的一整套经验。这经验可用四个字概括：明软暗硬。半岛人的眼睛是不钻山的，只看得见表皮，而且把浮在表皮上的东西当成真东西，那些家伙对硬有一种天然的抗拒，却特别服软，你一软，他也跟着软，他甚至比你还软；跟要硬就硬到底一样，他软也要软到底，根本不知道也绝不提防你是软中带硬的，等到吃了亏，他也不一定明白得过来，明白过来了也不知道怎么办才好。他们不会出招，只会接招，接招时又不会见招拆招，比如怎样接软中带硬这一招，那些长着直肠子的家伙把脑袋抠破也是抠不出个办法来的。这经验太好了，用于收拾半岛人，可以说指点打点。罗建放不就被收拾了吗！

所以，陈副镇长在回龙镇就像一个舵爷，走在街上，总是握着拳头的，两只胳膊，也总是抻开来挥舞着的。

可以唬住下级，甚至也可以唬住上级，本是多么威风的一个人物，却偏偏拿自己女儿没奈何。

因对半岛历来没有好印象，加上女儿从小就不受管束，他想把女儿放在眼皮底下，念初中没让她去半岛，而是在镇上的中心校。中心校有初中，没有高中，女儿初中毕业，他又把女儿送到县城，在本县的最高学府宣汉县中学念高中。那时候，他已在县城买了房子，老婆也便跟进县城去照顾女儿。女儿只读了半学期，就把学业丢到一边，去县歌舞剧团开办的舞蹈班学习跳舞。她有跳舞的身材，也不缺少天赋，可要把舞跳好，除需要童子功，还要舍得流汗，她没有童子功，至于舍得流汗，那是别人的事，跟她没有任何关系，学了几个月，她自己也没兴趣了。正说回到学校，好好念书吧，市里组建了一个曲棍球队，到处选人，不知怎么就把她选上了。她去市里待了将近半年，又打道回府。这次不是她主动回来的，而是那个草台班子垮杆了。从此，她坚决不踏进学校的大门，在县城里东游西荡，都快成女阿飞了。母亲不能眼睁睁看着女儿毁掉，干脆把她领回了镇上。

她回镇不上二十天，入了东娃的眼。

有一天，她在街上摇摇摆摆地嗑着瓜子闲逛，东娃问那几个街娃儿："那女娃子叫什么名字？"

街娃儿说："叫陈倩。"

东娃说："你们都记住了，陈倩是我的啊。"

街娃儿们笑："你能把她弄上手？"

东娃没正面回答，只说："麻烦各位兄弟去放个信，谁敢找陈倩做小妹儿，我要他一条腿。"

街娃儿们果然跑新街串老街地把信放出去了。

陈倩根本就没打算在镇上找男朋友，她父母也绝不允许她在回龙镇生根。对陈副镇长来说，回龙镇既是他的发家地、根据地，同时也是他的伤心地，他呼吸着这里的空气，但并不爱这片土地。他觉得这片土地很对不起他。再说，做父母的，谁不希望儿女好呢，水往低处流，人往高处走，普通人家的孩子，山里的往坝下嫁，村上的往镇里嫁，陈倩无论如何也该嫁到县城去，这是最低标准，因为她的户口早就落在了县城，她本身就是县城人。虽然，女儿在学业上让做父亲的失望，但暗地里，陈副镇长对女儿的未来是抱着美好想象的，她毕竟是女孩子，女孩子嘛，干得好不如嫁得好，这话不中听，可你很难驳倒它。凭女儿芙蓉照水似的脸蛋子，春风拂柳似的身段子，长相差些的，地位低些的，只跟她打个照面，先就自惭形秽了。

然而，偏偏，她跟长得像口坛子一样东娃好上了！

长相倒是其次，可东娃是个什么东西？

一个乡下的蛮子！

东娃是怎样把女儿钓上钩的，陈副镇长全不知情，他的手下倒是有两个人知道，但不敢说给他听。直到亲眼看见东娃吊着女儿的膀子招摇过市，他开始依然不信，以为自己进入了另一个时空。

那天空气干净，阳光明亮，陈副镇长在办公室看了几份文件，二目发酸，便站起身，面向窗口。街道上人来人往，从三楼的窗口望下去，有一种从仙界俯视凡尘的意境。可那些凡尘中人，行色匆匆，谁也没有朝仙界望一眼，也没有望他一眼。陈副镇长似乎有些生气，同时感受到了一种难以言说的孤独。他揉了揉眼睛，准备坐下来继续翻阅文件，可就在他把手从眼睛上拿开的时候，看到几十米开外菜市场下方的斜坡上，扭动着一男一女。

女的是他女儿，男的是东娃——这东西，那次陈副镇长在半岛上见过一面，就不会忘记，何况还经常在码头的台球桌边看见他。

东娃的一只手吊着女儿的膀子，往码头方向走。没走几步，东娃不知为什么事高兴，把手抽出来，在女儿圆嘟嘟的屁股上又拍又打。孟浪的响声和嘎嘎的笑声，陈副镇长隔这么远，也能从市声里清晰地剥离出来。女儿乐成了一枝花，像抱一个孩子那样把东娃拖进怀里。

陈副镇长不孤独了，他直僵僵地在窗口站了许久，然后又直僵僵地坐回到椅子上。

他坐了好长时间，才掐自己的大腿，看是不是梦。

大腿很痛。窗外阳光很白。这是大白天，这不是梦。

陈副镇长不觉得自己是仙界中人了，他把窗帘拉起来，生怕有谁注意到他。

他坐的那把椅子，在这一刻也生出羞愧的皱纹。怎么能不羞愧呢，太丢脸了，丢祖宗八代的脸……

据说，陈副镇长打了女儿，打得相当厉害，结果东娃反而冲进镇政府警告他，说姓陈的，你小心点，你再敢动我的陈倩一根指头，我就对你不客气。

别人害怕半岛人，陈副镇长不怕，但他当时并没跟东娃正面冲突，只是气绿了眼睛。他觉得，东娃找他女儿做小妹儿，纯粹是出于报复，那次在回龙中学收拾了他父亲，他就为他父亲报复。说不定还为他的那把弹枪报复。陈副镇长那次收走了他的弹枪，回镇途中，坐在船上就扔进了河里。这事情陈副镇长本来早就忘记了，现在又想了起来。让他愤怒而且伤心的是，人家明摆着是在报复你父亲，你陈倩怎么就那么瞎心瞎肺？你怎么能跟一个对你父亲怀着仇恨的人伙同起来整治我？

其实陈副镇长想到岔道上去了，东娃看上陈倩的时候，并不知道陈倩是他女儿。他把陈倩“穿”在身上，是因为喜欢，也因为面子。搂着一个比自己高出一大截的靓妞儿在街上走，是件多么有面子的事情。

陈副镇长没跟东娃发生正面冲突，但在东娃离开镇政府之后，他朝东娃背后丢下了一句狠话：

“龟儿子，你迟早要死在老子手里！”

这些很难得到印证的事，不知通过什么渠道流淌出来，被到处传扬，不仅半岛人知道，连那些老山人也知道。罗疤子感到了一丝快意。他想，即使陈副镇长只是说了一句解气的空话，凭东娃的德行，他最终也不会把陈倩娶进家门。他还会把陈倩脱掉，再穿上别的衣服。但女人到底不同于衣服，衣服脱掉了，还是你的衣服，女人只要没娶进门，没一直“穿”着，就不是你的女人。因此从根本上说，东娃和罗杰一样，至今也没有小妹儿。

所以罗疤子对罗建放也说不上有多羡慕。

第十五章

38. 稀奇事

罗疤子的估计是对的，东娃到底把陈倩“脱”了下来。只是“脱”得稍嫌被动。陈倩的父亲陈副镇长，终于如其所愿，离开回龙镇，调进了县城。他去县城任了某局的副局长，不满一年，就把“副”字扔掉——到底扔掉了。他走，全家自然跟着走。据说，陈倩临行那天，要死要活的，她心里清楚，这一去，跟东娃的爱情也必然画上句号，而她舍不得东娃。还是东娃去劝说几个钟头，才把她劝走，东娃说：“去吧去吧，日子还长着呢。”从这个意义上讲，东娃依然是主动的。而今，东娃照旧在镇子的台球桌上鬼混（放台球桌的那片空地，还是一片空地）。不过，他不大跟女人鬼混了，很长时间，没见他带着小妹儿在街上晃荡，也没见他带着小妹儿回半岛，看来，他对陈倩是真有几分感情的，或者说，陈倩这个标杆儿树得太高，东娃有了“除却巫山不是云”的意思。

罗杰也还是老样子，常常去中河与后河，为姐姐和外甥女罗巴艳守灵；虽然他没再进麻柳林打理巴艳的坟冢，但他坐在后河边，看住“姐姐的河”的同时，也在为巴艳守灵。他以这样的方式，为自己内心的伤疤提供养料。这怪异的行为，开始只有他自己知道，后来是家里人知道，再后来，整个半岛都知道了；当然，半岛人还只是知道他去为姐姐守灵，至于去后河，疯子罗秀生前也喜欢去后河，不分白天黑夜；他们以为罗杰这样做，只是帮他姐姐把后河“看住”。一个习惯跟死人为伴的人，即便这死人是你姐姐，在别人眼里都带着化不开的阴气。

真的，被学校开除回归半岛的罗杰，不仅没有变得完整，连“半人”也算不上了。罗杰身上没有太阳光！太阳直射在他身上，可别人就是看不见太阳的光斑。有事无事，他还会吼几嗓子丧歌调。十里八村都是太平世界，你吼那劳什子干吗？如此一来，更没有媒婆迈进罗疤子的家门。

罗疤子仿佛也跟张云梅一样，认了命。一有空，他继续去镇上找乐子。

特别是到了农历四月尾子上，麦收过，秧插过，农人又闲了，罗疤子去镇上的时候也多起来。

就是在这样的时节，他在新街的马路上看到了一桩稀奇事。

这桩事可比化符水，比给母鼠堕胎，比“不粘锅”，稀奇到哪里去了！

这是一个冷场天，马路显得很空阔。上午十点过，罗疤子背着手在新街的邮局前站了片刻——这辈子，他从没给谁写过信，也没有谁给他写过信，邮局在他眼里，完全是一个多余的存在，他站在那里，只是想弄明白，世上为什么有这么多多余的存在？他自然弄不明白。弄不明白就算了。他准备去老街消磨个把钟头，就回家吃午饭。那里有条铺满煤渣的小巷，他刚进巷道走了两步，就被炸起的鞭炮吓了一跳。回过头，见是马路对面，也就是南街，有人庆寿。寿筵在一家名叫“红光满面”的酒楼举办，门口竖着个牌子：祝某某老先生八十寿辰。酒楼前本来跟马路一样是空的，可是鞭炮一放，突然围过来许多人，你根本不知道这些人是从哪里钻出来的，像他们早就围在那里，只是使了隐身法。这些人多半既不是寿星的后人，也不是寿星的亲戚，他们就是看热闹的。罗疤子上街来，不就是为了看热闹吗？他改变了主意，转过身，走过马路，到了“红光满面”的阶檐底下。

镇上跟半岛一样，婚丧嫁娶，别人来送礼，也需要个“挂情”的先生。酒楼的伙计端出一张方桌，搭出一张椅子，放在阶檐正中，让先生坐。时间尚早，送礼的还没来，要是乡里，就没什么热闹可看，因为乡里人在这种场合看热闹，就是看送礼的轻重。看挂情先生数钱，然后往纸上记数字，是一种带着别样刺激的快感——可镇上就不同了，虽然送礼的未到，但有节目可看。音箱已经摆放出来，穿红着绿的演员，也从酒楼大厅鱼贯而出，坐在为他们专设的条凳上。演员大多是老年人，来自镇上的各个社区，闲来没事，跳扇子舞，打太极拳，唱几首老歌，哼几出川剧，遇到这种事，还可以被邀请来挣上几个小钱。因为马路空，只是偶有车辆，马路便做了舞台。

说真的，那些舞跳得不好看，拳也打得太一般，在罗疤子看来，那一招一式都是空架子，十招八式，也顶不住半岛人的一拳头；尤其是那歌声，难听死了，分明唱不了高音，偏要选比北斗寨还高的调子，颈上的筋绷起八丈，嗓子撕成了破布条，就是爬不上去。不过这倒是无所谓的，图的就是个喜庆嘛，越高音越喜庆，越唱不上去，越逗人发笑。

不知不觉，罗疤子已在那里站了一个多钟头，舞看了，歌听了，别人送的礼金，也知道规格了。这规格让罗疤子惊嘴咂舌。最低的，是二十，通常是五十，高的，达六百！这哪里是在送礼，这简直就是搬起钱砖往寿星身上砸。半岛人经常嘲笑诸如北斗寨等老山人送礼，张云梅的母亲五年前去世的时候，村里人送的礼金有一块的，两块的，有个打了半辈子单身的家伙，偎到挂情的先生面前，手伸向自己荷包里掏，凡能装钱的地方都掏尽了，才刚好凑足两毛，于是把这两毛钱作了礼金。这还不算，有的十家八户凑份子，凑足一挂鞭炮，一起走到张家，噼里啪啦一放，就围上席桌大吃大喝。半岛人可不兴这样，前些年不说，这些年，就算不沾亲不带故，只要去了，五块钱是要送的，要是血亲，家里也比较好过，可以送到三五十。罗疤子本以为三五十就顶了天，结果人家送到六百！

这让罗疤子感觉到，虽然世界从来没有错过，可他能够认识的世界，实在是很有限的。

他不想因为看到镇上人送礼送得重，就把半岛贬低，于是一抬腿，打算离开了。

可就在这时候，主持寿筵的司仪大声宣布："下面，请大家欣赏——摆手舞！"

罗疤子抬起来的腿又放了下去。

摆手舞？三河流域，除了半岛人，谁还会跳刚劲有力的摆手舞？

难道半岛人也被请来助兴了？

半岛人可是从来不干这个的！镇上人把半岛人叫蛮子，听上去他们很看不起半岛人，但事实上，半岛人历来就没把镇上人放在眼里过，根本不可能来为他们助兴取乐。

罗疤子清楚地记得，那年镇上庆元宵，从各个村寨抽调节目，甲村耍狮子，乙村舞龙灯，丙村踩高脚凳（重十几张八仙桌，两人带一根条凳爬上顶端，将条凳竖起来，两人再各扶一根凳脚，打倒栽，同时说些男女性事的野话），甲乙丙都到齐了，半岛硬是就不来人！镇上希望他们组队表演摆手舞，半岛人个个反对。摆手舞是他们的气，是他们的血，他们只让这股气和血，在自己体内流淌。

那还是镇上搞的活动呢，是全中国人都要过的元宵节呢，半岛人也不来，怎么可能来为一个素不相识的八旬老翁庆寿呢！

司仪说了请大家欣赏，却没立即请出表演者，而是先对表演者做了一番热情洋溢的介绍。他说，表演者名叫李船生，是个不满十一岁的小女孩，船生尽管年龄小，可她从八岁开始，就在清溪河流域表演摆手舞。她的舞蹈天赋是老天爷给的，会走路就会跳舞，只是当时没有人知道她跳的是摆手舞，直到她九岁那年被一个民俗专家发现，那专家说，这孩子跳的不就是罗家坝半岛上的摆手舞吗？她是半岛人吗？司仪意味深长地停顿片刻，炸声炸气地说："我告诉各位，她不是半岛人，她是清溪河下游的马家渡人，但她跳的摆手舞，比半岛人好十倍不止！"

司仪不知道在场的就有一个半岛人。

不过罗疤子这时候根本没心思去计较司仪对半岛人的贬损，只等着那个表演者出场。

条凳上坐着的那群演员，没有小姑娘。看来那小姑娘生就一身傲气，不屑于与"大路货"为伍。她躲在酒楼的大厅里，司仪连呼三声，而且鼓动观众不停歇地左手打右手，她才出来了。这是一个说不上漂亮的女孩，可那股精气，眉毛上也能站人！她把头发挽成髻，穿红衣着红裤，这样子，让她看上去不止十一岁，虽然个子比一般的十一岁女孩还要矮两分。走到马路上，她向东南西北四方抱拳，之后单膝跪下，仰头向天，俯首向地，表达对天地的感戴。这套活做完了，再次起立，立得像根树条子。音乐起了，是从音箱里放出来的。音乐就是鼓声和唢呐。她最初跳舞，没有音乐，是那个民俗专家发现她后，特地送了她一碟录制的吹鼓乐。很显然，这吹鼓乐就是到半岛录制的，民俗专家是在哪一个夜晚潜入了半岛，罗疤子不知道，别的人也不知道。

在半岛上听吹鼓乐，感觉到的是木叶的鸣响、河水的奔流与田土的歌唱，然而在这里，罗疤子从声音里异常清晰地闻到了夜晚和干草的气息，异常清晰地辨识出了擂鼓的人。他们站在广场的四角，称为四方，最尊者罗建放站西方，鼓声响起之前，由西方领头，单腿跪地，两手平伸，缓缓上举，承接日月精华，再徐徐下垂，双手在鼓槌和鼓皮上抹，是要把日月精华传递于鼓，使之灵气飞扬；接着，俯伏下去，额头触土，再将额头抹一把，将鼓抹一把，是要把大地的生命传递于鼓，使之无难不克，无坚不摧，代代相传，生生不息；再后，四方鼓手将系着红绳的鼓挂在脖子上，呈对角线交叉行进，边行边敲，快到中央，旋转身体，越转越快，让鼓飞起来，但鼓声不停。这第一茬鼓乐，是敲给天地和神灵的，称为祀鼓。祀鼓大约要敲一刻钟，那之后，人们再踏着鼓点和高亢的唢呐声跳摆手舞。

这小姑娘，祀鼓响起时，她不知道举手触额的动作，但那种意思，她是完全领会的。她把腰往后折下去，折下去，肚腹朝天，头从撑地的两臂间钻过。这可不是表演杂技，而是以这样的姿态，望天察地。随后，她翻滚腾跃，把自己变成一团火，呼呼燃烧。火苗不断变换着形状，像一片叶，像一朵花，像向天而鸣的仙鹤，像含羞带愧的羊羔……当进入正舞，那动作就更加地道了，前三步，后三步，左三步，右三步，跺脚声虽不甚响亮，却用尽了全身力气，每跺一下脚，都扬一下头，亮相似的高叫一声："嗬"。鼓点由缓而疾，舞步越来越快，"嗬嗬嗬嗬"的呐喊，在新街的高楼和北斗寨的山壁间碰出久远的回音。

罗疤子感到奇怪，一个小女孩，身体也没长全的，呐喊声为何如此之大？

原来，小女孩在呐喊，罗疤子也在呐喊！

当罗疤子意识到这一点，脸微微泛红，左脸上的那块伤疤，在四月正午的阳光下亮晃晃的。他左右逡巡，发现人们的目光都被小女孩抓了去，没有人注意他，他便悄悄溜出人群，从疯狂舞蹈的小女孩身边，穿过马路，再穿过巷道，进入了老街。

音乐声远了，呐喊声远了。

恰恰是这种距离感，让罗疤子仿佛沉入梦中。

那女孩既是清溪河下游马家渡人，怎么会跳摆手舞？

这种舞蹈，半岛从不外传，半岛之外的人，似乎也没有学习它的兴趣。表面上，它舞步简单，但要跳得像那回事，骨血里没有对命运的忧患，是办不到的……

别人只知道半岛人好斗，不知道半岛人之所以好斗，是因为他们恐惧。

在那遥远的岁月里，他们用摆手舞去吓唬敌人，征服敌人，又因为摆手舞敌不过强劲之师的刀枪，尸陈荒野，血洒疆场，最终从历史的舞台上黯然隐退，以至于被认为彻底消失了。这种天上地下的跌落，造就了一种特殊的悲剧气质。如果用心，人们从摆手舞中看到和听到的，不是杀伐之气，而是泪水，是诘问，是叹息……当然，那时候，我们谁也不知道半岛的摆手舞贯穿了那么久远的历史，也没有谁将半岛人与那个首先学会制盐的民族联系起来。

就罗疤子而言，他惊异的只是，小女孩是从哪里学来的？马家渡离半岛非常远，半岛人仅知道有马家渡这么个地方，却不清楚它在天底下的哪一个角落，马家渡人也从未上半岛来过；当然，也可能像那个民俗专家一样，在神不知鬼不觉的时候，偷偷地来？

可她毕竟是个小女孩哪！

难道真是老天爷教会了她？

虽不像司仪所说，小女孩比半岛人跳得好十倍不止，但她的招招式式都是摆手舞，这没什么可怀疑的，而且，她跳得那么入味儿，让罗疤子也在无意中跟着她呐喊。

罗疤子没在老街停留，直接回半岛去了。

踏上半岛的土地，他的惊异消退了许多，另一种情感却又升上来。

他可怜那小女孩。

摆手舞是为集体而生的，从来不会单个人跳。

那是一个被“集体”抛弃的孩子……

家里已吃过饭，罗杰不见影儿，张云梅在午休。罗疤子尽管饿得肚子隐隐作痛，可他来不及吃饭，进卧室去把张云梅摇醒，给她讲述自己看到的稀奇事。

39. 无翅大雁

罗疤子不怎么见老，张云梅却是厉害地见老了。你可以把罗疤子还当中年人看待，张云梅却已真资格地步入了老年。那高大的身板虽还是直的，但直得没有力度，是被抽了芯的，稍不留神，就会弯曲；头发已经花白，一丛一丛地白，白得没心没肺，丝毫不给主人留情面的那种白；脸上的肉本就不多，现在更少，脸皮找不到依傍，就那么恍恍惚惚地坠着。她不知道自己是怎样老下去的，她看不见时光溜走，时光却在她身上留下痕迹。对这种痕迹，她并不在意，却无法不在意自己没有先前的劲头了。背上花篮出门，好像啥事没干，却累得发慌；累也不是一处，比如手啊腰啊腿啊，都指不出来，就是累，累在筋骨里。有时候，站着想坐着，坐着想躺着，而真正躺下，又睡不过去，勉强睡过去了，醒来时比睡前更累。这种变化，大概是从母亲过世那天开始的。

母亲在生时，她，张云梅，一方面觉得自己还是母亲的女儿，有做女儿的责任，同时也有做女儿的特权，比如回了娘家，把委屈的事，高兴的事，全都兜给母亲。这样的话只能跟母亲说，一个眼神，一个动作，说话时语调的轻重缓急，母亲都能完完整整地理解女儿的意思。父亲却不能，即便理解了，也不会顺着女儿的心思把话接下去。而且父亲听她说话的时候，总是低头做事，回答得也总是那么短促，像女儿抖搂的陈谷子烂芝麻，耽误了他的工夫。

其实张云梅明白父亲不是这样想的，父亲跟母亲一样，巴望女儿常常回来，在自己面前多坐一会儿，多说几句话。在年迈体弱的父母亲那里，儿女们说出的话，没有一句是废话。

只是，这种想望，母亲会表达出来，父亲却阴在心里。

而张云梅是需要表达的。

她需要表达，是因为她需要信心。尽管她是一个坚强的女人，但随着年岁的增长，她承认自己的命并不好。仔细想来，从北斗寨嫁到半岛，似乎是她唯一的好命，可也就至此为止了。顶多，把好命算到女儿三岁之前，之后，就陷入无休无止的挣扎，好像她前世欠了一大笔债务，需要今生来偿还。而她分明又感觉到，这笔债务不是她欠下的，由于某种差错，算到她的头上来了。

丈夫做下得罪神灵的事，没像他那几个同伙，在不该死的年龄死去，在不该瘫的情形下瘫倒，她也因此没有年纪轻轻就做寡妇，没一把屎一把尿地服侍瘫子，这也应当算作她的好命，可这点好命，被附带的厄运搜刮尽了。不说丈夫，也不说女儿，一个儿子，不疯，也不傻，可他偏偏就像个疯子，也像个傻子！你说啊，夜深了，人家夏老师的男人来叫她回去，拿到哪里去说也是天经地义，你凭啥要给人家一拳？他还去重庆找夏老师呢！夏老师离开的那一年，他天天去对河的杨侯山扯桦树皮，自家没有船，他又不愿意找人借，就从鸭嘴过河，穿过镇子，再到镇子下游几里外过桥，绕道上杨侯山，天上落刀也不耽搁。辛辛苦苦扯了几个月桦树皮，卖了几十块钱，他就拿着这几十块钱，去了重庆。他知道夏老师家住磁器口，就到磁器口找她。他以为磁器口像个院子呢，没想到那么大，比扩建后的回龙镇不知大多少倍，大得他都快把自己弄丢了；而且那么多人，挤上挤下，像装在大车里的水产货。他没有找到。怎么可能找到呢？何况夏老师是娘家在磁器口，谁知道她本人住在哪里？那么大一个重庆，一寸土一寸土去搜寻，从黑发寻到白发，也不会有什么结果！

你说，这不是疯子，不是傻子，又是什么呢？

对儿子的未来，罗疤子麻醉自己，不去想，张云梅却不能不想。

曾经，她希望儿子能走另外一条道路，可那条道路似乎天生就不属于半岛人，同样也不属于儿子。念过高中的罗传明，已占尽了半岛所有的文脉。

书读不出来，也便罢了，可至少得找个女人。男人有了女人，日子才像个日子。如果，将来的某一天，她张云梅不在了，罗疤子也不在了，只剩下罗杰，没有女人的罗杰，他该怎么往下过？

做母亲的，不能不想。

还有女儿的女儿，罗巴艳……

对巴艳，张云梅同样经常要想。

只是，每次想起她，张云梅都看见自己的心朝远处飞去。是的，她看见了，那颗心没长翅膀，可是它会飞。它一边飞一边鸣叫，像失群的大雁那样鸣叫。它不知道自己要飞向哪里。

这天，罗疤子带着少见的兴奋劲儿去摇她的时候，张云梅跟往天一样，没有睡着，只是想躺下，想闭上眼睛。对心事重的人，闭上眼睛真不是件好事，睁眼，可以看到大片大片与己无关的事物，眼睛一闭，与己无关的事物被关在了门外，你被完全属于你自己的东西包围着，纠缠着，折磨着。张云梅害怕纠缠和折磨，可这是她的大烟，分明知道残害身体，却禁不住要吸，而且越吸越厉害。

罗疤子摇她，她不想睁眼，就那么闭着眼睛听罗疤子说话。

一直到罗疤子说完，脑子里留下了一个整体的印象，她的眼皮才猛烈地跳动几下，绷开了。

“你说那孩子叫啥名儿？”她以淡然的口气问。

罗疤子说叫李船生。

她又把眼睛闭上，脸上松弛的皮肉牵动着。

“船生……你说她多少岁了？”

罗疤子说十一岁了。

她的脸皮继续牵动着。

“长得啥样儿？”

这个，罗疤子可不会形容。但他注意到了女孩的嘴角。女孩左边的嘴角有些上翘，不言不语的时候，能从嘴缝中看到两颗牙齿。

“你说她是哪里人？”

“马家渡。”

回答过了，罗疤子说：“你说这稀奇不稀奇？”

张云梅懒懒的："也没啥稀奇，不过就是一个小女孩会跳摆手舞么。半岛人跳摆手舞跳了这么多年，你就敢担保没传出去？"

然后她说："这事情，你不要给任何人讲。一个人也别讲。人家一个孩子，挣口饭钱不容易，要是别的半岛人知道了，就说是偷了他们的舞，碰到像东娃那样不讲理的，肯定会去找她麻烦。"

"她住那么远，又不经常上回龙镇来，东娃去找她屁麻烦。"

张云梅坐起身，有些红肿的眼里放出亮光："我把话是给你说在这里的！"

罗疤子觉得老婆过于可笑。严肃得可笑。就为一个陌生的孩子？

同时他觉得老婆眼里的亮光不大对劲儿。那亮光越来越强，仿佛是钢铁的亮光。

他说这不过就是个稀奇事，你那么凶巴巴的干啥？

"你们半岛人，惹不起！"张云梅说。

罗疤子不言声了。老婆的话使他很受打击。从北斗寨嫁来，都过了大半辈子，她却并没把自己当成半岛人，因此也就可以说——罗疤子想——她没把她自己当成是我的亲人；在她眼里，所有的半岛人都是一路货。

张云梅下床来，但并没离开床，她就坐在床沿上，迷迷瞪瞪地说："我有多久没回娘家了？"

"妈烧生期你才回去过的，不过二十多天。"

张云梅勉强笑了一下："我咋觉得有一年半载都没回去过了。"

"你要是想，再回去就是，反正现在没啥活路。"

接着罗疤子又说："端午节那天回去吧，我跟你一块儿去。"

张云梅摇了摇头："干脆，我明天就回去，你也不用跟着我。"

罗疤子求之不得。他实在不愿往北斗寨爬。那不是走亲戚，而是出苦差。刚从南街背后起步，就喘得不行，这时候的喘不是累的，是未来漫长的旅程施加的威压；很快，真的累了，腿软得像泡在水里的面条，耳朵里嗡嗡呜响，汗水帘子似的挂下来，蒙住眼睛，可是，还没爬到五分之一！当你完全忘记了自己，像做了几场梦，抬头一望，还远着呢。你不从地上爬到天上，张云梅娘家那棵招牌似的檬子树，就不会出现。先前有岳母还好，人一到，岳母立即预备好吃好喝，对你问这问那，岳母走了，岳父更加沉默寡言，吃啥，喝啥，都只有看小舅子两口子的脸色了。小舅子倒没啥可说，但他婆娘看到他们就像看到债主一样，轰隆一声，脸就暗下去。早些年她还不至于这样，那时候，她表面上只是不高兴秀儿去，觉得一个疯子亲戚丢她的脸，对丈夫姐姐家别的人，尽管同样不欢迎，但面子上的那股热乎劲儿，真要几个人比的：她在田间地头干活时发现了你，立即把活丢下，把你往家里引，一路上，炸破嗓子跟你说话；她招待你吃了几片肉，碗一放，必然立即走东家串西家，做出很不在意的样子大声宣扬："我这人越来越没用了呀，罗家坝姐姐（或姐夫，或杰娃）来，我烧腊肉的时候，把手颈扭了，痛得拿双筷子都拿不起。"腊肉是在火塘上烧，需用火钳夹住，既然把手颈都扭了，不知有多大一块肉呢！其实那块肉就像草鞋鼻梁，短短的一绺儿。不过这倒无所谓，人家招待了你，话总得由人家说去，只要脸色好就行。出门看天色，进门看脸色。秀儿死去之后，她对罗家所有人都坏了脸色，那是因为罗疤子上去把她大骂了一顿，连爹带娘地臭骂，像骂狗那样骂。要不是她逼迫小舅子提早把秀儿送下山，秀儿很可能不会死。她没好脸色，罗疤子更没好脸色，这样一来，分明是走亲戚，结果变成了找气怄。只是可怜了那老头子，老太婆死后，他就吃没吃样，穿没穿样。要不是可怜他，罗疤子早就断了去北斗寨的那条路。

虽然对不去北斗寨求之不得，但罗疤子还是做出很应该去一去的样子。张云梅知道他不想去，但她想，丈夫提出端午节跟她回娘家，多半是不希望看到后河耍龙舟。没有船，没有那股心劲儿，罗疤子早就不耍龙舟了，但看到别人在河上追风逐浪，他心里总是很难受。这两年稍好一点，半岛人耍龙舟，已经引不来那么多观众，别说村寨上的，镇上的大部分人也在忙各人的生意。半岛人自己也淡了心肠，去年端午节，连东娃也没下河，而是到镇上打桌球去了。

张云梅说："端午节那天，你自己去镇上找耍子吧。"

她总是看穿罗疤子的心思。

罗疤子在他面前，总是赤裸着，高大不起来。

这让罗疤子心里发堵，堵得胸口一荡一荡的。要是很年轻的时候，他会用拳头把郁闷之气发泄出来，而今，他的拳头朽了。他早就不对老婆动拳头了。他没回话，只说："我吃饭去。"

张云梅跟他出来，疲乏得直不起腰的样子。她去伙房八仙桌下取过花篮，去傍壁的镰架上取过镰刀，说我去割点猪草回来，要不然我明天一走，你跟杰娃又没抓拿了。

罗疤子说："你去吧。我等一会儿去马呱呱那里借把锯子，把猪圈修一修。"

张云梅没听清他说什么，出了门。

出了门的张云梅，浑身的疲乏被风吹走。她没去坡上割野猪草，直接去了地里。她控制着自己走的动作，可事实上就跟跑差不多。阳光绚烂，阳光迷住了她的眼睛，却把胸腔里照得透亮，照得毕毕剥剥炸响。那只没有翅膀的、失了群的大雁，终于长上翅膀，也找到方向了。她是那样激动，激动得骨头里发痒，激动得分不清是人吃的菜还是猪吃的草。白菜好好的，她却撇下来，扔进花篮，南瓜叶嫩嫩的，她也一抓一把地割掉。回到家，还只是下午四点过，她就开始做晚饭了。她故意多加了半盅子米，好留下明天早上吃。那一夜，她没有合眼，天色未明，半岛人全都没有起来，她已吃过饭，上路了。

雾气很浓，半岛很安静。

这让她想起带女儿上北斗寨“躲孕”的那天。

40. 马家渡

张云梅走过老街的尽头，上了新街。

她没有穿过马路从南街背后上山，而是沿马路继续向西，因为她不是去北斗寨。

她是要去马家渡。

一个会跳摆手舞的女孩。

一个十一岁的女孩。

一个名叫船生的女孩。

张云梅要去寻找这个女孩！

几乎没有一宗对不上号的，毫无疑问，就是她！

那个深夜，秀儿落气的那个深夜，张云梅将巴艳从桶里提出来，看到塞进她嘴里的薄膜卷，眼前发黑。对这孩子，她也想不出更好的处置办法。死，似乎是她唯一的出路。要是有个靠得住的亲戚，送去偷偷地养起来……张云梅站在屋角，脑子里快速地搜索，才发现根本就没有一个人靠得住。父母自然没得说，但父母跟弟弟同住，当家人既不是父亲母亲，也不是弟弟，而是弟媳，弟媳能靠得住吗？打死她，她也绝不愿收留这个无父无母的杂种。张云梅在心里叫了一声："我苦命的儿哪！"随后，她拿着镢头和外套出门去了。拿镢头是为了埋孩子，拿外套干什么？是要给自己御寒吗？往后的日子，张云梅时时这样问自己。不，别说是夏季，就是天寒地冻，在那节骨眼上她也不会想到给自己御寒。她是早有准备了。那时候，她的身体里也有两个自己，一个准备去埋孩子，另一个，则在为孩子寻找出路。出了门，第二个张云梅就将孩子嘴里的东西一把扯去。薄膜卷并没深到把气管堵死，孩子嘴不能呼吸，鼻子还能。她活着。她没有死。张云梅不加思索，朝后河走去。

她用外套裹住孩子，搂在怀里，坐在河边。

她想看清孩子的模样，可夜色太浓，看不清。但孩子在安详地呼吸，不哭不闹。

夜晚的河水似乎比白天跑得快些，好像河水不喜欢黑夜，黑夜本身也不喜欢黑夜，要加快脚步跑到白日里去。河水的响声也更大，吵得麻柳林里的雀鸟睡不安稳，一只鸟吱吱叫了几声，叫声稚嫩，另一只鸟跟着叫了几声，叫得懵懵懂懂，如同梦呓。那是母亲在安抚孩子。

张云梅的泪下来了。直到这时候，她仿佛才明白女儿真的死了，她怀里的这个孩子，没有父亲，也没有母亲了——然而，孩子还有亲人，她张云梅就是这个孩子的亲人，可为了女儿的名誉，也为了整个家庭的名誉，她不得不把她从亲人身边推开。

她跨上了船。自家的船。脚步踩在船板上的声音，惊心动魄，仿佛三河流域已没有人，整个大地上都没有人，不然她轻轻地、小心翼翼地踩上去，怎么会弄出这么巨大的响声！

到处都没有人，只剩她，和她怀里的孩子。

可她却要把孩子推开。

她在船的横隔板上坐下来，望着苍茫的夜色。坐了一阵，她撩开衣襟，掏出乳房，把奶头送到孩子的唇边。乳房干瘪，下垂，这样，使那两颗发黑的奶头变得特别大。大却没有乳香。但孩子含住了。孩子刚刚来到这个世界，不知道世界会有欺骗，早就忘记开始掬奶头时自己遭遇的危险。

这次没有危险，却也没有她需要的乳汁。

她啼哭起来。

啼哭声也惊心动魄。

张云梅把孩子放下了，就放在隔板底下。她先伸手去摸，看隔板底下有无积水。她摸到了一堆毛茸茸的东西。那是一只打算做母亲的水葫芦鸟，蹲在那里，专专心心地孵蛋。张云梅的手打搅了它的母亲梦，它从窝里跑出来，站在船尖上，朝张云梅叫，却并不离开。那一刻，张云梅对那只鸟充满了感激，“你就做她的亲人吧。”她对鸟说。她就在鸟窝旁边的干爽处，把孩子放下了。

之后她下了船，解开缆绳，将船往河心方向推了一把。

船打了半个旋转，顺水而下。

孩子的啼哭声，顺水而下。

孩子的啼哭声像在云雾里穿行的飞行物，一会儿看得见，一会儿又看不见了，你好像是看见了，其实已经没有了，你正说不再仰脖子张望，它又出现在眼睛里了。张云梅就这样守在河边，守了几个钟头，似乎还能听见孩子的哭声。每一丝风过，每片树叶的鸣响，都像是孩子的哭声。

曙色降临，河面空阔，载着孩子的船，早已不见了踪影，可张云梅照样能听得见孩子的哭声。

她终于明白黑夜为什么不喜欢黑夜了。黑夜太孤单……

当她觉得再也不能磨蹭下去的时候，才失魂落魄地走进麻柳林，给那孩子造了一座半岛人的坟。

她埋下的，是孩子的哭声。

至于孩子的身躯，她让她听天由命。

这么多年过去，那孩子一直在她心里活着，那被埋葬的哭声，也一直在她耳边萦绕。可正常人的智力告诉她，孩子是活不出来的。她刚出生，没吃过一口奶！……还有河风呢。张云梅后悔给她裹得太薄……大河两岸的人，即便听见她的哭声，也不会救她。那正是把男孩当成金包卵，把女孩当成赔钱货的时候，谁会那么背时，捡一个赔钱货回家？

最初一段时间，张云梅不大想去看麻柳林里的坟茔，后来，她就经常想去看看了，因为她觉得，那个勉强叫作罗巴艳的孩子，真的就埋在里面。

她每次去，都听到孩子的哭声。

这实在是揉搓人的，把她从上到下地往碎里揉。

所以后来罗疤子不让她去垒坟，她也没有坚持……

昨天，罗疤子带回的消息，让她真的碎了。

是那种心甘情愿的碎，舒舒坦坦的碎，碎彻底之后准备重新完整的碎。

是呀，没有一宗对不上号，她的名字，船生，透露了她的来历；十一岁，屈指一算，罗秀坟头上的草，绿了枯，枯了绿，已满满当当十一个春秋；她会跳摆手舞，是半岛的骨血遗传给她的，小小年纪就跳得那么好，是因为，冥冥之中，她知道自己的母亲从小就被剥夺了跳摆手舞的权利，她要帮母亲跳回来，把权利夺回来。

张云梅就是这样想的。

“我苦命的儿啦！”她在暗地里叫，一声接一声，急急切切地叫，好像叫得越紧，她就能越加迅速地见到她的外孙女。

见到她，她不会叫她船生，而叫巴艳。巴艳这两个字，她不知在嘴里咀嚼过多少回了，嚼烂了，吞下去，吐出来再嚼。正是这两个字，把她变成了反刍的牛，使她嘴里常常发酸。她要告诉她这名字是怎么来的，母亲叫她巴盐，然后舅舅改作巴艳，也就是说，她不是船生，她跟所有孩子一样，是母亲生的，她有母亲，有舅舅，还有外公外婆——她并非没有亲人！

张云梅可以去老街尽头的码头上坐船走。那里有船可直通县城。虽然，并不十分清楚马家渡在哪里，但大体方位是有的，它应该是在清溪镇和县城之间，离清溪镇近，离县城远，张云梅在清溪镇下船，再沿河往下找，会省去许多脚力。但她没有坐船，早上七点半，才有第一班，她等不及。再说，船上难保不碰见熟人。她不怕碰见熟人，她可以对熟人说，自己准备去清溪镇买一对双月猪来喂，清溪镇的双月猪比回龙镇便宜，这谁都知道；然而，她不愿意跟熟人一路说话，她这时候不愿跟任何人说话，就想独自去想象，去忧伤，去快乐，去叫“我苦命的儿”。

曾经，清溪河是一条波涛汹涌百舸争流的大河，那当然是好多好多年以前的事了，那时候，它不仅有后河与中河这两条主要支流，沿途还接纳众多溪水，如果从半岛出发，大船可以从清溪河开到州河，由州河而渠江，由渠江而嘉陵江，而长江，当年，三河流域的土产，走水道运往重庆，重庆的摩登货，又走水道送往三河流域。只穿一条裤衩甚至全身赤裸的纤夫，把两岸的湿土踩得发黑，就跟他们的皮肤一样黑，也跟他们一样终年沉默。后来，溪流消失了，清溪河小了，大船去不了重庆了；再后来，连县城也去不了。于是人们就沿河步行。河岸本没有路，被人踩出了一条路。七年前，县城修了个国家二级水电站，只要不发洪涝，水都蓄起来，船又可以去县城了，路也跟着荒废了。但那路的痕迹还在，张云梅在旧痕上行走，被深密的芦苇丛掩埋，河水在身旁流，却看不见河水，只听见它流动的声音，偶尔吹来一股风，苇海倒伏，翻滚出白浪，倏然间又挺立起来，将她包围。在这无人的河谷里，张云梅可以哭，可以笑，可以无所顾忌地把她外孙女的名字叫出声。

但她没哭没笑，只加紧赶路。

漫长的芦苇的长河，被她甩在身后，前方出现了田野和村庄。田野里静得只有风响，见不到农人，也难以见到一只雀鸟。有一些田地里，长着齐人高的荒草，它的主人，去了外面的世界，不再耕种它了。村庄里，有像云那么淡的炊烟。炊烟引起张云梅的饥饿感。她已疾走了好几个钟头。

不过终于看到清溪镇了。好些年前，张云梅还可以算作新媳妇的时候，到清溪镇来过，当时觉得它大得不得了，现在看去怎么那么小啊。这不是错觉，清溪镇的确变小了，县城的电站一修，清溪河中游的大片土地被淹，清溪镇也不能幸免；事实上，老镇只剩下一些柱梁细瘦而高耸的吊脚楼，镇子的主体部分，差不多都是新修的。张云梅从一座荒草离离的石拱桥过去，进入镇子。

她要问路，还要给外孙女买些吃的，穿的。

她尽自己的钱买了一大包，之后问老板："大妹子，你知道马家渡在哪里吗？"

那大妹子将下巴朝下游一扬。

"还有多远？"

"出镇子就到。"

张云梅道了谢，朝镇外走。在她又准备过石拱桥的时候，才想起来，应该问清楚是左岸还是右岸。她可以就近问人的，但她不放心，她觉得刚才那蓄着刘海的大妹子靠得住，何况她照顾了她生意，她理当帮她指路。于是她倒回去。问明白了，是在右岸，不必过桥。

离了镇中心，沿河都是吊脚楼。吊脚楼以羸弱的姿态宣告，自己和跟自己有关的那段历史，还活着，你承不承认，都活着。这是清溪镇的老区，类同于回龙镇的老街。老，就伴随着萧条和寂寥。世间的万事万物，跟人走着同样的道路，这是时光铺成的道路。走完吊脚楼，河上没见一只船，也没见一个埠头，只有田原静静起伏。麦田刚收割，秧苗刚插下去，使田土显得特别单纯，也特别清瘦，像孩子。这里比不上半岛。这让张云梅心痛。正是这份心痛，使她一直亢奋的神经冷静了一些。——我有什么脸面去见她？我有什么脸面把这一大包吃的穿的递到她手里？我该怎样向她和她的养父母说？是认下一个亲戚还是把她收回去？她既然那么出息，人家救了她的命，又一把屎一把尿把她拉扯大，肯定不让我收走，我也肯定不能收走，可就算认个亲戚，她将来去半岛，我该怎样向半岛人介绍她的身份？实话实说，不行，不实话实说，我又怎么对得起她？

这一连串的问题，张云梅之前没有想过。

她站住了。这一站，她的心又痛了。

痛的方向发生了改变。

她想的是，就算见了她立即把我拉去砍头，我也非见不可！

精神又上来了，她又迈开了步。

田原上立着稀稀疏疏的房舍。她不想进房舍里去，希望有人出来。如她所愿，有一个跟罗疤子年龄相仿的男人出来了，站在院坝边。她凑上去问："大哥，这里是马家渡吗？"

那人懒懒地、低低地应一声："是啊。"

"船生住在哪里？"

男人站在高处，她站在低处，她仰着头。她尽量控制自己，声音还算平静。

"谁？"

"船生，李船生，就是到处表演摆手舞那个小姑娘。"

男人摇了摇头。

这时候张云梅有些控制不住了，哄的一声，汗水急出来了。说是汗水又不像，胶一样贴住脊心。

她把塑料袋放在地上，双手比画着，按照罗疤子描述的样子，描述李船生的长相。

男人淡心无肠地听着，听过后，又摇了摇头。

张云梅比画的幅度更大，声音更大，语速更快，说的内容，却跟前面没什么两样，让男人听上去像是在逼他给一个答复，显得不大高兴，头也懒得摇了。

这时，院坝那边过来一个女人。男人带一丝讥讽地问她："你晓得一个叫李船生的吗？"女人说："不晓得。咋回事？"然后她看到了下边的张云梅。女人天生的好奇心和热心肠，使她有耐性听张云梅翻来覆去地诉说，听明白后，她说："不晓得，真不晓得。"张云梅口干舌燥。她早就饥渴难耐了。她想，一定是船生来历蹊跷，马家渡的人对她有所防备，灵机一动，说："我家里有事，想请李船生去表演。"可是女人还是那话："不晓得，确实不晓得。"每一句都说得那么恳切。接着女人又说："你再到下游问问看吧。"张云梅说这里不是马家渡吗？女人说是啊，可马家渡没有这个人；外面的人经常把这一段河都叫马家渡，你再往下游走走吧。

张云梅不再说什么了，踏着河岸苦艾丛生的黑土，朝前走去。

"请问这是马家渡吗？"

"你这样叫，也行。"

"你认识一个叫李船生的人吗？"

"我们村没有姓李的。"

又走一程，张云梅逮着人问：“请问李船生住在哪一家？”

“哪里的李船生？”

“这里的啊。”

“这里没有李船生。”

“你认识李船生吗？”

“不认识。”

又走一程，张云梅问：“马家渡还有多远？”

“你问马家渡啊，在上游。别人习惯把这里叫马家渡，其实该叫牛角湾，过湾就是县城了。”

是的，县城就在不远处。牛角湾“弯”得并不厉害，目光顺着深蓝色的河水流去，数百米外就是密密匝匝的高楼大厦。

张云梅从没去过县城。她也不需要去县城。她一屁股坐了下去。

到处都是马家渡，可她要找的那个马家渡，却从这带山川飞走了。

第十六章

41. 她是我家的孩子

罗疤子以为，那个名叫李船生的女孩在镇上的表演，只有他一个半岛人看见，他遵从老婆的吩咐，不向任何人说起，这消息自然也就不会在半岛上传开。然而，张云梅出脚的次日上午，他见天空蔫夯夯的，做出一副要下雨的模样，便叫上儿子，去中河把十天前砍好的柴背回来，还没走进柴山，罗杰就说："爸，镇上来了个外地人，会跳摆手舞。"罗疤子那时候正想着那件事情，听见儿子说话，顺口应答："不只是会跳……"说了半句，他停下了。原来儿子也知道了？他并没特别上心，以为是张云梅告诉他的，说："你晓得就是，别到处乱讲。"罗杰说我哪里乱讲了，我是听别人说的。昨天下午，我去还马大娘的锯子，马大娘不在家，只有她的黑儿躺在门口。听说马大娘去了中院，我把锯子放在黑儿身边，叫它守着，然后撵到中院去，想告诉马大娘一声，结果看见一大堆人围在那里说话，说的就是那个跳摆手舞的外地人。罗疤子将打杵在背夹上敲出很大的响声，说："你马大娘那人，一辈子就做一件事：当高音喇叭！"罗杰说不是她在说给别人听，看样子她先不知道，她是在听别人说，听得鼻涕流出来老长，也不知道擦。

罗疤子的心被一只无形的手捏了一下，想这下好了，中院人知道了，差不多就是整个衙门知道了，马呱呱知道了，差不多就是整个半岛知道了。

父子俩走进柴山，露水蚂蚱似的飞起来，往他们身上扑。罗疤子的两根指头，在衣服上拈，想把露水拈掉。拈了那么几下，他突然问："你建放爸在不在场？"

罗杰说在场。

"他怎么说？"

罗杰想了想，说建放爸一直在听，没说话。

罗疤子唔了一声，也不再说话。

那整个白天，罗疤子都没再说话。

天黑下去好一阵，张云梅回来了。回家之前，她先去了麻柳林，将木栅栏拆开，用棍棒撬开枯枝，掘开泥土，把给巴艳买的吃食，埋在了那个几成平地的坟茔底下。当她掘开那个许久无人照管、已经失去形状的土堆，那哭声便丝丝缕缕地浸出来，像一股冷浸浸的泉水。哭声一遇到空气，由泉水变成了气体，在黑夜里凝聚。那气体也是黑色的，只是比黑夜更浓，因而黑夜反而成了光明，照见那气体凝结成一颗头，一只手，一段腰身，终于，是一个完整的人形了。张云梅伸出双手去抱。只听稀里哗啦一阵响，人形碎成了渣，卸到坑里。

外孙女的哭声已被蚂蚁蚀空了。

这是张云梅最后一次听到她的哭声。

幸好她知道外孙女好好地活着。哭声空了，是告诉她那孩子现在应该过得很好。

张云梅这么安慰自己，神情庄严地把吃食放了进去。那些粑粑饼饼，她一个也没吃。有好几次她把手伸进袋子里，想拿一个出来吃，可每当这时候，她就产生一种古怪的感觉，觉得小巴艳正在某一处挨饿，她这个当外婆的，却把东西给她吃掉了！要不是昨天夜里，牛角湾一户人家收留了张云梅，让她住了一宿，还给了她晚饭吃，今儿早上又让她啃了三个嫩玉米，她没法完成这么遥远的路程。回来时她依旧步行走了旱路，因为她已分文不名，没法坐船。

吃食埋下了，衣物却没埋。马家渡飞走了，她的外孙女却会回来！这不是她空洞的希望，这是她的信仰。到了外孙女回来的那一天，她再把衣物送给她，即便那一天到来的时候，外孙女不再是小姑娘，那些衣物再也穿不上身，她也要让外孙女知道外婆的一片心。

栅栏还装不装上去，无关紧要，但张云梅还是细心地按原样装好，才回了家。

伙房的门半开半闭，里面空空地亮着灯。丈夫和儿子既没在院坝，也没在伙房，张云梅便赶紧几步溜进去，在卧室门口站住，往里瞅。里面也没人。她走进卧室，打开平时不大用的箱子，将衣物藏起来，才回到伙房里大声喊：“人呢？”

没人答应她。

她去揭开罐盖。铁罐里盛着半罐冷稀饭，这太好了。这一定是丈夫和儿子打的懒主意，煮一顿吃两顿甚至三顿。她呼呼啦啦地，把半罐饭吃得罄尽。肚子饱了，人才稳稳实实地站在大地上，到家的感觉才鲜明起来，一路的寻找与失望，也才完完整整地在脑子里铺开。

“人呢？”

这一声喊得很实在，是真正的发问。

罗疤子和罗杰双双回了院坝。他们去中院听人闲谈去了。没有参与，只是听。谈的就是跳摆手舞的女孩李船生。罗建放也没参与，他拉一颗小灯在天井里，背朝院坝，一直在那里忙着什么事。

一家人似乎都很兴奋。兴奋的方向不同而已。罗疤子没想到老婆这么快就回来，问北斗寨老太爷的身体，问小舅子还像不像以前那样当炬耳朵，问舅子婆娘给没给张云梅脸色看。张云梅照着上次回娘家的印象，一一回答，说的是北斗寨的事，脑子里转的却是清溪河，是马家渡和牛角湾。之后，罗疤子才说他跟儿子到中院干什么去了。“不是我说出去的，不信你问杰娃。”他补充说。

直到这时候，张云梅才惨笑了一下。

世间没有不透风的墙。多少年来，半岛没有了大事，一个外地孩子会跳摆手舞，就成了大事。

“他们啥意见？”张云梅问。

“也没啥意见，就是觉得稀奇。”

既然这样，让他们去议论好了。

其实，半岛人是很希望有一个意见的。他们都盯着罗建放。按照罗建放的原则，绝不允许一个与半岛不相干的人会跳摆手舞。可罗建放就是躲在天井里不出来，也不吭一声。

罗建放没在半岛说话，却到镇上去说了话。那些天，他一反常态，吃过早饭就到镇上去，挨门挨户地打招呼。招呼打得很简洁。一坨铁，看上去总是很简洁的。简洁成就了它的硬度。他的意思是，你家里不管大事小事，红事白事，都不准请那个名叫李船生的女孩来跳摆手舞，摆手舞是半岛人的，不是外人跳的，也不跳给外人看，要是你们有谁不听招呼，到时候出了人命，就不好看了。厉害的是后一句话，谁都不愿意惹出人命，而半岛人说要弄出一个人命，那就是真的要弄，不是放空炮。镇上许多人都认识罗建放，也认识他那个肥猪一样的儿子，他儿子东娃霸了陈倩的事，差不多路人皆知，包括陈倩的老爹气绿了眼睛，气烧了心，却无可奈何，还有陈倩甘让他霸、分手时还要死要活的事，许多人也都是听说过的。

总之，罗建放和他儿子，都是狠客，惹不起。

张云梅并不知道这些。那时候，罗疤子还是常去镇上，张云梅就经常在罗疤子出门不久，装模作样地扛着锄头、背着花篮下地，她把农具放在田间，就朝鸭嘴方向走，趁没人过渡的时候跳上船，潜伏到镇子里。她相信，总有一天，巴艳（她已在心里确定李船生就是罗巴艳了）还会到镇上来。前些年，清溪镇是这条河上的中心，自从县城修了电站，清溪镇萎缩了，也落寞了，中心转移到了回龙镇，巴艳虽然小小年纪，却已是行走江湖的人，江湖中人不可能不到大码头。她没能在马家渡找到巴艳，但很可能，司仪介绍的时候，把地方说错了。为此，她去红光满面酒楼问老板，老板说，那天的节目是寿星家人安排的，人也是他们请的，司仪是寿星的外孙，不是镇上人。她又去找到那天的寿星，寿星说全是他外孙在操办，张云梅问了他外孙的名字，住址，结果他住在兵工厂附近。张云梅抽大半天时间，去那边打听，那人说，没错，她就是马家渡人，但我没有她的联系方式，那回我去清溪镇办事，碰见她在表演，我觉得有意思，想到外公的生日，就告诉了她日子，请她来凑热闹，带她的那个人给了我一张宣传单。——说到这里，他去屋子里找那张宣传单，但是没有找到。张云梅问："带她的那人像啥样？"他说是一个中年男人，连名字我也没记。张云梅道过谢，离开了。

从此，她又多了一层忧虑。

她觉得自己的外孙女过得并不好，外孙女在被那个中年男人利用，是那个男人牵着的猴子。

许多个日子过去了，那孩子没再到回龙镇来过。

其间，张云梅又曾两下清溪镇。她既没在镇上"碰见"那孩子，也没能把飞走的马家渡找回来。她还是抽空就去鸭嘴对面，看来来往往的人流。把眼睛看瘦，也没能把她的外孙女"看"出来。

有天上午，她见老街上一家人在门上贴出了大红囍字，便凑上前去，跟主人打招呼："是要结媳妇啦？"人逢喜事，对人都很和气，那家男主人笑嘻嘻地说："是啊。"张云梅说："恭喜恭喜！你们知道有个跳摆手舞的小女孩吗？那回在新街给人庆过寿的，你们为啥不请她来凑凑热闹？"男主人说："那女孩又不是回龙镇人，我们到哪里去找她呀？”张云梅很失望，正准备离开，男主人又说：“就算我们找得到她，也不敢请她来。”张云梅心里一惊：“这是为啥?”男主人将下巴往河那边扬了扬：“他们来给我们打过招呼，说不准我们请她。”张云梅越发吃惊了，说你指的是半岛人吗？我就是半岛人，谁来打过招呼？男主人听说她就是半岛人，笑容收了，脸色暗了，张云梅再怎么问，他也不开腔了，而且明显有了怒色，像张云梅身上带着晦气。

张云梅又去问了好几家，都说半岛人来打过招呼，具体是谁来打了招呼，却又不说。

这么说来，那孩子是再也不会到回龙镇来的了。

她不来，但半岛人对她的议论，却一直没有消停。

议论开始是公开的，后来转入了地下。妇人也罢，男人也罢，只要几个人碰在一起，只要确信周围没有不能听他们议论的人——他们需要避开的对象，他们自己清楚——就说开了。那孩子是他们话题的核心，但把这核心包裹起来的，是越来越厚实的皮肉，之所以如此，是因为很大一部分内容，是他们依照想象描画出来的。人世间的有些话题，是想象不尽的，古人想，今人想，男人想，女人想，就是想象不尽。这样的话题像食物一样，喂养了一代接一代人的生活。

虽然没听到别人的议论，可罗疤子和张云梅都感到气氛不对，一群人，分明在眉飞色舞地说着什么，待他们走近，突然就不说了；如果正说得起劲的人没注意他们的到来，旁边的人必然会咳嗽一声，或者故意扬声招呼他们，这样，说话的人也便立即闭嘴，做出很“正常”的样子，把话题扯到家长里短上去。张云梅想，别人也跟她一样，知道了李船生就是她的外孙女，由此也知道了，罗秀并不是得病死的，而是生孩子死的。罗秀，一个没出嫁的疯子，一个连婚也没订的疯子，她的孩子是谁给的？他们感兴趣的，一定就是这些东西！

其实不仅仅如此。

罗疤子隐隐约约地感觉到，别人的议论不只是上面的那些内容，可他不敢往深处想，也不愿往深处想。他连跟张云梅讨论一下这件事的勇气也没有。张云梅倒反而豁出去了，如果别人说的真是这件事，让他们说去！如果真有人问她："那叫李船生的孩子，是你外孙女吗？"她就承认！该丢的脸，早迟要丢；真要说丢脸，也不是丢她秀儿的脸，一个疯子，能知道什么呢？却怀了孩子，这分明就是某个男人对女儿做下了畜生不如的事，要丢，也是丢那个男人的脸。

老实说，她一直在心里憋着，憋了这么多年，别人不问，她自己都想抖搂出来了。

这天黄昏，张云梅从后河边的田地里回来，远远地，她望见几个人站在学校外的渠堰上，头垒着头，显然又在说那件事。往常，张云梅会有意避一避，今天她不想避，她迈着很大的步子，朝渠堰上走，像是生怕那几个人离开似的。那几个人没有离开，当然话题早就转了，说的是镇上新近出现的新鲜事：杨侯山一个年轻女子，去外面的世界闯荡几年，不知怎么就赚了那么多钱，到镇上买了个门面，做起理发生意。都说她是在广东做流莺——广东人把妓女叫流莺，三河流域比较大众化，叫小姐；有些人就想在这个做了小姐的人身上捞一把，这天她给镇上一个大胖子理发，那大胖子把手伸过自己头顶，摸她的奶，她躲开了，说这位大哥，请你放尊重些。大胖子说，我又不是白摸，我给钱。她说你把钱拿给你妈。大胖子不生气，还笑了。那女子又过来给他理发，由剪刀换成了剃须刀。她刚站到大胖子身后，大胖子的手又伸上来了，而且紧紧地抓住了她的一只奶。她说："放开！"大胖子不放开，还嬉皮笑脸的，说："我就这么抓一分钟，给你一百元，够了吧？"话音刚落，大胖子就发出一声惨叫，胸罩也没解下来，就冲出了理发店。女子在他咽喉上割了一刀。幸好大胖子脖子上的肉厚，否则就把喉管割断了。这几天，整个三河流域都在传说这件事情。

张云梅站在那里听，没一句能入她的耳。

她从几个人的神色早就看出，在她到来之前，他们根本就不是说的这回事。

她不想再遮遮掩掩的，直截了当地问："你们不是说的大胖子，是说的李船生吧？"

"李船生？没有啊？我们谁说了李船生啊？哪个叫李船生啊？"

张云梅笑了一下："你们也没必要费心思瞎鼓捣，我告诉你们，那孩子，是罗秀的娃娃，是我的外孙女，她是我家的孩子。她不叫李船生，她叫罗巴艳！"

说完她朝家里走去。

身后声息全无，像是没有人。

42. 真相

那天晚上，张云梅本想将巴艳出生那天夜里发生的事情，还有自己去马家渡的寻找，都说给丈夫和儿子听，还想将自己给巴艳买的衣物，取出来给丈夫和儿子看，可她实在没有精力了。

她不想说一句话，也懒得多动一步，晚饭也没吃，就躺到床上去。

就在那天深夜，半岛上发生了一件事情。

马呱呱家的黑儿死了。

那条老狗，早就到了该死的年龄，可在天快黑的时候它都还很精神的。马呱呱去地里摘菜，准备第二天背到镇上去卖，摘满了一花篮，又摘了好大一抱，马呱呱将花篮装不下的部分，用绳子系起来，绳子的两端各系一捆，然后架到黑儿背上去。至少二十斤重。马呱呱说："你背得动不？要是你背得动，你先背回去，我跟身就来。"黑儿便驮着这二十斤菜，踏着暮色往家里走。走几步停一停，是在等马呱呱。这情景，许多半岛女人都看见了，半岛女人说，我们有男人，马呱呱没有男人，但马呱呱有狗男人，马呱呱的狗男人比我们的男人好！说过这些话，半岛女人就笑，笑声没出来，眼圈却红了。黑儿在半途中等到马呱呱，一同往家里走。暮色在他们脚下黑蝴蝶一样飞舞，狗四只脚，人两只脚，黑蝴蝶在狗的脚下飞得也更密集。回到家，马呱呱做晚饭，黑儿便守在火塘边上，热得长伸着舌头，可就是不到院坝里乘乘凉。人类的有一些活，它能做，有一些不能做，遇到不能做的时候，它总是含羞带愧，并以惩罚自己的方式表达它的愧疚。饭好了，它跟马呱呱一桌吃。矮桌上一只人碗，一只狗槽。狗槽不像别人家的狗槽，是石头做的，黑儿的狗槽也是一只碗，跟马呱呱用的碗同样质料，只是更大些。黑儿吃了很多，满满两大碗。马呱呱收拾碗筷的时候，它一直在心满意足又精精神神地舔它的嘴。

可到后半夜，它怎么就死了呢！

马呱呱起来解手，顺手摸了一把黑儿。黑儿的身体蜷曲着。硬邦邦地蜷曲着。

抽泣。哭声。然后哭声转成丧歌调。

马呱呱是一副好嗓子，她的丧歌调把整个衙门搅动了，也把夜晚吓得急速奔跑。

天勉强露出曙色，中院和下院的人，就都跑到上院去看。

不出所料，是马呱呱的黑儿死了。马呱呱扑在黑儿的尸体上，披头散发的，打自己的脸。她本是一张干瘦的脸，这时候显得很胖，脸一胖起来，她仿佛年轻了许多。人们去劝她，把她从狗的尸体上拖开，可她挣脱出来，几个疾步，头往门边的墙壁上撞。

桂秀英这时候刚好进她的屋，一把将她抱住。马呱呱在桂秀英的怀里烂成一摊泥。烂成一摊泥的马呱呱说："你们别管我哟……我分明晓得它那么老，还让它背那么重，它是累死的哟……你们别管我，让我死了算了哟……"这些话，她不是说出来的，而是唱出来的，用丧歌的调子唱出来的。清晨的空气带着凉意，一直凉进心里。满屋的人都缩着肩膀，默然无语。马呱呱从骨髓里撕扯出的哭声，让他们不再以通常的思维去理解一条狗的死。

这时候，黑儿突然发出呜呜的声音。

马呱呱以为它活过来了，像受到惊吓似的止了哭声。

结果不是黑儿在呜呜，而是一条花狗。

这是桂秀英家的狗，跟桂秀英一同上来的。她女儿把这条狗送来的时候，是一条小狗，现在是一条大狗了，甚至可以说也是一条老狗了。花狗伏到黑儿跟前，去跟它对鼻子，但黑儿没有反应，花狗便呜呜地叫，用爪子去刨它，想让同类重新站起来。可黑儿站不起来了。黑儿真的死了。

马呱呱见状，又是好一阵哭。

哭到声嘶力竭的时候，她朝满屋子人跪下了，磕头，第三个头磕下去，便额头触地，不起来。

她请大家来为她帮忙，她要为黑儿办丧事。

她要为一条狗办丧事！

尽管半岛人不再以通常的思维去理解一条狗的死，可他们究竟知道狗是狗，人是人，狗有狗的活法和死法，人也有人的活法和死法，人的祖先曾经像狗那样活过，也像狗那样死过，于是他们去战斗，用热辣辣的鲜血去洗掉通向狗道的人生，好不容易，才混到能像今天这样直立行走的。

现在，却让他们去为一条狗操办丧事。

没有人去拉马呱呱起来。

当马呱呱抬起头，看见一屋的人都空了。

她把黑儿停在一块门板上，在家里放了三天。无人为它念经超度，只有马呱呱日夜不绝的丧歌。马呱呱的丧歌声贯流水，响遏行云。三天过后，她找出一口老旧木箱，那是她的陪奁，她亲自动手，将这陪奁重新上过漆，把黑儿装殓进去，背到坟林去埋了。她把黑儿埋在了自己丈夫的墓旁。

那一天，半岛雾气弥漫。雾气变成小雨，有的从天下往地下落，有的从地下往天上升，小雨来自四面八方，敲打着马呱呱背上的木箱，深深浅浅的，淅淅沥沥的，叮叮当当的。

这件事让半岛沉寂了一些日子。

这就像黎明之前的沉寂，是为新一天的喧闹养精蓄锐。月亮下去了，天边的白，一波一波地荡开来，人体内的精气，就像白天被晒蔫的草茎，经过一夜的吸纳，又挺立起来。人的精气，有很大一部分都被嘴巴消耗掉了，吃东西和亲吻，都只会长不会消，说话才会消耗。人们对这种消耗乐此不疲。人们说的不是马呱呱和她的狗。谁都以为他们会说这件事的，但是他们没有，他们只是走进坟林里，看见那个跟马呱呱的男人并排而立的独木舟，心生一丝辨不清方向的怜悯，紧接着就把心思转移了。马呱呱和她的狗有什么好说的？黑儿本就是马呱呱的狗男人，她把狗男人埋到前夫的墓旁，是正理该当的事，正理该当的事就没有什么好说的了。

只有那些不确定的、带着无限可能性的事情，才会引起人们长久的兴趣。

比如，那个曾到镇上跳摆手舞的小女孩。

半岛人确定了那小女孩——不管她叫李船生还是叫罗巴艳——的身份，可对她的议论依然没有停止，还变得越发起劲。从早到晚，半岛的每个角落似乎都在嗡嗡作响。

这是因为，被罗疤子偷听却没认出人头的那一男一女，究竟没能守住秘密。

守住秘密是一件多么困难的事情，秘密最强大的生命力，就在于它无时无刻不啃咬持有者的心，让他们将自己吐出去，把秘密变成公开。当所有人都蒙在鼓里的时候，那秘密虽然活着，却得不到营养，活得没精打采，因而他们能够守住，可一旦别人对这话题发生了兴趣，秘密会在陡然间长成参天大树，谁掌握了它，谁就可能被撑死；秘密本身不会撑死人，但虚荣心会助纣为虐，“我知道！我知道！”虚荣心向着全世界呼喊。于是，你成了秘密的奴隶，只好拼命挣扎，挣扎的结果是大嘴一张，将秘密连根带叶地呕出了事。

那一男一女，不仅说出了罗秀在广场边遭遇强奸的事实，还指出了强奸者的姓名。

半岛人谈说的中心，就是这个。

那天，几个人正议论会跳摆手舞的小女孩，不知是谁（对传言，你永远指认不出是谁），说那孩子虽然不是半岛人，却是半岛人的种；紧接着，依然不知是谁，说到罗秀的死，她哪里是病死的呀，她是生孩子生死的，难道你们没看见她死之前那些日子的怪异举动吗？穿着大垮垮的衣服，分明就是遮掩挺起来的肚皮，然后神神秘秘地去了北斗寨，又神神秘秘地回来，所有人都不知道她已经回来的时候，她就死了！进而指出，后河边麻柳林里那座小坟，你们都注意到了吗？本以为那里埋着罗秀的孩子，如今看来，孩子生下来就悄悄地送了人，那座坟只是装装样子，是空的，要不然，怎么开始像一座坟，后来败得不像一座坟了，也没人去经管一下呢？这种推理，有一点小小的瑕疵：既然孩子都送人了，何必要画蛇添足地造座假坟留人口实？但半岛人跳过了这点瑕疵，继续往前走，终于走到那个夜晚：星空底下，疯子罗秀被压在干沟井的堤埂上，稻草绳捆住了手脚，嘴里塞着一把虎耳草；压住罗秀的那个人，由远景慢慢往脸上拉，打成了特写……

女人怀孕，本来稀松平常，但因强奸而怀孕就不一样了。

要是若干年前的半岛人，必然有一场械斗发生。这场械斗力量悬殊，因为强奸犯不可能找到任何支持者。半岛人的公平心，是用天地称出来的。强奸？祖祖辈辈的半岛男人，都不干这种龌龊事，何况是强奸一个疯子。他们会把强奸犯围在中间，向他举起明晃晃的斧子或弯刀，卸掉他一条手臂，或者一条腿；这只是附加的，主要是剜掉那家伙的 ×，手都不换，一刀剜下来，扔给狗吃，狗不吃就扔到河谷里去，扔到对面杨侯山去，让个子小牙齿尖肚量惊人的猪獾吃。因为此前没有经验，这只是一种猜测，但依照半岛人的脾气，他们会这样做的。——然而那只是若干年前的半岛人，现在的半岛人变了，祖先留在他们血液里的东西，年年月月地，随着河水流走了。他们像半岛之外的人一样，对这种事，只是偷偷摸摸地议论，只是等着看罗疤子有什么反应。

罗疤子还不知情呢。张云梅没把实情告诉他，传言也不可能吹进他的耳朵，因此他有理由继续麻醉自己，在秋季的双抢时节到来之前，抽空去镇上找乐子。跟以前不同的是，他不会在一个摊点前一蹲就是小半天，那乐子再好玩，他也不会这么做。他背着手，迈着疲沓的步子，在镇上走，从上街走到下街，从老街走到新街，就像巡逻员。他也比以往回家晚，许多时候，午饭就在街上吃碗小面，天快黑的时候，感觉自己今天又白走了，才穿过猪牛市场，下到码头上去。

黄昏如雨，他过了河，爬上鸭嘴，黄昏就将他围困起来了。

他在这如雨的黄昏里，碰到了两个外省人。

那两个外省人身材高大，蹲在鸭嘴上抽烟，见到罗疤子，急忙打招呼，很热情，甚至有些低三下四。看来他们早就知道半岛人排外。他们说话的语音稀奇古怪，罗疤子不大能听得真切，大概意思还是懂了。那两个人说，他们家住汉水河畔，是来鸭嘴祭祖的。他们的祖先曾经带着两个蜡黄色的汤圆，借一个老和尚的手扔在了后河与中河的交界处。罗疤子来了精神。原来，关于鸭嘴的传说竟然是真的？鸭嘴真是那两个汤圆的坟冢？他也蹲下来。其中一个递给他一支烟，问了他许多话。罗疤子不懂为什么问他这些话，那些话都是渣渣草草。之后，他们提到罗建放天井里的那口缸，提到放在晚清遗墙边的石磉磴。罗疤子说："你们咋知道的？"他们说是听别人说的。在罗疤子看来，这同样是些无聊的话题，可以听，也可以不听；现在他不想听了，因为他们提到了罗建放。

当天夜里，傍后河的一片菜地里，出现了好几处被挖掘过的痕迹。每一家菜地的主人，包括罗疤子，都发现了，但都没有在意。菜棵损失得并不多，也就三五棵，现今，对三五棵菜，没有人去计较的。他们还以为是谁牵牛过身，不小心让牛给踩了。

过了些天，一个烂云满天的傍晚，去后河的罗杰跌跌撞撞地跑回家来，对正准备出门给牛提水的父亲说："爸，你快去看！"

儿子那么惊慌失措，罗疤子很不高兴。不知有多少个年头，他自己一直是惊慌失措的。儿子的样子让他看到了他不喜欢的那个自己。

他说没出息的东西，鬼撵起来了啊？看啥？

罗杰目光锐利，嘴唇颤抖，说不出话，真像是鬼魂附体。

“啥事你说嘛！”

罗杰没说，撤身朝外跑去。罗疤子愣了一下，也跟着他跑。

一直跑到了后河岸边的麻柳林。

巴艳的坟被挖开了。

木栅栏被毁掉，然后把坟挖开了。

里面没有尸骨。一根骨头也没有！

她再是刚出生的婴儿，也应该是有骨头的。

可是，土坑里只有一个发黑的塑料包。当着父亲的面，罗杰把包提起来，打开，立即又扔掉了。

那里面也没有巴艳的尸骨，只有一包灰，重重叠叠的胖虫子，在那包灰里拱来拱去。

“找你妈去。”罗疤子说。

张云梅在雀儿山。父子俩一同上了雀儿山。

听完父子俩的话，张云梅才放下锄头，将巴艳出生那天的事，还有她几次去清溪河下游寻找的事，从头至尾地说了一遍。

她说得异常平静，可罗疤子和罗杰听得一点也不平静。

两个人的时间，都拨回到罗秀死去的那个夜晚。但罗疤子只在那个夜晚停留片刻，就一直向前狂奔，想止也止不住。罗杰却不，他听明白了母亲的话，可他的魂，固执地守候在弥留之际的姐姐面前，姐姐向她呼喊：“巴盐！巴盐！”这两声呼喊，让那孩子死而复生，没过一会儿听说她又死了，父亲让母亲去把她埋掉。他以为，生和死的距离，本就是这样近在咫尺，绝没想到是父亲下了毒手。

他瞧不起父亲，而且恨父亲。以前，他只是可怜父亲，从来没有瞧不起他，更没有恨过他。

一家人都被拉进了一条河里。那是一条红河，发源地在罗秀的肚子里，要流多远，要流向哪个地方，他们都不知道。他们在河里扑腾，反而将巴艳的坟是谁挖开的，为什么被挖，都忽略过去了。

罗疤子的心还在向前狂奔，道路的尽头，是可怕的真相。事到如今，他已经没有能力独自面对那个真相了。他很想当场就说出来，但他注意到了儿子的眼神。他并没觉得那眼神是对他的鄙视和痛恨，他只是感觉到，深爱着姐姐的杰娃，在没有任何心理准备的时候就听到那个真相，肯定会疯掉的，他送走了一个疯女儿，也会迎来一个疯儿子的。因此罗疤子忍住了。

一家三口下了雀儿山，罗杰立即去了中河，他要将巴艳还活着的消息，告诉姐姐。

罗疤子和张云梅往家里走。

路上，两个人都没说话，但刚进门，罗疤子嗒的一声将门闭了，像身后有追兵。

“你记得我给你说过的那孩子的长相吗?”

张云梅被关门声吓得一抖，于是她就用波浪涌流似的声音说：“记——得——呀。”

“像谁？……我是说，那翘起来的嘴角，像谁?”

张云梅的眼睛里，撒进了一把火药。

但那时候她的心还是瞎的。她迷迷瞪瞪地在想是谁去镇上招呼不让请巴艳来跳摆手舞。

其实她早就有一个答案，这时候那个答案才明确了。

“是他？”

“你再想想，”罗疤子说——罗疤子很粗重地喘着气，每说一句话都很吃力，“那次去学校看电影，那个叫奴里的人被强奸了，他是啥表现？他该不该是那种表现？看电影回来，听说他在床上躺了好几天，白天都说胡话，还是桂秀英去杨侯山请来那次给杰娃跳过神的端公，才给他禳治好的！”

张云梅长久地不说话，随后进了女儿的房间。女儿死后，她那个房间差不多就变成储藏室了，不好放在面子上的东西，就丢进这房间里来。这么多年过去，房间里堆得满满的，连女儿睡过的那架床上也堆得满满的，可见一个人不能放在面子上的东西，是那样多，一家人的加起来，就更多了。张云梅把自己关在女儿的房间里，坐在堆积如山的物件中间，她发现，这些物件放进来的时候，本觉得是格外珍贵的，现在看来一钱不值。她真恨不得把这些东西通通扔出去，一把火烧掉。

43. 搬迁

吃过早饭，罗传明出门散步。他先站在学校圆门之外，朝里面望了好一阵，才穿过田埂，往衙门里走。田埂没走几道，就看到罗疤子一家从偏厦那边过来了。罗疤子走在前面，后面是罗杰和张云梅。罗疤子的面孔是泥塑的，罗杰很迷茫，张云梅则两眼红肿，神情狂躁。

罗传明退到田埂的边缘，早早地给他们让路。但他们却没朝这条道上来，而是去了中院的方向。这家人，罗传明心想……他没有往深处想。现在许多事情他都不愿想得太深。他已经很老了，头发白了，胡子白了，连眉毛也白了。由于越老越瘦，那长伸出来的脖子，像根细细的枝条，麻雀站上去也会颠断的样子。罗建放的奶奶过世以后，半岛上再没出现过百岁老人，而今，年纪最高的，是八十七岁，罗传明虽还不上八十，却已排到第五。只要无病无灾，人们就以岁数来推论谁会先一步去见阎王爷，罗传明只需扳完一只手的手指头，就能数到自己了。

这可能是让他经不住老的原因，但不是主要原因。

主要原因是他经营了几十年的回龙中学，即将发生大的变故。

老高接位以前，口口声声表白，一切将按老校长的既定方针办，然而，罗传明刚退下来，老高刚把屁股坐正，就迫不及待地要把什么都推翻了。他屁股坐正了，脸却变了。罗传明懂得不在其位不谋其政的道理，退休过后，连学校也很少去，更不会干涉校政，可老高还是没有放过他。罗传明就是这样想的：老高没有放过他。继任校长的每一次改革，哪怕是为厕所的蹲坑装上遮羞的门板这样的小改革，在罗传明看来都是对自己的否定。今天改了厕所，明天刷了墙壁，后天翻修了办公楼，每一茬前人，都是被后人这样否定掉的。前人是一张纸，后人在上面涂墨，一笔一笔地涂，涂得看不出它本来的颜色。就算是这样吧，罗传明也能够忍受，就像人们能够忍受自己一天一天地变老。可老高这回要干的事，却是要将那张纸也扔掉，把罗传明连根拔起。

他要将回龙中学搬迁到镇上去！

罗传明知道回龙中学不是他的，可他在这里当了差不多一生的校长，这种“知道”就不管用，他就没法不认为回龙中学正是他的。局长认为局是他的局，部长认为部是他的部，一个做了几十年国王的人，也会当然地认为那是他的国。是我的，就该由我做主，在自己活着的时候就由别人做主，碰到谁，心里也免不了起疙瘩。世间的掌权者不愿从位子上退下来，往往被误解为是舍不得那把椅子，椅子固然舍不得，但它到底与生命本身无关；在根子上，他们是有一份担心，担心自己被涂抹掉，更担心像罗传明这样，眼睁睁地被连根拔起。

手中的每一分权力，都是苦闷的象征……

老高执政不满半年，就给上面打了报告，列出了一大堆搬迁的理由：跟半岛人不好相处，教职工生活极度不便，都是铁一般坚硬的事实。

虽然，半岛容忍了回龙中学百多年，可那只是容忍，容忍都是有个限度的，罗建放不就忍不住，大闹食堂，还差点闹出人命吗？将来还会发生什么，谁也不敢拍胸脯。对此，老高拿出了更具说服力的证明：他上任第三年的夏天，衙门上院发生了一场火灾，当时正在上课，老高看见火光，听到喧闹，亲自拉响了电铃，让全体师生前去救火。学生奋勇当先，其中一个高中生，爬上梁柱拆火路，梁柱倒塌，被压成重伤，柱头上烧得通红的锈铁钉，在他身上扎出挤挤密密的血窟窿。事后，半岛人敲着锣，击着鼓，给学校送来一面锦旗，看上去关系彻底缓和了，可不久学生去打猪草，不过就割了半岛人一匹枯死的南瓜叶，竟然被夺了镰刀砍手，在手上砍出了一条锯齿形的血路子；幸好只割了一匹，要是割了十匹，就要砍十条血路子——那夺镰刀的人是这么说的。老高认为，半岛人就是那把骨头，你换得了他的血，换不了他的骨头。

不过，更重要的还是第二点理由：教职工们买个牙膏都要走几里路过条河去镇上，这能叫生活吗？这不是生活，这只能叫生，或者叫活，反正不能叫生活。

“只要不遭砍头，坐牢也是活。”这是老高的原话。

他刚到半岛、罗传明还没退位的时候，处处对罗传明赔着小心，还以为他是个唯唯诺诺的人，其实不是，在上级面前，他是很敢说话的，但这个上级，必须是能做主的，对不能做主的上级，比如当时的罗传明，他就不说；不仅不说，还表现得超乎寻常的谦恭。

老高说得振振有词，但上面没批。要搬动一棵老树，是冒风险的。何况还要一大笔费用。上面鼓励老高在学校建小卖部，小卖部一建，一切生活所需都可以满足了。其实，老高一接手，立即建了小卖部，将小卖部包给职工，学校收取租金。但老高又说了，教职工也是人，不仅希望出门就能买到牙膏，还希望看看车是怎样跑的，听听市声是怎样闹的。

老高提出的所有理由，既是理由，又不是理由，反正决心只有一个，目的也只有一个。

上面很恼火，可拿老高没有办法。事实摆在那里，最近几年毕业的大学生，都不愿去回龙中学，他们宁愿到级别低得多的镇中心校，也不愿过河去半岛；半岛上的优秀教师，也陆陆续续地离开了，其中包括杨主任。当然，杨主任走，可能还有另外的原因，老高上任不久，就提他当了工会主席，看上去，工会主席享受副校级待遇，跟他以前的教务主任相比，是升了一格，可工会主席是个闲职，杨主任偏偏闲不下来，他是个能干人，他的能干不发挥出来，就像一个喷嚏打不出来那么难受。杨主任回了他的老家，在清花镇中心校任副校长。

鉴于这种情况，上面不好断然拒绝老高，更不可能简简单单地将他撤换了事。不管换了谁去，都会面临同样的问题。上面说考虑考虑，并不拍板。你不拍板，老高就年年打报告。拖到去年，终于有了眉目，已在回龙镇南街东头选好了校址。那里有个手肘形弯道，刚够摆下一所学校。巧在那个弯道的名字，像是专门为修学校取的。它叫书弯。罗传明已打听清楚，最近，书弯就要动工了。

自从听到这个消息，罗传明就有些恍惚，刚坐下去，有一个声音就命令他：你站起来。刚站起来，另一个声音又命令他：你坐下去。好在大半个世纪的人生经验，使他懂得调节。他以前不去半岛人家串门，现在他经常去。这个半岛的“叛徒”，在外面散步，见别人的门开着，就拐进去了。衙门是半岛的中心，住户最集中，他到这里来的时候也最多。开始，大家对他有些说不出理由的戒备，慢慢地，戒备的栅栏抽掉了。他跟别人聊，不聊庄稼和收成，聊“人这一辈子”。人这一辈子有什么好聊的？父精母血，你有了一条命，你就为这条命奔忙，从小到老，从生到死，最终埋进黄土，享受一艘永远也不会去大河里航行的独木舟。一辈子就这么简单，就像一减一等于零，再笨的人也是算得过来的。

但罗传明聊出的一辈子，好像又有了别样的滋味。他的话都很平常，并不比一减一复杂，可是听上去，人的一辈子并不全是减法，即便埋进了黄土，似乎也可以不等于零。

半岛人喜欢听罗传明说话了。家庭内部有了纠纷，罗传明的一席话，能让老老少少变得心平气和；再后来，这家和那家有了纠纷，都跟罗疤子一样，不轻易想到决斗上去了，而是把罗传明找来，让他评理。罗传明就像一个机械师，一双长满老人斑的手在损坏了的零件之间摸来摸去，开始很干涩，可在你完全不经意的时候，变得润滑起来了，机器再次发动，就再也听不到彼此伤害的破音，而是相互带动，水乳交融。罗传明做着这些事情，终于为自己的郁闷之气打开了一道缺口……

今天，没有人请他调解纠纷，却意外地碰到罗疤子一家急匆匆地往中院赶去。

他已经预感到什么了。

对那个鬼魅一般游走在半岛上的秘密，罗传明是听说过的。

除罗疤子夫妇，恐怕没有人像罗传明那样相信那个秘密。

秘密是一条河，比后河还要曲折、宽阔，比中河还要汹涌澎湃，普通人只能看到水烟，罗传明却能够跨过去。这不是他比别人更聪明的缘故，而是他比别人更加热爱半岛，半岛上铜丝般的颤音，也会让他留心。

他曾注意到疯子罗秀的肚子，也跟罗疤子一样，注意到看《奴里》那夜的不可理喻。

他想把罗疤子一家叫住。

正这么想，张云梅三两步赶到儿子和丈夫前面去，并且放慢了脚步，像在等他。

张云梅的确打算等到罗传明。对这次非同寻常的全家出动，她毫无把握。一个被抽了骨头的丈夫，一个阳光照耀不到的儿子……至于她，她是一个女流，她个子再高壮，也不可能斗过能用脚趾把黄鳝夹断的男人。何况还有他儿子，连街娃儿也要听他，连副镇长的女儿也敢霸……当张云梅一眼看到罗传明，心亮了一下，狂躁退了潮。她想对罗传明说一说。反正这事都要公开的了，不在乎先向谁公开。她隐约地感觉到，先向罗传明公开，是老天爷的安排，老天爷要帮助她渡过这道难关。

然而，她并没等到罗传明，狠一狠心，又带着一家人疾步往中院走去。

先向罗传明公开，无非是希望他帮忙评理。这种事，理是老天爷早就定下的，有什么好评？又需要谁评？同时张云梅也想起儿子在回龙中学的遭遇，罗传明收了他，又把他开除，尽管儿子做了不该做的事，可开不开除，还不是罗传明说了算。罗传明禁止学生搞恋爱，说发现一对开除一对，但张云梅除了在雀儿山碰上成双成对的男女，还不止一次在镇上看见回龙中学的男女学生手拉手逛街，想必老师们也发现的，罗传明也知道的，却并没听说谁因此被开除了。

毕竟，罗传明是受过恩的人，表面上，他跟施恩的那家后人炒面和沙子——捏不到一块儿去，可是……

张云梅已经不敢相信任何人了。

罗传明见一家人走了，紧赶慢赶，跟了上去。

那时候，罗建放已被堵在天井里。天井的里里外外围满了人。

张云梅领着丈夫和儿子刚在中院现身，人们就围过来了。

张云梅问罗建放："你只说，是不是你？"

罗建放说："是。"

他好像早就在等着这一天。

"你是畜生是人？"

罗建放："畜生。"

他拿着一把蒲扇在摇，张云梅将蒲扇夺过来，用扇柄打他的脸。罗建放并不回避。

脸被打肿了，张云梅也打累了，停下手。

"云梅你继续打，"罗建放说，"你比疤子更像男人。"

他眯着眼睛，瞪着罗疤子，接着说："十多年前，我就叫你劈了我，可你没有胆量。我叫你劈我，不是因为秀儿把东娃扔到了田里，不是为这个。是因为我害了秀儿。我说你劈我，我绝不还手，脖子也不会缩一下，我说的真话。"

说到这里，他突然义愤填膺："可惜你龟儿子没有胆量，你害我受了这么多年的罪！"

啪！张云梅扇了他一耳光。

这次不是用扇柄，用手。

罗建放脸上本来多骨，可由于肿起来的缘故，肉乎乎的，火辣辣的。

他悲伤地扬着脖子。

罗疤子扇了他爹的耳光，现在张云梅又扇了他的耳光。

他这一家人之所以长脸，就是让罗疤子一家扇耳光用的。

“她是疯子，”张云梅说，“但她没招过谁惹过谁，你为啥要害她？！”

“我遭鬼使起了。”罗建放说，“云梅你信也是这样，不信也是这样。那天晚上，我真的是遭鬼使起了。我击了祀鼓，就坐下歇气，可不知为啥，心里像猫抓。我走出广场，想吹吹风，静一下，结果就看到了秀儿。她一个人坐在干沟井的堤埂上，边搓稻草绳，边自说自话。云梅你信也是这样，不信也是这样，我那时候根本就没想害她，反倒是同情她。说句老实话，她长那么大，我从来没有同情过她，我还常常诅咒她，可那天晚上，说不出是啥道理，我为她心痛。我坐到她身边去，问她说啥，她朝我笑。就是那一笑坏了事。她平时笑起来不好看，那天却说不出来的好看，她好像把她疯掉之前的好看又笑回来了……开始，我没想到要捆她，更没想到扯一把草塞住她的嘴。可是，她已经把稻草绳搓好了，草也是顺手就能抓过来，我想还是捆住她，塞住她。我捆她的时候，她不知道是要捆她，还是朝我笑。要是她知道就好了，她有那么大的力气……”罗建放把声音放低了，“后来，我把草从她嘴里扯出来，她干呕了好一阵，我是等她干呕过了才离开她的……”

罗建放描述着那天夜里的过程，每一个字，都在罗杰面前溅起一片血光。

血光把天上的星星染红了，星星像一滴一滴悬垂的血珠。罗杰的全部灵魂都停在那个夜晚。他是时间的人。他热爱音乐，热爱琴声，不仅因为那琴声是从夏老师的手指上流淌出来，还因为音乐跟河流一样，是属于时间的。他和他的姐姐罗秀，都是属于时间的人。正是对“时间”的着迷，使姐弟俩和所有半岛人有了区别。半岛人是属于空间的，他们为空间而战斗，却把时间一寸一寸地放弃。他并不清楚姐姐是被时间流放出来的女儿，却对姐姐弥留之际喊出的那声“巴盐”，产生了疑心。他希望潜到时间的深处去，挖出“巴盐”的真正含义，但他没有成功；希望从姐姐的替身夏老师那里得到答复，同样没有成功……

不仅是罗杰，在场的听众，都被带到了那个特殊的夜晚，闻到了血的气息。那是一个处女的血，开出花朵，散发出苦味儿。他们挤过来，本是看个热闹，最终发现这里没有热闹。

这里只有苦味儿。

“乱伦啊!”其中一个人尖利地说。

是的，罗建放是乱伦。虽然半岛丢了族谱，乱了辈分，但再健忘的人，也都知道罗建放跟罗疤子是平辈。这时候，那些上了年纪的人，也才想起罗疤子的真名来了。

罗疤子的真名叫罗建松。

中间那个“建”字，代表的就是辈分。

罗建放不仅是强奸，还是乱伦。

这种揭示把罗建放彻底击倒了。是悲凉击倒了他。他想起了自己曾经做过的那个梦。梦中，灯笼坪的花娘对他说，正是他遥远的祖先乱伦的企图，害死了她们十二个姐妹。这件事现在的半岛人都不可能知道，梦境也不一定能当真，但罗建放觉得它就是真的。他的人生，画成了一个圆，圆心是他那遥远祖先的罪孽，无论他怎样挣扎，都逃脱不了这个圆心，从他有生命的那一刻起，就被浸泡在罪孽的毒水里。祖先想对花娘乱伦，十二花娘并没有惩罚他，十二花娘自己死去。但这笔账是记在那里的，这笔账并没在时间的烟尘里发黄、腐烂，而是明明白白地算到了他罗建放的头上，鬼使神差，让他对晚自己一辈的疯子下手。

“为什么偏偏是我呢？……”

罗建放感到不平，锐利地扫了众人一眼，说：“我不配做半岛人，比疤子还不配！”

“是呀，比疤子还不配。”他的话得到了围观者的赞同。

以前，人们仅知道罗疤子几人坏了半岛的规矩，谁也想不到最守规矩的罗建放也在坏规矩。罗疤子几人，是明明白白地坏规矩，罗建放却做得偷偷摸摸。

半岛已经没有规矩了。

听到这些话，罗建放绝望了。为自己绝望，好像又不仅仅为自己绝望。

他大声说：“我十多年前对疤子说过的话，今天还管用，你们要是可怜我，就把我劈了！”

所有的目光都集中到了罗疤子脸上。

当罗疤子在老婆的鼓动下前来直面真相的时候，他多么希望那只是幻象。

事与愿违，不仅有了真实的事件，还还原了真实的细节。

他跟他儿子一样，对罗建放后面的话根本就没听清，而是咀嚼着那些细节。他已经没有退路了。

罗传明恰到好处地说了话。罗传明就站在罗疤子身边。他气吼吼地爬上中院后，围观的人群都给他让开了一条道，让他站到前面去。

罗传明说：“建放啊，你该不该遭劈，你自己说了都不算数的。应该报案，交给派出所，他们会立案侦查，给出一个公正的处理。”

报案？这事让半岛人知道，已经把脸丢尽了，还要去说给半岛之外的人听？

罗传明也看出来了，真让罗疤子一家人去镇上报案，他们不愿意，去了也没一个人能说得清楚。他说这样吧，趁双方都在这里，把纸笔拿来，我把经过记下，你们投上去就是。

纸笔很快送到罗传明手中。是一个围观者送来的，正好他家孩子在进化小学念书，有作业本，也有铅笔。罗传明把本子摊在手里，用铅笔写。他打算写完之后，再念给大家听听，看有无出入。

写了几大页，就快完毕的时候，本子却被抓过去，撕碎了。

是东娃。

——当张云梅跟罗建放对过几句话，罗建放的老婆，桂秀英，脑袋就炸了，这个老是平心静气一说一笑的女人，这时候再也平静不下来，更笑不出来了。但她来不及去舐食作为女人的屈辱，因为她看到了事态的严重。她脱离人群，朝镇上飞跑，并在镇上找到儿子，让儿子回来帮助他的父亲。东娃那时候正在打桌球，听完母亲的话，他将球杆一扔，迈着力所能及的大步走了。几个街娃很讲义气地追上来，问要不要他们去搭个手，东娃头也没回，只做了个“不要”的手势。

挤过人群，进了天井，见父亲坐着沉默，罗疤子一家站着沉默，罗传明正在字斟句酌地写，他问写啥，罗传明把意思讲了，他一把扯过去，撕碎之后，扔进那口水缸里。

“公正？”东娃喘着粗气，翘着嘴角说，“只有无能的人，才到外面去寻求鸡巴公正！”

言毕，他再次挤过人群，进了堂屋，拿出一把锋利的弯刀。

罗疤子本能地伸开双臂，把老婆儿子挡开，自己再往后一退，搜寻可以应战的武器。

武器还没找到，东娃手里的弯刀就发出了吼声。

吼声低沉，罗建放却应声而倒。

他厚实的脖子，只剩一张单薄的皮，勉强与身子牵连着，事实上也就是脑袋搬家，身首异处。

可他的右手，却向儿子跷起了大拇指，眼睛也在朝儿子发出赞许的微笑。

感觉他的眼睛笑了很长时间，才闭上了。

这时候，桂秀英还没回来。找到儿子后，她的腿就软了。但她的狗回来了。狗跟她一块儿跑到镇上，又跟东娃一块儿跑回来，东娃进屋取弯刀的时候，它悲哀地鸣叫着，抢到他面前去，前腿弯曲，像在给他下跪求情。当老主人的鲜血呼啸而出，人群轰的一声散开，它肃立于人群之外，满眼的哀愁，满眼的厌倦。然后，它朝半岛的远处走去，从此再没有回来。

人们说，在这带山川河谷之间，从此有了一条垂首疾走，呕心哀鸣的野狗。

但另外的人说，那条狗根本就没有哀鸣，它从半岛逃离后，不愿意做狗，变成了狼，月明之夜，它便向天嗥叫，叫声苍苍茫茫，穿石裂谷……

也就在罗建放闭眼的当天，罗杰悄无声息地离开了半岛。

第十七章

44. 问号

枪决东娃的那天，我去参加了公判大会。

公判大会在县城西门操坝举行。

西门操坝位于清溪河岸，平整而宽广，据说以前是操练民兵用的。公判是为惩治犯人，教育大众，因此上面决定组织县城几所学校的学生前往参加。宣汉县中学是其中之一。那时，我已在县中教了好几年书，恰好这一届又当班主任，吃过早饭不久，我领着自己班上的学生，往宣判现场走。县中离西门操坝很近，过一条胡同似的街道，再西行五十米，就到了；有时候，学校的操场忙不过来，体育老师就把学生带到西门操坝上课。

那天被判的人特别多，仅死刑犯就有七个。这七个死刑犯，有四个是人贩子，被拐走的婴儿，运送途中生了病，他们就趁夜深人困的时候，把病婴抛下火车；其中一个三十多岁的男人，专门拐卖妇女，有农家女，有城市里的时髦女，也有研究生刚毕业的学生，总之牵涉面广，数量众多，无一例外都是先奸后卖。这人的母亲也从老远的乡下赶来开会，脸上没有悲戚，只是不停地向旁人念叨："可惜那一表人才哟！"的确，她那即将赴刑的儿子，长得相当标致。第五个是偷牛贼，偷牛不至于吃枪子儿，可失主找上门来，他不认账，争执起来，他踢了失主一脚，踢破了失主的脾脏，失主回家躺了两天，死了。这次判的七个死刑犯，在法学界，对偷牛贼的判决争议最大。第六个和第七个都是杀人犯，那第六个是摩的司机，在县城码头拉客，某天深夜两点过，他等到一个客人，是从外地打工回来的女子，女子刚坐上他的车往两公里外的城里走，突然下起大雨，他将备用的塑料披风拿出来，系在额际，女子也便钻进那披风里。女子热突突地贴住他的脊背。这样的一种热，他两年前离婚过后就没再体味过了，他很向往，向往得无法自持，于是他把她拉到河滩的一片树林里。她不从，他便掐她脖子，他不知道掐到什么程度算是掐昏，什么程度算是掐死，欲望告诉他：你再多用一把力，不然你还是干不了你想干的事，于是他就多用了一把力。这把力要了女子的命。东娃是第七个，最后出场。

这个曾经用弹枪朝我身上猛抽的人，我已经认不出他了。

虽被羁押了那么长时间，他并不见瘦，两个警察把他推上台来，就像推着一个油桶，让他亮相。这时候，我看清了那张脸。那张脸的轮廓，还能依稀辨识出成长的历程。他脸上没有任何表情，看不出他在想什么。但我相信，他一定是有所想的。

那天他剁了父亲的头，扔了弯刀，就坐到父亲身边去。那时候，死者脖颈上的窟窿里还在往外冒血，由疾而缓，由浓变淡，成了说红不红、说白不白的泡泡，而且发出越来越吃力的响声，好像死者的身腔是一口鼎，正在熬粥，鼎下的柴火不再旺盛了，温度低下去了，响声也就变得吃力了。东娃脱下外衣，抹鼎的边缘，抹了一遍，又抹一遍，直到鼎彻底变凉，不再往外冒泡，他才搂住父亲的头，想让它归位。可他的手松开，头和颈又豁开来。他好像这才明白，人的颈子一断，就不可再生。人跟鸟没有什么区别。他再次进屋，拿出母亲纳鞋用的针线，一针一线地把父亲的头缝起来。

他母亲桂秀英回来，看到的就是这样的景象。

桂秀英晕死过去。

罗传明指挥众人，将桂秀英抬上床，掐她人中。随后他又派了两个脚力好的人，以最快的速度跑到黄金湾去，把她女儿叫来。

她女儿刚生了孩子，动不了身，是她女婿谢高来的。

谢高老远就听到了清醒过来的岳母的哭声。他汗淋淋地爬到中院，没进屋看岳母，也没跟坐在岳父身旁的小舅子说一句话，只围着天井转了两圈，就去镇上，把警察带来了……

东娃说过，只有无能的人才去外面寻求公正，可是他自己，却最终落入了“外人”的手里。

这其中的道理，站在被判席上的东娃，大概很想弄明白。

但是，留给他弄明白的时间已经不多了。

七个死刑犯都是宣判后立即执行枪决。

若干年前，我是指清朝，民国，包括新中国成立后的二十世纪七十年代，西门操坝下面的河滩上，就是枪决死刑犯的，但现在不行了，从前的荒郊，而今成了闹市区，人类有在闹市区处决犯人的历史，而今不这样干了。处决犯人都是拉到远离县城的清溪河下游河谷。那里，背靠一座从大巴山脉溜号的逃兵，虽是逃兵，却有一个令人寒毛倒竖的名字：野猪山。野猪山离县城有将近四十里地，凡有车的，都想开到野猪山去看热闹，没有车的，知道了这信息，便带着干粮，提前出发，这边还在宣判，那边已是漫山遍野的人，要是古人见了这情景，还以为是哪个山寨倾巢出动劫法场来了。不在闹市区处决犯人，我曾经认为与现代人的神经变得脆弱有关，看来不是这么回事。死刑犯用大卡车装着，到了行刑地，被押下来，押他们的人荷枪实弹，戴着白手套和深黑色的墨镜，这一黑一白，构成某种象征，以无声的言辞，向死刑犯说明他们为什么该死。行刑队也戴着墨镜，还戴着只露出眼睛的大口罩。行刑人多是神枪手，每人负责一个死刑犯，命令一下，手起枪响，死刑犯应声仆地，并规规矩矩地由死刑犯变成真正的死人。

我一个朋友要我搭他的车，利用中午的休息时间去见见世面，我没有去。他回来对我说，那些犯人从车上押下来后，在河谷的一块平地上站成一排，那个对妇女先奸后卖的人贩子，扬着脸，面不改色，枪毙他的是一个女行刑人，虽然脸被遮住，但谁都能看出那是一个女人，她的胸脯实在太丰满了；那家伙害了女人，最后由女人来了结他，与其说是有意的安排，不如说是命中注定。偷牛贼很不像样，抖得像发动起来的柴油机，根本不需要浪费子弹，他自己都要把肠肝肚肺抖散。最不像样的，是东娃，他完全站立不住，由两个法警提着站在那里，脖子弯着，身子弓着，那姿势，看上去就像一个肥硕的、松松垮垮的问号。

我那朋友很是丧气地问我："你说东娃是硕果仅存的半岛人，可为什么是那副熊样？"

我说，我不知道。

我说，你可能认错人了……

人们说，东娃被判死刑，与当年的陈副镇长、现在的陈局长有关，逻辑简单不过，东娃杀的是自己的父亲，而他父亲是强奸犯，他姐夫谢高虽然带来了警察，却从未递过状子，东娃怎么该判死刑？肯定是陈局长做了工作。陈局长曾经发誓要让东娃死在自己手里，到底应验了。许多人喜欢这种传言，认为有了一官半职，也就是有了一条上通天庭的路，想对草民干什么，就肯定能干成的。当然还有另一种说法：陈局长只是一个代表，他代表的是一种想借这个天赐良机杀死一个最像半岛人的半岛人的力量。总而言之吧，陈局长都成了这个事件的关键性人物。这个关键性人物不仅把他切齿怀恨的东娃灭了，还如愿以偿地让他的漂亮女儿，陈倩，攀了一门好亲，嫁给了市人大某领导的公子，那公子虽然年纪很轻，却已是市政府某要害部门的掌门人。东娃被押赴刑场的时候，陈倩正骄傲地挺着大肚子，跟老公和他的外地客人一起，去市里最好的酒楼共进午餐。

这次公判大会开过一些时候，县法院又开庭审理了一起与罗家坝半岛有关的案子。

这次被审的，是罗疤子曾在鸭嘴碰见过的那两个外省人。

两个外省人不是外省人，他们就是三河流域的，家住北斗寨背后的万兴村，需钻进云彩，翻过山巅，再下到山腰才到。他们几年前结伴去江苏某地搞建筑，建筑队挖地基时，挖出了越国古墓群，虽不是王室墓，但其规模，以及随葬品的丰富和精美，都在考古界引起轰动：指甲盖那么大一个玉器上，竟栩栩如生地雕着若干条斗龙，斗龙的胡须，肉眼看不见，可在显微镜下，根根胡须都剑拔弩张。也不知道古人的眼睛是怎么长的，或许都像四川三星堆出土的人像，眼球凸出半尺长，说不定还能伸缩自如。万兴村的这两个人，因长得高壮结实，被考古队相中，让他们帮助清理浮土。这工作细心而漫长，两个对文物一窍不通的农民，日日月月地跟随考古队干活，竟学到不少知识；最大的知识，是知道那些破烂玩意儿居然可以卖钱，而且可以卖大钱。对“大钱”的渴望，激活了他们的灵感。首先想到的，是半岛上罗建放家那口雕着白虎的水缸，还有那个描龙画凤的石磉磴。这两样东西，他们都未曾亲见，因为两人从没去过半岛，但听说过，告诉他们的人，就是回龙中学的学生。那年，学生去衙门上院救火，拿着瓷盆，排成长长的队伍，从下院和中院取水，万兴村的一个学生，就站在罗建放的天井里，他看见了水缸上的白虎，后来又看见了放在晚清遗墙边的磉磴，放假回去，为炫耀自己去过半岛人的聚居地，就把这两样东西拿出来说。当时，那两人根本没引起注意，是去江苏的特殊经历，让他们变成了传说中“一臂三目”的奇肱国人，奇肱国人多出的眼睛是为补臂之不足，万兴村两个农民的第三只眼，却是长到心里去的，可以窥探，也可以思想。

他们回到了三河流域。回到三河流域，却没回家，直接就到了半岛。

如果能把那两件东西偷走就好了，但事实上不可能。不过，既然半岛上有那样的古物（那肯定是古物，现代人不可能有心思在一口水缸和一个垫梁的磉磴上用功夫），证明还有别的可以偷走的古物。干这活是冒风险的，弄不好，会被半岛人活活打死。他们得想个进入半岛的理由。关于鸭嘴的传说，这一带尽人皆知，那就扮成两个外省人，前去祭祖吧。

这是一个好理由。碰不上半岛的蛮子，当然好，碰上了，就以这个搪塞。

他们碰上了罗疤子。他们跟罗疤子说话的时候，屁股底下藏着一把洛阳铲，但罗疤子没有看见。罗疤子本就心神不定，跟两个“外省人”分手过后，就把这事忘记了。后河岸边的田地不断有被踩踏被挖掘的迹象，开始以为是谁牵牛路过，后来大家也感到疑惑，可即便如此，即便巴艳的“坟”也被挖开，罗疤子还是没想到那两个“家住汉水河畔”的“外省人”身上去。

两人落网，不是被半岛人逮住的，是他们带着一个绿锈斑斑的青铜像，去四川省城做交易时露了馅。这是他们挖到的第一个有价值的东西，所谓有价值，是从黑泥、绿锈以及造型——一个英武的将军，骑在前蹄高扬的战马上——来判断的，是不是青铜，他们不知道，什么年代，当然更不知道。

那天凌晨四点过，两人提着麻布口袋，到了成都西区的送仙桥。这里是成都最大的古玩交易市场，被称为西南地区的潘家园。两人到达时，早市已开，一大片一大片的，沿浣花溪畔的街道铺展。见这阵势，两人紧张起来。并不是害怕被逮住，而是觉得，自己对文物，其实狗屁不通；他们紧张是因为他们自卑。人家的东西，再陈旧也陈旧得光鲜，而自己的，锈得一塌糊涂不说，连泥土也没抠干净。由于自卑，迟迟不敢把东西拿出来。市场上，游动着淘宝者，这些人半低着头，目光内敛，只在某一个瞬间，眼里才放出锥子般的光芒，但这光芒很快被他们自己掐灭，迈着懒洋洋的步子，朝相中的目标靠近。到六点钟，早市快收的时候，才有一个五十多岁的男人，在两个万兴村农民身边站住脚，打量他们一眼，又盯住麻布口袋看。两人这才放了胆，问要不要家伙。

那人问："什么家伙？拿出来看看。"

他们迫不及待地掏了出来。

凭烙印识别骏马，也凭骏马识别烙印，那人用手一摸，烙印便留在他的手上，觉得掌心发烫。他一看即知这是盗挖的：新鲜的土痕，暴露了它的来历。

他摸出随身携带的手电筒，往雕像的基座上照，顿时目光如炬。

但两个农民认不出那目光的含义，以为他是想把眼睛睁大些，看个清楚。

那人把手电筒收起来，将青铜雕像紧紧地拽住，说：

"你们这东西不错，我没带够钱，跟我一块儿去取。"

两个农民听闻此言，紧张变为兴奋，根本没问究竟值多少钱，就跟他走了。

一路上，他们想的是，如果能卖到三五千就好了！

那人把两个农民带进了自己的办公室。进去不过十分钟，警察就赶到了。那人悄悄报警了。

原来，那基座的铭文是："巴蔓子将军。"

巴蔓子将军，战国时期巴国的大英雄，巴国的民族之魂。当时巴国内乱，国君遭受胁迫，蔓子将军向楚君求援，并许巴国三座城池为酬。内乱平息后，楚国使臣前来要求践约。蔓子慷慨以答：许诺，为大丈夫之言，然巴国疆土不可分，人臣岂能私下割城！我宁可一死，以谢食言之罪。言毕，刎颈自尽，满座大惊。使臣无奈，捧着蔓子将军的头颅归楚。楚王唏嘘："使吾得臣若蔓子，用城何为！"遂以上卿之礼将其头颅安葬。巴国举国悲痛，在国都厚葬巴蔓子将军的无头遗体。

古代典籍和后人的评述常将蔓子和关羽进行比照，两人都因国事而被割头，但关将军是因误国被迫受死，蔓子将军则因护国而主动赴死，关羽之死让我们看到了人性的弱点，留下懊恼和惋惜，蔓子之死，却昭示出人性的光辉，这种光辉穿越危机和苦难，成为支撑一个民族历久不衰的智慧、勇气和胸襟……话虽如此，可巴蔓子和那个由廪君开创的巴国一样，都是活在传说中的，典籍蜻蜓点水似的记载，其效果不是确证了它的可靠性，而是强化了它的扑朔迷离。

谁又想到真有一个巴蔓子将军的青铜塑像出土呢！

那个五十多岁的男人，并不是通常意义上的淘宝者，而是成都某文管所的专家，他的任务是做巡监，每天清早，都去送仙桥走访，抢救国宝。

他问两个被警察控制住的农民：这家伙是从哪里挖出来的？

两人说出了川东北罗家坝半岛。

川东北，怎么会呢？据史料记载，巴蔓子时代的国都位于江州（今重庆地区），他的塑像怎么到了川东北？专家立即想到一个问题——巴人的神秘消失。

那时候，我的老师邓教授已是全国著名的学者，他给我们开课时，只敢在课堂上宣讲他那巴人因厌倦战争而蜕变为猴子的学说，我们毕业后，邓教授仿佛也厌倦了；他厌倦的是自己的寂寞。于是，他将课堂上的讲解落笔成文，送到自己学校的学报，学报觉得太离谱，不愿发表。邓教授一气之下，寄到了外地某大刊，那家刊物很快在醒目位置刊登出来，且迅速被多家报刊转载，使邓教授名声大振，好几家电视台，都请他去搞文化讲座。一个被供奉在清坛上的学者，就这样切入了大众，成了明星，许多人撰文，称他是最具有想象力的学者。然而在真正的学界，邓教授却可以说是臭名昭著的，他收获的不是掌声，而是嘲讽。选择了做学者，就是选择了清贫和寂寞，这没什么好说，学者要舍得一身剐，敢于把冷板凳坐穿，披沙沥金，探寻事物最核心最本质的部分，哗众取宠地说什么巴人变成了猴子，也配称为“学说”吗？这就跟说女娲补天或上帝造人一样，不能称为学说，如果硬要称它为学说，暴露的是人类想象的泛滥、智慧的贫乏和学者的无能。一个老资格的人类学家在接受媒体采访时，气得白胡子一根一根地翘，他已经不屑于用学术语言来驳斥邓教授，而是用了一句比邓教授还要大众化的话来骂他：“扯 × 淡！”骂了这一声，他却提不出更有说服力的观点。他能怎么说呢？秦军围困巴人，比黄昏围困大地还要严密，怎么在一夜之间，丰都城内的军民共计十余万众，就无踪无影地丢了，丢得连声叹息也没留下呢？因此，学界尽可以骂邓教授“扯 × 淡”，但大众依然愿意接受他，并把他的话演变为时尚用语：夫妻吵架的时候，示弱的一方说："我自己变成猴子算了。"被领导穿了小鞋，也说："我自己变成猴子算了。"总之，一切生活的不如意，都以"我变成猴子"来加以自嘲。时尚的力量，是比战争还要强大的，久而久之，学界对邓教授批评的声音也弱下去，好像是默认了他那不配称为学说的学说。

看到巴蔓子将军像，听了两个农民的说法，文物专家深感震惊。

难道，大名鼎鼎的邓教授真的是扯 × 淡？难道，那个神秘消失的民族，是从某个不为人知的渠道，以某种不为人知的方式，从丰都城逃脱，落脚到了川东北的罗家坝半岛？

45. 白虎

两个万兴村的农民，在成都被关押了一段时间，移交给了地方，因此在地方受审，最终也被关押在了地方的监狱里：位于县城正南的大路沟煤矿监狱。

盗贼进了监狱，半岛却在慢慢变空。

学校已经搬走了。书弯只赤裸裸地修了几幢楼，操场也没来得及平整，就急不可待地搬了过去。留在半岛上的校舍，原计划是卖给半岛人，可谁也不愿意出钱买，就让它荒在那里，布满灰尘，结满蛛网。那些在琅琅书声中长大和变老的槐树，还有槐树上残存的雀鸟，突然听不到读书声了，摇摆和鸣叫，都像失去了意义。没过多久，槐树被半岛人砍去，从后河与中河逆流而上，送到兵工厂附近或黄金镇卖了钱（兵工厂比学校早一步秘密搬迁，去了哪里，不知道，一大片家属区，空着，看上去比学校还要荒凉），砍伐树木时震落的槐叶槐花，铺了厚厚一层，日晒雨淋，化为泥土；斧斤不仅震落了槐叶槐花，也震落了鸟鸣，鸟们把鸣叫声留下来，把它们的魂留下来，便永远离开了祖居的家园。土坝操场，被那些有劳力的人家锄去野草，办成旱地，种了庄稼。

当然，很快，这样的庄稼地再一次野草丛生。

因为半岛上的年轻人，陆陆续续地离开了，种庄稼的人越来越少。

这些年轻人，离开古老的骄傲，跟三河流域的年轻人一样，去了外面的世界。

出发的时候，半岛人结成一伙，说着同样的方言，背着同样的帆布包，去同一个车站，乘同一辆汽车、火车，奔赴同一个方向。方向定了，目标定不了。那个世界是不确定的。一旦打定主意去了鸭嘴，越过河流，走出重叠的关山，他们就再不能理直气壮地对世人说："我们是半岛人！"外面冰冷的机器，不认识你是哪里人。机器对你说：我用不着认识你，你却必须认识我！那一刻，他们很失落，对半岛，他们没有老辈人那么深的情感，但体内毕竟流着半岛的血，半岛的血比别处的血更红，也更辣。然而，外面的世界不这么看，外面的机器更不这么看，就连那些根子在三河流域的人，也不这么看！他们比半岛人出去得早，见半岛人摸头不知脑的样子，便古道热肠地为他们指点如何过马路，如何使用磁卡电话，如何买彩票……半岛人在这里成了弱者。心里自然是不服的，他们有一个团伙，可以彼此取暖。然而，团伙很快就被打散了。出发时，虽然没说出口，可大家想的是同生死，共命运，出来才知道，同生死是相当遥远的事情，共命运也成为奢侈，比如同去一个厂，那个厂在他们中挑选，只选中五个人，这五个人陷入痛苦的犹豫，可日子的艰难最终绊住他们的腿，留了下来；余下的，继续流落，并被继续挑拣。到了这时候，他们不承认自己是弱者都不行了。

也是到了这时候，他们才发现，作为半岛人，实在没有啥是值得骄傲的。

这么多年来，半岛并没教给他们什么。

出门时的那份留恋，日渐稀薄起来。

半岛不被远行人挂念了。

一个不被挂念的母亲，还能不空吗？

——地面上变空了，地底下也变空了。

被万兴村两个农民点醒，省考古研究所派专家下去实地勘察。刚进入半岛，就嗅到了文物的气息。万事万物都是有气息的。那些扎伤过人畜腿脚，被拔出来扔到干坡上的锐利之物，躲在草丛中，瞪着一双警惕的眼睛，想把专家躲过去。但专家还是发现了它们，将它们拾起来，轻轻敲击，然后你递给我，我传给他，认定它们是陶片或铜铁残片，至于年代，一时说不上来，但可以肯定的是，它们已经相当古老了。专家一路搜索，将这些残片“抢救”起来，放到宣汉县文管所，并指令新州市和宣汉县两级文管所去上面争取立项。经多方奔走，国家文物管理局终于签发了文物考古发掘证。

发掘刚刚开始，各方媒体就以“惊世骇俗”来形容。

与巴蔓子将军像相映成趣，这里发掘出了另一件宝物：王孙袖戈。

“袖”是楚国一个王孙的名字，巴楚交好的时候，巴王偲曾赠送给他一件兵器，就是王孙袖戈。

有了这两样东西，基本可以确定了：罗家坝半岛的确就是古巴人聚居地。

他们并没有消失，从丰都城逃走后，到了这大山大水的半岛！

然而，当年被死死围困的巴人，是怎样逃走的？这依然是一个问题。

专家们想到了县城那个老秀才写的小册子。老秀才在书中提到了铜坎洞，说铜坎洞深达万米，内通大海，巴人会不会是经过某条阴河进入了半岛？这支活跃在川流峡谷间的浪漫精灵，既是山里的民族，也是水上的民族，他们的祖先驾土船不沉，足见水对他们有着特别的眷顾。

但要让这种假设成立，需在丰都找到入口。寻找的结果，是在距丰都城几公里外找到一个洞，名雪玉洞。雪玉洞是溶洞，被誉为“亿万年前的飘雪，万亿年后的美玉”，近两千米深，洞的尽头，山壁阻隔，并没有什么入口可以进入想象中的阴河。

当然，数千年前，说不定真有一个入口，只是沧海桑田，而今被堵塞住了。

不过这已经不重要了，重要的是巴人并没有在丰都变成鬼，也不像著名的邓教授说的那样，蜕变成了猴子，他们逃脱了秦国的虎狼之师，来到半岛，繁衍生息。

半岛遗址总面积近二十万平方米，都傍后河，位于麻柳林内侧的庄稼地里，呈长条形，从鸭嘴延伸至铜坎洞对面。前面说过，后河水源丰沛又能巧避洪灾，巴人的生存智慧由此可见。

第一期发掘仅两个探沟，面积两百平方米，清理灰坑十余处，男女墓葬八座，出土文物中，除了价值连城的王孙袖戈，还有陶器、铜器、玉器、骨器、铁器百余件，陶片二千余件，其中四件巴人特有的柳叶剑和钺，清冷的寒光穿越湿黄的岁月，把今天的阳光刺得伤痕累累。

每挖出一件宝贝，都被小心翼翼地装船，送往县城文管所。

随着遗址的发掘，在四川，尤其是川东北，官方和民间都掀起了研究巴人的热潮。巴人分“蛇巴”和“虎巴”，蛇巴从秭归沿长江进入大宁河、小神龙架，之后到达陇东和陕南的汉中盆地，此地多大蛇，故名；虎巴由鄂西清江流域进入长江水道，向川东和川东北发展。蛇巴的终极去向，不得而知，然而，关于鸭嘴的传说，似乎在向人们暗示，蛇巴在走投无路的时候，只好跟虎巴融合，并接受了虎巴的辖治，因为在丰都城被秦军围困的，是虎巴，在丰都城“神秘消失”，来到半岛扎根的，也是虎巴，他们的首领，就是驾土船不沉的廪君；廪君死后，魂魄化为白虎，巴氏“遂为祠焉”。

由此，人们自然而然地想到罗建放家那口雕着白虎的水缸。

在当地人的指引下，考古队的王队长带着几个专家，去了衙门的中院。

罗建放家的门开着。每一道门都开着。但屋子里没有人。这几大间屋里，只剩下桂秀英一个人了。白天黑夜，桂秀英都开着门。她是在等儿子的魂回来。儿子被枪毙后，是女婿谢高去公安局领了尸首，运回来安葬在他父亲的坟旁，可桂秀英觉得，回来的只是儿子的躯壳，儿子的魂还没回家，还在外面游荡。她不知道儿子的魂什么时候回来，害怕一旦把门关上，儿子就变成盲人，失了方向，找不到回家的路，更不能扑到娘亲的怀抱了。为守候儿子，她连女儿家也不去；当然，她不去女儿家还因为怀恨女婿谢高，要不是谢高去把警察带来，儿子就不会被抓走，儿子杀了他的父亲，就是家庭内部的事，与外人没有关系。儿子忤逆，儿子该死！可儿子真的死了，桂秀英又觉得，别人家的儿子都好好地活着，怎么自己的儿子就死了呢？而且死得那么不堪！

其实桂秀英并没有看到东娃不堪的模样。谢高是个细心人，他把东娃的尸首领到手，没立即运回半岛，而是送到县城西郊的殡仪馆，花一大笔钱为东娃整容。东娃的脑浆散落在野草上喂了蚂蚁，脑腔空了，按整容师的意思，只把枪眼缝合起来，就看不出什么，但谢高不同意。谢高害怕岳母去搂抱儿子的头，要是这颗头轻如瓢葫，她就知道儿子的脑腔空了。岳母承受不了这样打击。他让整容师往小舅子的脑腔里塞入填充物，让那颗头像一颗正常人头的重量，才放了心。然后，他又花一大笔钱，把东娃的尸首运回生养他的地方。做这件事，要比将他拉到殡仪馆为他整容，麻烦得多了。凡进了殡仪馆的死者，是不会让你完完整整地出来的，不把你变成一把灰，就不放你走。这是殡仪馆神圣的职责决定的。即使出了殡仪馆那个总是刮着野风、总是飞舞着纸钱的院坝，要想走那么远的路回到半岛，不管是走水路还是走旱路，都是十分艰难的旅程。

土地在越变越少，孩子生多了不行，死人占多了也不行。有些乡里人得了重病，去县城就医，不幸死亡了，亲属遵从千百年来的风俗，要给死者一个完整的身体，深更半夜的把死者扔下医院院墙，做贼那样将其弄走。但要走回家乡可不容易，公路上，河道上，每隔那么几里路，就站着几个戴着红袖标举着小旗帜的检查官，他们让车船停下，车的座位底下、后备厢里，船的夹层，都不放过，一旦发现偷运的死者，亲属必遭重罚，且立即将死者遗体送到县城西郊的殡仪馆（全县只有这家殡仪馆），投入火化炉烧掉。为避开被抓，有的人既不走公路，也不走水路，而是背着死去的亲人，穿过深山密林，从没有路的地方走出一条路，本来一天可以到家的，现在需要三五天甚至更长时间，要是夏季，还没到家，背上的亲人就发乌了，流尸水了，生蛆虫了；更多的人，是有了大病也不敢去县城医治，只坐在家里等死，为的就是死去之后，能像祖先们那样睡进棺材，埋进墓坑。

谢高带着东娃的尸首，走的是水路。他使尽了东拼西凑借来的钱，打通了这条路。

这些事，他的岳母桂秀英都不知道。

桂秀英只是明白，在那个上午，她死了丈夫，若干天后的一个午后，她又死了儿子。

丈夫是死在天井里的，丈夫知道家在哪里，儿子却死得那么遥远！看上去天不怕地不怕的儿子，当母亲的才知道，其实他心里是畏惧的。陈倩跟随父母回县城的时候，劝他跟她一起走，他不答应，后来陈倩带口信给他，让他去县城找个事做，两人像往常一样，日夜相守，他同样不答应；不答应并非不愿意，而是不敢。他只敢在自己熟悉的地盘上称王称霸，别说去县城，连上游的黄金镇，下游的清溪镇，也没去过。他就是这样一个人！他的魂，不知道在异地的风里，抖索成什么样子……

屋里没人，专家们进不去，便先去察看了遗墙边的磉磴。很明显，那是晚清的东西，时间大概在宣汉县衙落户半岛的时候，说不上有多大价值。专家退回院坝，等，一直等到桂秀英从田间回来。

桂秀英已经是一个颤颤巍巍的老妇人了。

她背着小半花篮猪草，悄无声息地上了院坝，看着几个陌生人坐在她家门外的青石坎上，拿着草帽扇风，她往前靠了几步，盯住他们看。她靠那几步也悄无声息。然而，她那老迈的目光是那样锐利，把那几个人的脸烫得火燫燫的。他们转过头，看见了这个影子般的老妇。

“老人家，这是你的家吗？”

她的目光，继续在几个人脸上扫来扫去，然后问：“你们是谁？”

她说话的声音也像影子。

“我们是考古队的。”专家说。

“你们从哪里来？”

“成都。”

她眼里的光散了。这几个人，没有一个人是她儿子，已经让她失望，但至少，如果来自儿子死去的地方，也会给她一丝安慰。可他们来自天远地远的成都。

“老人家，我们想来看看你天井里的那口水缸。”

她不说话，开门进屋去了。她在屋里飘来飘去，忙那些根本不必去忙的活计，没再出来。

专家们只好把她的不说话当成默许，进了天井。

是的，那缸上有虎，可只能依稀看见虎的几根爪子，虎身和虎尾，都不在了。它们被桂秀英用錾子凿去了。东娃砍在父亲脖子上的那一刀，使缸上喷满鲜血，凡溅了丈夫血迹的地方，都被桂秀英凿下来，埋进了丈夫的棺材里。

从考古学的意义上说，那口水缸已经废了很大一块，但并没全废，它至少可以证明：到明清时期，半岛人也知道自己的祖先曾以白虎为图腾，现今的半岛人，是古巴人的后裔。

巴人真的没有消失。

46．捉摸不定

罗疤子去后河边种菜。这不是种菜的时节，背在他花篮里的，是昨天刚从雀儿山扯回的小白菜，白菜叶被虫蚀得孔孔眼眼，人都不能吃的，只能喂猪。罗疤子扯回这些菜，并没打算立即喂猪，而是背来种在后河边的旱地里。因为考古队今天又要来了。

要对半岛遗址整体性发掘，至少需要三十年。这很大程度上并不是因为发掘的难度，遗址一马平川，土质松软，且埋得很浅，大多不足两米深；发掘需要那么长久的时日，主要是经费不足。往往是，筹到一笔款子，考古队便来挖出一个探沟，刨出几个灰坑，款子用完，将出土文物装走，人也撤走。许多时候，一个灰坑里的文物还没清理完毕，钱就没了，只得将它们重新埋起来，等待新款到账。考古队离开后，半岛人马上去土里种上庄稼。种庄稼总是不亏的，如果他们来得晚，庄稼成熟，可以收获，没等庄稼成熟就来了，那就更好——考古队拔掉农民的庄稼，是要给青苗费的。青苗费不仅高出庄稼应有的收入，还省去了费心劳神的经管。

这一次，考古队去得快，来得也快，其间还不满十天。半岛人都没有准备，都像罗疤子一样，只好将别处的庄稼拔来种上，再得一次青苗费。有的人家，遗址区外无别的田地，就去找别人借，实在借不到的，就去中河附近，甚至去灯笼坪，扯来野麦冬种上，说是自个儿特意培植的草药。对这些事，考古队很头痛，却不知道如何是好，向地方政府报告，地方政府都是睁只眼闭只眼。究竟说来，青苗费能有多少呢？那一片基本上是旱地，一亩麦子能花你考古队几个钱？一亩小菜又能花你几个钱？半岛人已经相当不容易了！考古队来了又去，去后无人把守，可半岛人从没去盗挖过。当然，政策早就反反复复地交代过了，盗取文物犯罪，万兴村的两个人就是榜样，可当地政府知道，半岛人向来仇视“外人”给他们定下的规矩，这次，他们却那么好地遵守了规矩，的确不易。

事实上，半岛不盗挖文物，还有更深层的原因。

他们已经知道，地底下埋着的，是自己的祖先，他们去挖，就是挖自己的祖坟。

学校搬迁，罗传明有被挖了祖坟的感觉，现在不是感觉，是真的被挖了。

这天罗疤子背着小菜，走到渠堰上，劈头碰到了罗传明。

罗疤子打招呼，说罗校长好。

罗传明尽量把头仰起来，这样才看清了是罗疤子。他回了声好，然后走开。

罗建放的死，给了罗传明异常强烈的刺激。他觉得，罗建放和东娃都是他给害死的。如果他不提到“公正”这个词，东娃就不一定朝他父亲举起屠刀。东娃在河对面欺男霸女，可仔细想来，在半岛上，除对跟他结了仇的罗杰常常不客气，此外真还没欺过谁，更没霸过谁。他在努力做一个真正的半岛男人，并总在寻找机会，表现他的豪侠，也让别人看到他的豪侠，但遗憾的是，半岛人似乎并不认同他的努力，半岛跟别处一样，都只把他当成二流子看待了。终于，他等来一个机会，大义灭亲，可惜来得太晚了，也太毒了。他不仅没能证明自己，还由二流子变成了杀人犯。来抓他那天，半岛没有任何人为他说一句话，更没有像先时的半岛人那样，啸聚起来，背靠着背，跺脚，呐喊，赶走“外敌”。东娃没有反抗。当他看见自己家门口只有警察没有半岛人的时候，知道反抗已经没有意义了。从形式到内容，都没有意义了。东娃其实是很可怜的。

回忆这一生，罗传明觉得自己也是很可怜的。

他清理自己盘根错节的关系，发现建放家从没做过对不起他的事。

很小的时候，家里穷，穷让他看到了半岛的另一面，也把他逼出了半岛，但如果没有建放爷爷的资助，他就走不出半岛，更不可能去外地读书。正如罗建放曾经指责过他的那样，他开始没说自己去读书，而是说去当兵。建放的爷爷不主张半岛人离开半岛，但对当兵他是支持的。当了兵就可以打日本。那时候，日本已把战略重地转向东南亚，但并没停止对中国陪都的轰炸，谁也说不清战争会在什么时候结束，甚至也说不清有没有结束的那一天。如前所述，当日本战机飞抵三河流域上空，总喜欢像吐口痰那样吐出几枚炸弹；如果飞抵重庆，重庆却被大雾笼罩，飞行员无法锁定目标，同时也担心误炸了外国使馆引来麻烦，只得返回，这时候，机上的炸弹是充足的，只要他们有投弹的兴趣，三河流域就遭大殃了。建放的爷爷心里那个恨，恨不得啃日本人的生肉！可他明白，半岛的摆手舞无法将日本人吓跑，半岛的弯刀、斧头和木棒，再有饮血的渴望，对日本的飞机而言，也不过是捡石头打天。要把日本人赶出中国，只有当兵。当时罗传明还是个小不点儿呢，这没关系，可以去当童子军，早些学会杀敌的本领。罗传明就靠了他的资助，一路下行，去了前河的南坝镇，边在鞋厂当学徒，边进学堂读书。罗传明和他的父亲也恨日本人，但罗传明听父亲的话，没去当兵而读了书。父亲对他说，好铁不打钉，好男不当兵；父亲还对他说，我虽然是个农民，但我像一辈子都在当兵，你既然犟着要出去，等你回来的时候，我不想在你身上闻到兵的气味！

后来，罗传明回到半岛，再没能见到他的父亲。他的父亲被日本人炸死了。

是建放的爷爷出钱把父亲安埋的。

建放一家没有做过对不起他的事。

建放本人瞧不起他，却没有整过他，害过他。

那次建放大闹学校食堂，并不是针对他罗传明来的。

真正对不起他的，是罗疤子！

然而，对罗疤子，他却表现出了难以理喻的宽容，甚至给人造成这样一种印象：他罗传明是在帮助罗疤子跟建放斗。

有时候，罗传明自己要想这件事。或许，因为见过外面的世景，读过一些书，使他对半岛的某些作风有了抵触，而最近一二十年来，半岛作风集中体现在罗建放身上，他也因此不喜欢罗建放了。

他这样解释，却不能说服自己。不过现在说什么都晚了，他只是觉得，罗疤子一家去中院质问建放那天，他不该跟上去，跟上去也不该站到天井的前排，主持什么“公正”。罗建放不是好人，但他罗传明的正义感，也绝非洁白无瑕。他是希望向旁人证明自己的胸怀和高尚。然而，他的胸怀真有那么宽广吗？把罗杰收进学校读书，与其说是感激于张云梅知道他给老地主烧纸而不捅出去，不如说是满足自己被人赞美的虚荣。罗杰进了学，他从没关心过，有一次，官老师向他反映罗杰逃课，意思是罗杰是半岛人，又是你介绍进来的，你是不是跟他交流一下？他只似笑非笑地扯了一下嘴皮子，什么话也没说。正是从那以后，罗杰再逃课，就无人过问了。后来，罗杰被开除，开除他的理由是那样充分，罗疤子和张云梅都开不了腔。把罗杰收进来，然后将他开除，罗传明心中的快意，虽不承认，却是想抹也抹不掉的。

其实——罗传明暗自想，我跟东娃一样可怜。

罗建放死后，特别是考古队进入半岛以后，他就不再串门去跟别人聊“人这一辈子”了，也不再去为别人平息纠纷了。事实上也没什么纠纷需要他平息，年轻人走了，家里只剩下老人和孩子，想跟谁吵一架，也吵不起来。老人们现在的全部敌人就是时间，没有精力你争我斗，孩子们会为一只竹虫发生抓扯，直到一方哭鼻子，有时还打得头破血流，但孩子间的事，究竟还算不上纠纷。罗传明不串门，只在半岛上转悠，一辈子没注意的一粒土坷垃，他注意到了，一辈子没在乎过的一棵树，他也很在乎了，而且站在树身旁，一站就是老半天。某些角落，是半岛人从未涉足的，罗传明也去了。每寸土地都充满生机，每寸土地都让他感动，也让他心痛。

他第一次发现，半岛南边有的草种，北边没有，东边有的昆虫，西边没有；反过来也一样。东西南北的干湿有别，季候有别，南边的稻谷黄梢的时候，北边的还在窜苗结穗。有一天，他站在学校的废墟上，看到黄亮亮的雨从灯笼坪那边下过来，正在想去哪里躲一躲的时候，雨却只走到食堂的位置，就走不动了。东边雨雾蒙蒙，西边阳光灿烂。

半岛真是很大的呀！……

他去了那么多地方，就是不去后河边的遗址区。

他不忍心看到祖先用过的器具，尤其是祖先的骸骨，被那些专家以考古的名义启开，暴露于天光底下。有次他听说挖出一具仰身直肢的女性尸骨，窝在腹部的细碎骨头，证明她是怀着孩子死去的，那孩子都快出生了。听到这消息，罗传明两天没吃下饭。由于不愿意看到，也不愿意听到，同时又无法阻止别人神圣的工作，因而他反倒希望考古队把他们想挖的都尽快挖走。

三十年，太长了，他等不到那一天了。

再说，半岛人为弄到一点青苗费，经常跟考古队磨嘴扯皮，无形中又耽误了许多时间。

他很看不起半岛人的这种做法。他觉得半岛人到现在是真正堕落了。

罗疤子知道罗传明看不起。说真的，他自己同样看不起。他种着祖先开创的土地，却以这样卑微的方式熬祖先的骨油……但罗疤子再会想，也不可能有罗传明想得那样多和那样深。

这天他跟罗传明打过招呼，背着一大花篮已经打蔫的小白菜，继续朝后河走去。他的脚步在路上发出特别干枯的声响。

张云梅在那里等着他。张云梅提前一步走了，去把坑填上，把土块锄细，还从后河提了两桶水，放在地里，预备浇灌。几根不得已暴露出来的蚯蚓，被锄刃挖断，锄头打土块的时候，又打在它们身上，挤掉了腔子里的泥，成一张皮，很快被太阳晒干，晒得发紫。

两口子见面，没有一句话，就开始劳作。

远远近近的，是跟他们一样劳作的人们。大家都默然无语。

蓝天很蓝，是空空洞洞的那种蓝。可是大地却不再宽阔了，半岛也不是罗传明看到的那样大了。在半岛上劳作的人们，每种下一窝菜，都计算着面积，并把面积换算成钱。

偶尔，当张云梅把不知是谁遗下的破布条或塑料袋扔下麻柳林的时候，她会想起她的外孙女。那孩子，早该是大姑娘了。她小的时候没找到她，现在更没脸见她了。而且仿佛是命运安排，不让她见：罗建放死后，没有人阻拦她来回龙镇表演，张云梅心想她一定又会来的吧，于是像以前那样去镇上守候，去了多少回啊，都不见她来，可有一回，她恰恰没去，罗疤子也没去，外孙女却来了！

那是在罗建放死去三个月、东娃还关在牢里的时候，半岛上好多人都看见的，说她又在新街的马路上跳舞，不仅跳摆手舞，还跳高跷钱棍舞，那高跷足有五米，她独居高处，进退自如；一般的钱棍，长约三尺，而她的钱棍，却有好几米长，在竹棍两端系上红绸，穿上二十四颗麻钱，敲打肩部、臂部、腰部及腿部，每次敲击，钱碰竹筒，发出清脆悦耳之音。她还边打边唱："一打雪花来盖顶，二打两肩抬举人，三打臂膀现原形，四打黄龙来缠腰，五打苦竹来盘根，六打反身半圆形，七打跷脚来定根，八打梭步往前行，九打斜路现耙子，十打还原照样行。"钱棍舞半岛人是不跳的，外孙女虽是半岛的骨血，事实上已经算不上半岛人，现在，她越来越不像半岛人了。

巴盐——巴艳，这名字多么奇特！东娃被抓的当天，罗疤子和张云梅也被带到了派出所，张云梅把女儿从怀孕到死亡的枝枝叶叶，都说给警察听（只省略了罗疤子企图杀死外孙女的事情）。罗秀给女儿取名巴盐，后来弟弟罗杰改名巴艳，警察也如实地做了记录。几个月前，那做记录的警察陪考古队来半岛处理因青苗费而起的纷争，一路上，他跟几个专家聊天，说到半岛人曾经的野蛮和现今的驯化，以表明自己作为警察的功绩，其间，也说到了那起强奸案和由此引出的凶杀案，说到被强奸的女疯子罗秀，三岁就疯了，可她临死之前，还没忘记给女儿取好名字。专家们非常好奇，问取了个什么名字，警察说："巴盐。"

专家们一听，个个瞪大眼睛，都快把眼眦瞪裂了。

巴盐？怎么可能呢？

专家们将"巴盐"这个词的来历告诉警察，且把廪君射杀盐水女神的故事讲给警察听。

警察对这些事不感兴趣，只是笑笑说："嗬，原来半岛人的老祖先就做缺德事啊。"

又说："你们可以去问问罗疤子跟他老婆。"

他们去了，也问了，只是不信。不信的理由是这样的：他们，作为专业的文物学家和考古专家，都以为巴盐这个词和巴人一同消失了，一个女疯子，怎么会在临死前突然喊出"巴盐"二字？

一度，考古队打算找到罗巴艳，可想想实在没有意义。一个女疯子喊出的两个字，也能当真？她只是喊，又没写出来，你怎么知道她喊的就一定是巴盐？科学就是科学，科学需要想象，但不能像邓教授那样胡思乱想。他们觉得住在衙门下院的老两口，就是在胡思乱想，说不定是有关巴人的知识在这一带传播和普及之后，那两口子就编了个故事，看能不能顺便捞点好处。

别人信与不信，对张云梅而言，是无所谓的。

她只知道，自己的外孙女叫罗巴艳。

如果有可能，她要让全世界人都知道，她的外孙女叫罗巴艳。

她要让这个叫考古专家也感到惊奇的名字，把自己的心房填满，好让自己不去想另一个人——音信杳然、不知生死的儿子！

第十八章

47. 路上

一个人掉进大海里去了。

一艘船迅速开过来，救他。

那人说："你们走吧，上帝会救我。"

船开走了。

过一会儿，另一艘船开过来。

那人说："你们走吧，上帝会救我。"

船又开走了。

那人被淹死了。

死去之后，他跑到上帝面前质问："我那么信你，你为什么不救我？"

上帝说："我已派过两艘船去救你了。"

罗疤子和张云梅去后河畔栽种小白菜的那天，他们的儿子罗杰，正在云南某山地，跟他的四个拜把兄弟，喝鸡血酒。

这次喝鸡血酒，是罗杰要脱帮。这是一个跨国贩毒团伙，中国方面，加罗杰共五个人，他们在边境上固定地从一个名叫岩赛的缅甸人手里提货。从各种迹象看，中缅警方都还没有注意到他们，团伙并没有遭遇什么危险，但罗杰自己不想干了。他已在这里混了两年，挣下的钱，对他而言，已经称得上金山银山。只是大把大把挣黑钱的人，必然大把大把地花，这种花法，不是因为钱来得容易（他们的钱来得一点也不容易），而是因为黑色的钱握在手里，就是握着黑色的今天和明天。剩在罗杰身上的钱，现在不足二十万。不过，这对他依然可以称得上金山银山。

在最后毁灭之前，从一个贩毒团伙脱帮，并不是件容易的事情。但罗杰运气好，他结拜的四个兄弟，都很通情达理，也都相信他的人品，因而愿意放他走自己的路。在一个狭小的山洞里，罗杰拎住一只雄鸡，用指甲刀剪去鸡冠上的五根肉叉，分别往五只酒碗里滴血，然后几人的手握在一起，喊叫着："有福同享，有难同当！"再各自端上酒碗，一口喝下。

天快黑的时候，罗杰封给四个兄弟一人一个红包。每个红包里装着一万元现金。随后几人驾着车，去了几十公里外的边地县城，喝酒，洗桑拿，泡小姐。所有开销，也都由罗杰负责。

罗杰自己不泡小姐。他从来就不泡小姐。每次去那种场合，他都叫来一个小姐，但都是穿得规规矩矩的，跟小姐聊天。小姐怕耽误挣钱，不愿意素陪，他便摸出一沓钱，比荤陪多出许多的钱，小姐这才开开心心地跟他聊。可认真聊起来，他却无话可说。他就像一截木桩，深陷在沙发里。“这些人，”他对自己说，“都比我年龄小，不是我的姐姐，也不像我的姐姐。”小姐见他沉默，以为是自己的话不够机俏，便把在职场上听来的花段子、黄段子，都搬出来说给他听。他听得骨头咯吱咯吱响。小姐听不见他的骨头响，越说越起劲儿，直到他突然怒吼一声：“滚出去！”小姐才惊恐地住了嘴，跑出门去；离开那房间很远，才惊魂未定地咕哝：“他妈个疯子！”

即使这句话让罗杰听到，他也不会把她们怎么样的，因为他自己也确定不了自己是什么。

是疯子，还是傻子，他不知道。但小姐们的话还是让他记起了一些事情。这些事情都集中在了某一天。那天东娃把他的父亲砍了……罗杰见过半岛人流血，见得很多，但是，脑袋在瞬息间跟身子分家的情景，他没有见过，更想象不到没有脑袋的身子，会跷大拇指，没有身子的脑袋，会用眼睛微笑。那个身首异处的家伙，虽是强奸姐姐的恶棍，但看见他的那种死法，看见他分明已经死去，手上和脸上还做出那种动作，罗杰的内心里没有快意，只有震撼。震撼过后，就涌起深深的厌倦。警察到来之前，他离开人群，真像疯子那样跑向中河畔的坟林，去给姐姐磕了头，又跑向后河，去给“姐姐的河”磕了头。他从后河边站起来的时候，看见父母跟警察一块儿往镇上走，距离太远，看不清父母的表情，也不知道他们怎么想，可他突然觉得，整个半岛，父母竟是最让他厌倦的人！

以前他瞧不起父亲，恨父亲，现在连母亲他也恨了。

这两个让他厌倦的人，他恨他们。

他回到家里，带了很少一点钱，空着手去了镇上。镇上还是那样，该冷清的冷清，该闹热的闹热。震撼也好，厌倦也好，都与别人无关。他去了汽车站。汽车站在南街背后，高出街面至少三十米。去哪里呢，他想也没想，就坐上了一辆待发的车，票也是上车后补买的。当乘务员问他去哪里，他才知道了自己的目的地：重庆。不，这一切都没有发生：姐姐没有被罗建放强奸，东娃也没有因此杀死罗建放……这一切都没有发生。他的姐姐没有死，她的姐姐还在重庆好好地活着！

从回龙镇去重庆，可以先到新州市，再上高速路，这样要快得多，但这边的司机，都不喜欢走那条路，不知是因为高速路收费太贵，还是更习惯于古老的方式，踏着先人的车辙走老路。老路是抗战时期抢修出来的，为的是往重庆运送物资。当年的重庆，作为中国的大后方，突然涌入数百万人，要的是粮食吃，要的是衣服穿。往后的几十年，老路虽经过多次翻修，路况还是相当差，仿佛带着战争岁月的弹痕；而且是盘山路，极为险要。车子如蜗牛爬行，到达重庆时，已是小半夜了。

重庆车站在两路口，罗杰不知道两路口和磁器口之间的距离，但他知道，他的目标不是重庆，而是重庆的磁器口。他该找家旅馆，住下来。但他身上已经没有住旅馆的钱。再说他也不想住。他要尽快找到磁器口去。出租车多得很，都来拉客，他问去磁器口多少钱，一个司机说，给六十吧。他古怪地笑了一下。司机说，有好几十公里呢！既然只有几十公里，就不算远，他要走去。他向一个摆烧烤摊做夜生意的老婆婆问路，老婆婆告诉他，登上那边的石梯，就到了马路上，沿马路一直往西走，就可以到磁器口了。

路上阴森森的，右边是山，左边是高崖，高崖底下是住户和江水。山和水，都是罗杰熟悉的，他觉得精神抖擞。偶尔，他会听见人在近处说话，却见不到人影。他并不恐惧，继续迈着大步走。他是半岛人，他“不应该”恐惧。

自然，跟上次一样，他没能在磁器口找到他要找的人：夏老师。

身上的钱，仅够吃两顿饭。这两顿饭都吃得很扎实，把所有的钱花得精光。

然后，他就只剩下身上的一张皮了。

但人是饿不死的。城市的最大好处，就是饿不死人。加上是热天，也冻不坏他。他以捡破烂为生，累了，就睡在街头。在火炉山城里睡街头，没什么不好；只是蚊子多，身上一臭，蚊子就专门叮他，清早起来，凡露了天的地方，都鼓起深红的疙瘩。他本可以进一家造纸厂，吃在厂里，住在厂里，每月得几百元工钱，但他最终选择了捡破烂，就是希望四方游走，好有机会碰见夏老师。

几个月下来，夏老师离他还是那么遥远。

在街上行走的女性，只要跟夏老师年龄相仿的，每一个都像她，可都不是她。有好多次，他猛然间扑到人家面前，或者从后面追上去，一迭声地叫，结果引来的是惊恐抑或愤怒的目光。有人还骂他，边骂边走，边走边以掌作扇，把他身上的臭气扇开。

后来，他想了个办法，用硬纸片做成一块牌子，用捡来的图画笔，在牌子上写着三个字：夏老师。

想想不对，偌大一个重庆，不知有多少人姓夏，姓夏的老师也一定不是小数目，于是他把夏老师的名字添上了，变成了“夏顺兰老师”。

可他还不放心，世间同名同姓的，到处都能遇见。单在半岛上，就有三对人的名字是完全相同的。半岛只有那么大，而且彼此认识，还起了重名，在大城市就可以想见了。

于是他又添了几个字，变成了：老家在磁器口的夏顺兰老师。

“夏顺兰”三个字，比其他字大了两倍以上。

牌子做好，只要没睡觉，他都挂在胸前。

自此，在他面前驻足的人多了。

但没有一个是他要寻找的夏老师。

风从江面上吹来，先是软软的，然后变硬了，硬到不像风而像钢针的时候，就是冬天到了。重庆的冬天是很冻人的，这时候的两条大江，变成了冰库，日日夜夜地往陆地上吹送冷气。再睡街头，已无法承受，罗杰挣下的钱，也至少可以保证他在地下室租一间小屋，可他不愿意。不是怕花钱，而是要以身体上的苦刑，来表达找到夏老师——他活着的姐姐——的诚意和决心。

他还要以身体上的苦刑，来为半岛赎罪。

如果可以这样说的话。

乱伦。

强奸。

杀人。

罗疤子想杀死自己的亲外孙女，东娃杀死了自己的父亲。

还有许许多多的事。

半岛上蓄藏着多少罪恶啊……

仲冬时节，罗杰再也挺不下去了。身体是一方面，重要的是精神。他的精神垮了。那天傍晚，天上飘着似雨似雪的东西，他坐在街沿上，胸前依然挂着那块牌子，几个小伙子从他面前过，把那块牌子翻来覆去地看了几眼，走了，起步的同时，送出两个字："哈 ×！"

这是重庆骂人的话，意思是傻，一般的傻叫"哈儿"，傻到极致的才叫"哈 ×"。

来重庆这么长时间，罗杰懂得这两个字的意思。他心里滋的一声响，像划燃了一根火柴。

在半岛上，只有他不认为姐姐是疯子，因而从小被当成傻子，可他自己并不觉得，他没像姐姐教导的那样，别人说他傻，他就"承认下来"；然而此刻，他发现自己真的很傻。

说不定，夏老师早就看见了他，只是不愿意认他。

那天夜里，他在发出铁锈味儿的寒冷中睡去。他做梦了。他还梦见自己在做梦。梦见在自己的梦里，他看到了半岛蓝汪汪的天空，听到了河水奔流似的琴声。

他正沉醉其中，琴声铮然断绝。

他从梦中的梦里醒过来。

只到半夜。周围什么事也没有发生。

断绝的琴声，是一种揭示，也是一种预言。

夏老师，夏顺兰老师，老家在磁器口的夏顺兰老师，到底不是他的姐姐！

他离开了重庆。

此后的日子，他到过济南，到过上海，到过东莞，进过玩具厂、木材厂，也做过石磨，但即使是沉重的巨石，也压不住他浮荡的心。最后，他到了云南的中缅边境，并在那里结识了来自不同省份的四个同龄人，也就是后来的拜把兄弟，贩起了毒品。

一个要为半岛赎罪的人，自己却陷入了更深的罪恶。

奇怪的是，以罪恶的方式去“赎罪”，怎么会让他得到如此深入骨髓的快乐？

他在这云遮雾绕的快乐里度过一天又一天，直到某个橘黄色的夜晚。

在这个夜晚里，他又跟几个兄弟去偏远的边地县城找了小姐。他照例深陷在沙发里，听小姐讲花段子、黄段子，当他把身听冷了，心也听冷了，骨头开始响起来，马上就要发作的时候，小姐说：“我给你讲个笑话吧。”他耐着性子，听小姐讲。

小姐讲的，就是那个掉进海里的人的故事。

讲完了，小姐问他：“好笑吗？”

他没回答，更没有笑。小姐有些失望，说我再给你讲。

“你别讲了，你走吧。”

在这种场合，他第一次没说出“滚”这个字。

小姐摸出手机，看了看时间，说还早呢，你那几个兄弟肯定还没出来，我再陪你一会儿。

他说不必了，谢谢你，我想一个人待着。

小姐怜悯地看了这个怪人几眼，走了。

屋子里只剩他一个人了，他的快乐打折扣了，半岛轰的一声回来了。半岛拥有数不清的罪恶，可半岛的罪恶就跟半岛的快乐和忧伤一样，从来也没有走出过半岛，他们对付“外敌”的方式，多以恐吓为主，恐吓不住，再想到打架，捅刀子，流血，送命。做这一切，都不是为了进攻，而是防御和捍卫。就连东娃去镇上欺男霸女，也算不上进攻，因为东娃几乎从没跟镇上任何一个男人发生过正面冲突，那些被他穿来穿去、脱来脱去的女子，也与被强迫很难搭界，她们愿意跟他，后来被他甩掉了，伤心是难免的，但伤心一些日子，又跟他成了很要好的朋友。

“我比不上东娃……我比东娃差得太远了……”

早在东娃一刀劈向父亲的时候，罗杰就从闪烁的刀光里照见了自己的渺小。

在这远离故乡的地方，在这个橘黄色的夜里，他听见有一个声音对他说：“你爹是老脓包，你是小脓包，老脓包，小脓包，都是脓包！”这声音说得就像唱歌一样。

——他不怕别人叫他疯子，也不怕别人叫他傻子，尽管有些时候他感到疑惑，但自己不疯不傻，这一点他是有把握的；他真正害怕的是别人叫他脓包。那次，他问姐姐，如果有人叫他脓包他怎么办，姐姐没回答他。他现在该自己来回答自己了。

48. 记忆深处

退出团伙，罗杰一步一步地向半岛靠近，但并没有回到半岛。

他由云南进入四川攀枝花，途经德昌、冕宁、康定，进入雅砻江、大渡河、岷江，在乐山做短暂停留，之后到达成都。一路上，他老老实实地干活，还故意选最累最脏的活。他觉得这样做，就能让自己身上的“毒”，随热汗点点滴滴地排出去，就能登上来救他的那艘船。到乐山时，浑身汗臭的他，乘轮渡到了大佛脚下。他望上去，望上去，目光走多高，大佛就升多高，目光到了天上，大佛也便升入云空。他的目光永远也越不过佛。此刻，佛的光辉罩着他，也罩着这片好山好水，可是半岛呢？佛始终低垂双目，俯视着两条大江，而后河与中河，在佛的背后，千百年来，佛没有往他背后看过一眼。要不然，姐姐也不会遭难，半岛也不会孕育那么多罪恶。

就是在跟几个拜把兄弟喝鸡血酒的时候，罗杰也不能忘记姐姐死去时的样子。肚子里的那团肉掉下来了，血流尽了，姐姐枯了……天亮过后，父亲去找棺材。只要家里没有应当被时光收走的老人，谁也不会准备棺材。父亲跑到广场边的石嘴上，才借来一副，这是为一个老太婆准备的，那老太婆个子小小的，将她的棺材放到姐姐的身边，就像姐姐随身要带走的一件行李。然而事实上，姐姐是那副棺材的行李。罗杰想把棺材推倒，不让它把姐姐带走，可他推不动。他要是有姐姐那么大的力气，或者有东娃那么大的力气，棺材就会听他的话，但他不是姐姐，也不是东娃，因此棺材有理由冷眼盯住他，做出很看不起他的样子。

入殓的时刻到来了。几个男人，其中包括罗建放，把姐姐抬起来，往棺材里放。罗建放把姐姐的头搁在怀里，抱住她的肩背，显得特别用力，也用心。当时父亲罗疤子站在一旁，没看女儿，只看着罗建放。父亲那时候的眼神，跟罗杰想象的完全不同。罗建放不是父亲以进门就磕头的方式请来的，他是自己来的，他对罗疤子家的事情如此在意，表明了一种主动求和的态度，父亲应该高兴才对；家里遭了丧事，父亲高兴不起来，可至少，他看罗建放的眼神应该是柔和的，带着感激的，然而不，他那眼神里密密麻麻地射出银针。难道，那时候的父亲就已经怀疑，甚至已经知道，是罗建放糟蹋了自己女儿的吗？果真如此的话，父亲还容许罗建放把死去的女儿搂在怀里，用心用力地往棺材里放，就显得多么可耻！姐姐的整个小腿，伸在棺材之外，脖子窝着，像有人在抠她痒痒。罗建放指着那两条腿，问怎么办。母亲张云梅回答了他，母亲说，还能怎么办，将就算了。说了这句，母亲就离开了灵堂。罗建放跟另外一个年轻人，把两条腿蜷过来，往棺材里塞。罗杰听到了断裂之声，像是骨头，又不像，声音干燥，在外面响了，在棺材里面继续响，外面响得干燥，里面响得潮湿。这时候罗杰恨借棺材的那个老太婆，恨她为什么长那么小，让姐姐死了还要遭罪。依常理，这时候还不该合上盖子，要等法事做过了，亲戚朋友都来看过了死者的遗容，才会把棺盖钉死。但死者的这副模样，实在是不体面的，任何人看了，都会做噩梦。

漆光发亮的盖板，被两个人抬起来，在罗杰面前，黑魆魆地落下。

这样一来，就没人能看到不体面的姐姐了。

姐姐被带走了，以折叠的方式被带走了。

罗杰总是试图忘记那副场景。

还有许许多多的事情，他都想忘记。

“想忘记”的意思就是没法忘记。

这些没法忘记的东西，在他心里熬制成寂寞的毒药。

他需要补偿。

以罪恶去补偿。

结果，他掉进了海里。他的伤口越来越大。

在乐山待了不长时间，他就到了成都，进了八益家具城。没干多久，他从家具城出来，去西郊的花卉市场打工，不到两个月，再次换了东家，去一家小酒馆当服务生，抽空还给别人送煤气罐，之后又辞职，进了石磨厂。这么频繁地跳来跳去，并不是对手上的工作不满意，而是一到成都，他就老是觉得自己很渴，觉得有另一座湿漉漉的城市在招引他。这座城市在成都东南，动车组已经开行，不到三个钟头就可以到达。有好多次，他坐上出租车，去了火车站。但都没有买票，又回来了。

不去了吧。不去还可以在梦想中生活。上次去，他怀疑那座城市的夏老师分明看到了他，却不愿意和他相认，但那仅仅是怀疑，要是这次去，夏老师直接走到他面前来，明明白白地告诉他："请你不要来找我了。"梦就被撕碎，他就必须赤身露体地爬出梦境。

他没再从石磨厂跳槽。这项工作似乎也更加适合他。那些被打磨成各种形状，上了厚厚一层树胶油的石料，送到他面前，他穿着水靴，站在污水横溢的工作区里，扳动电刷，将石料打磨得光鉴可人。一天下来，他变成了"白"人。那是飞溅起来的树胶粉末。这东西有毒。他觉得，这种毒只会坏他的呼吸道，不会坏他的心。肺里的毒越多，心里的毒就越少。这同样是一种补偿。当初，他们几个拜把兄弟，贩毒有一条原则：全由他们自己出手，绝不转卖，他们不是起点，却是贩卖的终点——只卖给那些老毒民。这些人反正已经完蛋了。然而，没有人因为他们对毒品的处理方式，就给他们发勋章。在那条社会的阴渠里行走，他也不会对别人说："你知道吗，我是半岛人。"他的身份证也是假的，在身份证上，他是湖南人，名字也不叫罗杰，而叫张兵。他的那几个兄弟，都叫他张兵；当然，并不一定就傻乎乎地认为他姓张，因为很显然，他们的名字和籍贯也都是假的。几个喝了鸡血酒、对天发过誓的拜把兄弟，却互不知道真名实姓。

罗杰尽量不去想他们。但有时候不能不想。自从离开半岛，除了在重庆待的那些日子，最刻骨铭心的日日夜夜，都是跟那几个拜把兄弟一起度过的。

石磨厂在成都南郊，周围都是以牛毛毡做顶篷的低矮厂房。天也很低，扣在厂房外的乱草上，一些被越逼越远的黑鸟，在乱草间觅食。这种景象，总给他荒凉之感，虽是一马平川的川西大坝，却让他想起崎岖难行的云南山地。

那几个兄弟，现在都还好吗？还提着脑袋，在中缅两方警察的枪口之下穿行吗？

那几张脸，老是在夕阳余晖快要烧成灰烬的时候才露出洞口的脸，在他眼前刀刻一般清晰。

然而奇怪的是，一旦他试图叫出那几个人的名字，他们的脸就模糊不清了。

因为他知道那名字是假的。

假的名字，真的面容，可假名字却能够把真面容撕碎，这让他异常震惊。

好在他自己现在用的不是假名，他现在的名字叫罗杰。

有一天，厂里订单少了（这样的私人小厂，订单都是当天下的），例外地不需要加夜班，吃过晚饭，几个工友相约去城里逛逛，他不愿意进城，来到成都，他从没在这个繁华都市的大街上逛过；成都的大街，没有他需要的东西，也没有他想见到的人。跟工友之间，无论男女，他没有三句话以上的交谈。大家都觉得，这个嘴皮很厚、个子不高、目光炯炯、头发糟乱的家伙，有一半是人，有一半不是；不是人的那一半是什么，他们说不出来。

这天罗杰独自走出厂区，穿过深长的巷道，经过无数家厂门，到了一条小街。这条街明显是临时凑合的，好听的说法，是为厂区农民工服务。街道比回龙镇窄得多，也短得多，车子在东头踩刹车，停下时差不多也就在西头了。他在街上无所事事地走了两圈，觉得这里的一切，跟自己都没有关系，他对于别人，同样没有关系，无人在意他来过了，也无人在意他的离去。不过，他注意到放在一家小卖铺柜台上的公用电话，那部红色的话机，像只千年乌龟，倚老卖老地躺在那里。他在离话机几米开外，停住了。这一刻，他的半岛，他的父亲母亲，都被锁在话机里面！

只有他，才能把锁打开，把半岛和父亲母亲放出来。

他是多么想念他们啊！

他觉得自己不是一处在想。要真正想念一个地方，想念一个人，不只是心里会想，浑身都会想。

当初从贩子手上买假身份证的时候，他连一秒钟的思索也没有，随口就说自己叫张兵；他跟自己的母亲姓了。

母亲，还有父亲，那两个唤醒他厌倦的人，他是多么想念他们啊！

他朝话机走过去。

里面的女老板连忙说："打电话吗？便宜，长途三毛钱一分钟。"

女老板的话让他清醒过来：他根本没有打开那把锁的钥匙。

当然不是没钱，而是没有父母的号码。他离开半岛的时候，连罗传明也没有私人电话。

他脸红筋胀地退开，沿一条土路走出街区，到了田野。田野上并没长庄稼，而是生满了野草和藤蔓，影影绰绰的，在野草藤蔓中可以看见发黑的围墙。看来这又是一片被开发商圈起来的土地。罗杰拣定一块干净的圆石头，坐下来。不经意间，他抬头一望，望见了挂在远处树梢上的夕阳。

这夕阳跟云南山地的夕阳一模一样。

围着夕阳盘旋飞舞的鸟群，也跟云南山地的一模一样。

那几个拜把兄弟，又在他心里活了。他并没刻意留下他们的联系电话，但那四个人的手机号，一笔一画的，都刻在他的神经上。在那片热带雨林里，他们每人一部手机，每个人的号码，都牵连着五个人的命运。刚刚脱离那个团伙，走出他们的视线，罗杰就把卡抽出来，扔掉了。那时候他就打定主意，永远不跟他们联系。后来在火车上，他的手机又丢掉了。他并不在意，反正用不着它，丢了就丢了。——然而此刻，看见树梢上的夕阳和夕阳周围的鸟群，他才发现，在这个世界，只有他最不愿意联系的几个人，这时候还有可能飞到他萧索的枝条上。

他返回了那家小卖铺，拿起了听筒。

拨一个，停机。

拨二个，停机。

拨三个，通了！

罗杰只是喂了一声，对方立即听出了他的声音，说："老二呀，是你吗？"

按假身份证上的年龄排序，罗杰在几兄弟中排第二。

罗杰说是我。接下来，他想把对方叫一声“老五”，可他叫不出口。那是一段晦暗的岁月，那段岁月已经过去了，永远埋葬了。他又想把对方叫一声杨大鹏，可同样叫不出口。那不分明是一个假名字吗，叫着假名字跟他说话，就像在跟一个面具说话。他只是问：“都好吗？”

对方有了片刻的沉默，然后说，散了，几个月前就散了。

罗杰的心怦怦弹动。散了，是他求之不得的结局。但他还是问了一句：“为什么散了？”

“杨大鹏”又是一阵沉默，告诉罗杰，他们几个，都死了。并不是死在警察的枪弹之下，而是，自从老二张兵退出之后，兄弟几个都很沮丧，总觉得到了某一天，他们终归是要分手的，提着脑袋挣来的富贵，也不知道有没有享用的机会。这么一想，就觉得还是及时行乐的好。于是，那三个人都吸上了毒。老四被毒品收了命。那天傍晚，几人又要去找岩赛提货，出去之前，他兑好一针毒打进去，然后躺在石凳上等，因为老大和老三也在为自己准备毒品。两人打过针，叫老四起来，却叫不动。他已经死了。只不过两分钟时间，他就死了。原来他为自己兑的剂量，比平时的超出两倍，他分明就是想死！老大和老三嘛，是老四闭眼两个月后被人砍死的，有天晚上去夜总会，本来各人都点了一位小姐，正要去房间，见又来几位小姐，比他们的都漂亮，就要求换，可那几位小姐是另一伙人点了的，那伙人也不是省油的灯，双方刚刚争执，对方就掏出匕首，捅了两人几刀，都捅在要害部位，当场就死了。——“杨大鹏”说：幸好我那天得了感冒，不舒服，虽然陪他们去了，却没要小姐，只坐在厅里养神，事情发生后，我悄悄离开了，谁也不知道我跟那两个人是一起的。

说完，“杨大鹏”抽泣起来。

“你现在干啥？”

“我还在云南，老老实实地干我的老本行，搞搬运。”

这时候，电话那边有个声音在叫杨大鹏。

罗杰愣了一下。

未必对方那家伙，真的就叫杨大鹏？

但罗杰没有多问，也没告诉他自己的真名不叫张兵，把电话挂了。

从这之后，他割除了一块心病，像突然变了个人，跟工友间的话也多起来，有了闲工夫，他不再遮遮掩掩，而是充满深情地跟工友们说起那个漂浮在河流上的、美丽的、伤痕累累的半岛。

直到有一天，他背部的疼痛厉害地发作。

好几年了，他的背没有痛过，这天却痛得他抽筋，痛了整整一个下午，又痛了整整一个晚上。

那天晚上过后，他离开了成都。

49. 遥远的联系

半岛上的发掘取得了“突破性进展”。

自从罗家坝半岛发现古巴人遗址以来，学术界就为一个新问题争论不休：半岛上的这群巴人，究竟是流落而来的一个部落，还是巴国的整体性迁徙？也就是说，罗家坝算不算巴国晚期的首都？——这天下午的发掘，让这场争论的声音顿时低沉下去了。

这天发掘出的墓葬，编号 M22。

前面早已经说过，该墓墓主左肢残断，右手屈举，背部骨骼箭镞密布，刀伤若干，两具女骸分列两侧。从礼器、殉葬品等诸多迹象表明，他是一个有身份的贵族，甚至是一个首领。

如果逃到半岛上的，仅仅是巴人的一个部落，何至于遭受如此惨烈的追杀？又何至于贵族抑或首领都遭此大难？再联系到巴蔓子像、王孙袖戈，学界断定：罗家坝半岛正是巴国晚期的首都！

每次考古队来发掘，都有许多半岛人前去观看。其实也没啥好看的，考古队视为宝贝的那些东西，刀也好剑也好坛坛罐罐也好，不是土疙瘩，就是锈迹斑斑，虽看得出刀剑的形状，却没有刀剑的刃口，它们的锐气，被岁月没收了，再也不会发出令敌人胆寒的鸣叫了，连半岛人现在用的弯刀也比不上，柴都砍不断，别说杀人饮血。至于白骨，白骨有什么好看的？人人死后，都会变成白骨，那是古人最终的样子，如果不火化，也必然是今人和未来人最终的样子。不过，见到祖先的遗骸，他们并非没有感触，他们会说："哦，又挖出一个！"这个人是谁呢？他或者她，跟现在还活着的人究竟是什么关系呢？曾经是谁的爷爷奶奶、太爷爷太奶奶……呢？他们在心里放着一把楼梯，爬上去，爬上去，爬上了云天，在云天之上，那架白骨被肉身包裹，会走路，会说话，会喜悦，会哀伤，也会愤怒。他们就在遥远的时空里，跟这样一个人对话。这个人说："嗨，我困了，要去睡了。"或者说："我儿子饿了大半天，我得下河打鱼去了。"原来，他们也曾经生活过，跟自己一样生活过。他们喂养了儿子，儿子又喂养儿子，终于将生命的接力棒传到了今天。

考古学家们用柔软的毛刷细心清理着骨架，一举一动，同样是在跟白骨对话，可他们的对话，怎么也比不上半岛人的贴心贴肺。

往常，半岛人平心静气地跟祖先对话，可M22号墓的出土，让他们再也无法平心静气了。

这里发生过战争？半岛人遭受过残杀？

他们仿佛听到了来自远古的厮杀声、哭号声、呼儿唤女声，看见自己的祖先一个接一个地倒下去，殷红的鲜血，在大地上流淌，染红了后河，也染红了周围的干沟井。

回想祖祖辈辈走过的、充满疼痛和艰辛的道路，半岛人哭了。

哭声连成一片。

这情景，只有罗疤子几人砍倒神树的时候出现过。

考古队格外惊悚。听一群人为某件事痛哭可不是什么好事，如果这件事跟你有关的话。一个人的悲伤会演变为一个人的暴力，集体的悲伤也会演变为集体的暴力。

情不自禁地，考古队队员握住了镢头和考古锤，而且随时准备跳出墓坑。待在里面是危险的，只要半岛人把上面的堆土推下来，就可以将他们活埋，为他们的祖先陪葬。

但队员最终没有逃跑，保护文物是他们的天职，而且，那些在平地哭泣的人，全都是一张张苍老的脸，构不成多大威胁。不上学的小孩也跟着爷爷奶奶前来看热闹，但孩子们没有哭，只带着不可理喻的表情，看老人们流泪，其中的一些孩子，趁这时候溜出大人的视线，去河边耍水。考古队队员定了心，暗中感谢罗

来，没走多远，就被深密的皱纹吸进去，外人看不出他们在流泪。他们很想站出来，对王队长说："王队长你胡扯，这个人还很年轻呢，这个人还有好多年好活呢！"

但这样的话怎么能说呢。墓主是贵族或者首领，而罗疤子家，把族谱翻烂，祖先最高的身份，也不过做过甲长的跟班。

两口子拄着竹杖，一前一后地回家去了。

第十九章

50. 遭遇

罗杰离开成都，是因为他觉得有一些事情发生了。

具体什么事，他心里没有把握。

他来到新州市，与半岛靠得更近，但还是没立即回到半岛上去。他在新州市南城的“州河鱼庄”打杂，并在这里意外地遇上了一个人：那个曾去过南极、中美和西非的房地产商兼摄影师。

听州河鱼庄这名字，就知道鱼庄临近州河。这是罗杰有意选择的。州河的上游是清溪河，清溪河的发源地在鸭嘴，鸭嘴是后河与中河的交界处，州河里有后河与中河的血，也有半岛的血。鱼庄里专卖火锅，罗杰的工作是检查每张桌子底下的煤气罐是否漏气，是否通泰。他只能干这样的活，曾经给人送煤气罐的经历，让他具备了有关气罐的常识，有这点常识就足够了；不能端茶送水传菜上桌的主要原因，还是他的年龄。相对于在服务业找饭吃的男女，他实在太“老”了，而且样子太不受看。他的同事，都是二十来岁，男人青春挺拔，女人虽穿着统一服装，可照样是该凸的凸，该凹的凹。好在罗杰已经懂得注意自己的形象，他那头发，只要不随身带着把梳子，抽空就摸出来梳几下，总是相互交缠，乱成一团糟，在木材厂、石材厂，看你怎么乱都无所谓，到了餐饮店，那会给人不洁的联想，影响生意，去州河鱼庄应聘之前，他干脆剪成了平头。以前，别人会把注意力集中在他的头上，现在都集中到脸上去了。厚厚的嘴唇，使他有了一张憨憨的、傻乎乎的脸。不过老板就相中他这张脸。长这种脸型的人，有种未经世面的老实和可靠。他在鱼庄里就像个机器人，客人进餐的时候，他低着头四处穿梭，听炉子是否发出了异响，看火苗是不是那种让人放心的蓝色。

这天黄昏，罗杰正在大厅忙碌，一个女同事喊他了：“罗大哥，听雨轩叫你。”

罗杰三扒两下把大厅的事忙过，便去二楼的包间听雨轩。里面烟雾腾腾，说话声有男人，也有女人，但罗杰并不知道有多少人，也不知道这些人穿什么衣服，长什么模样。他的眼睛从来就没放到客人的脸上去过。他只蹲下身，低头修理炉子。也没什么大问题，就是储气罐积水太多，燃烧时老是砰，砰，砰，像放小小的鞭炮。罗杰正要打开出水阀门，只听一个女人说：“亲爱的，你打定主意哪？”这声“亲爱的”叫得轻轻便便，显然不是她的“亲爱的”。被问的人说：“你们没去过罗家坝，根本不知道那地方有多美!”罗杰的手定住了，脸从桌面底下斜上来，盯住说话的那个人。那个人的年龄，他看不出来，城里人的年龄他都看不出来，有的人看上去只有二十岁，却说三十大几，有的人看上去至少五十，却说还不满四十。那人生得白白胖胖，头发也黑油油的，鬓发微微卷曲，以格外优雅的动作，抽着香烟。他拿香烟的那只手上，至少戴了三只青蛙眼睛一样的翠绿色戒指。

客人们注意到了从桌底下斜上来的脸，有些不高兴，催促他搞快些。

罗杰又把头低下去，做他的事。

他的耳朵支棱着，听客人说话。

叫“亲爱的”那个女人又说：“我虽然没去过罗家坝，但看过你那年拍回的照片，不过就是一些歪歪扭扭的房子，也没啥特别的，还跟尼加拉瓜湖放在一起呢!”

那人说：“你只会看局部，不会看整体，更不会从整体中读出无比丰富的信息。”

女人连续呸了五声，才说：“别跟我玩高深，你以为你是谁呀?别人叫你摄影师，可在我看来，你就是个照相的，要是我像你那么有钱，买你那么好的机子，比你照得还好!”

那人笑起来，笑得呵呵呵的。

女人以把事情彻底看穿了的口吻，接着说：“你以前在罗家坝读书的时候，怎么没觉得它美?现在突然觉得它美起来了，是不是对它有什么想法呀?”

那人又笑，呵呵呵地笑。

在罗家坝读书?罗杰的眼睛，禁不住又往上溜了一下。

这次他认出来了。这个人是他在回龙中学的同学。其实他开始就认出来了，只是不敢确定，现在确定了。这个人在罗家坝读书的时候，脸没这么白，也没这么胖，手老是黑黢黢的，到了秋末，手上就长满深紫色的冻疮，肿得像一块泡粑。

另一个人问："亚光，听说罗家坝是个半岛？"

真的是他！——孙亚光。

孙亚光说："是个半岛，新州市最大的半岛。罗家坝本属回龙镇进化村，但罗家坝人从不这样规定自己，他们都自豪地称自己是'半岛人'。"

"听说半岛人现在都没开化，还是蛮子？"

"胡扯！"孙亚光说，"我进半岛拍照，他们都很热情。"

"屁！"开始说话的女人，坐在孙亚光旁边，打了他的臂膀一掌，给他难堪，"谁不知道，你去拍衙门的时候，相机被砸了个稀巴烂，人也差点被扔进了河里！"

孙亚光又笑。笑声有些尴尬。"那是他们误解了。他们以为我是去勘察地形。半岛人特别忌讳外人踏入，就算让你进去了，眼睛到处看也不行，别说照相。当时我不明白其中的道理，现在我们大家都明白了。此外半岛人大都迷信，认为照相会把魂摄走，不光是人的魂，还有万事万物的魂。比如我照衙门，他们就认为衙门的魂被我关进了相机，把我的相机砸烂，是为了把魂放出来。"

停顿片刻，孙亚光又说："幸好，我去拍衙门的时候，那个名叫罗建放的人死了，刚死一个星期。要不然，恐怕真要像亲爱的说的那样，被扔进河里呢。我被扔进了河里，你就没有亲爱的了。"

那女人说："我才不稀罕呢！"

另一个说："罗建放那么厉害？"

"厉害！罗建放这人你们不知道，我读书的时候就认识他，很多人都不喜欢他，可说心里话，我对他却有几分佩服……可惜做了强奸犯，事情败露后，被他儿子砍了。"

众人惊奇："他儿子呢？"

"当然被枪毙了。"

"莫名其妙，"坐在孙亚光旁边的女人说，"砍死强奸犯怎么该枪毙？要我是法官，不仅不枪毙他，还要给他大大的奖励。"

"奖励什么呢？"另一个男人以明显挑逗的口气问。

"奖她自己呗，要不然怎么称得上'大大的'呢。"这是一个女人的声音，听上去相当温柔，话也说得很诚恳的样子，却惹来一阵捶打和笑骂。

罗杰没听他们笑骂。东娃被枪毙了……

他刚刚知道这消息。

这消息给了他沉重的打击。

退出那个团伙之后，他觉得自己跟东娃的较量才真正开始。他之所以没急于回到半岛上去，就是想在见到东娃之前，彻底清洗掉自己身上的渺小，先让自己觉得自己不是脓包……然而，东娃已经被枪毙了。

孙亚光又在说话。孙亚光说："上个月我再去半岛，半岛人对我就非常热情了。不过都是些老人和娃娃，年轻人基本上看不到。我拍了好多老人和娃娃的照片，给罗建放的老婆一个人就拍了几十张。你们看了她的照片绝对会害怕，眼光再钝的人，也能从照片上看出她比石头还固执的沉默，还能从她的眼睛里看到血，两个男人的血！你甚至能从照片上听到她那些枯涩的，却像河水一样绵长的内心独白；当然，她内心究竟说些什么，我也不知道。”孙亚光倒抽了几口冷气，才继续说：“另外我还拍了一个留在晚清遗墙下的石磉磴，一个深藏在竹林中的巨大的磨盆，这些东西都是宝贝。”

这时候，罗杰突然站起身：“我可以看看你的照片吗？”

孙亚光眯着眼，很有兴趣地打量着他。餐桌上的人都在望他。他穿着鱼庄里发的白衬衫，衬衫下摆和袖口上，粘着黑色的污渍，一看就是“职业性污渍”，并不显脏。

“你为什么要看？”孙亚光问。

“我想看看……有没有我爹妈。”

“你是半岛人？”

“是。”

罗杰还想说，我认识你，你是我同学。但他没有说。

一个珠光宝气，一个满身污渍，满身污渍去认珠光宝气，丢自己的份，也丢别人的份。

事实上，这时候孙亚光也认出他来了。孙亚光说：“你真的想看？好，没问题。你留个电话吧。”

罗杰说我没有电话。

孙亚光掏出一张名片，递给罗杰，让罗杰今天下班后，跟他联系。

州河鱼庄打烊的时候，已接近子夜，但川东北重镇新州市是没有夜晚的，吃饱喝足之后，就到街上散步，或者去鳞次栉比的娱乐城。孙亚光曾有一个石家庄的朋友来新州市看他，对这里的夜景深感疑惑，说:“在我们北方，要是晚上十点钟还在街上闲逛，差不多就可以被认定为流氓，可你们这里，分明都快到半夜了，连良家妇女也还在大摇大摆地逛街，真是的!”

罗杰的租房在鱼庄对面，来到马路上，被夜风一吹，困倦顿消。他站在马路边，长时间不动，在想跟不跟孙亚光联系。他害怕孙亚光已经知道他是谁，却不愿意认他。他站下来，摸出揣在屁股兜里的那张名片。名片深红色，可只是一个空白。罗杰走到挂在一棵小叶榕树梢上的路灯底下，才发现左上角有“孙亚光”三个字，小小的，一笔一画，都小得像蚂蚁胡须；右下角，有两个手机号码，还有一个罗杰不认识的伊妹儿。此外，没有任何信息。毕竟在外面闯荡过，罗杰知道，印这种名片的人，都是相当自信的，他只递给你一个名字，你就应该知道他是谁。

读书时候的孙亚光，虽然成绩很好，但说不上自信，许多时候，还显得很猥琐，现在变成这样了。是钱让他自信的吗？罗杰不知道。他估计是。钱的好处之一，就是能把一个猥琐的人变得自信。

他不喜欢孙亚光，过去和现在。然而，回想着他在餐桌上呵呵的笑声，却感到格外亲切。除那几个拜把兄弟，他终于又联系上一个人了，而且这个人是他同学，当年他们几乎没有什么交流，可睡在同一张通铺上，还紧挨着睡，孙亚光睡右边，他睡左边，他记得很清楚。他还记得自己在孙亚光的被子上擦过脚，并踢过孙亚光的眼睛，他踢他眼睛是无意的，不过是想把他踢痛，让孙亚光跟他说话，哪怕是像张明那样，骂他一句也行，但孙亚光没骂他，更没和他说话，因此他不喜欢孙亚光。然而今天看见他，虽还是不喜欢，却有一种让他心里暖和起来的亲切感。

何况孙亚光上个月刚去过半岛，很可能为他爸爸妈妈照过相。

他深深地吸了一口夜晚的空气，走向了公用电话亭。

电话通了，他说："你好，我是你吃晚饭时碰到的那个半岛人。"

"好哇好哇，"孙亚光连声说，"我在明月楼水暖阁，你下班了吗？下了班你就过来吧。"

明月楼也傍州河，是一个很大的茶楼。罗杰招辆出租车过去了。

水暖阁是三楼的一个包间，里面照例是男男女女，照例是烟雾腾腾。两桌人在打麻将，此外还有几个看客。罗杰刚敲开门，孙亚光就起了座，让一个看客补他的缺，然后他走出来。

外面拐角处，有两张沙发，空空地摆在那里，像是早就在等候孙亚光和罗杰的到来。

两人落座后，从对方的眼神就已看出：他把我认出来了。但都没说破。这么多年过去，坐在面前的人走过了怎样的路，经历了怎样的日子，都很有兴趣知道，可对罗杰而言，又怕别人知道，孙亚光希望别人知道，但并不特意炫耀。他大学毕业就下海，跟随开小煤窑的舅舅，很快挣了钱，随即转向房地产业，顺风顺水，而今已成为川东北的业界老大，某县城搬迁，整个新县城都是他修的。他一方面造出现代化的、毫无特色的高楼大厦，另一方面，又特别怀念一切即将退出或已经退出历史舞台的人事，他的灵魂在两极间游走，无处安放。摄影，是他安放灵魂的一种手段。

两人在心里牵连得那样紧，表面上却像刚刚认识。

孙亚光说："你想看你爹妈的照片，你是很久没回家了吗？"

“很久了。”

孙亚光笑了一下：“你看照片还不如回家去看真人呢，新州离半岛又不远。”

这倒是真的。罗杰陷入沉默。

而孙亚光的这句话，并不只是就罗杰的家事说的。他早计划在半岛上干一件大事。其实这件事已经启动，自上而下地启动。不仅针对半岛，还针对回龙镇。但半岛是核心。其基本内容是将全半岛变成观光农业区，同时在半岛修一座博物馆，把挖出并送走的文物，归还回去。这一计划，市、县、镇三级政府都十分支持。若干年来，从形式上看，半岛都自成体系，只要建成观光农业区，它就敞开了，不再是半岛人的而是大家的了，它的功能，也远远超越了只为半岛人供给衣食，而是带动回龙镇乃至整个宣汉县的旅游业。考古队也欢迎，因为整体性发掘还有待时日，他们实在不想跟半岛人纠缠，仅青苗费一项就难以招架，更别说像发掘 M22号墓时暴发出的令人毛骨悚然的哭声。政府支持，考古队欢迎，半岛人却一定是抵触的，将文物，包括那些修补完整的骨架，还到半岛上去，虽然可以慰藉半岛人的心，然而，既搞观光农业，就不需要那么多人，大部分半岛人都得迁走——这一点，正是镇政府特别看中的——几千年来，他们都住在那里，他们浑身上下都是根须，深深地扎进那片土地，要把他们根须砍断，谁愿意？几级政府，都没有把握，孙亚光更没有把握，他希望物色一个得力的半岛人，帮助他去做工作。

认出罗杰的那一瞬间，他就想到了这件事。

但他并不抱多大希望。一个把什么歌曲都唱成丧歌调的人，你能对他抱什么希望呢？他那长着厚嘴唇的木讷样，又能编排出什么像样的理由去说服半岛人呢？

然而，交谈了一个钟头以后，孙亚光的印象完全改变了。

现在的罗杰，不愿意谈及自己走过了哪些地方，见过了哪些世面，但他的每一句话都是长着骨头的，让你分明感觉到，半岛，是他生命的中心，而环绕这个中心的，是对外部世界的热切观察和对半岛冷静的审视。更让孙亚光高兴的是，罗杰跟他的想法可以说不谋而合！

罗杰说："半岛人在那个狭小的世界里，生活得太久了。"

孙亚光摸出烟来，给罗杰，罗杰说不抽，他便自己点上，突然问了一句："跟夏老师还有联系吗？"

罗杰浑身一颤。

罗杰说没有。

罗杰说："……你呢？"

"几个月前我去重庆谈生意，意外地碰到了她。我还请她吃了顿饭。唉，老了，发福了，看上去像一个臃肿的老太婆了。"孙亚光把脸仰着，从嘴巴和鼻孔里喷出的烟雾，也以仰首向天的姿势袅袅飘升，似乎也跟他一样，掩藏不住深深的怅惘。

罗杰悚然一惊。他找到自己离开成都前背痛的原因了。

他早知道会有一些事情要发生的。

那一年，他背痛三天，结果夏老师调走了；这一次，他痛得抽筋，结果夏老师变老了。

他相信夏老师是在他背痛的那一个瞬间突然变老的。

他没去想夏老师变成"臃肿的老太婆"是什么样子，只等着孙亚光把夏老师继续说下去。

可孙亚光没有说。

这么看来，罗杰想，夏老师并没跟他谈到我……

“罗杰，”孙亚光终于叫出了罗杰的名字，“你爹妈我认识，你不要担心他们，他们都好好的……我的意思是，你要是愿意，来当我的副手吧，我们一起去开发半岛，开发回龙镇……”

51. 哪种解释更好

是去回龙镇的马呱呱带回了罗杰现身的消息。

马呱呱的年纪已经很大了，可她还兴兴头头地活着。很年轻的时候，她死了丈夫，然后又死了心爱的狗，那年衙门上院的火灾，还烧掉了她半间房子，但这些事都没有将她打倒。那天她去镇上卖菜，在农贸市场，她听人说，滨河路被圈起来准备修楼房的那片地，换了主人。也该换主人啦，那片地圈了多少年？圈起来的那天生出的小孩，早去外面往家里挣钱了。旁边站着几个戴眼镜的人，谈到这话题时很义愤，说人类历史上有过一段不光彩的羊吃人的历史，现在更厉害，不养羊，也不养牛，只养荒草，让荒草把人吃掉！几个眼镜的话，菜场上的人并不完全明白，说到荒草，倒是大家都看见的。那片狭长的土地上，最初是镇上穷苦居民的聚集地，他们在那里搭了棚屋，被圈起来后，棚屋拆了，人不知去了何方，很快就荒草连天了，靠近码头这边，有人摆了几张台球桌，可自从东娃吃了枪子儿，镇上那伙公子哥儿散了架，没人玩台球了，荒草便蔓延过来，每次路经荒草地走向码头，都让人觉得，这码头不是镇上的码头，而是一个野码头。不过，眼下人们关心的，既不是羊，也不是荒草，而是以前的那个老板。他在清溪河上的好几个镇都修了楼房，但大多成了烂尾楼，不仅没挣到钱，还欠下了三辈子也还不清的债，跳楼自杀了；他的胃口太大，结果吞下的是苦果。现在的这个老板，可了不得！听说他的钱要用火车才拉得动。

今天，那个老板来了，正在河边察看。

人们都想见识一下：能挣那么多钱的人，是不是多长了一个脑袋？

马呱呱卖完菜，也顺便下去看了。

她没看见多长一个脑袋的人，却看见了罗杰。

初秋时节，天气已经凉爽，罗杰穿着长袖衬衫，袖口和领口，都扣得严丝合缝，还打着有红花点子的领带；头发不再是乱糟糟的了，比先前的短，梳得油光水滑，一根一根的，立着。这样子跟半岛上的罗杰已没有多少关联，但马呱呱还是一眼就认出了他。这让她觉得自己小了许多。她有一个女儿，男人死的时候，女儿不满十岁，现在，女儿的儿子也早去外面打工了，比罗杰还出去得早，可每隔两年三年地回来一趟，还是出去时的那副装扮，衣裤上虽没沾泥土，却像从坛子里摸出来一样皱巴，那是在火车上蜷的。外孙不管离开多久，不管走了多远的路，都是农民，但罗杰已经不像是农民了。他腋下夹着一个黑色小皮包，慢吞吞地走路，边走边和身边的几个人交谈。

马呱呱心里一咯噔：难道，那个要用火车拉钱的大老板，就是罗杰？

这时候，她不敢再拿自己的外孙跟罗杰比较了，只觉得腿脚战栗。

待罗杰经过她身边时，她胆怯地叫了一声："杰娃。"

她没敢希望罗杰会理她，可罗杰听到有人叫杰娃，眯着眼睛审视了老太婆几秒钟，立时眉开眼笑，说："马大娘，你也赶场来啦？你回去给我爸妈说，我晚上回家啊。我现在还有点事。"

马呱呱回到半岛，第一件事就是去敲罗疤子的家门。两口子都不在。找不到人，马呱呱并没急于回家，而是背着十多斤重的清油，一点也不嫌累地，从下院开始，挨家挨户宣扬罗杰的风光。自然，她把想象的也当成事实，说罗杰买下了滨河路那一片空地，罗杰的钱，火车也拉不动。群情哗然。那个从小傻乎乎的家伙，那个影子一样跟着疯姐姐跑前跑后的家伙，那个一直被东娃欺负而且悄无声息离开半岛的家伙，竟然挣了那么多钱？

如此热烈地议论金钱，这在半岛人是第一次。以前也议论，比如谁家的孩子寄回了多少，谁又用孩子寄回的钱置办了些什么家私，但那时候议论的是生活，是过日子，不是金钱本身。

当那么多金钱从鸭嘴那边乘船来到半岛，他们能像当年对待领着兵和难民的张团练那样，站在鸭嘴顶端，集体跺脚和呐喊，把它吓回去吗？……

马呱呱上到中院时，桂秀英正在家里。马呱呱的话，一字不漏，细细密密，扎进她的耳朵里。自从嫁到半岛上来，她尽心侍候聋子奶奶，老天爷就把从奶奶那里收走的听力，赏给了她，如今年纪这么大了，一丝微风从房顶上走过，她也能辨识出风从哪个方向吹来。她本以为，被枪决了的儿子终归要回到半岛，回到她的身边，神秘失踪的罗杰，却永远也不可能再回来了。而事情恰恰相反。她的时间观念已经模糊，闹不清是丈夫先犯了强奸，才引起东娃和罗杰在田埂上的那场恶斗，还是先有了那场恶斗，丈夫才去强奸了罗秀。不管怎么说，罗杰都像是她这一家子的宿命，现在他回来了，也就意味着，东娃的魂只能在外飘荡。

对此，桂秀英反而奇异地没有了悲伤。

她只承认，在丈夫和儿子死去之前，自己是一个幸福的女人，那时候，她以为自己的日子就像山上的树叶儿一样多，全不去想秋风一起，再多的树叶也会萧萧而下。现在她老了，更不去想了。她是嫁到半岛上的一片叶子，树被砍了，枝条也断掉了，叶子还能怎么想呢？……

马呱呱不知往罗疤子家跑了多少趟，跑最后一趟，天都快黑断青了。见院门开着，她兴奋地蹿进去。可是，那两口子已从邻居那里知道了罗杰回来的消息，张云梅已在火塘上烧腊肉了。没能第一个把消息报告给疤子夫妇，让马呱呱心里梗梗的。她很后悔提前告知了衙门的人。

罗杰跟孙亚光一起，在镇上吃了晚饭，又去洗脚坊洗脚。他恨不得扑棱一声就飞到半岛上去，但他不能走，因为孙亚光要请镇上的领导，他必须陪。当他从洗脚坊出来，便快步走向河滩的渡船。他这时候觉得自己的脚下根本就不需要地面了。推渡的已不是先前的那个老艄公，但这个人的年纪，也有六十岁上下，也跟那个不知是故去还是回家休养的老艄公一样，动作迟缓，沉默寡言。罗杰找话跟他说，他并不应答，只默默地扳动桡片。月光之下，涌动的水波呈浅白色，桡片把水波割开，又叮叮当当地归还它的完整。

上了半岛，罗杰反而慢了下来。在他的印象中，这时节谷物已经收割，大地坦露出充实的疲惫，可现在，谷物全都没有收割，谷桩低矮，还不及他的腰部。他捧住一枝谷穗，把它的头抬起来，谷穗对他默然而视，他的手一松开，谷穗就低下了头。他对半岛的想念，也低下头去。

这块土地，再不能蓊蓊郁郁地将他淹没了……

院门开着。他的父母，门神一样守在院门边。

两个老人早已听到儿子的脚步声，早已看见儿子犁开月光走来的身影，想起身去迎接，但动不了身。这一刻，许许多多沉重的往事压住他们。他们的杰娃，以为东娃砍向父亲的那一刀，只是让他一个人感到震惊，经受苦痛，不知道所有的半岛人，包括他的父母在内，都同样震惊，同样苦痛。可是他丢下父母，没留下一句话，就从半岛消失了。

消失的容易，留下来的可就难了。

消失者知道留守者的方向，留守者却不知道消失者的方向……

罗杰站在院门外，叫一声爸，又叫一声妈。

两个老人都没有答应。

罗杰跪下了。

儿子这一跪，让罗疤子像受到惊吓似的，立即颤巍巍地去把儿子扶起来。

罗杰又叫了一声爸，又叫了一声妈，罗疤子答应了，张云梅还是没答应。

张云梅只是默默地起身，进屋热饭菜。他们等着儿子，到现在还没吃晚饭。

罗杰肚里的酒肉，一点也没消化，但他很有兴致地陪着父母吃喝。他的胃口好极了，大嚼大咽。

见儿子吃饭喝酒的样子，张云梅才真的相信：儿子回来了。儿子好好地回来了。多年以前，她的女儿也在某个夜晚回到了家里，女儿回来，人事不省，儿子回来，却这样鲜活。女儿是回来死的，儿子不是！直到这时候，她仿佛才知道自己依然是一个母亲。她依然有资格做母亲！明白这一点，她的心打开了，话多起来，絮絮叨叨的，问儿子找到女人没有，罗杰说没有，说不急。“再不急，水都过三秋了。”她这样抱怨，然后告诉儿子，外公是什么时间死的，给外公烧了三周年，她就再没回过北斗寨，回去干吗呢，女儿死了，儿子不见了，一个家支离破碎的，且不说罗杰的舅妈看不起，她自己也没脸。接着她又问儿子，这些年你都在哪里落脚？罗杰一五一十地告诉母亲。

但他真正去过的地方，一个也没说。尤其是不说自己到过云南。

“你走了那么多地方，碰见巴艳没有？”

罗杰放下筷子，从包里摸出一片湿纸巾，擦嘴。慢慢地擦。自从遇见孙亚光，两人上上下下地跑手续，已过去数月，这几个月里，罗杰抽空就看孙亚光搜集的大量有关巴人的资料，知道了巴人是怎么回事，也知道了巴盐是怎么回事。他开始怀疑了，像考古队专家那样怀疑：姐姐喊的，真是“巴盐”吗？有可能不是巴盐，而是别的什么，甚至是两个毫无意义的音节。姐姐经常发出一些毫无意义的音节。这两个音节很可能同样没有意义，却被父母和罗杰本人误听成了巴盐，阴差阳错地与那么久远的历史接通了。就算没有误听，就算姐姐是时间的人，能去自己并不存在的时间里游走，那么，这两个字也不是为女儿取名，而是……控诉。

是的，控诉。她看清了是什么东西给半岛和半岛人带来了最深的伤害。

或许，在姐姐的心目中，女儿之于她，就如巴盐之于巴人，既是福祉，也是灾星。

最终是灾星……

但这样的话，他怎么能说给父母亲听呢。

他只是说："我没有碰见。"

气氛有些沉闷了。

可罗疤子想象的团聚，不该是这样沉闷的。他问儿子："你的背还痛不痛？"

罗杰说基本上不痛了，只是有一次痛得很厉害。

罗疤子眼睛发亮，问是什么时候。

罗杰回忆了一下，说了个大致的日期。

"这就对了。"罗疤子一边点头，一边自言自语。

罗杰不解父亲的意思，罗疤子便把M22墓主背上的箭伤和刀伤告诉他。

"那是个贵族，还可能是个首领，"罗疤子说，"杰娃你要记住，你是他投胎转世！"

张云梅接口："难怪，别人出去挣不了钱，你出去就挣了火车都拉不动的钱，把滨河路都买下了。"

罗杰知道父母误会了。但他没有纠正。

他本来想纠正，愣怔片刻，把这想法放弃了。

他早就知道，自己的背痛得那么厉害，一定是有事情发生的。他以为是夏老师在那一刻突然变老了，父亲却说，是有一个墓葬出土，考古队找到了他的前世……

又吃了一些饭，喝了一些酒，罗杰说要去看姐姐。父母知道他看姐姐的心是急得等不到明天的，便让他去。他踏着月光，去到姐姐的坟前。可他再也找不到进入姐姐的世界的那个神秘通道了，他面对的，只是一座冰冷的坟，不管怎样焐，怎样呼唤，那座坟也不会暖过来，更不会给他一言半语的应答。姐姐死了，他苦心寻找的姐姐的影像，也从他的心里死了——那个既不见他，也不跟别人谈起他的“臃肿的老太婆”，不是他的姐姐。他站起身，轻轻走开，去看姐姐的河。河水还像盛夏时节一样浩大，可在他眼里，怎么这般憔悴？他坐在河边，脱掉鞋袜，像当年的姐姐一样，把脚伸进水里。水给予他的，不是饱满的、肌肤般的触摸，而是涩涩的，如同枯黄的树叶。

整个半岛，还有夹拥半岛的河流，都成了枯黄的树叶了……

天刚亮的时候，他上到遗址区。因挖过的地方又种上了庄稼，遗址区并不明显，更看不出M22号墓的位置所在，他便朝鸭嘴方向，一步一步探过去。走到一条干沟井右侧，还有五六米就出他家田地的时候，他觉得自己的背有反应了，便站下不动。背部的反应越来越强烈，同时，就像他当年闯入铜坎洞一样，寂静被撕破，声音响成一片。他的意识，电流一样在远古和今朝蹿动。他也变成一片树叶了，这片树叶吊在时间的枝条上，会不会被扔向时间的深渊，甚至被扔到时间之外？他惊恐地一步跳开，感觉背上有血，手伸后去摸。没有摸到血，摸到了一把汗。

这一定是老天爷对他的护佑。

他是被天佑的人。

一个贵族……一个首领……他想。

他觉得自己的心里，有一片祥云升腾。

52．大河之舞

回龙镇的老街再不叫老街，而叫巴人街。

在街的东西两头，都立了石质圆门，请来新州市最好的书家，在门楣上写了“巴人街”三个字，工匠錾了，经过汤蜡钉朱的手续，看上去古朴而大气。还请新州市最好的赋家，写了篇千余字的赋文，勒石成碑，立于门前。巴人街的住户，房子破破烂烂的，别人还以为他们只知赚钱，懒得修房子，其实不是这么回事，破房烂屋谁都嫌，但得有闲钱，有精力，好房子才会到手。新街建成后，老街上那些要面子的，倾其所有，陆陆续续将老宅做了改造，但毕竟是少数，大多数人还只能破破烂烂地将就着，心里免不了有些寒酸。但现在，他们大可不必这么想了！巴人街要的就是寒酸，当寒酸被赋予历史的内容，就不是寒酸，而是文化。只是苦恼了那些花大价钱翻修过房屋的人，因为当地有规定，要他们还原到先前的样子，砌了砖墙的，要拆掉，重新把黑不溜秋的老木板拿出来，老木板处理掉的——比如烧了、扔了或者卖给做舢板的渔民了——自己去乡下购买；将篾耙箦改作木板的，同样要还原为篾耙箦。即使为了加固而修，也要修旧如旧。

买材料的钱不用担心，由当地出；所有巴人街的危房，需要加固的，都由当地出钱。

装点它则是孙亚光的事。孙亚光派人去整个三河流域收购碾子、磨盘、石舂等物，在巴人街上每隔十来米，就放上一个，让外地客人一走进来，立即就能穿越时空，进入往昔。而今，最偏远的乡下也用上了小型打米机和磨面机，为找到那些旧时代的老东西，费了不少力气；半岛上倒是留存了一些，但不能拉到镇上来，因为在对半岛的规划里，同样少不了这些物件。

巴人街可以打铁，也容驻三教九流，但不许榨油，榨油的声音太闹，而且跟打铁相比，它显得太现代了一些；自然，更不允许“不粘锅”进来了。

街道正中，那座越老越威严的贞节牌坊体体面面地矗立着，向东几十米开外的戏园里，塑着一尊将军石像：巴蔓子。这是万兴村两个农民盗挖出来的巴蔓子像的复制品，只是放大了十倍。

按孙亚光的计划，这尊石像应该放在半岛上，然而，那个寸土不让、刎首存城的死士，总让人产生不愉快的联想。政府派员去跟开发商交涉，认为巴蔓子像还是放在巴人街的好，至于半岛上嘛，可以另塑一尊石像：廪君石像。廪君是巴国的开国君主，将他的雕像放在半岛，更恰当，也更有意义。孙亚光接受了这个建议。他在市晚报和广播电视报上做广告，征集廪君造像，被选中者，可获酬万金。征稿收上来千余份，经过专家会商，有两种进入最后评审阶段：一种是散发垂肩、身披鹿皮、腰佩宝剑、目光深邃的廪君，骑着威风凛凛的白虎，廪君的双手，抓住虎鬃；另一种，廪君同样是散发垂肩，身披鹿皮，腰佩宝剑，目光深邃，但不是骑白虎，而是脚踏土船，弯弓搭箭。三天的讨论之后，专家们选择了后一种。白虎是廪君魂魄所化，让他骑在虎背上，多有不妥；而廪君脚踏土船弯弓搭箭的定型，形象地再现出了他臣服南方黑穴诸蛮成为巴国领袖的奇伟风采。

这尊石像，比巴蔓子像大了将近一倍，立于半岛人跳摆手舞的广场上。

只是，廪君箭头所指的方向，是坚硬的岩石、凶猛的野兽、强劲的敌人，还是因为爱上他而接纳了整个巴国臣民的盐水女神？

对半岛的整体规划，由孙亚光提出，政府批准，具体实施，却是由罗杰来负责的。当滨河路的楼房基本竣工，罗杰就开始动员半岛人迁移。能不愿意吗？滨河路的有一段，是专为半岛人修的安置房，一套六十平方米的住房，再搭一个十平方米的门面，只要四万块！这让人觉得不是买而是捡。当然，开发商孙亚光不会贴，给半岛人优惠的那一部分，由政府补给他。按一套住房一个门面的规格，滨河路自然安插不了多少人，这没关系，还有兵工厂撤走后留下的大片住宿区。那边比不上回龙镇繁盛，售价也就更加便宜。因此，一部分半岛人到了镇上，一部分到了兵工厂（现在没有兵工厂，但三河流域的人还是习惯这样称呼它），另有一小部分，留在半岛上。

这种将半岛人化整为零的安排，据说并非无奈之举，而是有意为之。绝不能让半岛人集中在一个地方，如果让他们集中在滨河路，他们会把滨河路变成“半岛”，甚至把整个回龙镇变成“半岛”；集中到兵工厂，他们又会把兵工厂变成“半岛”。果真如此，政府花这么大的血本，就失去了意义。

半岛人自己，倒似乎来不及想这些事。他们去镇上或兵工厂买房子，不仅用不着挖老本，还要赚一大笔钱。这笔钱是土地赔偿金。半岛平均每户的土地拥有量，在六亩左右，每亩赔偿一万八千,六亩，就过十万了。但事实上，没有一户只得了十万。土地丈量员由三方组成：县国土局和镇国土所，半岛人代表，开发商代表。半岛人代表自然是进化村的村支书。这个人以前像根本就不存在似的，因为在半岛上任村干部，是一件特别有意思的事情，所谓有意思，就是你在半岛的规则之外，你不可能得到承认。不过在这时候，还是把村支书请出来最为合适；那是住在广场附近，平时没怎么抛头露面的一个小老头儿。开发商代表就是罗杰。孙亚光把这么重要的事情交给他，足见他对罗杰的信任。也可能是孙亚光太自信，觉得自己在半岛读过书，又是罗杰的同学，最近几年还深入地研究过半岛，半岛人也好，罗杰也好，都在他的手板心里握着。他不知道自己只懂了半岛人的皮毛。看上去，那种背靠着背呐喊跺脚共御外敌的场景，是再也不会出现了，然而，“半岛人，半岛人，砸烂骨头连着筋！”这是他们自己说的，你可以把这句话当成是他们的哀鸣，但那种血液不是在一个人的体内流动，而是在彼此间循环流动的本性，的确没有完全消亡。罗杰想尽办法，让各家各户多量土地，多拿赔偿金，办法是将靠近中河那些从没耕种过的荒坡，也纳入耕地范围，丈量之后，分配到各家各户头上去。半岛人多得了钱，对罗杰感激不尽。

他们已经把罗杰的背部疼痛，与M22号墓主的背伤建立起了对应关系。

这虽是多亏了罗疤子对众人的提醒，但一经罗疤子说出来，就很少有不信的。

罗杰身上有多少征兆啊！他那年去铜坎洞打鱼，听到了那么多声音，M22号墓启开的时候，在场的半岛人同样听到了。他常常无端地闹背痛，M22号墓主的背上，就带着密集的创伤；而且，这座墓正好在他家的田地里。别人出去，当个小包工头，一年挣个七万八万就算发财，他一出去，不声不响就挣了怎么花都花不完的钱。他出去之前，阳光照不到他身上，现在，即便天上没有太阳，他浑身上下也给人透明的感觉。

这是真的，从罗杰心里升起的那片祥云，金灿灿的，把他照亮了。

它先照亮了人们看他的眼睛，接着照亮了他的身体。

罗杰不再是那个半岛上的“半人”，也不是半岛上的阴影，而是——

那个贵族，那个首领！

半岛人似乎一直都在寻找自己的首领。

他们不知道，所谓危险的生活，并不在于寻找首领，而在于找到首领，因为一旦找到，就得在首领的轨道上去安排自己。现在半岛人找到了“首领”，他们就要听从“首领”的指挥星散各处。

量好土地，做了赔偿，接下来就是搬迁。搬到回龙镇的，镇政府派船只接过鸭嘴；搬到兵工厂的，自己先把锅碗瓢盆等一应家具，送到铜坎洞上方的马路，政府再派车帮忙接走。铜坎洞是半岛景区构想的一部分，是重要景点之一，那里的电站已经拆除（修在县城的二级水电站，足够保证全县用电），但拦河坝依然存在，涨水季节可形成瀑布，枯水季节则是另一番景致：石壁之上，凿有栈道，胆大的游客，可走下栈道察看铜坎洞那眼珠似的水潭，或者从栈道爬上去，俯视半岛全境……依照规划，半岛上的老人全部搬走，只留若干年轻男女。这些年轻人，一部分是观光农业的经营者——开辟特色果园、菜园、茶园、花圃，让游客入内摘果、拔菜、赏花、采茶，享受田园乐趣；还把衙门修缮齐整，打理干净，将衙门右侧的竹林扩大，从半岛搜集起来的石磙、碓窝等物，包括桂秀英家的那个磉磴，放置在竹林中央，并饲养鸡鸭，彻底敞放，不投任何饲料，鸡鸭将蛋生在竹林里，游客要买鸡蛋鸭蛋，自己提篮去竹林中捡拾。另一部分年轻人，则穿着统一的服装，专习摆手舞，游客买票观看，表演地点就在放置廪君石像的广场上。

这两部分人，罗杰都已经招回来了。他们本在外面打工，但外面的活又苦又累，还老是漂泊不定的，现在回到祖居的半岛，站在熟悉的土地上，有自己认识的人，跟来自天南海北的游客打交道，有意思得多了，而且收入也高多了。

罗杰招回的年轻人，都没有年龄很大或身体不好的老人需要伺候。这样保证了将半岛老人悉数迁走的计划得以实施。然而人就跟树一样，越老越不愿挪窝，但看在住房和门面都很便宜的分上，看在钱的分上，也看在罗杰的分上，老人们狠心地斩断自己跟半岛的联系，迈着不灵便的腿脚，一步三回头地离开了。

只有三户人不愿意走。

奇特的是，这三户人都有一个共同特点：或者在身体上，或者在精神上，在半岛受到的伤害最深最重。

他们是罗传明、桂秀英、罗疤子。

罗传明是最容易被人理解的。他在半岛遭受的折磨，是他命运旅程中一段漆黑的路，可到底，他扛过来了，摸到了阳光底下，他在那所古老的校园里，听书声，听鸟鸣，发号施令，如鱼得水，虽然学校撤走了，那些没人要的房舍，垮的垮塌的塌，但那块地盘还在，就算地上野草丛生，蛇蝎横行，可“四川省宣汉县回龙中学”几个大字，在罗传明眼里，不是用笔写的，也不是用石头刻的，而是融入他的生命，跟他一起活着；只要他还有一口气，他就要守在这里。

桂秀英不走，就不让人理解了。

你留下来有什么意思呢？是要看住丈夫和儿子的坟茔吗？

这大可不必。罗杰已经承诺，要把半岛人的坟茔保护得好好的。他已在坟林的三面砌上矮墙，只把傍中河的那面空出来，墙体上留了东西两道门，每道门的上方，都书着两个大字：坟岛。罗杰将“坟岛”列入了景点。大片绝像独木舟的坟头，在三河流域独一无二，在全中国恐怕也是独一无二的。游客们来坟岛逛上一圈，再去后河畔目睹考古队队员蹲在墓穴之中，清理几千年前的尸骨，那感觉就非同一般了。矮墙修好，罗杰又请人把所有坟头上的灌木砍去，只留下青郁郁的草棵，他这样做，自然是为了让游客把“独木舟”看得更清楚，是生意上的需要，但砍掉灌木，坟身不再被根须穿插，确乎受到了保护。而且他还把好几户已经绝后、再也找不到主人的龇牙咧嘴的坟冢，都修缮过了。他把东娃的坟也修缮过了！为把东娃的尸首弄回来，他姐夫谢高借了很多债，而桂秀英自己又没什么积蓄，东娃的坟修得比较潦草，比普通坟冢小了几分，也矮了几分，罗杰为它加宽了，也加高了。

那天，罗杰亲自到了现场，亲自指挥，并亲自往东娃的坟上培土，直到那座坟看起来很像那么回事的时候，他才离开。

既然这样，你桂秀英还有什么不放心的呢？

桂秀英的女儿女婿三天两头地过来劝她，向母亲保证，如果她搬走，他们十天半月就上半岛来，去父亲和兄弟坟头说说话，逢年过节，再跟母亲一道前来烧纸敬香。对此，桂秀英既没点头，也没摇头，反正就是不搬。为这事，一向文质彬彬的谢高，跟妻子不知吵了多少架。道理摆在那里，岳母不走，土地赔偿费就无从说起，镇上的安置房，你有钱也没资格买，别说没有钱。谢高生了四胎，前三个都是女儿，第四个终于带了把儿，长女和次女都已嫁人，三女儿小小年纪就打工去了，儿子才四岁，村里连个像样的小学也没有，为儿子的前途考虑，他早就想搬到镇上去住了——罗杰说过不让罗传明和桂秀英去兵工厂，而是去镇上，还说把最好的住房最好的门面给他们——只是没能力。超生罚了不少款，为东娃的事又举了不少债。现在有了一个千载难逢的机会，又被岳母放弃，他想不通。他觉得把世界上最聪明的人找来也想不通。妻子跟他是一样的心思，甚至比他更加苦恼，因为谢高一到气头上，就会把他那次去收东娃的尸花了多少钱拿出来说。可有什么办法呢，她总不能拿根绳子，把老母亲捆出半岛。

罗传明被人理解，桂秀英不被人理解，但无论如何，也还可以从心理上为桂秀英找到不搬的说辞，而罗疤子呢？罗疤子不搬有什么道理？镇上不仅有他们的安置房，罗杰还以相当低廉的价格，从孙亚光手里买了套一百八十平方米的大房子，有那么大的房子，你站着，躺着，在地上打滚，随便你怎么施摆！且人家搬出半岛，丢了土地，还得为未来的生计操心，你罗疤子需要操心吗？你儿子随便扔下一坨钱，就能砸死一潮人的，你还操心什么？你就像镇上那些退休老头一样，去新街的老人俱乐部，喝喝茶，打打牌，或者背着手去巴人街，东转转西转转，一天的光阴就舒舒服服地打发过去了。他却不搬！连镇上那些人也说：那东西，怕是老癫了！

谁也不愿去多想想罗疤子拒绝搬迁的原因。罗疤子跟罗传明一样，虽在半岛遭受了苦痛，可一生中最辉煌的时光，也是留在半岛上的。这意思谁也不愿去想一想。

罗疤子觉得自己是多么孤独……

罗杰挨门挨户去做工作。当然，他首先要做的是父亲的工作。父亲想通了，母亲才会跟着他走。罗疤子不愿为难儿子，千不愿万不愿。只是他的那颗心，一想到要离开这里，那颗心就痛，痛得直想呻吟。但这是儿子让他离开呀。儿子可不是一般人。要是他带头不听儿子的话，儿子如何去号令别人。再说，儿子已跟镇上一个刚刚二十出头、比当年的陈倩还漂亮的女子结了婚，媳妇已经显肚，几个月后就会生，将来，还需要他们两个老家伙去照顾产妇和带孙子。

这么一想，罗疤子还是同意搬了。比别人晚搬了一个月，但到底搬了。

罗传明和桂秀英坚决不同意。不同意就算了。罗传明的三个儿子，中间的那个读了大学，在乌鲁木齐上班，另两兄弟奔赴他，好几年前就举家迁往新疆并在那边落户，包种棉花地；罗传明的老婆早已过世，只剩他一个孤人。他的年龄已经够大了，他现在是半岛上最老的人，就算他有本事像罗建放的奶奶那样活过百岁，也不剩多少日子了。就让他留下来吧，他留下来说不定还有用处：聘他做讲师，为导游传授他亲身经历的半岛历史。至于桂秀英，照样有用，那年，儿子一刀劈死父亲的案件，新州的报纸和电视都做了报道，连省城一家发行量越过五十万份的市民报，也派记者来做了采访，那些远道来的游客，要是不愿花钱去衙门看看，一旦听说那里有个枯萎的老太婆，是强奸犯罗建放的老婆、弑父者东娃的母亲，说不定就愿意去了。她会成为衙门乃至整个半岛的活广告，成为不需花钱打造的自然景观。——后来的事实证明，桂秀英真的成了广告，也成了一道景观，但罗传明并没发挥余热，因为他拒绝罗杰的邀请为导游授课，他成了一个彻头彻尾的孤人，在半岛上迟缓地游荡……

春天里，半岛迎来第一批游客。

这时候的半岛，百花盛开，灿烂辉煌。那批游客，坐着观光车在半岛游览；半岛的水泥路已是四通八达，观光车（加上水上的观光船）可以把游客带到任何一个想去的景点。除博物馆迟迟没有动工，那些出土的文物和古巴人的骨架还流落异地之外，半岛的景点已打造完毕。游客去后河看考古，去中河看坟岛，去铜坎洞攀栈道，去衙门看民居，以及隐藏在民居里的晚清遗墙和浑身都是故事的孤老婆婆。累了，就坐到花架之下，点杀无忧无虑啄食青草和虫子的"绿色鸡"，自己动手去地里撇菜，让厨子下锅，吃农家乐，喝清茶，然后，去广场上看摆手舞。

摆手舞晚上有，白天也有。

他们不再是表演给自己和天地日月，而是表演给游客。

当你看见那些统一着装、训练有素的男女的表演，你才明白专家在选择廪君造像时，为什么抛弃了白虎意象的深意所在：半岛人已不再以白虎为图腾，他们有了新的图腾。

第一批游客，罗杰亲自陪同。

这批客人中，有个中年男人身怀异术，行为古怪，去坟岛时，每过一座坟，他都拔起那坟头上的一棵草来，看看草根，惊异、叹息或者微笑。没有人能看懂他的意思。走到罗秀坟前时，他照例拔起一棵草，把草根看了又看，摸了又摸，闻了又闻，禁不住泪水涟涟。他的同伴见他落泪，也很惊奇，问他看出了什么。他不言声。同伴又向导游打听这个坟主，导游想讲解，见罗杰在场，又不好如实地说出坟主在生时是个疯子，更不好说她被强奸了，然后生孩子生死了，只说："这是一座少女坟。"那人摇头了，也说话了："不，她不是少女。"一旁的罗杰目光发直。这批客人来自遥远的大海边，不可能知道姐姐罗秀的身世。罗杰凑上前来，问那人是怎么看出来的。那人说："草棵有钻底直根者谓之男坟，无钻底直根谓之女坟；草棵稀疏者为少男坟，稠密者为少女坟。你们看看，这是少女坟吗？"

罗秀坟头的青草，中间有一小块稠密得汪碧苍翠，周围却稀如癞头。

罗杰解不了其中的奥妙，问那人："先生为什么流泪？"

那人不愿多加解释，只说："我想流泪。"

客人走出很远，罗杰还独自呆立在姐姐的坟前。

当他正准备去追赶游客的时候，突然听到两声高叫："巴盐！巴盐！"

这两声叫喊紧接着从空中滚过，滚到极远处，瘦成铜丝一般的颤音，愈颤愈细，细到没有。

罗杰的灵魂里，像有一支蘸满墨汁的排笔拖过去，黑白混杂，似梦非梦。

姐姐呀，你究竟是控诉还是呼唤？

姐姐不回答他。他已经失去了跟姐姐的联系。

他的身前身后，只留下旷古的寂寞。

然而，寂寞不属于他。他失去了跟姐姐的联系，也失去了跟半岛的联系。

在新州市的明月楼里，他曾对孙亚光说：半岛人在那个狭小的世界里，生活得太久了。孙亚光认为罗杰跟他的想法不谋而合，罗杰自己也是这样看的。事实并非如此。是孙亚光对半岛的设想，引领了罗杰，也左右了罗杰。那是孙亚光的想法，不是罗杰的想法。

还是少年的时候，罗杰就感叹半岛人总在别人的想法里过日子，他大概怎么也没料到，他的上辈、上上辈，由此上溯到更加遥远的祖先，谁也没有像他这样，把“别人的想法”贯彻得如此彻底……

罗杰本来打算晚上一起陪客人看摆手舞的，但他没有去。他很早就休息了。

在衙门右侧的竹林里，有罗杰的一间办公室，也兼做休息室。那天晚上，罗杰饭也没吃，就把自己锁在了里面。他没开灯，坐在窗前，看着天光一朵一朵地熄灭，当天光完全交给半岛上绚烂的灯光之后，罗杰把窗关上，准备再筹划一下明天的事情，虽然那事情早就筹划得滴水不漏了。明天，又有一批客人，这批客人是孙亚光邀请来的，都是国内知名的摄影师。罗杰走到写字台前，正要伸手开灯，突然看见东娃了！东娃坐在写字台的对面，朝他冷笑。黑暗里，东娃的眼睛亮如星子。“你怎么进来的？”罗杰喝问。东娃不回答他，只朝他冷笑。整个屋子都冷气森森，阴气沉沉。这种感觉，绝像罗杰那年闯入铜坎洞的瞬间。“滚出去！”罗杰说。但东娃没有滚出去，继续朝他笑，笑得越发的寒彻肌骨。这个死鬼！

原以为东娃一死，他们之间的较量就自然而然地分出了胜负，看来不是这样的。

他们的较量从来就没有停止过。

谁败了？谁胜了？

罗杰不愿意去想，啪的一声摁下了开关。

屋子被照得雪亮。写字台的对面，没有东娃。

四面墙上，挂满了各种图表，每张图表都是有关半岛的辉煌构想……

就在那天夜里，当游客回镇上的宾馆歇下（半岛上正在修建一个五星级宾馆，很快竣工），半岛也早已沉睡之后，广场那边突然鼓声如雷。听上去，那不是人在敲打，而是天地相击。激昂的鼓声里，一个身着素服长发披垂的女子，在苍天皓月之下，踩着高跷，仰天俯地，独自舞蹈。女子跳了大约十来分钟，夹拥着半岛的两条大河，直立起来，和女子共舞，并跟女子一起，发出惊天动地的呐喊：“嗬！嗬！嗬嗬！嗬嗬嗬！嗬嗬嗬嗬嗬嗬嗬！”……

这件事情，以惊人的速度广为流传，却无法得到证实。许多人都说自己看见了，也听见了，可天亮后去察看，女子自然没有，两条大河也照旧横躺着，在春天料峭的晨风里，一如往昔地向西流去。

它很可能成为有关半岛的最后一个传说。

| 开　篇 |

起　点

也是这个春天，一个周末的上午，我登上了火车。

我要去见我的大学老师邓教授。

毕业这么多年，我没跟邓教授联系过，心里很愧疚。倒不是因为别的，而是觉得，邓教授在学界受到嘲讽乃至詈骂的事情，我是知道的；虽然，半岛遗址现世之前，我对邓教授的学说持什么态度，一时还说不上来，但作为他的学生，绝不愿意听到别人嘲讽他。“吾爱吾师，吾更爱真理”的境界，我是没有的。我分明知道他当时的处境，而且也看到了那个老资格的人类学家骂他“扯 × 淡”的报道，却一个安慰性的电话也没给他打过。现在，半岛遗址已发掘三分之一，他的学说就更是成了笑柄。他心里一定是很难受的。

当然，我这次去，并不只是为了安慰他。他最需要安慰的时候，已经过去了。

我最主要的目的，是想对邓教授说：你给我们讲课的时候，巴人并没有消失，更没有变成猴子，可到如今，他们真的消失了。我想听听邓教授对这个问题的看法。

他依然住在给我们上课时住的那幢教授楼里。房子是太陈旧了些，可墙面盖满爬山虎，这时节，爬山虎新叶簇簇，使老楼绿得发亮。

邓教授亲自来开了门。

坐上火车，我就想象他现在的样子。他的年纪已经相当大了，事业上又遭受了不幸，定是很老迈很枯涩的吧？然而我错了，错到十万八千里！他不老迈，也不枯涩，而是红光满面，声音朗朗。

我出发前给他打电话，只说我是他学生，想去拜访他，这时候他打开门，我叫了声邓老师，正准备自报家门的时候，他拦住了我："你别忙，你让我想想啊。"

他把纤细的指头放在下巴上，想了片刻，哈哈大笑："你是张明吧？"

然后他把我让进屋。

"邓老师，你还记得我……"

"怎么不记得！我给你们上课的时候，你还向我提了两个问题呢。"说罢又是一阵大笑。

见他这样子，我知道安慰性的话是一句也不必说的了。

于是我直截了当："邓老师，我今天来，是想再请教你一个问题。"

他变得严肃起来："你说！"

我把我的问题说了。

他微笑。笑得胸有成竹。"你不懂。"他说。

之后他摇摇头，慢悠悠地喝下一口茶，才像给我们讲课时那样，把嘴嘬起来，吹口哨一样发出圆溜溜的声音："你认为罗家坝半岛是巴人的终结地——你是这个意思吗？"

难道这还有什么可怀疑的？我不回答，只望着他。

"我说你不懂啊，"他又摇了摇头，"你知道后河又叫后照河吗？你知道后照是伏羲的后代吗？"

我说我知道。

“这就对了！中华民族是一个共同的祖先，后来分出了若干支系。大约公元前二十六世纪，伏羲第四代孙后照家族，沿当时的任河穿越大巴山南下，到了美丽富饶的‘后河三角洲’，也就是罗家坝半岛，并在那里建立了巴人王国。而所谓的大巴山和后照河，都是后照家族到达罗家坝之后才命名的。后照河是巴国的母亲河。我的意思你听明白了吗？”

“你是不是说，罗家坝半岛不是终结地，而是起始地？”

他高兴起来：“你到底聪明，就是这个意思！”

接着他说：“后照逝世后的若干年，巴国被新崛起的崇国所灭，巴人沿河西逃。但我们完全可以不用这个‘逃’字。——你知道前河吗？知道前河是前进河的简称吗？”

我说我知道。

“前进河同样是巴人命名的。他们被崇国灭掉后，给了途中一条大河这样的名字，表明的是志向不灭。巴人渡过前进河，历经艰险，最后到达长江流域，重新建立王国。廪君是到长江流域之后才出生的，他是巴国的复国君王，并非开国君主；廪君的贡献，是让巴国强盛起来，声震中原朝野。”

“可是，在罗家坝半岛，发现了比廪君更晚的巴蔓子像，还有王孙袖戈。”

邓教授右臂一挥：“这不值得大惊小怪！古人比我们更懂得慎终追远。一定是巴人后裔为纪念蔓子，特意为他塑了一尊像，并仿制了王孙袖戈，带到巴国发源地埋下的。王孙袖戈在别处也有发现，我想这个你应该知道；说到巴蔓子像，重庆的巴县不也塑着一尊吗，跟明朝名将秦良玉塑在一起的，旁边还有一副对联：

‘国士无双双国士；忠臣不二二忠臣。’”

我有些糊涂了：“按你的意思，巴人还是……”

邓教授仰首向天，神情庄重，语调苍凉地说：“是啊，他们消失了。早就消失了。‘神秘’倒说不上。你念书时我就讲过的，到战国晚期，巴人深深地厌倦了战争，不愿做人，蜕变成了猴子。”

接下来，邓教授陷入沉默。

我也跟他一起沉默。

不知为什么，我觉得自己想哭。

浅白色的客厅里，没有声音。我只听见时间嘶嘶流走的声音。